NARRATORI MODERNI

Della stessa autrice in edizione Garzanti:
Avevano spento anche la luna
Una stanza piena di sogni
Ci proteggerà la neve

RUTA SEPETYS

L'ORIZZONTE CI REGALERÀ LE STELLE

Traduzione di
ROBERTA SCARABELLI

Garzanti

Prima edizione: luglio 2020

Per essere informato sulle novità del Gruppo editoriale Mauri Spagnol visita:
www.illibraio.it

Traduzione dall'inglese di
Roberta Scarabelli

Titolo originale dell'opera:
The Fountains of Silence

ISBN 978-88-11-81211-1

Printed in Italy

www.garzanti.it

L'ORIZZONTE CI REGALERÀ LE STELLE

A Kristina e John

La guerra civile spagnola (1936-1939) nacque come rivolta militare contro la Seconda repubblica democraticamente eletta e continuò come conflitto armato tra i nazionalisti – guidati dal *Generalísimo* Francisco Franco con l'aiuto di Hitler e Mussolini – e i repubblicani, rappresentati dal governo dell'epoca e spalleggiati da Messico, Unione Sovietica e da volontari di oltre cinquanta paesi, con il sostegno di docenti e studenti universitari, artisti, operai, sindacalisti e esponenti della sinistra. Divisi internamente, i repubblicani non furono in grado di fermare l'avanzata dei nazionalisti e si arresero nel marzo del 1939. La dittatura di Franco durò trentasei anni.

«Saremo morti solo se ci dimenticherete.»

Epitaffio anonimo
FOSSA COMUNE DELLA GUERRA CIVILE SPAGNOLA

PRIMA PARTE

1957
Madrid, Spagna

Non sono mai stato felice di mandare un ambasciatore in Spagna, e non lo sono neanche adesso, e a meno che Franco non cambi il modo in cui tratta i cittadini che dissentono da lui in materia religiosa sarò seriamente tentato di interrompere tutte le comunicazioni con lui, malgrado la difesa dell'Europa.

HARRY S. TRUMAN,
33° presidente degli Stati Uniti

Memorandum del presidente Harry S. Truman
al segretario di stato Dean Acheson, 2 agosto 1951
Acheson Papers – Documenti del segretario di stato
Archivi della Truman Library

1.

Sono tutte in coda per il sangue.

Il primo sole di giugno splende attraverso una fila di donne che aspettano pazientemente dal *matadero.* I ventagli si aprono con uno schiocco e sventolano, in risposta alla calura di Madrid e all'odore della carne tagliata che arriva dal macello.

Il sangue verrà usato per fare la *morcilla,* il sanguinaccio. Deve essere dosato con cura. Troppo sangue e la salsiccia non sarà compatta. Troppo poco e si sbriciolerà come terra secca.

Rafael pulisce la lama sul suo grembiule, la mente lontanissima dalla *morcilla.* Volta lentamente le spalle alla fila di clienti e rivolge la faccia al cielo.

Nella sua mente è domenica. Le lancette dell'orologio toccano le sei.

È ora.

Suona la tromba e la marcia del *paso doble* attraversa l'arena.

Rafael mette piede sulla sabbia, nel sole.

È pronto ad affrontare la Paura.

Nella tribuna centrale è seduto il dittatore spagnolo, il *Generalísimo* Francisco Franco. Lo chiamano *El Caudillo*: condottiero di eserciti, eroe per grazia di Dio. Franco abbassa gli occhi sul centro dell'arena. I loro sguardi si incontrano.

Tu non mi conosci, Generalísimo, *ma io conosco te.*

Mi chiamo Rafael Torres Moreno, e oggi non ho paura.

«Rafa!»

Il sorvegliante dà una pacca sulla nuca umida di Rafael.

«Ma sei cieco? C'è la coda. Smettila di sognare a occhi aperti. Il sangue, Rafa. Dagli il loro sangue.»

Rafa annuisce e si avvia verso le clienti. La sua visione dell'arena si dissolve rapidamente.

Dagli il loro sangue.

I ricordi di guerra gli bussano al cervello. La vocina beffarda ritorna, soffocando i sogni a occhi aperti fino a farli diventare incubi. *Rafa, ti ricordi, vero?*

Lui si ricorda.

La sagoma è inconfondibile.

Uomini di vernice con anime di vernice.

La Guardia Civil. Li chiama segretamente i Corvi. Sono al servizio del *Generalísimo* Franco e sono comparsi nella via.

«Ti prego, non qui», sussurra Rafael dal suo nascondiglio sotto gli alberi.

Il pianto di un bambino piccolo riecheggia sopra di lui. Alza lo sguardo e vede Julia alla finestra aperta, che tiene in braccio la sorella minore, Ana.

La voce del loro padre tuona dall'interno. «Julia, chiudi la finestra! Chiudi a chiave la porta e aspetta tua madre. Dov'è Rafa?»

«Qui, *papá*», mormora Rafa, le gambette incrociate nel nascondiglio. «Sono proprio qui.»

Suo padre compare sulla soglia. I Corvi compaiono sul marciapiede.

Risuona lo sparo. Esplode un lampo. Julia grida da sopra.

Rafa si irrigidisce. Nessun respiro. Niente aria.

No.

No.

No.

Trascinano il corpo inerte del padre per un braccio.

«*¡Papá!*»

È troppo tardi. Mentre il grido lascia la sua gola, Rafa se ne rende conto. Si è tradito.

Un paio di occhi saettano. «Suo figlio è dietro l'albero. Prendetelo.»

Rafa sbatte le palpebre per scacciare i ricordi dolorosi e nasconde il cuore a pezzi dietro un sorriso.

«*Buenos días, señora.* Cosa posso darle?» chiede alla cliente.
«Sangue.»
«*Sí, señora.*»
Dagli il loro sangue.
Per più di vent'anni la Spagna ha dato sangue. E a volte Rafa si chiede: quanto ne è rimasto da dare?

2.

È una bugia.
Dev'esserlo per forza.

So che cosa hai fatto.

Ana Torres Moreno si trova due piani sottoterra, nel secondo seminterrato della servitù. Fa a pezzi il bigliettino, se li mette in bocca e li manda giù.

Una voce chiama dal corridoio. «Muoviti, Ana. Stanno aspettando.»

Precipitandosi nel labirinto di pareti di pietra senza finestre, Ana si sforza di muoversi più velocemente. Si sforza di sorridere.

Un tenue bagliore da una lampadina spoglia illumina appena lo scaffale delle provviste. Ana individua la scatola del cucito e la getta nella sua cesta. Corre su per le scale e si mette al passo con Lorenza, che tiene in equilibrio un assortimento di sigarette su un vassoio.

«Sei pallida», le sussurra Lorenza. «*¿Estás bien?*»

«Sì, sto bene», risponde Ana.

"Di' sempre che stai bene, specialmente quando non è vero", rammenta a sé stessa.

Appare l'imbocco della scala. La luce di un lampadario di cristallo splende e invita dall'atrio scintillante.

I loro passi rallentano, si sincronizzano e, in un perfetto unisono, loro emergono sul pavimento di marmo della hall dell'albergo, con un gran sorriso in faccia. Ana scorre la sua lista mentale. L'uomo da New York vorrà un giornale e dei fiammiferi. La donna dalla Pennsylvania avrà bisogno di altro ghiaccio.

Gli americani adorano il ghiaccio. Alcuni sostengono di avere bacinelle piene di ghiaccio in cubetti nella loro cucina. Forse è possibile. Ana vede le pubblicità degli elettrodomestici sulle riviste patinate lasciate in albergo dai clienti.

Frigidaire! Ripiani in alluminio antiruggine, morbidezza del burro controllata.

Qualunque cosa significhi. Oltre la Spagna, è tutto un mistero.

Ana ascolta ogni parola, ma i clienti non lo sapranno mai. Lei si affretta a soddisfare velocemente le richieste in modo che i visitatori non abbiano il tempo di spostare lo sguardo dal loro mondo al suo.

Julia, la matriarca della loro famiglia spezzata, lancia continui promemoria. «Ti fidi troppo facilmente, Ana. Riveli troppo. Stai zitta.»

Ana è stanca del silenzio, stanca delle domande senza risposta e stanca di segreti. È una ragazza fatta di pezze rattoppate che sogna nuovi inizi. Sogna di andarsene dalla Spagna. Ma sua sorella ha ragione. I suoi sogni si sono dimostrati pericolosi.

So che cosa hai fatto.

«Per una volta segui le regole invece del tuo cuore», la supplica sua sorella.

Segui le regole. Essere invisibile in bella vista e pagata bene per farlo – cinque *pesetas* all'ora – questo è il piano. Il fratello maggiore, Rafael, lavora sia al macello sia al cimitero. Tra i due lavori guadagna solo dodici *pesetas*, venti centesimi stando all'ufficio cambi dell'albergo, per un'intera giornata di lavoro.

Ana consegna la scatola del cucito al concierge e si affretta verso l'ascensore di servizio. La mattinata è finita, ma la sua lista di cose da fare si allunga. Nell'albergo è ufficialmente arrivata la stagione estiva, che riversa in Spagna migliaia di nuovi visitatori. Le porte dell'ascensore si aprono al settimo piano. Ana sposta la cesta sul fianco e percorre a passo veloce il lungo corridoio.

«Asciugamani per la 760», sussurra una supervisora passandole accanto.

«Asciugamani per la 760», conferma lei.

L'albergo americano ha quattro anni, ma per Ana profuma ancora di nuovo. Nella sua cesta è infilata una mazzetta di brochure dell'albergo con l'immagine di un bel torero, un matador, che regge un drappo rosso su cui è scritto, in bei caratteri: *Castellana Hilton Madrid. Il vostro castello in Spagna.*

Castelli. Ha visto delle vecchie cartoline da bambina. L'inquietante cinegiornale le scorre dietro le palpebre: il viale fiancheggiato di alberi del Paseo de la Castellana, dove si trovavano le residenze dei reali di Spagna e sontuosi palazzi. E poi le immagini luminose sbiadiscono. 1936. In Spagna scoppia la guerra civile, che fa impallidire le guance di Madrid. I palazzi sontuosi diventano fantasmi grigi. Giardini e fontane svaniscono. Come pure i genitori di Ana. La fame e l'isolamento gettano un filtro buio sul paese. La Spagna è tagliata fuori dal mondo.

E adesso, dopo vent'anni di atrofia in tutta la nazione, il *Generalísimo* Franco finalmente concede ai turisti l'ingresso in Spagna. Banche e alberghi ricoprono di nuove facciate i vecchi interni dei palazzi. I turisti non notano la differenza. Ciò che c'è sotto ora è nascosto, come il messaggio che si sta disintegrando nel suo stomaco.

Ana legge i quotidiani e le riviste che i turisti abbandonano. Memorizza la brochure da recitare al momento giusto.

In passato un palazzo, il Castellana è la prima proprietà della catena Hilton in Europa. Oltre trecento stanze, ognuna con tre canali radiofonici e persino un telefono.

«Se ti viene assegnato l'ospite di una suite, dovrai provvedere a tutte le sue richieste», la istruisce la sua supervisora.

«Ricordati, gli americani sono meno formali degli spagnoli. Sono abituati a chiacchierare. Dovrai essere cordiale, servizievole e ciarliera.»

«*Ay*, io sono sempre cordiale e ciarliera», sussurra Lorenza strizzandole l'occhio.

Ana vorrebbe esserlo, ma l'appello al silenzio di sua sorella contraddice le istruzioni dell'hotel. L'essere costantemente strattonata in direzioni opposte la fa sentire come una bambola di pezza, destinata a perdere un braccio.

Un uomo in camicia bianca ben stirata emerge da una porta nel corridoio.

Ana si ferma e fa una piccola riverenza. «*Buenos días, señor.*»

«Ciao, *doll.*»

Doll. Dame. Kitten. Baby. Gli uomini americani hanno molti termini per rivolgersi alle donne. Non appena Ana pensa di averli imparati tutti, ne compare uno nuovo. Nelle lezioni d'inglese all'hotel, quelle parole sono definite «vezzeggiativi».

Dopo quello che è successo l'anno prima, Ana sa che non è così.

Diplomatici, attori e musicisti americani arrivano in mezzo ai mulinelli di polvere dell'aeroporto di Barajas. Socializzano e fraternizzano fino alle prime luci dell'alba. Ana annota segretamente le loro predilezioni. Le attricette hanno delle suite preferite. I politici hanno delle attricette preferite. Molti non hanno la minima idea di cosa sia successo in Spagna qualche decennio prima. Sorseggiano *cava,* idealizzano Hemingway e il flamenco. In rare occasioni qualcuno chiede ad Ana della guerra in Spagna. Lei cambia educatamente argomento. Non è solo la politica dell'hotel, ma anche la promessa che ha fatto.

Lei guarderà al futuro. Il passato dev'essere dimenticato.

Suo padre giustiziato. Sua madre imprigionata. Il loro crimine non era un'azione, bensì un'ambizione: insegnanti che speravano di avviare una scuola Montessori con metodi basati sullo sviluppo del bambino invece che sulla religione. Ma il *Generalísimo* Franco ordina che tutte le scuole in

Spagna siano controllate dalla chiesa cattolica. I simpatizzanti repubblicani devono essere eliminati.

Il crimine dei suoi genitori ha lasciato Ana a remare in acque torbide di segreti morti. Nata nella lunga ombra della vergogna, non deve mai parlare pubblicamente dei suoi genitori. Deve vivere nel silenzio. Ma a volte, dagli angoli nascosti del suo cuore, rimbomba la domanda inquietante: "Cosa si può costruire con il silenzio?".

Qui chiamano l'hotel Castellana Hilton «il quarantanovesimo stato» e a ragione, perché solo in America sembra che ci siano più americani [...].
Ci sono diplomatici e generali, ammiragli e matusa, conti fasulli e veri, attrici del cinema che cercano di sembrare attrici del cinema e false attrici che cercano ugualmente di sembrarlo. Alcuni clienti fissi sono qui da così tanto tempo, ormai, che devono essere strappati via a forza dagli sgabelli del bar. E di solito c'è un magnifico assortimento di tipi stravaganti.
[...] Ho visto facce da queste parti che non emergono alla luce dai vecchi tempi dei contratti di locazione durante la seconda guerra mondiale. Affollano il bar e organizzano cocktail party alla continua ricerca di «contatti», dato che la Spagna si sta aprendo sempre di più al commercio con l'estero, e naturalmente c'è da fare un mucchio di soldi nella costruzione delle basi militari qui.

ROBERT C. RUARK
da *Call Hotel Hilton The 49th State*
«Defiance Crescent News», Defiance, Ohio
1° marzo 1955

3.

Sanno che lui è un turista.

Non è tanto la macchina fotografica che attira gli sguardi, quanto i suoi vestiti. Gli occhi della gente del posto sono attratti innanzitutto dagli stivali coperti di fango di Daniel. Il loro sguardo si sposta sui suoi jeans, soffermandosi per un attimo sulla fibbia della cintura, che ha la forma del Texas. Il veloce esame prosegue poi a nord sulla sua camicia scozzese, ma non appena notano la macchina fotografica si voltano in fretta dall'altra parte.

Le persone lo guardano ma nessuno gli rivolge la parola.

Due bambini passano accanto a un'edicola. Sulla prima pagina del quotidiano c'è la foto del leader spagnolo. I bambini si fermano e alzano il braccio destro per salutare la sua immagine.

¡Franco! El Caudillo de España.

Daniel scatta una foto.

Quelle parole e la foto di Franco, in vari formati, appaiono ovunque. Sulle monete, sui francobolli, sui tram e sui cartelli stradali di tutto il paese. Daniel guarda la fotografia sul giornale. Il generale Franco è basso, con una faccia inespressiva e la fronte stempiata. I baffi sottili sono forse la sua unica caratteristica riconoscibile. Per quanto sia piccolo di statura, il suo controllo della nazione incombe dall'alto, assoluto.

«Dan adesso è alto più di un metro e ottanta», si è vantato di recente suo padre. «Vero, grande uomo?»

Sbagliato. Non è la statura a rendere un uomo grande o potente. Lui e suo padre guardano attraverso lenti diverse.

Quando esce dal parco del Retiro, il rumore esplode come un branco di gatti che strillano. Le motociclette imperversano sul selciato bollente, sfrecciando tra gli autobus ronzanti e le auto che strombazzano. Una ragazzina con un vestito sgualcito è seduta sul manubrio di una moto mentre il suo conducente spericolato fila a tutta velocità in mezzo al traffico.

Daniel si ferma sul marciapiede. Madrid romba di un'energia esotica di colori cupi. Le auto e le scarpe sono nere, e si mescolano alla tappezzeria stradale color carbone, marrone Goya e rosso scuro. Le scene concitate sono accentuate dai mulinelli dei fumi di scarico e da frammenti di spagnolo. Sua madre, nata in Spagna, è categorica, vuole che lui parli la lingua del paese. Nei primi cinque anni di vita di Daniel, lei gli ha parlato solo in spagnolo. Anche se quella lingua gli è familiare, tutto il resto a Madrid gli è sconosciuto.

All'angolo vicino all'ingresso del parco, degli asini stanchi tirano carretti ricolmi. I venditori ambulanti smerciano souvenir. Un uomo filiforme è in piedi dietro un assortimento di ventagli spagnoli. Ne tiene in mano diversi alla volta, aprendoli di scatto per farli svolazzare come farfalle dipinte. Il venditore indica il cartellino appeso alla tracolla della macchina fotografica di Daniel e gli chiede se è un giornalista.

«*¿Periodista? Americano?*»

Daniel annuisce a quella mezza verità e continua a camminare. La macchina fotografica è stata il regalo di sua madre per il diploma delle superiori. Il cartellino è di un quotidiano locale della sua città, Dallas.

«Voglio fare il fotoreporter», ha annunciato di recente a cena.

«Fidati, crescendo cambierai idea», gli ha detto suo padre.

Non succederà. Le sue fotografie sono spontanee ed eccitanti, qualcosa che Daniel crea e non ha ereditato. Sono una storia inventata da lui, invece di una narrazione ancestrale fondata sulla fortuna petrolifera. Ripensa alla lettera dattiloscritta che conserva nel cassetto della sua scrivania, a casa.

```
Egregio signor Matheson,

congratulazioni, lei è stato selezionato tra i
cinque finalisti del Magnum Photography Prize 1957.
```

Deve consegnare il suo portfolio a settembre.

Suo padre non capisce. Daniel non si stancherà della fotografia, ma è stanco di chi lo ascolta con parsimonia eppure elargisce opinioni con generosità. E le opinioni sono numerose:

– dovrebbe seguire il calcio invece della boxe
– la fotografia è una perdita di tempo
– l'impresa petrolifera di famiglia sarà il suo lieto fine per sempre.

Quelli che pensano di conoscerlo meglio in realtà non lo conoscono affatto.

Le ragazze non fanno eccezione. «Daniel Matheson. Santo cielo, ma dove ti sei nascosto finora?» scherzavano le belle debuttanti affollate intorno al jukebox da Nelson.

Non si era nascosto. Era sempre stato lì ma le ragazze non lo avevano mai notato... finché era tornato come studente dell'ultimo anno, dieci centimetri più alto e più forte di parecchi metri. Il suo telefono cominciò a suonare. Le ragazze amavano il suo furgone, le sue foto e sentirlo parlare in spagnolo con i camerieri di El Fenix. Di colpo diventò «interessante». E, di colpo, lui fu abbastanza sciocco da crederci.

Dopo essere uscito per tre mesi con Laura Beth, il suo essere «interessante» non la interessò più.

«E se tu mettessi i mocassini invece degli stivali?» gli suggeriva. «Prendiamo la Cadillac di tuo padre invece del furgone.» E: «Ah, lui? È solo un amico di famiglia».

I suoi compagni di scuola alla St Mark's ridevano. «Cosa ti aspettavi? Lei fa gare di dressage. Tu fai i rodei. Lo sanno tutti che è lunatica. Non vale un fico secco.» Per fortuna fu proprio il suo retaggio spagnolo a porre fine alla storia con Laura Beth. Lui era «troppo etnico». *Gracias, madre.*

Daniel passa davanti a un bar. L'aria asciutta e ventosa si permea di olio, aglio e peperoncino. Mucchi di gamberetti, anguille, peperoni fritti e salsicce piccanti riempiono la grande vetrina. Scatta una foto. Il vento caldo gli scompiglia i capelli. A Madrid non fa caldo come a Dallas. Svolta l'angolo in una viuzza lastricata e s'infila in un portone. Daniel guarda l'orologio e poi la posizione del sole. I suoi genitori lo aspettano a pranzo in albergo. Suo padre sarà seccato con lui. Di nuovo.

In lontananza, echi di tacchi che si avvicinano. Daniel porta l'obiettivo davanti all'occhio.

Una suora.

Ha il passo veloce. Deciso. Tiene in braccio un piccolo fagotto avvolto nella stoffa. Continua a guardarsi alle spalle, come se la seguissero. Daniel rimane sulla soglia, senza farsi notare, aspettando l'inquadratura perfetta. Un soffio di vento fa svolazzare la tunica nera della suora. Lei abbassa una mano per domarla. In quel momento la brezza solleva il panno, rivelando il contenuto del suo fagotto.

La faccia di un neonato, grigia come il fumo, fissa Daniel.

Lui trattiene il fiato mentre fa scattare l'otturatore.

Il bambino è morto.

Gli occhi della suora, spalancati per il panico, si voltano di colpo verso l'obiettivo.

Daniel preme più volte l'otturatore ma ottiene solo dei *clic* vuoti. Ha finito la pellicola.

Infila una mano in tasca per prendere un rullino nuovo. Lo carica il più velocemente possibile, ma è tutto inutile. Quando alza lo sguardo, la suora è sparita e al suo posto ci sono due uomini con un mantello e un cappello a forma di ali. Sono armati di fucili.

La Guardia Civil. La milizia al servizio di Franco.

Il poeta preferito di Daniel, Federico García Lorca, li aveva descritti come:

Uomini di vernice con anime di vernice. [...]
Chi vi ha visto e non vi ricorda?

«Stai alla larga da loro», lo ha avvertito suo padre.

Ma la loro sinistra comparsa, simili a corvi umani, agita un dito invitante verso l'obiettivo di Daniel. Lui avanza ancora di più nell'androne per nascondersi. Non è illegale fotografare la Guardia Civil, no?

Solo una foto. Per il concorso.

Daniel preme l'otturatore. Li ha presi?

Uno svolazzo di ali. Una bomba silenziosa esplode.

Gli uomini sono su di lui in un attimo e lo sbattono contro la porta, afferrando il cartellino identificativo appeso alla tracolla della sua macchina fotografica.

«*¿Americano?*»

«*Sí, señor. Americano*», risponde Daniel, combattendo la tentazione di spingerli via. Cerca di restare educato. «*Yo hablo español.*»

La guardia fa un verso sprezzante. «*¿Y qué?* Perché parli spagnolo credi di avere il diritto di fotografare tutto quello che vuoi? Dammi la pellicola. Subito!»

Daniel armeggia nervosamente per aprire il retro della macchina fotografica ed estrarre il rullino. Lo arresteranno?

La guardia gli strappa di mano la pellicola. «Il tuo cartellino non vale niente qui. Dove alloggi?» gli chiede.

«Al Castellana Hilton.»

Aspetta.

No.

Non appena le parole gli escono di bocca, Daniel vorrebbe afferrarle, ritrattarle e nasconderle.

Ma è troppo tardi.

Il sistema era molto rigido. Era la Spagna di Franco. Meglio non cadere nelle mani della Guardia Civil o della polizia. Le prigioni erano davvero terribili e vi continuavano a gettare dentro gente.

ALEXANDER F. WATSON,
funzionario consolare statunitense a Madrid (1964-66)

Brano di un'intervista, settembre 1996
Foreign Affairs Oral History Collection
Association for Diplomatic Studies and Training
Arlington, Virginia
www.adst.org

4.

Puri tiene una bambina piccola in grembo e le lega i lacci delle scarpine dello stesso rosa pallido della sua guancia. Le piacciono i rumori, così Puri fa dei suoni schioccanti con la bocca. La bambina fa un gridolino e sorride felice, piena di gioia e stupore.

Al collo la bambina ha un nastro bianco con appeso un medaglione d'ottone. Puri lo gira e passa il pollice sull'incisione.

20.116.

20.116 non sa di essere un'orfana. Non si rende conto di essere stata portata all'Inclusa, l'orfanotrofio di Madrid. Non ha idea di essere in braccio a Purificación Torres Pérez, né che Puri porta un grembiule nero con le frecce rosse della Falange, il movimento fascista spagnolo.

«Il tuo dovere, la tua missione come donna è servire», l'avevano istruita i suoi insegnanti a scuola. Puri è grata di servire lavorando con i bambini.

«Andiamo a fare le foto. Sarà divertente», dice Puri in tono affettuoso alla bambina.

20.116 indossa dei bei vestitini che non le appartengono. Puri l'accompagnerà nella stanzetta bianca al terzo piano. Un uomo con una macchina fotografica nera di forma squadrata si metterà davanti all'orfana per catturare il suo ritratto. Puri la calmerà dopo la scintilla della terrificante lampadina al magnesio. Farà gli schiocchi con la bocca.

20.116 sarà poi riportata nella sua culla di vimini spiegazzata nella nursery. I bei vestitini verranno rimessi nell'armadio buio di suor Hortensia.

Un completo per le femmine. Un completo per i maschi.

Suor Hortensia sorveglia ogni lattante con affetto sincero e devoto. Le foto della bambina verranno distribuite ad amorevoli coppie spagnole. Puri liscia le ciocche morbide della piccola, grata che ci siano così tante famiglie disposte a adottare dei bambini sfortunati. Un grande ritratto incorniciato di Franco è appeso a una parete della stanza.

«Il nostro difensore, *El Caudillo,* veglia su di noi», sussurra Puri alla piccola. «Si prende cura di noi.» Le solleva il braccino destro in un saluto militare verso il quadro. La fa saltellare al ritmo della melodia inneggiante che intona:

È Franco, Franco, Franco, nostra guida e capitano.

Una suora di un ospedale del quartiere entra di corsa nella stanza per chiamare suor Hortensia. Seguono cenni. Sussurri.

«In strada. Sì, proprio adesso. E la Guardia Civil...»

Puri tende l'orecchio per ascoltare.

20.116 comincia a piagnucolare. Puri fa lo schiocco con la bocca.

Le due suore guardano Puri.

Puri volta loro le spalle.

5.

Ana controlla sul registro nella tasca del grembiule il cliente che le è stato assegnato.

Daniel Matheson.

Bussa piano alla porta. Nessuna risposta.

Usando il passe-partout, entra nella stanza.

Calura. Silenzio. Il condizionatore è spento e la portafinestra che dà sul balcone è aperta. La diafana tenda perlacea si alza e si abbassa nella brezza torrida.

La maggior parte dei turisti vuole la stanza con l'aria condizionata insieme al ghiaccio. Ma questo cliente è diverso. A questo cliente piace far entrare l'alito caldo e secco di Madrid nella grande suite. Non ha ancora infilato i suoi indumenti nei cassetti o nell'armadio. Spuntano fuori dalle valigie aperte sul pavimento, in mezzo ad altre cose lasciate lì alla rinfusa all'arrivo. Sul tavolino da caffè ci sono pile di quotidiani e riviste. Un nome, «life», attira l'attenzione di Ana. Accanto ai giornali c'è una scatola gialla con l'etichetta GE PHOTO FLASHBULBS, le lampadine per il flash.

I clienti dell'hotel portano con sé una vasta gamma di beni costosi. Un uomo dall'Illinois lavora per una società che si chiama Zenith. Ha delle radio a «transistor» in un arcobaleno di colori, abbastanza piccole da poter essere infilate in tasca. Un musicista in fondo al corridoio ha un giradischi portatile alloggiato in una valigia. Come fanno a guadagnare i soldi per comprare cose del genere? Un antipastino all'aragosta sul menu dell'hotel costa di più di quello che la maggior parte degli spagnoli guadagnano in diversi mesi.

«Spesso lasciano il cibo intatto, lì sul vassoio», racconta a suo fratello Rafael.

«Certo, per loro non è costoso», spiega lui. «Gli uomini americani hanno una cosa che si chiama "salario minimo" di lavoro. Un dollaro americano all'ora. Ed è il loro salario più basso. Ti immagini?» Rafa si china verso Ana. «Quegli americani ricchi sono felici, non affamati. Mettiti in tasca qualche aragosta per me», le dice con un cenno cospiratorio.

Ana ride alla battuta del fratello. La sorella maggiore, Julia, non ride. Julia si preoccupa. Le sue mani, quando non stringono sua figlia, si stringono tra loro, torcendo spire di ansia.

«Adesso abbiamo cinque bocche da sfamare a tavola. Nessuno può perdere il lavoro», dice Julia.

Ana ama il suo lavoro, con le lezioni d'inglese e la rilassata atmosfera americana che le offre. Non sopporterebbe di perdere quell'impiego. Ma Rafa ha ragione. Quasi tutti i clienti dell'hotel non hanno mai conosciuto la fame... né la fame di cibo né la fame di vita.

La sua famiglia ha conosciuto entrambe.

Su una sedia c'è una rivista aperta. La foto di una famiglia americana fissa Ana. Lei appoggia con cura gli asciugamani e si china per prendere la rivista.

Le ragazze americane indossano calze con il risvolto e scarpe nere e bianche. Fissano le immagini di cantanti che suonano una musica che si chiama rock and roll... una musica considerata indecente in Spagna. Cosa succederebbe se le ragazze spagnole indossassero i calzoni per strada? Verrebbero arrestate? A una donna nubile spagnola sarebbe mai stato concesso il passaporto?

Ana sogna di viaggiare, di andarsene dalla Spagna, un giorno. Quello che si trova fuori dai confini del paese è inaccessibile per famiglie come la sua. Per decenni Francisco Franco è stato convinto che l'influenza straniera avrebbe corrotto la purezza e l'identità della Spagna. Non è un caso se le rotaie dei treni in Spagna sono più larghe che nel resto d'Europa: serve a impedire ingressi e uscite indesiderati.

«La Spagna ha bisogno di denaro e di investimenti stranieri, ecco perché Franco ha concesso di aprire un hotel americano», sostiene Rafa. «*Ay*, un castello in Spagna per gli americani», dice ridendo.

È vero. Dopo anni di isolamento, industrie selezionate sono state invitate dall'America: turismo, cinema e petrolio. Gli americani soggiornano al Castellana Hilton. Ma l'Hilton non ha solo delle stanze d'albergo. Ha un ufficio commerciale. Ana è brava in inglese. Dopo che avrà lavorato per due anni all'hotel potrà fare domanda per un impiego in un reparto diverso. Le segretarie dell'ufficio commerciale viaggiano con i dirigenti in tutta la Spagna. Si allontanano da Madrid.

Una chiave tintinna nella serratura. Un giovane alto con i capelli scuri entra nella stanza. Entrambi sobbalzano, spaventati. La rivista svolazza per terra.

«Bentornato, *señor*.» Ana saluta il cliente come le hanno insegnato.

Il giovane rimane immobile, con una macchina fotografica in mano. La fissa, poi si guarda intorno nervosamente. I suoi vestiti sono diversi da quelli che Ana vede sulle riviste. La maggior parte degli americani sono distinti e ordinati. Quel ragazzo è bello ma trasandato. I suoi capelli hanno una volontà propria.

La voce del giovane spezza il silenzio. «*Lo siento. No era mi intención asustarte.*»

«Non mi ha spaventato», risponde Ana sorridendo.

«Oh, parli inglese», dice lui piano.

«E lei parla molto bene lo spagnolo, *señor*, ma non lo spagnolo di Spagna. Forse lei parla uno spagnolo...» Fa una pausa. «Del Messico?»

Il ragazzo increspa gli angoli della bocca, quasi in un sorriso. «Texas. Dev'essere il mio accento. Però mia madre è spagnola.» Indica la porta. «I miei genitori sono nella suite in fondo al corridoio.» Cerca di lisciarsi i capelli scompigliati ed è in quel momento che Ana la nota. Ha una manica strappata.

Lui posa la macchina fotografica e fa per raccogliere la rivista.

Ana lo precede. Sente su di sé i suoi occhi mentre scambia la rivista con gli asciugamani. «Ah, sì. I suoi genitori sono i Matheson di Dallas. Lei è arrivato ieri. Benvenuto al Castellana Hilton, *señor.* Spero che stia apprezzando il soggiorno qui.»

«Sì, *ma'am.*» Annuisce.

A differenza di *sugar* o *doll,* hanno spiegato ad Ana, *ma'am* è un appellativo rispettoso, non un vezzeggiativo. Lei guarda il giovane. Avrà al massimo due anni più di lei.

«I miei genitori», dice lui a bassa voce. «Sono passati dalla mia stanza?»

«No, *señor.*»

Le sue spalle si alzano per il sollievo.

In quel momento bussano alla porta. Gli occhi azzurri del giovane si spalancano mentre un dito vola davanti alle sue labbra, chiedendo silenzio. Ana è immobile di fronte a lui e stringe gli asciugamani.

I colpi continuano, seguiti da una voce femminile dietro la porta.

«Daniel, sei tornato?»

Lui guarda Ana e si affretta a scuotere la testa. Le sue labbra formano la parola *no,* poi un sorriso impacciato.

Ana soffoca una risata, cercando di contenere il suo sorriso radioso. Detesta la macchia dorata che riveste il suo molare inferiore.

«Forse ha lasciato la radio accesa ed è quella che hai sentito», dice una voce maschile.

Radio? Daniel forma la parola solo con le labbra.

Ana indica un punto vicino. Daniel si sporge oltre di lei e accende la radio a basso volume. Lui profuma... di buono.

Dopo qualche istante, Daniel tende l'orecchio verso la porta. «Credo che se ne siano andati», sussurra. Fa un profondo respiro, come se cercasse di calmarsi. «Scusa, ma sto cercando di evitare i miei genitori.»

«Sì, lo vedo», commenta lei ridendo. Si volta e porta gli asciugamani in bagno.

Suona il telefono.

«Oh, accidenti, adesso chiamano dalla loro stanza», dice Daniel.

Ana vuole disperatamente essere ciarliera, scoprire perché lui sta evitando i suoi genitori, ma dà retta all'avvertimento di sua sorella. «Le serve qualcos'altro, *señor*? Altrimenti vado.»

«No. Grazie mille per il tuo aiuto.» Si sofferma un attimo a osservarla. «Di' un po', il tuo inglese è migliore del mio spagnolo. Sei di Madrid?»

Ana lo guarda dritto negli occhi. Sorride e mente. «*Sí, señor,* di Madrid.»

La prima volta che ci sono andato, in Spagna nel '55, provavi un senso di depressione, di repressione. Era vero. Tutti stavano attenti a quel che dicevano, a quel che facevano, a come si comportavano.

William W. Lehfeldt,
viceconsole americano a Bilbao (1955-1957)

Brano di un'intervista di storia orale, aprile 1994
Foreign Affairs Oral History Collection
Association for Diplomatic Studies and Training
Arlington, Virginia
www.adst.org

6.

«"Ribelle, bohémien, volgare. Sono queste le parole usate per descrivere Miguelín, il nuovo torero."»

Rafael alza lo sguardo dal quotidiano. Il suo amico Fuga è seduto su una cassetta nella rimessa del cimitero e fa un cenno a Rafa per esortarlo a continuare.

«"Dopo la sua presentazione all'arena Las Ventas di Madrid"», continua a leggere Rafa, «questo *torero* assicura al pubblico di essere lui quello da tenere d'occhio."»

Fuga indica l'immagine di un matador sul giornale.

«*Sí*, è lui, Miguelín», dice Rafa. «Devo mostrarti come si scrive il suo nome? Te l'ho detto, se vuoi diventare un famoso torero, devi imparare a leggere e a scrivere.»

L'offerta viene ignorata. Fuga vacilla all'indietro sulla cassetta artritica, colpendo la terra smossa con un badile. La sua folta capigliatura nera, scompigliata e indomabile, non riesce a nascondere gli occhi ferini. Chi gli passa accanto si volta a guardarlo. Non solo lo vedono, lo sentono anche. È un temporale che si addensa.

Fuga sposta lo sguardo da Rafa a una minuscola bara in compensato, delle dimensioni di una grande scatola di scarpe, posata vicino ai suoi piedi.

«*Ay*, un altro neonato?» chiede Rafa.

Fuga non risponde, si limita a fissare la piccola bara.

Alcune amicizie nascono dalla comunanza. Altre dalla prossimità. E alcune amicizie, spesso quelle improbabili, nascono dalla sopravvivenza. Rafa e il suo amico sono compagni di sofferenza. Si rifiutano di parlare dell'*hogar*, della casa dei ragazzi a Barcellona. Non era una «casa». Era un posto infernale, un mattatoio delle anime. I «fratelli» e le «guardiane» che mandavano avanti l'istituto provavano piacere a umiliare i bambini. Anche solo il ricordo è un veleno.

Le torture, come scarafaggi mentali, strisciano ancora nella testa di Rafa: tenere una moneta contro la parete con il naso, inginocchiarsi sui ceci, restare immobile mentre veniva bruciato con le sigarette. Si ricorda che a causa del puro terrore bagnava il letto, poi i fratelli gli legavano intorno al collo le lenzuola sporche, insistendo che indossasse la sua codardia come un mantello perché la vedessero tutti. Si ricorda di avere perso peso, di avere perso i capelli, di avere perso il coraggio.

«*¡Basta!*»

La parola lo colpisce prima del pugno dell'amico. La fitta di dolore è l'antidoto abituale, una promessa mantenuta quando la memoria ha il sopravvento. I ricordi sono veleno. Non prendere il veleno.

«*Gracias.*»

Fuga fa un cenno con la testa, e i suoi occhi feroci si addolciscono sotto i capelli selvaggi. Tira fuori di scatto la mano di tasca e offre a Rafa un piccolo mandarino.

Rafa ne desidera l'asprezza, ma è un gesto troppo generoso. Non può accettare l'unico pasto del suo amico. Scuote la testa.

Fuga si stringe nelle spalle. «*Entonces,* lo chiederai a lei?»

Con «lei» intende Julia, la sorella maggiore di Rafa. È l'unica che può fare quel genere di favore.

«*Sí,* glielo chiederò.» Rafa strappa il giornale in una mazzetta di quadrati precisi. «Ana dice che nell'hotel americano non usano i giornali. Dice che nei bagni dei clienti vengono messi rotoli di morbida carta bianca. Quando diventerai famoso, *amigo,* comprerai a tutti noi quella carta bianca per la latrina.»

Fuga fissa la bara del neonato. «No», sibila. «Quando diventerò famoso, smaschererò quelle case maledette e salverò i bambini.» Conficca la pala nella terra. «Raccontami un'altra volta le parole del tuo libro.»

Si riferisce a un volumetto che Rafa adora. Era uno dei libri preferiti di suo padre, che contiene la filosofia di Seneca.

«Come il fuoco prova l'oro, così la sventura gli uomini forti», cita Rafa.

«*Sí*», sussurra Fuga. «Emergerò da questo fuoco e quando accadrà», dice fissando di colpo Rafa, con gli occhi selvaggi accesi, «le brucerò tutte.»

7.

Daniel prende con riluttanza una sedia nella suite dei suoi genitori. Come ha potuto essere così stupido? Perché non ha detto alle guardie che alloggiava al Ritz? Lo avrebbero seguito lì e nessuno avrebbe saputo niente. Le guardie dovevano avere di meglio da fare che sorvegliare un ragazzo con una macchina fotografica. Non era niente di grave.

Ma, se non è grave, perché sta ancora sudando? Le immagini continuano a presentarsi nella sua mente.

Il bambino grigio. La faccia della suora che si girava di scatto verso l'obiettivo. La sua espressione scioccata mentre scappava via. L'improvvisa comparsa delle guardie.

Daniel fissa la macchina fotografica che tiene in grembo. Per fortuna non hanno notato il rullino che teneva in tasca. L'immagine del bambino sarebbe apparsa sulla pellicola com'era rimasta impressa nella sua mente?

Portando la macchina fotografica davanti all'occhio, inquadra il padre dalle spalle larghe sullo sfondo della piccola scrivania dell'hotel. Suo padre alza lo sguardo e scuote la testa. La sua espressione delusa schiaccia l'usurato pulsante del senso di colpa di Daniel. Perché non riesce ad appassionarsi all'estrazione del petrolio come suo padre? Sarebbe tutto molto più facile.

Sua madre si controlla il vestito e scaccia il fastidio dalla sua voce. «È stato un incidente, Martin. Daniel non lo sapeva.»

«Mi sto stancando di questi "incidenti", María. Due giorni prima della nostra partenza si è azzuffato al cinema.»

«Non sono stato io a cominciare, papà. Stavo difendendo un amico», dice Daniel. Lo stava difendendo davvero... e intanto si godeva l'opportunità di riempire di pugni un noto teppista del quartiere.

«Sei stato fin troppo fortunato che la polizia di Dallas ti abbia rilasciato con una diffida. Hai diciott'anni. Puoi essere processato come un adulto. E adesso questo?» Suo padre spalanca le braccia con aria interrogativa. «Siamo a Madrid da appena ventiquattr'ore e il direttore della hall mi viene a dire che sei stato scortato in hotel dalla Guardia Civil?»

«Come vorrei che i fattorini non avessero visto», dice sua madre.

«Come vorrei che tu non gli avessi comprato quella macchina fotografica, invece», ribatte suo padre in tono brusco.

«E io vorrei che la smetteste di litigare», dice Daniel.

«Non stiamo litigando.» La madre sospira e si rivolge a Daniel. «Io e tuo padre abbiamo delle settimane piene di impegni e viaggi, *cariño.* Pensavo che per te sarebbe stato eccitante esplorare Madrid per conto tuo. Ma forse non è sicuro. Non ho più parenti in Spagna se ti succede qualcosa mentre siamo via. E sei così lontano da Laura Beth.»

Non ha ancora detto ai suoi genitori che si sono lasciati. Gli farebbero un mucchio di domande. Daniel studia la macchina fotografica, eludendo l'argomento Laura Beth e pentendosi di non aver fotografato la ragazza carina in camera sua. «Mi dispiace. È stato un errore stupido. Me la caverò benissimo da solo. Davvero.»

Rivolge alla madre un'alzata di spalle contrita. Negli ultimi tempi il tono di sua madre ha assunto una nota stanca. È stata lei a pregarli di tornare in Spagna, ma da quando sono arrivati sembra nervosa. Daniel riconosce la reazione di sua madre: è la sua paura di non essere accettata.

María Alonso Moya Matheson è nata in Galizia ma è cresciuta in Texas come un'ispano-americana. In pubblico, sua madre è la moglie di un magnate del petrolio e sembra completamente americana. Ha fatto delle torte per raccogliere fondi per la campagna elettorale di Eisenhower. Sostiene la Hockaday School, fa volontariato nella Junior League ed è accettata dall'alta società di Preston Hollow e di Dallas in generale. A casa, sua madre gli parla solo in spagnolo. Lui è *cariño* o *tesoro.* Molti tra i loro domestici hanno origini spagnole. Sua madre si assicura che le pietanze e le tradizioni spagnole siano abitudini fisse nella vita di Daniel.

«È difficile districarsi tra due culture», gli ha detto una volta. «Mi sento un segnalibro incastrato tra i capitoli. Vivo in America ma non ci sono nata. Io sono spagnola.»

Sua madre è entusiasta che l'impresa petrolifera li abbia portati in Spagna. Vuole mostrare loro il paese che i suoi defunti genitori tanto adoravano. La Spagna pura. La Spagna nobile. Questo è il suo piano.

Suo padre fa scattare l'apertura della ventiquattrore.

«Non sono venuto qui per tirarti fuori da guai, Dan. Questa per me non è una vacanza. Franco concederà i diritti di estrazione a poche compagnie petrolifere americane. Andrò a visitare i siti e concluderò un accordo prima della fine dell'estate. Questo è il mio piano», dice suo padre. «Capisci?»

«Sì, signore», risponde Daniel.

Daniel si è appena diplomato alla St Mark's School of Texas. In autunno comincerà a frequentare la Texas A&M University e dopo la laurea entrerà nella compagnia petrolifera di famiglia: il pagamento delle rette universitarie è subordinato a questa condizione.

Daniel torna con il pensiero all'immagine del bambino morto; quella fotografia potrebbe garantire interesse al suo portfolio. Con il premio in denaro del Magnum Prize potrebbe facilmente pagarsi un anno di scuola di giornalismo invece della Texas A&M.

«Siamo invitati a una cena di gala dai Van Dorn», dice suo padre. «Hanno un figlio della tua età che è tornato dal collegio in Svizzera.»

«I Van Dorn. Diplomatici di Oyster Bay, il bel mondo di Long Island», dice sua madre. «Parecchie di queste famiglie prestigiose ricoprono posizioni importanti nell'ambasciata degli Stati Uniti. Daniel, *mi amor,* mettiti completo e cravatta. Non mi piace che indossi sempre quei jeans. Sembri un mandriano.» Fa una smorfia. «Hai una manica strappata?»

Daniel si affretta a esaminare la camicia. «Oh, deve essersi impigliata in qualcosa.»

Le guardie gli hanno preso il rullino e perdipiù gli hanno strappato la manica? Se è quella la maniera di trattare i turisti, come tratteranno la gente del posto? Si avvia verso la porta.

Sua madre lo prende con delicatezza per un braccio. «Ho visto che hanno delle cartoline nella hall. Mandane una al giorno a Laura Beth. La sua famiglia se lo aspetterà.»

Daniel esce dalla stanza con la macchina fotografica, per evitare di fare una scenata.

Non è il caso di far preoccupare sua madre dicendole la verità su Laura Beth.

8.

Puerta del Sol. Il cuore pulsante di Madrid.

La sera attira i turisti e la gente del posto, che si aggirano vicino alle fontane e alle scale della metropolitana. Le parole GONZÁLEZ BYASS brillano verdi dal cartellone pubblicitario del TÍO PEPE, in cima a un palazzo, gettando un bagliore sinistro sul cielo al tramonto.

Ana cammina lungo una viuzza lastricata. Il biglietto ingoiato non c'è più, ma ne rimane il sapore.

So che cosa hai fatto.

Si guarda alle spalle prima di infilarsi in una porta senza targhetta. In fondo a una scala buia, una luce tenue pulsa sotto l'ingresso. Si ferma per ascoltare, poi spinge la porta ed entra.

Viene accolta dall'esplosione di un arcobaleno di colori. Rotoli lucenti di seta e satin salgono dal pavimento al soffitto. Tessuti scintillanti color blu marino, ametista scuro e oro brillante scendono a cascata sui piani dei banconi consunti. Schizzi e modelli sono appuntati su tutte le pareti. Tre donne sono sedute ai tavoli mentre altre due lavorano a macchina le stoffe pesanti.

Ana si china per raccogliere una perlina da terra. In questo spazio accogliente, viene creata la cerimonia. I bei tessuti e gioielli non servono a cucire abiti da sera o da sposa. Sono fatti e utilizzati per un'unica persona.

El torero. Il matador.

Traje de luces. Abito di luci. Chiamato così perché le gemme e le perline cucite sulla stoffa mandano riflessi e bagliori come se venissero accese da un interruttore nascosto. Un costume è composto di innumerevoli pezzi e ci vogliono mesi per realizzarlo, ogni dettaglio completato da una persona diversa. Una donna è specializzata nei calzoni, un'altra nelle cappe e altre ancora in complicati ricami decorativi. La specialità di sua sorella: cucire perline e gemme.

Come il fratello di Ana, Rafa, anche sua cugina Puri ama i toreri. Ana, invece, ama i tori. Lei detesta le corride. Queste divisioni familiari in fatto di lealtà sono comuni, anche se taciute.

Il laboratorio, di solito pieno di discorsi animati, in quel momento è privo di voci. Questo significa che Luis, il maestro sarto e proprietario del laboratorio, sta provando un costume a un torero nella stanza accanto.

Julia, la sorella di Ana, è seduta in un angolo su una sedia di legno. Una lampada le disegna in grembo un alone di luce soffusa. Lei spinge un ago attraverso i sette strati di stoffa rigida per cucire uno dei centinaia di zaffiri su un bolero corto.

Le dita di Julia sono narratrici silenziose, ricamate di cicatrici. Ana avvicina una sedia vuota a quella della sorella. Prende un paio di piccole pinze da un tavolo lì vicino e le posa una mano sulla spalla.

«Finisci con queste», le sussurra Ana. «Tra poco ti sanguineranno le mani.»

Julia le rivolge un cenno, riconoscente, e accetta le pinze per afferrare l'ago.

Ana indica con la testa la stanza di prova. Che torero ci sarà dietro la porta?

«Ordóñez», sussurra Julia.

Ana guarda sua sorella. Il viso di Julia, assetato di colore, ha bisogno di riposo e di sole. Julia ha appena avuto una bambina, che ha solo quattro mesi e non è ancora abbastanza forte. E nemmeno Julia. Lei si aggrappa disperatamente alla figlia, e insieme piangono tutta la notte.

La dottrina fascista afferma che il fine ultimo di una donna è il matrimonio, la maternità e la vita domestica. Per le famiglie povere, come la loro, la fame fa chiudere un occhio su queste direttive. Molte donne di famiglie indigenti sono impiegate nei lavori manuali.

Julia, però, è speciale. Il suo talento di sarta le concede l'opportunità di lavorare in un laboratorio. Luis ha bisogno delle doti di Julia per compiacere i suoi toreri. Julia ha bisogno del salario per dare da mangiare alla sua famiglia e pagare i debiti.

«Dobbiamo mettere in comune tutto ciò che guadagniamo», ricorda Antonio, il marito di Julia. «Depositeremo tutti i salari e le monete in questa vecchia scatola di sigari.»

Per trasferirsi dal misero quartiere di Vallecas a un piccolo appartamento a Lavapiés: è questo il loro progetto. Julia raziona e conta tutto, risparmiando fino all'ultima *peseta.* Per il momento, quattro adulti e una neonata condividono un'unica stanza buia. Però almeno sono insieme. Che era quello che desiderava la loro madre.

Ana non ha ricordi della guerra, ma rammenta le lacrime per la separazione dopo la scomparsa dei suoi genitori. Si ricorda di avere pianto disperatamente il giorno in cui lasciò Saragozza per andare a vivere dagli zii di Madrid. Hanno una figlia, però sua cugina Puri è diversa. Obbediente. Puri è priva di angosce e vergogne. Priva di segreti, Ana la invidia.

«Com'è andata al tuo palazzo oggi?» chiede Julia.

Bugie e minacce. Ma non ti preoccupare, le ho ingoiate.

«Il solito. Ghiaccio e ancora ghiaccio», risponde Ana ridendo. Cerca di cambiare discorso. «Sarò al settimo piano per l'estate. Mi hanno assegnato a una famiglia molto ricca, che soggiorna per tutto agosto. Hanno un figlio più o meno della mia età.»

Julia annuisce.

«Viene dal Texas», aggiunge Ana. «Ha delle riviste americane.»

L'espressione di Julia cambia da stanca a impaurita. «Quell'hotel non è la vita vera, Ana. Non per gente come noi.»

«Julia, a noi sembra incredibile, ma per loro sì che è la vita reale!» ribatte Ana. «Le donne americane guidano la macchina e viaggiano in tutto il mondo in aereo. Non è considerato peccato. Non hanno bisogno del *permiso marital.* Possono cercare lavoro, aprire un conto in banca e viaggiare senza il permesso del marito.»

Julia dà un'occhiata dietro di sé prima di sussurrare: «Ana, per favore, smettila di frugare nei cestini delle camere d'albergo. Smettila di leggere quei libri e quelle riviste! Sai benissimo che il loro contenuto è proibito in Spagna. Qui non siamo in America».

Julia ha ragione. In Spagna le donne devono accettare ruoli strettamente subordinati nella sfera domestica. Ana ricorda gli insegnamenti della Sección Femenina: «Non pretendete di essere uguali agli uomini». Insegnano anche che la purezza è assoluta. I costumi da bagno delle donne devono arrivare al ginocchio. Se una ragazza viene sorpresa al cinema con un ragazzo, senza chaperon, alla sua famiglia viene spedito un cartoncino giallo della prostituzione.

Julia aggrotta la fronte mentre prende la mano ad Ana. Persino il suo sussurro è tremolante. «Il mondo all'hotel è una fiaba. Mi dispiace, Ana, ma quello non è il nostro mondo. Ricordalo, ti prego. Stai attenta con chi parli.»

«Fa parte del mio lavoro chiacchierare», replica Ana.

«Va bene, a patto che sia una conversazione a senso unico. Puoi fare domande ma cerca di non rispondere mai a nessuna.»

Potrebbe funzionare. Ai clienti piace parlare di sé stessi. Finché lei rivelerà poco della propria vita, non c'è bisogno di preoccuparsi. Le si rivolta lo stomaco, mentre digerisce il biglietto.

«Ana, c'è qualcosa che non va?» le chiede Julia.

«No.» Ana sorride. «Assolutamente niente.»

La vita di ogni donna, a prescindere da ciò che lei possa pretendere, non è altro che l'eterno desiderio di trovare qualcuno a cui sottomettersi.

Semanario de la Sección Femenina, 1944

Per tutta la vita, la missione di una donna è servire gli altri. Quando Dio ha creato il primo uomo, ha pensato: "Non va bene che un uomo resti da solo". E così ha creato la donna, perché lo aiutasse e gli facesse compagnia, e fosse usata come madre. La prima idea di Dio è stata "l'uomo". Ha pensato alla donna solo in seguito, come un complemento necessario, cioè come qualcosa di utile.

Formación político social
(libro di testo della Sección Femenina), 1962

9.

Daniel si trova nell'elegante salone di una villa madrilena. Le alte portefinestre in ferro battuto decorate a motivi floreali sono aperte per dare accesso al terrazzo e ai giardini sottostanti. Le lancette dell'orologio di marmo si avvicinano alle nove. Non hanno ancora servito la cena. Daniel guarda attraverso il mirino della sua macchina fotografica. I suoi occhi esaminano gli intarsi intricati del parquet, i mobili dell'Ottocento e i raffinati tappeti tessuti a mano. Il suo obiettivo si posa su Nicholas Van Dorn, il figlio del diplomatico che li ha accolti al loro arrivo.

Attraverso il reticolo del mirino, Daniel vede che i suoi genitori avevano ragione: sono vicini d'età. Nick Van Dorn è abbronzato, ha i capelli biondi e lisci e gli occhi castani svegli. Indossa una giacca, calzoni con la piega e mocassini costosi e nuovi. Le calze hanno il disegno a rombi che sua madre adora. Lei dice che sono il modello «*argyle*». Suo padre le chiama «calze da checca». Il mirino si sofferma sulla mano di Nick che stringe un bicchiere. Nocche sbucciate. Una rissa? Interessante. Le nocche escoriate sembrano in contrasto con il resto del suo aspetto. Daniel scatta una fotografia.

«Il mio amico detesta essere il figlio di un diplomatico. A me piace. Mi annoio a restare troppo a lungo in un posto.» Lo sguardo di Nick si posa sull'obiettivo. «Ehi, Dan, ti mostro un bel posto dove fare foto.»

Nicholas guida Daniel lontano dagli ospiti, sulla terrazza piastrellata sul retro della villa dei suoi genitori. Indica la macchina fotografica di Daniel e poi il paesaggio. Le palme a ventaglio illuminate gettano ombre sottili che strisciano verso una fontana scintillante. Ma gli alberi ben curati non interessano a Daniel. Le persone sì. Loro sono paesaggi viventi, che respirano. Se catturati al momento giusto, la verità si mostra all'obiettivo.

«Tuo padre lavora per l'ambasciata?»

Nick annuisce. «È il funzionario agli affari esteri. Madrid è una bella assegnazione. C'è molto da fare qui. Fantastica vita notturna e il vino è meno caro dell'acqua.» Beve un sorso dal suo bicchiere.

Un domestico in guanti bianchi compare all'improvviso con un vassoio di olive all'aglio. Sparisce così com'era apparso. Silenziosamente.

«E fuori Madrid?» chiede Daniel.

«Ancora parecchia povertà. Ecco perché in molti si sono riversati in città. È stato terribile dopo la guerra civile. Ma la situazione adesso sta migliorando. La Spagna ha concesso agli americani di costruire delle basi militari. Ma probabilmente lo sai già. Tua madre è spagnola, no?»

«È nata qui, ma ha passato la vita negli Stati Uniti.»

La conversazione viene interrotta dall'apparizione del padre di Nick. Abito estivo di lino bianco, cravatta azzurra, rasatura perfetta. Sembra appena uscito da un catalogo di abbigliamento per uomo. «E tu devi essere Daniel Matheson», dice sfoggiando un sorriso provato allo specchio e pieno di calore. Tenendo in equilibrio in una mano una sigaretta e il cocktail, allunga l'altra per stringere quella di Daniel. «Shep Van Dorn. Benvenuto a Madrid.»

«Grazie, signore.»

Shep fa un lungo tiro alla sigaretta guardando Daniel, che nota l'esame discreto, il sorriso perfetto, lo splendore di un politico.

«Hai proprio una macchina fotografica professionale, Dan. È la nuova Nikon? Devi fare degli scatti interessanti. Tuo padre mi ha detto che hai già avuto uno scontro con le autorità.»

Come addetto alle relazioni pubbliche, Shephard Van Dorn lavora con la stampa. Conosce tutti i tipi di macchina fotografica, tutto il ciclo delle notizie, tutti i giornalisti.

Parla il linguaggio che Daniel vuole disperatamente imparare. Perché suo padre glielo ha dovuto raccontare?

«Sulla macchina fotografica avevo un tesserino del nostro quotidiano locale. Ha attirato l'attenzione delle guardie», dice Daniel, sorvolando sul dettaglio del rullino consegnato. «Questa è stata il mio regalo per il diploma. Spero di catturare qualche bella immagine di Madrid nel corso dell'estate.»

Van Dorn annuisce lentamente, facendo roteare il liquido nel bicchiere. «Ci sono molte storie qui. Importanti. Tieni a mente che la geografia stessa rappresenta una storia. Le differenze tra un catalano, un madrileno e un basco sono più pronunciate delle differenze tra un newyorkese e un texano. Prestaci attenzione.»

«Lo farò, signore.»

Van Dorn si avvicina alla portafinestra e chiama un uomo nel salone. L'ospite è seduto da solo a fumare, e cerchi di sudore si allargano sulle ascelle della sua camicia. I capelli neri, brizzolati sulle tempie, hanno la riga da parte e sono domati con la pomata Brylcreem. Dalle spalle in su, il signore è «fotografabile». Ma la parte centrale dell'uomo sembra essersi afflosciata come dopo una violenta fuoriuscita d'aria. I lembi della camicia svolazzano fuori dai calzoni sulla sua vita prominente. I pantaloni sono spiegazzati, come se fossero stati appallottolati invece che appesi. Daniel vede due ritratti diversi.

«Stahl, unisciti a noi», dice il padre di Nick.

L'uomo prende il suo drink ed esce in terrazza.

Il signor Van Dorn mette una mano sulla spalla a Daniel. «Ben, lui è il figlio di Martin, Daniel Matheson. Ho appena saputo che è un aspirante giornalista in cerca di una storia.»

«Fotoreporter», lo corregge Daniel.

«Ah, fotoreporter, le mie scuse. Lui è Benjamin Stahl. Lavora nella redazione madrilena del "New York Herald Tribune".»

«Piacere di conoscerla, signore», dice Daniel.

«E, Ben, naturalmente conosci mio figlio, Nick.»

Ben si sistema la cravatta, con una bruciatura circolare di sigaretta. «Ah sì, certo, io e Nick siamo amici», dice sorridendo. Ben Stahl parla come se masticasse le parole. Si rivolge a Daniel. «Apprezzo la tua educazione, ragazzo. Probabilmente sembro proprio un vecchio bastardo, ma non c'è bisogno che mi chiami "signore". Lo so che "signore" è obbligatorio in stati come il Texas ma puoi risparmiarti quel linguaggio da smoking per le vostre feste tra petrolieri.»

Ben non sembra vecchio a Daniel. Di certo meno raffinato di Shep Van Dorn, Ben ha un aspetto non convenzionale, come un rigoroso professore di filosofia che dorme vestito.

«Quindi sei il figlio azzimato di un barone del petrolio con una macchina fotografica costosa e il sogno di vincere il Pulitzer. Perché dovresti interessarmi?» dice Ben.

Nick ride.

Cala il silenzio finché Daniel accetta la sfida. «Il ragazzo ricco con giocattoli costosi. Sì, ne ho sentito parlare. In realtà odio gli smoking e le feste mondane. Sono finalista al Magnum Prize.»

«Wow, questo Dallas qui ha ancora un po' di orgoglio», dice Nick. «Mi piace questo tipo.»

Ben Stahl fischia tra i denti. «Finalista al Magnum alla tua età? Devi avere presentato qualcosa di davvero speciale.»

Daniel sorride, riconoscente.

«Be', lascio voi giornalisti ai vostri discorsi», dice Shep. «Ben, fa' un favore a me e a suo padre. Insegnagli come funziona la stampa in Spagna, così non lo sbattono in galera. E tu, Daniel, mentre sei qui a Madrid, insegna a mio figlio un po' delle tue buone maniere texane.» Ride e guarda Nick. «"Sì, signore. No, signora." Magari ti farebbe bene andare a Dallas.»

Nick socchiude gli occhi. «Dallas? Come, la Svizzera non è abbastanza lontana per te, Shep?»

Van Dorn ignora la provocazione ed entra nella villa.

Nick cammina avanti e indietro sulla terrazza.

Ben si appoggia all'angolo della balaustra, incorniciato dalle ombre di tre palme torreggianti. «È tuo padre, Nicky. Lascia perdere.»

Nick stringe lentamente le dita intorno al bicchiere. «Lascia perdere. Basta che lasci perdere, Nick. Sono stufo di sentirmelo dire.» Svuota il bicchiere con un sorso e lo lancia giù dalla terrazza. Daniel tende l'orecchio per sentire uno schianto che non arriva.

Ben ride e indica Daniel. «Ecco il titolo per il tuo prossimo articolo fotografico. *Il grido silenzioso in Spagna.*»

L'accordo per le basi [militari] è stato negoziato nel 1952 e io ho contribuito ad attuarlo. Tra gli obiettivi della Spagna, per quanto ne so io inespressi, c'era che gli Stati Uniti aiutassero a riabilitarla politicamente. La Spagna era governata da Franco ed era un po' uno stato paria. In effetti gli Stati Uniti, come parziale contropartita per l'autorizzazione a installare le basi, collaborarono per dare lustro all'immagine di Franco. Fu una bella sfida, perché molti americani erano così anti-Franco da bloccare qualsiasi apertura alla Spagna.

William K. Hitchcock,
assistente speciale dell'ambasciatore statunitense a Madrid
(1956-1960)

Brano di un'intervista, luglio 1998
Foreign Affairs Oral History Collection
Association for Diplomatic Studies and Training
Arlington, Virginia
www.adst.org

10.

La bambina finalmente si addormenta. Puri la osserva respirare, le piccole dita che stringono la coperta sottile. Ha solo pochi mesi, 20.116, ed è più piccola della media. Puri prova un affetto speciale per questa lattante. Ha un carattere sempre calmo e dolce. 20.116 è *sin datos*: non ha generalità. È arrivata all'orfanotrofio senza nessuna informazione. Dopo il battesimo all'Inclusa, ora si chiama María, come molte bambine senza dati. Ma Puri ha un suo nome segreto per lei. Lei chiama questa bambina speciale Trébol, «quadrifoglio». Sarà una delle fortunate.

I bambini arrivano all'orfanotrofio in diversi modi. Di alcuni, come Trébol, non si hanno informazioni. Altri invece ne hanno, biglietti spillati alla coperta:

È stato battezzato Manuel.

Vi prego, tenetela in braccio. Le piace essere cullata.

La bambina non mangia. Piange sempre.

Dio mi perdoni.

Oltre ai bambini con o senza nome, all'Inclusa ci sono anche delle puerpere. L'orfanotrofio offre infatti rifugio alle madri indigenti e ai loro neonati. Le donne servono come nutrici per gli altri lattanti.

Suor Hortensia dice che arriverà un prete da San Sebastián a prendere Trébol. La porterà ai suoi genitori adottivi. Abiterà lungo le coste scintillanti della baia sotto lo sguardo della bella statua di Gesù appena costruita sul monte Urgull. Una bambina davvero fortunata.

Puri passa tra le file di culle di vimini sgualcite. Decine di lattanti, tutti sotto l'anno di età. Questa è la parte del suo lavoro che preferisce. L'Auxilio Social, l'ente spagnolo di assistenza sociale, porta soccorsi umanitari con un'attenzione speciale alle vedove, agli orfani e ai poveri. È dovere di ogni bravo spagnolo aiutare i bisognosi.

Puri desidera con tutta sé stessa essere una brava spagnola e sostenere la nobile nazione che El Caudillo ha combattuto strenuamente per costruire. Il lavoro di Puri all'Inclusa la preparerà al suo fine ultimo, la maternità. Lei ama i bambini e loro la ricambiano. I medici all'Inclusa fanno notare che i neonati senza legami fisici né affetto sembrano progredire più lentamente. Il compito di Puri è interagire con i bambini. Salvare quegli innocenti e dare loro un futuro: sì, lei sarà una brava spagnola.

Fuori dalla finestra il cielo si oscura. Oggi Puri è rimasta troppo a lungo con i bambini. Appende al gancio il grembiule scamiciato e si avvia verso l'ufficio di ricevimento per prendere la sua borsa.

A Puri cade lo sguardo sull'apertura quadrata nella parete vicino alla porta.

Quel vano si chiama *el torno.*

Fuori, sulla via trafficata, è un ingresso dell'Inclusa riservato e circondato da un muro, in modo che i visitatori possano accedere al *torno* senza essere visti. Lo sportello quadrato nel muro viene aperto e il neonato posato su un grande piatto rotante. Quando la ruota viene girata, il neonato arriva dietro lo sportello nella parete interna dell'ufficio di ricevimento. Nel momento in cui lo sportello esterno del *torno* si chiude, il bambino diventa un orfano.

Questo è il procedimento solito, familiare a Puri, tranne le volte in cui una suora o un medico fanno entrare i bambini dalla porta sul retro. Come Trébol.

Una volta Puri ha chiesto chiarimenti sugli arrivi dalla porta sul retro, ma è stata rimproverata. «Ficcare il naso è un peccato. Non fare troppe domande.» Lei non stava facendo la ficcanaso, era solo curiosa. C'è una differenza. Ma anche sua madre dice che la curiosità è un peccato.

Puri esce dall'edificio. Ha ancora un sacco di tempo. I *portales*, i grandi cancelli di ferro dei palazzi, a Madrid vengono chiusi solo alle dieci e mezzo di sera. Dopo quell'ora bisogna battere tre volte le mani, in rapida sequenza, e chiamare nel buio *el sereno*, il vigilante notturno.

Puri non ha mai dovuto chiamare *el sereno*. Non rimane mai fuori fino a tardi. Resta a casa, a leggere dei suoi toreri nei ritagli di giornale.

«*¡Espere!*» Una donna sul marciapiede si precipita verso Puri. «La prego, per favore mi dica.» Le afferra la manica.

«*Señora*, cosa succede?»

«Il mio bambino», sussurra la donna. «Hanno portato qui a battezzare il mio bambino. Due giorni fa. Sto ancora aspettando. Lei lo ha visto?»

La donna stringe ancora più forte il braccio a Puri, che cerca di liberarsi.

«Dov'è il mio bambino? È dentro?» chiede la donna con voce implorante.

«Certo che no», risponde Puri. «Questo è un orfanotrofio.»

Suor Hortensia compare alla finestra.

«Ecco, vada a parlare con la suora», le suggerisce Puri.

La donna indietreggia di scatto e si allontana di corsa sul marciapiede buio.

"Poverina", pensa Puri. "È impazzita."

11.

Il tavolo occupa tutta la sala da pranzo in lunghezza. A ogni portata, il volume delle voci aumenta. Venti facce, illuminate dalle candele, si muovono e ondeggiano mentre parlano, creando giochi di luce sul soffitto intonacato. Case per le vacanze estive, compagni di università e conoscenze comuni: ogni ospite chiacchiera, caricando il peso delle proprie prodezze.

Ben Stahl, seduto vicino a Daniel, sorseggia il suo scotch e osserva attentamente gli ospiti. Si china in avanti, la sigaretta pericolosamente vicina alla manica di Daniel. «Bene, strillone, dimmi in una parola che cosa vedi qui.»

Daniel esita, allentando il nodo alla cravatta.

«Veloce, che cosa vedi?»

«Competizione», risponde Daniel.

«Esatto!» Ben agita la mano in segno di approvazione e, nel farlo, fa cadere la cenere nel piatto. «Un lungo corridoio buio di ego fragili. Dai, un'altra parola.»

Daniel esamina gli ospiti. «Ricchezza?»

«Sì, ricchezza, ma non è proprio esatto. Per fare una cronaca accurata devi trovare la parola perfetta. La parola perfetta cattura tutte le sottigliezze. La parola perfetta dimostra una vera comprensione.»

Ben sottolinea con un pugno ogni sillaba quando pronuncia "parola perfetta", lanciando coriandoli di cenere sulla tovaglia. Daniel fissa le braci ardenti che bruciano la stoffa costosa. Vuole disperatamente catturare l'immagine sulla pellicola.

«Mi stai ascoltando, Matheson?»

«Sì, scusi. La parola perfetta.»

«Esatto. Qui la parola non è "ricchezza", Matheson. La parola è "fortuna". Rifletti mentre scatti foto in Spagna.» Ben spinge indietro la sedia. «Devo andare a cercare una ritirata.»

Ben ha ragione. La parola perfetta è come l'inquadratura perfetta; esprime la vera natura di una situazione. Cambia leggermente la posizione dell'obiettivo e la fotografia racconta delle storie. Daniel ripensa alla foto che ha scattato alla suora e al neonato. Magari dovrebbe accennarne a Ben.

Di fronte a Daniel a tavola, sua madre è seduta vicino alla signora Van Dorn. Le loro facce sono animate, ma parlano sussurrando. Sua madre all'improvviso abbassa lo sguardo. Fa un respiro profondo.

Daniel riconosce il suo sguardo preoccupato, il suo segnalibro tra i capitoli. Sta cercando di nasconderlo alla madre di Nick. Daniel si gira verso Nick e cerca di intavolare una conversazione.

«Hai dei fratelli?»

«Una sorella. È a New York. Mia madre parte domani per andare a trovarla.»

«E la tua scuola è in Svizzera. Come mai?»

«Le Rosey? È meglio di un noioso collegio negli States. Passiamo i weekend a viaggiare. Molte cose da fotografare. Un sacco di visite a Madame Claude vicino agli Champs, la conosci?»

«No, chi è?»

Nick ride. «Hai una ragazza a Dallas?»

«Ce l'avevo», risponde lui, lanciando un'occhiata alla madre per assicurarsi che non li stia ascoltando. «È finita appena prima del diploma.»

«Be', è una bella fortuna. Adesso sei libero a Madrid per l'estate. Di' a tuo padre che hai bisogno di noleggiare una macchina dall'hotel. Quella della mia famiglia è un'auto diplomatica, quindi non possiamo usarla. Ma con una macchina tutta per noi e le tue conoscenze», e sulla faccia di Nick si allarga un sorriso malizioso, «ci divertiremo un mondo.»

«Le mie conoscenze?»

«Certo. Si basa tutto sulle conoscenze, cowboy. Tuo padre è un magnate del petrolio che sta negoziando degli impianti di trivellazione in Spagna. Chi pensi che autorizzi questo accordo?»
Daniel fa un lieve cenno con la testa.
«Esatto. Franco. Pare proprio che tuo padre sia un potente pezzo grosso. Mio padre ha detto che l'ambasciata sta preparando i documenti della tua famiglia per l'affare dell'orfanotrofio.»
Daniel guarda Nick.
«Aspetta un attimo, lo sapevi, vero?»
Daniel annuisce piano. «Sì. Certo.»

12.

I rumori del mezzogiorno salgono dalla strada ed entrano nella stanza di Daniel dalla portafinestra del balcone. Strisce luminose di sole inondano la sedia su cui è seduto con un libro.

Orfanotrofio.

«Tu sei figlio unico, Dan. L'impresa di famiglia ha bisogno di te», gli aveva detto suo zio. Ma se il loro unico figlio non era interessato all'impresa di famiglia, non ne avrebbero certo adottato un altro, no? Daniel ride. No, che idea ridicola. Nick aveva capito male. Come faceva lui a saperlo, poi? Ma quella faccenda non lo lascia tranquillo. È un accordo sul petrolio, non su un orfanotrofio. Vero?

Dei colpi leggeri risuonano sulla porta d'ingresso della sua suite. Daniel si alza e va ad aprire. È la ragazza del personale delle pulizie che era nella sua stanza ieri.

«*Buenos días, señor.*» Gli rivolge un sorriso dolce. «Sua madre la manda a chiamare.»

Il balenio d'oro sul dente richiama i bottoni sulle sue maniche. Lei è energica eppure aggraziata, con bei boccoli scuri. Daniel s'infila il libro sotto il braccio e la segue in corridoio.

«Come ti chiami?» le chiede.

«Ana», risponde lei, lanciandogli uno sguardo oltre la spalla.

Anche i suoi occhi sono belli. Gli viene in mente la macchina fotografica.

«È bello?» Ana indica il libro.

Daniel glielo mostra e annuisce. Robert Capa. *Leggermente fuori fuoco.*

La madre di Daniel è seduta alla scrivania e sta compilando una lista su un bloc-notes dell'hotel. «La riunione di tuo padre è stata spostata, *cariño.* Partiamo stasera per Valencia. Preferisci restare qui?» Senza aspettare la risposta, indica una camicetta sul letto e si rivolge ad Ana. «Si è staccato un bottone. Riusciresti a ricucirlo?»

«Certo, *señora* Matheson.» Ana si avvicina per esaminare la camicetta.

«Mi ricorderesti il tuo nome, cara?»

«Si chiama Ana», risponde Daniel.

«Sto aspettando un telegramma. Ana, puoi fare in modo che me lo portino appena arriva?»

«Certo, *señora.*»

«Inoltre vorrei portare un regalo alle persone che ci hanno invitato a cena a Valencia. C'è qualcosa di carino che potrei portare?»

Ana esita, riflettendoci su. «Forse dei dolci da La Violeta? Sono davvero squisiti.»

«Posso chiederti il disturbo di andare a prenderne due scatole?»

«Mamma, sono sicuro che è molto occupata», dice Daniel.

«Non ti dispiace, vero, cara?» La signora Matheson esamina la sua lista.

«Niente affatto», risponde Ana. «Il mio compito è assistere la vostra famiglia.»

«Perfetto, perché mio figlio sta cercando un negozio di fotografia.»

Daniel rivolge ad Ana un sorriso di scuse. A casa a Dallas, il rapporto di sua madre con i domestici è molto più rilassato. Le persone impiegate nella loro proprietà non sono dipendenti, fanno parte della famiglia. In Texas sua madre è spesso descritta come una «spagnola elegante». Invece qui in Spagna il suo atteggiamento d'un tratto sembra arrogante accanto alla gentile schiettezza di Ana.

Come se avvertisse il disagio di Daniel, Ana si affretta a rassicurarlo. «Faccio spesso delle commissioni per gli ospiti.

Conosco il proprietario di un negozio di fotografia. Sarò felice di accompagnarla, *señor.*»

La signora Matheson fa un sospiro sdolcinato e si volta sulla sedia. «*Señor.* Il mio dolce ragazzino è già un *señor?*»

Daniel alza gli occhi al cielo.

«Oh, scusami, tesoro. Ma certo che non sei più un ragazzo. Tu e Laura Beth andrete al college questo autunno.»

No, non ci andremo. Ci siamo lasciati. Doveva dirglielo e farla finita con quella storia? La reazione di sua madre non poteva essere peggiore del senso di colpa che cominciava a provare tenendoglielo segreto.

«*Perdón,* ma dobbiamo sbrigarci, *señor* Matheson. Il negozio chiuderà presto per il pranzo», dice Ana.

«Certo, prendo solo la borsa», dice Daniel. Anche lui ha fretta di andare. Prima fa sviluppare le sue fotografie, prima vedrà se ha un soggetto per il concorso, una sua storia degna di essere presentata e – cosa ancora più importante – una potenziale fuga dal petrolio.

13.

Ana e Daniel aspettano in silenzio che l'ascensore arrivi al settimo piano. Mentre lui sta cercando di farsi venire in mente qualcosa da dire, le porte si aprono.

«*Buenos días, señor*», lo saluta l'addetto all'ascensore. Agita un guanto bianco per invitarli a entrare nel piccolo vano. La sua divisa verde foresta sfoggia lo stemma dorato del Castellana Hilton tra due file di scintillanti bottoni d'ottone.

L'ascensore scende e si ferma al quinto piano. Entra un signore corpulento dai capelli grigi e gli occhiali con la montatura metallica.

«¡*Buenos días, señor* Lobo!» esclama Ana. Si affretta a fare posto al cliente, indietreggiando fino a sfiorare Daniel. Nelle pareti a specchio dell'ascensore, Daniel vede angolazioni multiple di Ana. Solleva la macchina fotografica e scatta.

«Quella sì che sarà una bella foto, davvero», dice l'uomo facendo l'occhiolino a Daniel. Le porte si aprono e il personale nella hall erompe in saluti quando l'ospite occhialuto esce dall'ascensore.

«Chi è?» sussurra Daniel.

«Il *señor* Paco Lobo», risponde Ana. «Il cliente più considerato dell'hotel. Alloggia qui da tre anni. Il *señor* Lobo mantiene due ragazze orfane e di recente ha adottato un intero villaggio.»

«Ha adottato un villaggio?» chiede Daniel.

«Sì, gli abitanti di Navalperal de Tormes, nelle montagne della Sierra de Gredos. È molto generoso e li aiuta finanziariamente.»

Ma certo. È questo che stanno facendo i suoi genitori con l'orfanotrofio che ha menzionato Nick. Loro aiutano ogni tipo di ente di beneficenza.

Daniel osserva il cliente riverito che attraversa la hall. Perché quell'uomo viveva in un albergo invece che in una villa o in un appartamento?

Ana fa un cenno a un giovane fattorino, vestito con una divisa simile a quella dell'addetto all'ascensore. Ha in testa un cappello verde e rotondo, simile a un tamburello, che porta sulle ventitré.

Il ragazzo corre verso di lei attraversando la hall. «*Hola*, Ana.»

«*Hola*, Carlitos. La *señora* Matheson del settimo piano aspetta un telegramma importante. Quando arriva, consegnalo a lei direttamente.»

Il ragazzo annuisce con foga e si rivolge a Daniel. «*¡Hola, señor!*» Indica l'immagine sulla fibbia della cintura di Daniel e scoppia di eccitazione. «Tex-has!» Solleva le dita come se fossero pistole. «*Bang! Bang!*»

«Sì, Texas», conferma Daniel ridendo. «Quanti anni hai, Carlitos?»

«Dodici.» Si mette sull'attenti, raggiante. «In Spagna noi fattorini siamo chiamati *botones*... bottoni. Per questo molti clienti mi chiamano Buttons, in inglese, *señor*.»

«Ah, bene. Allora, Buttons, posso farti una foto?»

Il ragazzo si presta, mettendosi in una posa ben studiata.

«Carlitos, di' per favore al banco all'ingresso che esco per fare una commissione alla famiglia Matheson», lo istruisce Ana.

Carlitos annuisce e si allontana.

«È un ragazzo dolce, e molto volonteroso», dice Ana.

Passa una dipendente dell'hotel che porta un secchiello di ghiaccio. Ha le labbra di un rosso violento che contrasta con la sua pelle pallida e i capelli scuri. Vedendo Ana e Daniel, inarca le sopracciglia e va verso di loro, cambiando direzione.

«*Hola*, Lorenza», la saluta Ana. «Lorenza, lui è il *señor* Matheson. La sua famiglia è in visita dal Texas.»

Lorenza annuisce lentamente, fissando Daniel. Abbassa lo sguardo, osservando i suoi jeans e gli stivali da cowboy. La sua fronte manifesta un lampo di interesse. «*Bienvenido a Madrid, caballero.*» Sorride e si allontana.

L'atteggiamento sicuro di Lorenza gli ricorda Laura Beth. Non vale niente.

Quando escono dall'edificio, la calura estiva li investe e si appiccica addosso. I portieri danno istruzioni ai taxi che portano o vengono a prendere i clienti. I fattorini vanno avanti e indietro, tenendo in equilibrio pile di scatole colorate e borse lucide dei negozi eleganti di Madrid. Daniel si guarda intorno furtivamente alla ricerca delle guardie. Non se ne vedono in giro.

«È da tanto che lavori all'hotel?» chiede.

«Da quasi un anno», risponde Ana.

«E prima?»

«Lavoravo per una famiglia.»

«Ah sì? E cosa preferisci?» chiede Daniel.

«In realtà preferirei che mi raccontasse della sua macchina fotografica. Sembra molto speciale.» Ana sorride.

Daniel la segue sui marciapiedi affollati e fiancheggiati da acacie, spiegandole i dettagli della sua macchina fotografica. Si ferma a fotografare un antico ingresso ad arco.

«Quella è l'entrata del museo Sorolla, *señor.* Deve visitarlo. È stupendo.»

Si avvicinano a un caffè decorato con vivaci piastrelle dipinte. Un turista abbronzato siede da solo a un tavolino sul marciapiede. Sonnecchia, stringendo in mano un bicchiere con un ultimo sorso di vino. Mentre si arrende al sonno, il bicchiere e il liquido rimasto si rovesciano pericolosamente vicino ai suoi calzoni.

Daniel si ferma.

Ana sorride e si affretta ad annuire. «*Sí, sí.*»

Non appena Daniel scatta una foto, l'uomo apre gli occhi, cogliendoli sul fatto. Loro scappano via ridendo.

«Credi che fosse ubriaco o solo assonnato?» chiede Daniel sorridendo.

«Tutt'e due le cose!» risponde Ana ridendo. «Ma qual era la foto più bella? Il turista che dormiva o le nostre facce quando ha aperto gli occhi?»

«Bella domanda! Vorrei poterle vedere insieme. È così facile perdersi un buon scatto.» Il sorriso di Daniel si smorza quando passano accanto a due uomini in uniforme grigia all'angolo. Hanno in mano un manganello e un'espressione arcigna in faccia.

«Ci sono anche alcuni scatti da evitare, *señor*», dice Ana, abbassando la voce. «I corpi di polizia in uniforme grigia, *los grises*, e naturalmente la Guardia Civil.»

«Giusto. *Gracias.*» Lui annuisce. «Sono in molti della Guardia Civil?»

Ana si sofferma a riflettere. «Forse quarantamila?»

Daniel sente serrarsi la gola. «Quarantamila?»

«Sì, ma lei probabilmente non li vedrà. Di solito fanno la ronda fuori dal centro.»

Invece lui li ha visti, e proprio in centro. Perché seguivano la suora con il neonato? Chissà perché avergli dovuto consegnare il suo rullino gli fa venire ancora più voglia di vedere la fotografia che ha scattato.

Nelle vie afose e congestionate di traffico si sentono suonare i clacson e i radiatori dei motori che ribollono.

«Come ha fatto a scoprire la fotografia?» chiede Ana.

«Grazie al mio insegnante di storia dell'arte, il professor Douglas. È stato lui a convincermi a collaborare al giornalino scolastico.»

Continuano a conversare, alternando con naturalezza l'inglese e lo spagnolo mentre camminano. Ana ascolta con attenzione, la prima a mostrare interesse per la fotografia di Daniel da un po' di tempo.

«Scusa, sto esagerando con tutte queste chiacchiere sulla fotografia», le dice.

«Non sta esagerando. Gliel'ho chiesto io, *señor.*»

Mentre lo guida giù per le ampie scalinate di cemento della metro, Ana gli spiega come comprare un biglietto e quale linea prenderanno per attraversare la città. Anche se le occhiate non sono palesi, Daniel sente su di sé gli sguardi della gente del posto. E anche quelli di Ana. Sono i jeans, la grossa fibbia della cintura o gli stivali ad attirare l'attenzione?

La metro è un tunnel sotterraneo e pulsante, piastrellato di bianco. Luci sospese illuminano pubblicità colorate dipinte sulle pareti arcuate. La banchina è intasata di passeggeri, ma in modo ordinato. Con una società così ben ordinata sono davvero necessari tanti poliziotti e guardie in strada?

«Ecco il nostro treno. Svelto, prendiamolo prima che riparta.» Ana tira Daniel per la manica in mezzo a una ressa di persone che salgono su un vagone. Le porte si chiudono, pressando i passeggeri uno contro l'altro.

Ana si aggrappa al corrimano di metallo in alto. L'aria all'interno del vagone è pesante per il caldo. Quando il vagone parte con un sobbalzo, Daniel sente un rivolo di sudore scorrergli dall'attaccatura dei capelli fino all'orecchio. Sono così vicini che un foglio di carta non riuscirebbe quasi a scivolare tra di loro.

«Fa troppo caldo per lei, *señor*?» sussurra Ana.

Lui avverte un soffio del suo respiro sul collo. Cerca di asciugarsi la fronte. «No, è piuttosto afoso anche in Texas.»

«Avete la metro anche a Dallas?»

Lui scuote la testa. «Abbiamo un servizio di autobus.»

Daniel pensa al suo progetto di giornalismo. L'anno prima la Dallas Transit Company aveva annunciato che i suoi autobus sarebbero stati desegregati e i cartelli BIANCO e DI COLORE sarebbero stati tolti. Ma non lo aveva fatto. Daniel aveva documentato il ritardo facendo foto e mandando ogni settimana un aggiornamento alla sede nazionale dell'Associated Press. Aveva ottenuto il massimo dei voti con il suo progetto, ma il suo impegno aveva dato fastidio a molti.

«Però avete la metropolitana a New York», dice Ana interrompendo i suoi pensieri.

Il vagone all'improvviso ondeggia, sballottando i passeggeri e schiacciando Ana contro Daniel. Sentendola così vicina, lui si dimentica quasi di rispondere. «Sì... la metropolitana a New York.»

«Grand Central è una stazione enorme.»

«Oh, sei stata a New York?» chiede Daniel.

Ana alza lo sguardo e il naso gli tocca quasi il mento. Scuote la testa. «No, non sono mai stata a New York. Non sono mai uscita dalla Spagna, *señor.*» Si sofferma un attimo, poi si affretta a distogliere lo sguardo.

All'improvviso mutamento della sua espressione, Daniel non riesce a dare una spiegazione.

È tristezza... oppure paura?

14.

«*Ay*, Julia, è solo per poche ore.»

«Rafa, te l'ho detto, no!» Julia scuote la testa guardando suo fratello. Perché lui è così impossibile?

«Almeno chiedilo a Luis. Lui capirà. Un torero non può entrare nell'arena senza un *traje de luces.*»

«Un *torero*?» Julia sposta lo sguardo nell'angolo dove un giovane selvaggio vestito di stracci dorme sdraiato su due sedie rotte. È a piedi scalzi e ha la faccia e le braccia coperte di sporcizia. Un russare sonoro riecheggia dalla sua bocca scardinata.

«Quell'orfano miserabile non è un torero. È un becchino.»

«Be', per il momento siamo becchini. E per il momento io lavoro al mattatoio. Ma, credimi, quell'uomo è un matador, Julia. Era il più coraggioso di tutti alla casa dei ragazzi. Sai come lo chiamavano a Barcellona? Lo chiamavano "Fuga". Ogni volta che scappava via, il direttore lo riportava indietro e lo puniva. Ma lui fuggiva di nuovo. Mi ha aiutato a trovare il coraggio. È grazie a lui che sono riuscito a venire via e a trovare la strada per tornare. Lui mi ha protetto. Se fossi stato da solo in quei campi, non sarei mai sopravvissuto.»

«Smettila di fare tanto il tragico», dice Julia, strizzando un pannolino bagnato su un secchio di legno.

«Non faccio il tragico. È vero.» Rafa abbassa la voce. «Eravamo tutti affamatissimi, ma Fuga vomitava il cibo per protesta. Avrebbe preferito morire di fame che essere nutrito dalla mano che lo picchiava. Noi ragazzi lo idolatravamo tutti. Inneggiavamo al suo nome sottovoce, incoraggiandolo. La sua impavidità teneva alto il nostro spirito. E poi un giorno mi sono ritrovato rinchiuso nella cella delle punizioni con lui. Non dimenticherò mai le prime parole che mi ha rivolto. Ha alzato lo sguardo in quel buco di terra battuta e sai cos'ha detto?» Rafa fa una pausa. «*Voy a ser torero.* "Diventerò un torero." È da quando è nato che combatte. Non è infetto come molti. Non è contagiato dal morbo della paura.»

«È facile non avere paura quando non hai niente da perdere», commenta Julia.

Rafa getta le mani in aria. «Invece ha tutto da perdere. Gli è stata data un'opportunità. È una cosa rara. Lo sai con cosa ha combattuto finora? Lui non possiede un drappo rosso. Usa una coperta che ha inzuppato con dei mattoni color ruggine, e anche così l'ho visto stregare tori da settecento chili in un campo di salici. E adesso, dopo averlo pregato tanto, padre Fernández mi ha mandato da un tizio con delle conoscenze. Darà una possibilità a Fuga.»

Julia riflette un attimo. «Se vince, ci saranno dei soldi?» Pensa al suo libro mastro scritto a mano e alla somma necessaria per trasferire la sua famiglia.

«Potrebbero dargli una manciata d'uva.»

«Una manciata d'uva?»

«Però, Julia, si conquisterà grande onore e la possibilità di combattere ancora. È un inizio. E deve sembrare un torero, non un contadino. Noleggiare un *traje de luces* costerebbe più di cinquecento *pesetas.* Tu sei circondata ogni giorno da decine di costumi nel negozio. Ti prego, almeno chiedilo a Luis. Prendiamone in prestito uno vecchio. Solo per poche ore.»

«Dove si tiene questa corrida?»

«Vicino a Talavera de la Reina.»

«Rafa, è a più di cento chilometri da Madrid. Come farete ad arrivarci?»

«Questo non è un problema. Ci andremo a piedi da Vallecas, se dobbiamo.»

E lo farà, Julia lo sa. Anche se in mezzo alla gente è attivo e solare, Rafa è un tipo che rimugina. Lui è il toro. Osserva, racimola in silenzio i pezzi e li rimette insieme. Ma ne mancano ancora tanti. I Corvi hanno in tasca dei pezzi di suo fratello. E lui ha un desiderio disperato di riprenderseli.

«Ci penserò», gli dice. «Ma se parlo a Luis, tu devi farmi un piacere.»

«Qualsiasi cosa.»

«Devi parlare ad Ana.»

«*Ay*, non c'è niente da dire ad Ana. È la più intelligente di tutti noi.»

«Rafa, a te darà retta. Quell'hotel è un'impresa americana. Uomini e donne lavorano insieme senza chaperon. Lei legge continuamente delle riviste americane. È una donna giovane e bellissima circondata da un mondo da fiaba. Questo la rende di nuovo vulnerabile.»

«Quello che è successo l'anno scorso non è stata colpa sua», dice Rafa.

Ha ragione, ma avrebbero potuto proteggerla in qualche modo?

«I guai seguono tua sorella ovunque vada», dice Julia. «È così silenziosa negli ultimi tempi. Ho paura che stia nascondendo qualcosa.»

Il russare di Fuga interrompe i loro discorsi. La bambina scoppia a piangere. Julia gira le spalle al fratello prima che lui dica una frase scontata.

Ovvio che Ana nasconde qualcosa. Quella è la Spagna di Franco. Tutti nascondono qualcosa.

15.

Ana indica un negozietto elegante, La Violeta. Vetrine bombate in cornici di rovere lucido s'inarcano ai lati di un'alta porta a vetri. Posati su nuvole di voile viola dietro le vetrinette sono esposti bonbon, caramelle e gelatine. Una ragazzina con un vestito sbiadito ammira i dolci da fuori. Daniel le scatta una foto di spalle.

«Deve entrare», dice Ana. «È un posto davvero speciale.»

Dentro, il negozio in miniatura profuma di zucchero. Sugli scaffali sono allineati barattoli trasparenti pieni di dolci viola. Ana indica una ciotola di cristallo sul bancone con dei petali canditi color lavanda.

«Li assaggi», insiste Ana, infilandosene uno in bocca. Poi sceglie due scatolette. Chiede alla commessa di incartargliele e di metterle sul conto dell'albergo.

Daniel prende una violetta candita. «Sembra un quadrifoglio viola.» Dopo un attimo fa una smorfia.

«Come le sembra?» gli chiede Ana.

«A mia madre piacerebbe molto», risponde lui.

«Ma a lei no.»

Daniel scuote la testa. «È come mangiare un fiore.»

Ana sorride mentre il ritratto si materializza. I jeans e gli stivali di Daniel, tutto di lui stride con l'interno color lavanda del negozio. «Posso farle una fotografia, *señor*?»

«Certo. Sarà divertente avere un altro paio di occhi.» Daniel le dà la macchina fotografica insieme alle istruzioni, mentre la ragazzina fuori osserva da dietro la vetrina.

Ana guarda attraverso il mirino. «Okay, dica: "Ai ragazzi del Texas piace la violetta candita".»

«Aspetta un attimo, cosa?» Daniel ride.

E in quell'istante, mentre ha la bocca spalancata in un sorriso e gli occhi timidi e imbarazzati, Ana scatta la foto. «Dobbiamo sbrigarci. Tra poco Miguel chiuderà il negozio di fotografia», dice avviandosi verso la porta.

Ma Daniel è alla cassa e sta comprando un marron glacé avvolto in carta stagnola dorata. «Lo daremo alla ragazzina là fuori», dice indicando la vetrina. «Pensi che le piacerà?»

Ana annuisce piano.

Certo che le piacerà. A qualsiasi ragazza piacerebbe.

Il negozio di fotografia è delle dimensioni di un lungo ripostiglio. C'è posto per uno ed è affollato se si è in due; un bancone di legno divide lo spazio angusto. Tra le file di scaffali che contengono rullini e accessori è appesa una tenda nera. Dal retrobottega arriva l'odore acre e metallico del liquido per sviluppare le pellicole.

«Questo odore... lo amo», dice Daniel.

«Ana!»

Miguel emerge da dietro la tenda, con un panama consunto in testa. Le ore che trascorre nella camera oscura gli conferiscono una pelle giovanile per un uomo vicino ai sessant'anni, ma i capelli e le sopracciglia hanno i toni di una fotografia in bianco e nero.

Saluta Ana con un gran sorriso. «Stavo quasi per chiudere.»

«Scusa, Miguel. Ti porto un cliente dell'hotel. Parla spagnolo, quindi non ci metteremo molto.»

Miguel agita la mano per indicare che non gli importa. Il suo sguardo si sposta sulla macchina fotografica di Daniel. «*¡Caray!* Questa è una signora macchina per un giovanotto. Sei capace di usarla?»

«Giudicherà lei, signore.» Daniel estrae un rullino dalla borsa e ne riavvolge un secondo dalla macchina fotografica.

«Ne ho viste solo un paio, di queste nuove Nikon. Entrambe di giornalisti americani. Mi hanno detto di averla pagata più di trecento dollari. Spero che li valga.»

Ana prova la familiare fitta di tristezza al cuore. Trecento dollari? Equivalgono a diciottomila *pesetas.* Diciottomila *pesetas* è più di quanto guadagna uno spagnolo medio in cinque anni. Il costo della macchina fotografica di Daniel acconsentirebbe a una famiglia intera di cinque persone di trasferirsi dalla loro stamberga piena di infiltrazioni di Vallecas a un appartamento decente a Lavapiés, più vicino al centro. Il costo di quella macchina fotografica potrebbe eliminare i debiti e i pericoli che soffocano la sua vita. Ripensa al biglietto che ha inghiottito nel sotterraneo dell'-hotel. Un brivido le corre lungo la schiena.

«Sì, probabilmente è troppo bella per me», dice Daniel. «Me l'hanno regalata per il diploma. Ma anche la mia vecchia macchina era davvero fantastica.» Tira fuori un portfolio dalla borsa. «Queste foto le ho scattate con la vecchia macchina.»

Miguel sfoglia lentamente le pagine dell'album. «*¡Ave María purísima!*» Indica una foto.

«Sí», dice Daniel. «Lo scorso aprile c'è stata una tromba d'aria a Dallas. Ha spazzato via venticinque chilometri e centinaia di case.»

Ana fissa la gigantesca tromba d'aria vorticante. È davvero demoniaca, spaventosa. E lui ci stava davanti. «Non era terrorizzato?» chiede in un sussurro.

«Non ho avuto il tempo di pensarci. Volevo scattare la foto a tutti i costi», risponde Daniel.

Miguel continua a sfogliare. Si ferma a una foto di decine di uomini con il cappello da cowboy. Sono quasi al buio, illuminati da un'unica luce sul soffitto, le mani alzate in aria. La fatica e l'abbronzatura segnano di rughe i loro volti.

Ana scruta la fotografia. «Chi sono?»

«*Braceros*», risponde Daniel, «braccianti messicani che lavorano in Texas. Alla fine della giornata vengono ispezionati e perquisiti, per assicurarsi che non abbiano rubato niente.»

Miguel si sofferma a osservare l'immagine che ha davanti. «*Qué duro*», dice sottovoce. Daniel annuisce. È un'immagine violenta.

«È così il Texas?» chiede Ana.

«Non tutto. Solo una parte.» Daniel gira diverse pagine dell'album. «Anche questo è il Texas.»

Ana fissa le foto in bianco e nero. Un paesaggio riarso punteggiato di impianti di trivellazione e inondato da un tramonto di fuoco. La foto è così evocativa che lei riesce a immaginarla a colori. Lui gira la pagina. Una sfarzosa festa in giardino. Tappeti di erba folta circondano una piscina che scintilla come un *traje de luces*. Gruppetti di persone eleganti fanno baldoria bevendo cocktail sullo sfondo di una grande tenuta.

Miguel indica una giovane donna sdraiata vicino alla piscina, in bikini. «In Spagna verrebbe ammonita.»

«Mia madre sostiene che alcune donne dovrebbero essere ammonite anche in America», dice Daniel ridendo.

Ana osserva la foto. La donna è bella e ha un'aria rilassata. Non c'è niente di offensivo in un bikini, ma naturalmente non potrebbe mai dirlo a voce alta.

Miguel prende il rullino che Daniel ha appoggiato sul bancone. «Come ti chiami, americano?»

«Daniel Matheson.»

Miguel si allunga sul bancone per stringergli la mano. «Miguel Mendoza. Hai un bell'occhio, Daniel. Vedi molte angolature.»

«*Gracias, señor.* Ho avuto un bravissimo maestro a scuola. Queste foto fanno parte di un concorso a cui ho partecipato. Quindi forse non è leale. Le sto mostrando i miei lavori migliori.»

«Chissà», dice Miguel, sollevando i due rullini. «Magari sono questi i tuoi lavori migliori. Saranno pronte tra un giorno o due.»

Le loro parole sono suoni smorzati per Ana. Continua a fissare la fotografia della festa in giardino in Texas, assorbendo ogni dettaglio. Tavoli infiniti di cibo. Cardigan, fili di perle, bei denti, visi raggianti, l'esuberanza della libertà. Intorno a un grammofono ci sono ragazze e ragazzi con dei dischi in mano. Le donne stanno fumando. Decine di persone spensierate – felici invece che malinconiche – ignare della macchina che le fotografa. E poi la vede. In un angolo dell'inquadratura, una bella ragazza con gli occhi ammiccanti che fissa l'obiettivo. Sembra una stella del cinema. Sta lanciando un bacio al fotografo.

«Dovrei tornare all'hotel», dice Ana. «Devo sistemare la camicetta di sua madre.»

«Certo», dice Daniel infilando il portfolio in borsa. Salutano Miguel.

Ana sfreccia per la via, diretta verso la stazione della metropolitana. Daniel deve correre per starle dietro. «Scusa», le dice. «Ti sto portando via troppo tempo. Sono sicuro che hai un sacco di lavoro da fare.»

Ana scuote la testa. «Il mio lavoro è assistere la sua famiglia, *señor*. L'hotel mi ha assegnato a voi. Oltretutto mi piacciono davvero le sue fotografie.» Rallenta il passo e si volta a guardare Daniel. «Posso chiederle un favore, *señor*?» Fa una pausa per trovare il coraggio. «La foto che mi ha scattato stamattina in ascensore. La prego di non darla a nessuno.»

Daniel la fissa mentre la brezza calda le solleva i capelli folti. «No, non la farei mai vedere a nessuno senza il tuo permesso. La darò a te.»

Ana fa un sospiro di sollievo. Riprendono a camminare verso la metro.

Dopo qualche passo, Daniel rilancia. «Ana, posso chiedere io un favore a *te*?»

«Ma certo, *señor*. Quale sarebbe?»

«Non chiamarmi "*señor*". Chiamami Daniel e dammi del tu.»

Lei si ferma, aspettando che emergano in superficie le parole riluttanti. «Mi dispiace ma è impossibile, *señor*.»

Ana distoglie lo sguardo, fiduciosa che nascondendo la faccia nasconderà anche le sue verità.

16.

Puri è seduta sull'erba e indossa il grembiule nero senza maniche con ricamato sopra un fascio di frecce. Una bambina le indica. «Guarda, le frecce sul tuo grembiule sono uguali alle frecce sulla casa.»

«Bravissima!» Puri alza lo sguardo sull'emblema familiare sulla facciata dell'Inclusa.

L'Inclusa occupa tre grandi edifici in pietra disposti a U, con un giardino nel mezzo. A Puri piace rimuovere mentalmente i muri esterni e immaginarsi l'Inclusa come una casa di bambole. I piani inferiori ospitano le mense, gli uffici amministrativi, un'ala dedicata all'infermeria e le aule di scuola. I piani superiori sono divisi in sezioni che possono alloggiare cinquecento bambini e cento madri.

Puri guarda le finestre del seminterrato all'altezza del terreno. Nell'angolo c'è un archivio privato. È chiuso a chiave e vi possono accedere solo le suore e i medici. Lei non può fare a meno di domandarsi perché sia sempre chiuso a chiave.

«*¡Toro!*» grida un bambino, passando di corsa vicino a Puri.

Alla maggior parte dei bambini piace stare all'aria aperta e non vedono l'ora di correre e saltare. Nelle giornate di sole Puri e le madri li portano fuori a turno. I medici avvertono che senza un'adeguata esposizione al sole gli orfani possono sviluppare il rachitismo, una deformità dello scheletro causata dal mancato indurimento delle ossa, che si piegano. Per fortuna le cure mediche sono rigorose all'Inclusa. Ma Puri ha sentito alcuni dottori lamentarsi che i tassi di mortalità neonatale in Spagna sono particolarmente alti. I casi di polio aumentano ogni anno.

«Altri paesi hanno un nuovo vaccino per la polio. Perché non lo usiamo in Spagna?» ha chiesto una delle giovani madri.

«Può darsi che gli altri paesi abbiano bisogno di un vaccino. Non hanno la fede per scacciare le malattie con le preghiere», ha risposto suor Hortensia. «Provvederà lo Spirito Santo alla polio.»

Lo farà davvero?

Puri è dubbiosa. Mette in dubbio molte cose ma viene ammonita per le sue domande.

Quando la radio annuncia: «La Spagna è la nazione scelta da Dio» significa che Dio ha abbandonato le altre nazioni? E se gli stranieri sono indecenti, perché la Spagna li sta accogliendo come turisti?

«Ma perché devi mettere in dubbio tutto?» la rimprovera sua madre. «Non hai fede?»

Certo che lei ha fede, ma ha anche delle domande. Non può avere entrambe le cose? Puri si gira a guardare un gruppetto di bambini di sei anni seduti sotto le foglie argentee di un ulivo. È preoccupata per i più grandicelli. I neonati sono i più richiesti per le adozioni, invece è più difficile trovare una casa per gli orfani più grandi. Se i genitori o i nonni del bambino erano repubblicani spagnoli, quelli che si erano opposti a Franco durante la guerra civile, allora il bambino deve essere riabilitato e rieducato perché diventi un essere umano razionale. Puri ha sentito una coppia che diceva a suor Hortensia di non volere un bambino «fallato». Loro volevano un bambino che fosse «una tela bianca e intonsa».

Per Puri non aveva senso. Non dovevano essere salvati prima i bambini più vulnerabili? Quando lo ha chiesto a sua madre, persino lei era d'accordo.

Puri conosce per nome tutti i bambini di sei anni. Presto se ne andranno. Se un bambino arriva a sette anni senza essere stato adottato, viene portato via dall'Inclusa e mandato in un collegio maschile o femminile. La bambina orfana riceve più assistenza. Puri ha sentito che a quattordici anni alle ragazze viene assegnato un marito grazie a un matrimonio combinato.

«Non si è troppo giovani a quattordici anni?» ha chiesto lei una volta.

«Basta con le domande. Non si è mai troppo giovani per onorare il proprio paese», ha risposto suor Hortensia.

Per fortuna i bambini fanno tante domande quante ne fa lei.

«Le frecce sulla casa sono una cicatrice? Io ho una cicatrice», dice un bambino indicandosi il braccio.

«No, *chico*, quella è un'incisione. La tua cicatrice è speciale. È la pelle di un guerriero, molto forte», assicura Puri al bambino accarezzandogli il braccio magro, desiderando di avere la possibilità di eliminare tutte le loro cicatrici.

Puri è certa che la bellezza di quei bambini mette in ombra la sua. Lei ha un fisico molto più grosso di quello di sua madre. I suoi capelli castani non sono lucenti come quelli delle altre ragazze, nemmeno lontanamente belli come quelli di sua cugina Ana. Non le sembra giusto che Ana e Julia abbiano ricevuto tutta la bellezza della famiglia. Ma non farebbe cambio con nessuna delle due. I loro genitori erano dei repubblicani spagnoli. A scuola Puri ha imparato che i repubblicani spagnoli uccisero molti preti durante la guerra civile. Come si fa a uccidere un prete o una suora?

Suor Hortensia compare in giardino. Cammina lentamente intorno al bordo del prato, con le mani nascoste sotto la pesante tonaca bianca. Solo la faccia è scoperta, incorniciata dalla cuffia inamidata. Anche le suore sono soggette al rachitismo?

Suor Hortensia è tarchiata, con una mandibola decisa addolcita da occhi mansueti. Lei dedica tutta la sua vita a proteggere e a curare gli orfani. Con i bambini è severa, ma gentile. Alcune giovani madri dell'Inclusa mormorano a proposito di suor Hortensia. Loro preferiscono suor Pilar, una donna della loro età, con una risata calda e il cuore paziente.

Anche se Puri rispetta suor Hortensia, una minuscola parte di lei ne ha timore. Se è vero quello che mormorano le giovani madri, suor Hortensia ha un potere terribile. E ora, con la coda dell'occhio, Puri osserva il rosario di legno ondeggiare dalla tonaca della sorella mentre lei si avvicina. Un bambino piccolo tira Puri per una mano, reclamando la sua attenzione. Una bambina cerca di farle una treccia. Un terzo bambino le si arrampica sulla schiena.

«Buon pomeriggio, sorella», saluta Puri. Suor Hortensia le fa un cenno e poi si ferma e la fissa. Puri sente fremere i nervi sottopelle. Abbassa lo sguardo sul suo grembiule. È sporco di crema lenitiva per le irritazioni da pannolino e di borotalco, dalla nursery. La pulizia è un segno di purezza spirituale. «Mi scusi, sorella.»

La suora le rivolge un cenno indulgente, poi sposta lo sguardo sulla fila di ulivi. Parla senza guardare Puri. «Ieri ti ho visto dalla finestra. Una donna ti ha avvicinato in strada. Che cosa ti ha detto?»

Puri ha voglia di condividere quella strana esperienza. Forse la suora avrà una spiegazione. «Era confusa. Le hanno detto che il suo bambino era stato portato via per essere battezzato, ma non glielo hanno più restituito. Mi ha chiesto se era qui.»

«E tu che cosa le hai detto?»

«Be', le ho spiegato che non poteva essere qui, che questo è un orfanotrofio. E a quel punto lei è scappata via. Credo che quella povera donna soffrisse di disagio emotivo.»

«Davvero», conviene suor Hortensia. «Prega per lei», aggiunge prima di allontanarsi.

Puri annuisce. Vorrebbe chiedere se con le preghiere si può scacciare via il disagio emotivo, come la polio, ma mette da parte quel pensiero. Lei fa già troppe domande.

17.

«Bentornato, *señor*!» Carlitos saluta Ana e Daniel all'entrata dell'hotel. «Ancora nessun telegramma», annuncia poi.

«*Gracias*, Carlitos», dice Ana.

La hall superiore dell'albergo, di forma circolare, è affollata di persone che chiacchierano in inglese. Oltre a sua madre, Daniel vede anche Shep Van Dorn e Ben Stahl, il reporter.

«È il pranzo ufficiale dell'American Club di Madrid», sussurra Ana.

Da dietro arriva una voce. «E voi due che cosa state facendo?» La voce appartiene a Nick Van Dorn, che fissa intensamente Ana. «Ciao, Ana», le dice, poi fa un cenno a Daniel.

Daniel risponde con un cenno, notando lo sguardo di Nick fisso su Ana.

«*Buenas tardes*», dice Ana piano. Dopo una pausa prolungata, aggiunge: «Ero a fare delle commissioni per i Matheson. Mi dispiace ma sono di fretta. Devo finire un lavoro per la *señora* Matheson».

«Grazie ancora per il tuo aiuto», dice Daniel.

«È stato un piacere, *señor*.» Si volta e corre via tra la ressa.

«Come fai a conoscerla?» chiede Daniel.

«È solo un'amica», risponde Nick. «Dai, pranza con noi.»

Daniel osserva gli uomini in giacca e cravatta. «Sarà meglio che mi cambi prima.»

«Nah, poi saresti noioso come tutti noi. Lascia che le ragazze pensino che tu sia Marlboro Man.»

Daniel segue Nick nella hall superiore, dove vengono serviti dei drink. I camerieri che tengono in equilibrio vassoi d'argento di sangrìa si infilano tra le decine di ospiti pieni di soldi. Nick si prende da solo un bicchiere.

«La maggior parte di queste persone sono parenti di diplomatici americani o ufficiali delle basi aeree statunitensi», spiega Nick. «L'hotel organizza di continuo eventi ufficiali per loro.»

Daniel scorge Paco Lobo, il cliente che risiede nell'hotel, intento a coccolare il pappagallo bilingue, la mascotte della hall. Sta per prendere la macchina fotografica quando sente la risata.

Appartiene a sua madre. Non è la sua vera risata, è quella che usa quando è nervosa. Daniel si gira verso quel suono falso e vede Shep Van Dorn che intrattiene sua madre con una storia.

Nick sbuffa disgustato vedendo suo padre. «Dov'è il tuo?» chiede.

Daniel si stringe nelle spalle. «Probabilmente sta lavorando. Lavora sempre.» "E in qualche modo lavora sempre contro di me", pensa Daniel. Gli piacerebbe raccontare a suo padre di Miguel e del negozio di fotografia, ma sa che liquiderebbe la cosa come una perdita di tempo.

Segue Nick attraverso la folla in direzione di Ben.

«Sai con chi sta parlando Ben?» chiede Nick.

Daniel scuote la testa.

«È Max Factor junior, il magnate hollywoodiano dei cosmetici. Lui e sua moglie alloggiano in questo hotel. Franco consente a qualche casa di produzione di Hollywood di girare dei film qui.» Nick si avvicina abbastanza per ascoltare, ma senza interrompere.

«Quando ho visto i cappelli neri con le ali e i lunghi mantelli, ho pensato che fossero costumi e stessero girando un film», dice Factor ridendo. «Stavo per consigliare la nostra nuova linea di prodotti.»

«Fidati», dice Ben, «quelli della Guardia Civil non sono attori. Dove li hai visti?»

Daniel si avvicina di un passo. Gli si stringe lo stomaco.

«Girato l'angolo, un'ora fa, stavano parlando con un impiegato dell'hotel. Per fortuna il piccolo fattorino mi ha fermato prima che gli proponessi di usare Hi-Fi. È un nuovo fondotinta, più chiaro del nostro Pan-Cake usato per il Technicolor. Non credi che ti potrebbe interessare fare un articolo sul "Tribune" sulla nuova linea Hi-Fi, Ben?»

Ben ha i capelli immacolati ma gli manca un bottone alla camicia, che mostra tracce di un pasto precedente. Il suo ventre generoso fa apparire corta la cravatta. «Scusa, Max, mi concentro più sulla cronaca internazionale», risponde.

Max nota che lo sguardo di Ben si sposta e si volta verso Daniel. «Ehi, salve, amico. Arrivi dritto da un set cinematografico?» gli chiede.

«No, signore, sono solo vestito in modo inadeguato per l'occasione», dice Daniel.

«Sciocchezze. Non c'è niente di male nel sentirsi a proprio agio, giovanotto.»

Ma lui non è a proprio agio. Malgrado il complimento di Max Factor, sa che sua madre sarà seccata perché è vestito in modo informale.

«Facciamo fare un film di Hollywood a questo ragazzo», dice Factor.

«Dan è un fotografo, non un attore», replica Ben.

«Davvero? Sembra proprio che stia dall'altra parte dell'obiettivo.»

Daniel si trattiene dall'alzare gli occhi al cielo. Perché tutti sentono il bisogno di incasellarlo, e in modo sbagliato? Laura Beth aveva un talento particolare nel farlo.

«Scusatemi, vado nella mia stanza», dice. A parte l'abbigliamento informale, l'accenno al fatto che la Guardia Civil è nei paraggi lo mette a disagio.

«Dan, aspetta un attimo.» Ben Stahl lo segue. «Neanch'io partecipo al pranzo ufficiale. Possiamo mangiare insieme nel bar dell'hotel. È l'unico posto a Madrid dove si possono prendere un hamburger e un milkshake.»

Daniel esita, valutando l'invito di Ben. È dettato dalla generosità oppure è un'altra delle mosse strategiche di suo padre? Decide di scoprirlo. «Certo, un hamburger mi attira.»

18.

Ana cuce il bottone sulla camicetta di seta della *señora* Matheson. L'etichetta bianca sul colletto dichiara che è di Neiman Marcus. Un cliente che le avevano assegnato una volta aveva raccontato a Lorenza tutto su Neiman Marcus. L'elegante negozio, con sede a Dallas, vende articoli di lusso ai ricchi petrolieri texani. Da quando Franco ha concesso i diritti di trivellazione in Spagna, l'hotel è stato inondato da texani. Le fortune petrolifere portano con sé storie di balli delle debuttanti, bei campeggi estivi, dollari d'argento e qualcosa che si chiama sandwich con formaggio al peperoncino.

Ad Ana torna in mente l'immagine di Daniel con il marron glacé. La ragazzina, saltellando, aveva guardato il dolce come se fosse un diamante. Anche i diamanti sono comuni in Texas. Daniel sarà un texano comune? Di certo è diverso dagli altri clienti dell'hotel. Lui la guardava mentre parlava. Le apriva la porta. Le aveva portato il sacchetto da La Violeta come se fosse compito suo, non di Ana. Per quanto Nick sia simpatico, lui non l'ha mai fatto. Ripensa alle fotografie di Daniel e ai suoi jeans logori. Lui è diverso. Era stata maleducata a fargli delle domande invece di rispondere alle sue?

Ana piega con cura la camicetta e la posa accanto alla valigia pronta per Valencia. Appoggia sulla scrivania le due scatole di dolci dal negozio La Violeta. Osserva le confezioni, ricordando l'atmosfera incantevole che vi regnava. Che fortunati quelli di Valencia che li riceveranno.

Valencia. Città sul mare, luogo di nascita del suo pittore preferito, Sorolla. I clienti dell'hotel parlano della bellezza tranquilla di Valencia, dei suoi aranci profumati e delle onde azzurre. "Che rumore fa una grande massa d'acqua, e quale odore ha?" si chiede Ana. Circondata dalla terraferma, limitata dalle circostanze, lei non ha mai visto il mare. Vede la Spagna solo attraverso le immagini sulle cartoline che i clienti collezionano nelle loro stanze. Se verrà trasferita negli uffici commerciali dell'hotel, forse anche lei un giorno passeggerà lungo la spiaggia di Valencia. Ana ha bisogno di lettere di raccomandazione per la sua richiesta. Se lavora bene, magari la famiglia di Daniel prenderà in considerazione di scriverne una? Una lettera da parte di una famiglia americana influente potrebbe accelerare le procedure.

Ana rassetta la stanza pensando alle arance, pensando a Valencia. Sul comò vede un pacchetto di un turchese vivace.

NUOVO!
Dalla ricerca per la televisione a colori,
una grande scoperta nella cosmesi:

fondotinta fluido Hi-Fi di Max Factor

Lorenza le ha sussurrato che Max Factor e la moglie sono ospiti nell'hotel. Ana non vede l'ora di condividere con lei la scoperta del nuovo cosmetico.

Va a svuotare il cestino, che contiene un solo oggetto: una boccetta verde di vetro. Ana la ispeziona e subito si pente di averlo fatto. Non ha bisogno dei segreti del Texas. Ne ha già abbastanza dei propri.

Oggi a Madrid ci sono più texani che spagnoli. Il bar del Castellana Hilton è rumoroso come quando i cowboy radunano il bestiame nel Panhandle.

Finora in Spagna nessun texano è balzato nella Plaza de Toros per cercare di mostrare agli spagnoli come fa un vero uomo a domare un manzo. Ultimamente non ne ho visti entrare nelle hall a cavallo. Amici miei, la ricchezza sta indebolendo l'energia che vi rendeva eccezionali. La frequentazione costante di uomini d'affari yankee vi sta trasformando in femminucce. Ne incolpo anche le signore, in gran parte, che cercano di essere all'altezza di Neiman Marcus e s'impongono ai mariti, abituati un tempo a indossare gli speroni per ballare la quadriglia country. Le ragazze dicono: «Adesso sì che ti comporti bene!». E i giovanotti si comportano bene.

ROBERT C. RUARK

da World Travel Is Turning Texans into Real Sissies,
«Abilene Reporter-News», Abilene, Texas, 30 luglio 1954

19.

Ben sceglie un séparé nel piccolo ristorante riservato. «È più tranquillo qui», dice. «Nessuno che parla di cosmetici.» Allenta il nodo alla cravatta e si accende una sigaretta.

«È ingannevole questo hotel, non si direbbe così enorme», commenta Daniel. «Da fuori non sembra tanto grande, ma una volta che ci metti piede è gigantesco.»

«Ingannevole. Parola giusta», concorda Ben. Appare un cameriere che fa scivolare con discrezione un posacenere sotto la mano di Ben, prevedendo la nevicata grigia dalla sua sigaretta. «Mi sono perso qui dentro e non sono nemmeno mai andato nel labirinto sotterraneo. Questa ubicazione è strategica, sai?»

«In che senso?»

Ben sospira. «E dai. Un hotel americano in un paese governato da un dittatore fascista? Non è una coincidenza che l'ambasciata statunitense sia praticamente dall'altra parte della via. Ci sono diversi piani sotto questo edificio. Chiedi alla ragazza graziosa con cui sei arrivato.» Sorride.

«L'hanno assegnata ad assistere la mia famiglia. Era solo una commissione in un negozio di fotografia.»

«Quale?»

«Da Miguel Mendoza.»

«Miguel.» Ben annuisce. «Bel tipo. Bella camera oscura, anche. Ti inviterei a usare quella del mio ufficio, che è a tenuta di luce, ma a quel punto dovresti fare i conti con la censura.»

«Miguel sembra simpatico. Sono contento di dargli un po' di lavoro. Sta sviluppando un paio di rullini per me e ha dato anche un'occhiata al mio portfolio.»

«Okay, adesso tocca a me. Fammelo vedere.»

Daniel si affretta a prendere l'album dalla borsa e lo fa scivolare sul tavolo. È una grande opportunità. L'uomo che ha di fronte scrive per uno dei più grandi quotidiani del mondo.

Ben Stahl non fa niente velocemente. Ci mette un secolo a ordinare dal menu, anche se sa già cosa vuole. Ci mette ancora di più a sfogliare il portfolio. Gira piano le pagine, analizzando ogni immagine come se fosse un messaggio in codice.

Daniel si agita. Lo mette a disagio veder giudicare il suo lavoro. Ben lo sa. Arriva in fondo all'album, studia la fotografia finale e chiude il portfolio. Fa un lungo tiro silenzioso alla sigaretta. Alza lo sguardo su Daniel.

«Sei un impostore, cowboy.»

«Scusi?»

«Tuo padre mi ha detto che entrerai nel business del petrolio. Ma la verità è qui dentro. Il tuo interesse per il petrolio è pari al mio per il fondotinta Hi-Fi.»

«Non voglio diventare un petroliere.»

«Allora perché hai detto a tuo padre il contrario?»

«Non gliel'ho detto. Lui sa che adoro la fotografia. Voglio fare il fotoreporter, ma mio padre non mi appoggia. Mi pagherà il college solo se studierò ingegneria alla Texas A&M.»

«A&M? No, tu devi andare alla scuola di giornalismo.»

Daniel guarda Ben con riconoscenza. «È quello che voglio fare. Sono stato accettato a quella del Missouri, ma mio padre non pagherà le rette di una scuola di giornalismo.» Fa una pausa. «A proposito di soldi, mio padre la sta forse pagando per tenermi d'occhio?»

«Tuo padre? No.» Ben lo osserva. «Ma Shep e l'ambasciata potrebbero essermi debitori di qualche favore se bazzichi una camera oscura invece di una prigione.»

Daniel annuisce. Ovvio. Suo padre ha un accordo con il signor Van Dorn e l'ambasciata. Una rete di salvataggio sicura in caso di guai. Ma non ce ne sono in vista, no? Ana ha detto che le guardie simili a corvi non pattugliano il centro città. Però... Max Factor non ha detto di averli visti oggi?

«Ascolta, dimentica i progetti di tuo padre», dice Ben. «Hanno scoraggiato anche me dal diventare giornalista. Ma è evidente che hai talento. Il valore di questo portfolio è alto come la mia pressione sanguigna.» Ben si asciuga il sudore dalla fronte rosa come prosciutto, poi riprende la ramanzina con accresciuto fervore. «Sincerità. È questo l'importante. Se scatti delle foto con questo tipo di sincerità, è come se impugnassi una pistola. Qui in Spagna c'è una storia che vale la pena raccontare, una storia umana. Ma è virtualmente impossibile farlo, ed è ancora più difficile da capire per un forestiero. Devi usare l'astuzia. Questa è una dittatura. Il regime di Franco censura tutto. La libertà di stampa non esiste qui. E sarà meglio che tu sappia che i censori leggono ogni riga che scrivo prima che io possa inviarla a New York. Io sono troppo visibile. Ma tu... Tu!»

Ben batte la mano sul tavolo. Un cameriere arriva di corsa.

«È tutto a posto. Scusa, Pepe», dice al cameriere, poi si sporge verso Daniel e sussurra: «Invece *tu*. Tu puoi catturare una vera storia qui: un servizio fotografico per mostrare un aspetto della Spagna diverso da quello sulle cartoline. Tutti i corrispondenti stranieri stanno seguendo la stessa pista: quella che Hitler è sopravvissuto e Franco lo ha aiutato a fuggire in Sudamerica; che la Texaco ha segretamente finanziato Franco durante la guerra civile spagnola».

Daniel sgrana gli occhi. «Sono storie vere?»

«Chi se ne importa che lo siano. È il cinghiale che tutti stanno cercando di catturare. Ma a loro sfugge qualcosa. E il popolo spagnolo? Com'è vivere sotto una dittatura? Com'è per i giovani quando i libri di testo sono sponsorizzati dal governo? Quali sono le loro speranze e i loro sogni in un paese dove non ci sono libere elezioni ed esiste un'unica religione?»

Il cameriere porta gli hamburger e i milkshake.

Ben indica con la sigaretta il piatto. «Sembra che tutti siano concordi nel definire il Midwest degli Stati Uniti negli anni Cinquanta. Dicono che sia hamburger e milkshake, giusto? Per anni ho cercato di spiegare al mondo com'è la vita di uno spagnolo medio.»

Daniel guarda Ben, senza capire fino in fondo. Lo sta punzecchiando oppure cerca di ispirarlo? «Ma la vita sembra bella qui. Mia madre è spagnola e lei sostiene che Franco è umano. Nick dice che la situazione sta migliorando adesso.»

«Franco è un architetto», sussurra Ben. «Può darsi che la situazione sia migliore rispetto alla fine della guerra, ma i salari qui... sono ancora più bassi di quanto fossero nel 1936. Ma non è questo il punto.» Ben punta il dito sulla copertina del portfolio di Daniel. «Tu sei un fotografo, uno che racconta una storia. In una decina di foto mi hai mostrato dieci strati del Texas. Scegli un'angolazione e mostrami dieci strati di Madrid.»

Daniel fissa Ben, cercando di interpretare i suoi commenti. «E lei pubblicherà le mie foto sull'"Herald Tribune"?»

«Accidenti, no. Non posso farlo. Io qui sono un corrispondente dall'estero. Devo stare alle regole. Sono messo alle strette dalla censura. Perché credi che sia così difficile raccontare la storia di questo paese?» Fa una pausa, guardandosi alle spalle. «Ma delle foto significative, di esseri umani che fanno una vita di stenti, attireranno l'attenzione dei giudici del Magnum. Ti faranno vincere il premio in denaro e potrai andare alla scuola di giornalismo. E, chissà, magari quando torni a Dallas potresti trovare per caso un contatto per la rivista "LIFE". Madrid attraverso gli occhi di un giovane americano... roba piuttosto interessante, non credi?»

«LIFE.»

Daniel siede immobile, non volendo credere a quello che Ben gli sta suggerendo. Un potenziale servizio fotografico sulla rivista «LIFE»? Robert Capa, Eugene Smith, Gerda Taro: tutti i suoi eroi hanno scattato foto in Spagna. E «LIFE» gliele ha pubblicate. A Daniel torna in mente l'immagine della suora con il neonato. Perché è titubante a parlarne con Ben?

Ben dà un grosso morso al suo hamburger. Prende dalla tasca una confezione di antiacidi e la posa sul tavolo. La sua voce ridiventa un sussurro. «Focalizza il tuo obiettivo sul popolo spagnolo», dice alzando la sigaretta e puntandola contro Daniel, «ma non essere stupido. C'è un lato oscuro qui. Certo, ai turisti vendono sole e nacchere, ma Franco non vende solo quelli. Una mossa falsa e la polizia ti salterà addosso. Sarai morto in una fossa.»

L'obiettivo principale della Sezione politica era dare a Washington un'idea di come lo spagnolo medio vivesse sotto il regime, cosa ne pensasse, e quali fossero i rapporti del regime con le nazioni europee. Naturalmente all'epoca le relazioni con la Spagna erano piuttosto controverse dal momento che parecchie persone nel nostro paese, e soprattutto nel Congresso, erano fortemente contrarie al regime di Franco.

STUART W. ROCKWELL, capo della Sezione politica
statunitense a Madrid (1952-1955)

Brano di un'intervista, ottobre 1988
Foreign Affairs Oral History Collection
Association for Diplomatic Studies and Training
Arlington, Virginia
www.adst.org

Una delle cose divertenti era che esisteva un ministero chiamato «ministero dell'Informazione e del Turismo», guidato da un falangista della vecchia guardia che non aveva avuto un'idea nuova da un pezzo. Da una parte lui era il censore capo, era questo che significava "informazione". Informazione non significava dare informazioni, ma controllarle.

FRANK ORAM, funzionario statunitense alle relazioni
pubbliche dell'USIS a Madrid (1959-1962)

Brano di un'intervista, aprile 1989
Foreign Affairs Oral History Collection
Association for Diplomatic Studies and Training
Arlington, Virginia
www.adst.org

20.

Julia regge un pacco avvolto in spessa carta marrone. Prima di arrivare alla porta aperta, sente la bambina che inizia a piangere. «*Mamá* sta arrivando, Lali.»

Suo marito Antonio sta camminando avanti e indietro sul pavimento di terra battuta con la bambina in braccio. Trascina leggermente il piede sinistro, un ricordo di gioventù, per gentile concessione della Guardia Civil. A quattordici anni Antonio e i suoi amici pensavano di essere maturi. Si scambiavano sigarette mentre analizzavano le catene politiche della Spagna e s'interrogavano se Franco usasse le memorie di guerra per controllare la popolazione. I loro discorsi segreti finivano in pestaggi brutali che costarono a un ragazzo un occhio, a un altro i denti e ad Antonio la sua andatura.

Julia chiude la porta. Una lampada al cherosene di stagno pende da un fil di ferro fissato al soffitto imbarcato. Privata della luce naturale che entra dalla porta, la stanza è illuminata solo dalla lampada primitiva e da una finestrella rotta.

«Perché sei tornata così presto?» chiede Antonio, corrugando la faccia per la preoccupazione. «E perché chiudi la porta? Fa caldissimo.»

Julia bacia il marito e la bambina. Appoggia il pacco avvolto nella carta su una sedia e prende da una cassetta uno scampolo di stoffa piegato. Con un guizzo dei polsi, la stoffa si gonfia e si posa sul tavolo di legno segnato dai tagli. «Luis ci ha mandato via dalla bottega. Un'attrice americana voleva discutere una cappa fatta su misura. Ha chiesto riservatezza.»

Antonio fa un sospiro di sollievo. «Fammi indovinare. Ava Gardner.» Scuote la testa. «Povero Luis. Una richiesta da parte di uno dei suoi spasimanti toreri, senza dubbio.»

Julia sposta sul tavolo il grosso fagotto. «*Sí*, ma è per questo che ho chiuso la porta.»

Tira lo spago e gli angoli della carta rigida si dischiudono a fiore come una busta che magicamente si apra. Persino in quell'ambiente buio, la pila di indumenti luccica e scintilla come delle stelle elettriche.

«*¡Maravilloso!*» sussurra Antonio. «È bellissimo.»

Julia annuisce e solleva la *chaquetilla*, il bolero corto e decorato del matador. «Stanotte non si dorme. Devo finire di attaccare le perline lungo i bordi. Ordóñez viene a ritirarlo domani.»

Antonio indica una pila di stoffa turchese ancora nella carta. «E quella?»

Julia sorride. «Per il torero di Rafa.»

«No! Luis presta un *traje de luces* a quell'orfano selvaggio?»

«Non proprio. L'anno scorso Rafa ha sepolto nel cimitero il fratello di Luis. Luis dice che il favore lo fa a Rafa, non al torero. È piuttosto abbondante. Dovrò sistemarlo perché gli vada bene.»

«Nel tempo libero che non hai. Sei una sorella maggiore davvero adorabile.»

Julia ripiega la carta sul costume turchese per nasconderlo. Allunga le braccia verso la bambina.

«Oggi sta meglio», dice Antonio, mettendole in braccio Lali. «Diventa più forte. La sua voce è più alta.»

«L'ho pensato anch'io stamattina, ma poi mi sono chiesta se non lo stavo solo immaginando.» Julia si sistema la bambina su un braccio e si siede per allattarla. Lali strilla e agita i pugnetti.

«E tu, *mi amor*?» chiede Antonio.

Julia annuisce. «Anch'io mi sento più forte.»

Si augura che lui le creda. Julia sa che gli fanno male le braccia per la tristezza. Si chiede se Antonio avverta il dolore che lei prova quando si abbracciano, come lei avverte il suo e quello di Lali. Gli strilli della bambina sono angoscianti, carichi del dolore della separazione.

Antonio versa l'acqua da un secchio in una tazza di creta e la porta alla moglie. Poi se ne versa una per sé.

Julia si guarda intorno nella stanzetta e sospira. Ciocche umide per il sudore le si attaccano alla faccia. «Mi dico che è provvisorio. Ma ci ammazziamo di lavoro giorno e notte e non cambia niente. Non c'è da stupirsi che Ana e Rafa nutrano dei sogni. Che Rafa idolatri il suo compagno becchino. Rafa dice che lo chiamano "Fuga".» Julia abbassa lo sguardo sulla figlia. «Ovvio che vogliano fuggire. Mi chiedo spesso che cosa ci direbbero di fare la mamma e il papà.»

«Ci direbbero di stare insieme, che qui a Vallecas siamo con la nostra gente.»

«Ma loro erano insegnanti, Antonio. *Mamá* non sopporterebbe che Rafa facesse due lavori e scavasse tombe. Sarebbe dovuto andare all'università.»

«*Sí*, e mio padre era un libraio, ucciso nel suo stesso negozio. Non sopporterebbe di vedermi raccogliere immondizia», dice Antonio. «E neanche che i suoi figli ereditassero il dolore e le punizioni di una guerra. Ma il turismo che inizia ad arrivare in Spagna aiuta l'economia. Anche il contatto con gli stranieri aiuta. Fa capire alla gente di qui che le restrizioni in Spagna... non dev'essere per forza così.»

«E se fosse pericoloso rendersene conto? Guarda Ana.»

«A volte la verità è pericolosa, Julia, ma dobbiamo perseguirla comunque.» Antonio sospira. «Terremo la testa china, risparmieremo ancora un po'.» Indica Lali, ora profondamente addormentata tra le braccia della madre. «E ci riterremo fortunati per quel poco che abbiamo.»

Da fuori si avvicina un coro di voci maschili ad alto volume. La porta si socchiude e si sente Rafa che grida: «Antonio! Vado a lavarmi alla fontana, poi prendo io Lali».

Antonio si veste per andare al lavoro e il turno familiare cambia. Lavorano tutti in silenzio, ma in sintonia. Ana rimane all'hotel due notti alla settimana mentre Rafa dà una mano con Lali. Prima che la bambina nascesse, le loro ristrettezze e i debiti erano gestibili. Julia ricorda l'espressione seria del medico durante la sua unica visita in gravidanza.

«Le vostre difficoltà sono superiori alle vostre buone intenzioni. Come farete a gestire tutto?» aveva chiesto loro scuotendo la testa.

«Come abbiamo sempre fatto», aveva risposto Antonio. «Insieme.»

Ma con l'andar del tempo i debiti aumentano. Le famiglie devono pagare l'affitto per le tombe. Non si sa dove sia sepolto il corpo del padre, ma sono responsabili del lotto costoso della madre. Se non possono più permetterselo, i resti di *mamá* sarebbero riesumati e gettati in una fossa comune. Julia non può sopportare l'idea. Dopo che sua madre è stata torturata in prigione, è di grande conforto sapere che riposa tranquillamente nel suo spazio privato.

Rafa torna, senza camicia e bagnato dalla vita in su. L'acqua gocciola dai suoi riccioli scuri. Antonio gli porge l'unico asciugamano della famiglia e si avvia al lavoro.

Vedendo la sorella, Rafa si blocca. «*Ay*, Julia, perché sei a casa? Lali non sta bene?»

«No, tutto a posto. Luis ha chiuso prima la bottega per un incontro. Stasera finirò a casa il bolero per Ordóñez.»

«Ordóñez?» A Rafa s'illuminano gli occhi e si avvicina alla sorella.

«Fermati! Devi asciugarti completamente. Non voglio che sgoccioli vicino al bolero.»

Rafa si sfrega furiosamente la pelle e i capelli con il piccolo asciugamano liso. Ha lo sguardo incollato al tessuto scintillante in grembo alla sorella. «Ma guardalo! *¡Sensacional!* Devono esserci un migliaio di gemme su quel bolero. Il tessuto è durissimo, come uno scudo. Quanti aghi hai rotto?»

«Troppi», risponde Julia guardandosi le mani massacrate. Quando un ago si spezza, i frammenti le si infilano nelle dita.

«E i calzoni sono nel pacchetto?» chiede Rafa indicando l'involto nella carta.

Julia scuote la testa. «Qualcos'altro.» Fa cenno a Rafa di aprire il pacchetto.

Lui scosta la carta e solleva un bolero turchese. Guarda sua sorella.

«Da Luis. Per il tuo torero.»

Il sorriso raggiante di Rafa diventa scioccato. Stende con attenzione il vecchio costume sul tavolo, con estrema delicatezza, come se fosse di vetro. Si rialza, guardandolo incredulo. «Julia», sussurra. «*Gracias,* Julia.»

Rafa si porta lentamente una mano alla faccia. E scoppia a piangere.

21.

Daniel si sveglia al belato del clacson di un'auto. L'orologio segna l'una di notte. Il suo corpo non si è ancora adattato al cambiamento di orario in Spagna. La portafinestra aperta accoglie nella stanza afosa l'aria notturna più fresca. Daniel esce sul balcone e guarda il patio affollato. A Preston Hollow, per le dieci di sera tutto il quartiere è già buio. Lì a Madrid, la città è viva all'una di notte come se fosse appena ora di cena.

Si chiede se i suoi genitori siano arrivati a Valencia.

«Staremo via solo qualche giorno, *cariño*. Ci puoi contattare all'hotel Alhambra», ha detto sua madre baciandolo prima di partire.

«Ho organizzato il noleggio dell'auto che mi hai chiesto», ha detto suo padre in tono burbero.

La pancia di Daniel brontola, ricordandogli che ha saltato la cena. S'infila i jeans e gli stivali. Andrà da basso a cercare qualcosa da mangiare.

Nella hall dell'albergo si sente un brusio di musica e ospiti.

«C'è ancora una bella festa, qui», dice al responsabile della reception.

«*Sí, señor*. Il momento più tranquillo è all'alba. Di notte la città si risveglia.»

Vicino agli ascensori, una stretta apertura nella parete attira l'attenzione di Daniel. Sbircia giù e vede una scala. Forse porta a uno dei ristoranti?

Gli tornano in mente le parole di Ben. «Mi sono perso qui dentro e non sono nemmeno mai andato nel labirinto sotterraneo... Ci sono diversi piani sotto questo edificio.»

Labirinto. La descrizione è troppo intrigante. Daniel si avvia giù per le scale.

Arriva al primo piano interrato e, non sentendo alcun rumore, continua a scendere. Il secondo piano interrato è più buio. L'aria più pesante. A differenza dei scintillanti piani superiori dell'hotel, questo non è elegante. Le pareti e i pavimenti sono lunghe distese di pietra grigia consunta. Lumi a gas guizzano negli impianti primitivi, non ancora convertiti all'elettricità. È più interessante della hall lussuosa. Per un attimo prende in considerazione l'idea di tornare indietro a prendere la macchina fotografica.

Dopo avere superato diversi magazzini, un ripostiglio con le scorte di divise e una grande lavanderia, arriva a un'aula. File di sedie sono disposte di fronte a una lunga lavagna. Una carta geografica del mondo, spiegazzata dagli anni, è appesa alla parete. Mentre continua ad avanzare nel lungo corridoio di pietra, passa davanti a un bagno e alle attrezzature per le pulizie.

In fondo al corridoio una luce illumina un quadrato di vetro inserito in una porta. Daniel si avvicina e sbircia dentro. Addetti del personale, chiaramente fuori servizio, fumano e giocano a carte a un tavolo. Nell'angolo opposto, una ragazza è seduta da sola. I riccioli neri e umidi le ricadono sul viso. Sta leggendo una rivista. Il quadrato di vetro nella porta è una cornice perfetta. Perché non ha portato la macchina fotografica? La ragazza infila i capelli dietro l'orecchio e in quel momento lui la riconosce. È Ana.

«*¿Qué hay, amigo?*» Un paio di mani afferrano Daniel.

22.

Daniel entra barcollando nella stanza dalla porta a vento. «Altri due per la partita a carte.»

Ana balza in piedi dalla sedia. «*Señor* Matheson.» Sposta lo sguardo da Daniel agli uomini che giocano a carte. «Questo signore è un cliente dell'hotel.»

Gli uomini fanno cadere le carte e si alzano sull'attenti.

«Le mie scuse, *señor*», implora l'uomo che l'ha fatto entrare nella stanza. Notando gli abiti di Daniel, sgrana gli occhi. «Ci sono centinaia di dipendenti nell'hotel e il corridoio è molto buio. Ho immaginato che lei fosse dello staff e volesse unirsi alla partita, ma fosse troppo timido per chiederlo. Non intendevo offenderla.»

«Nessuna offesa», lo rassicura Daniel.

Tutti restano in silenzio, imbarazzati. Ana guarda l'orologio alla parete, poi Daniel. «Possiamo esserle d'aiuto, *señor*?»

Daniel si sposta da un piede all'altro, pensando a una risposta. «Scusate, credo di essermi perso.»

Gli uomini abbassano le spalle, che erano arrivate quasi alle orecchie. Guardano Ana.

«*Sí*, lo riaccompagno io.» Dice a Daniel di seguirla in corridoio. «Aspetti qui un momento.»

Ana sparisce dietro una porta. Quando ricompare, ha raccolto i capelli bagnati e indossa un grembiule verde con lo stemma dell'hotel, una C dorata.

«Scusa, ti faccio tornare al lavoro. Hai appena fatto una nuotata?»

Ana lo guarda e ride, mostrando il piccolo frammento dorato sul dente. «Una nuotata? Certo che no. Lei è proprio divertente.»

«Sì?»

Sempre sorridendo, Ana abbassa la voce. «Ai dipendenti non è permesso accedere alla piscina dell'hotel, *señor* Matheson. Quei servizi sono riservati ai clienti.»

«Oh, io pensavo che... allora perché hai i capelli bagnati?»

Ana deglutisce a fatica. Lo osserva e cambia discorso. «Lei è arrivato da poco e non si è ancora abituato bene alla differenza di orario. Non vuole che la riaccompagni nella hall?»

Ana sale davanti a Daniel per i due piani interrati. È un villaggio sotterraneo con infiniti corridoi e recessi, come lo ha descritto Ben. Il ritmo notturno del mondo nei piani inferiori ha una produttività tutta particolare. Passano davanti a due cucine piene di attività, a un laboratorio dedicato alla pasticceria e a un'intera stanza che ospita un'enorme macchina per fare il ghiaccio.

Daniel osserva il cibo in cucina.

«Ha fame, *señor*? Dobbiamo farle avere la cena nella sua suite?» chiede Ana.

«Posso mangiare qui.» Si stringe nelle spalle.

«Mi dispiace, ma gli ospiti dell'hotel non possono mangiare in cucina. Le porteranno un pasto con il servizio in camera. Non è un problema.»

Daniel esita. «Tu hai fame?» le chiede.

Ana spalanca gli occhi. Fa un piccolo passo indietro.

«Oh, non intendevo metterti in una situazione imbarazzante», si affretta a dire Daniel. «È solo che i miei genitori sono partiti e non conosco ancora nessuno qui.»

Ana annuisce piano. Parla con il personale della cucina e, dopo aver ricevuto il permesso, comincia a riempire un piatto. «Mi segua», dice poi reggendo un vassoio carico. Lo precede nella mensa del personale vuota e sceglie un tavolino vicino alla porta.

«Magari possiamo sederci là?» Daniel indica un tavolo più grande nell'angolo. «È più tranquillo.»

Ana guarda l'angolo appartato e ha un attimo di esitazione. «Be'... immagino che possa andare. Sono assegnata alla sua famiglia.»

Daniel fissa il vassoio che ha preparato Ana. *Pan gallego* casereccio condito con aglio, pomodoro e olio d'oliva. Prosciutto iberico e peperoni *piquillo* arrostiti.

Sorride. «Come facevi a saperlo?»

«Sua madre è spagnola. È il cibo tradizionale preferito. Quali sono i piatti tipici di Dallas che lei preferisce?»

«Pollo fritto, barbecue, la *pecan pie.*» Daniel la guarda. «Perché sorridi?»

«Il suo accento texano è davvero marcato quando dice "barbecue".»

«Davvero? Che suono ha?»

Il tentativo di Ana di riprodurre l'accento texano fa scoppiare a ridere entrambi.

«Se è così che parlo, non c'è da stupirsi che la gente mi guardi», dice Daniel ridendo. «È terribile!»

Mentre lui mangia, le domande di Ana guidano la conversazione. «E come mai la fotografia?»

«Non sono bravo con le parole, ma ho scoperto che riesco a dire tanto con una foto.» Daniel si stringe nelle spalle. «Ogni rullino è un'avventura, aspettando che le immagini vengano sviluppate. Mia madre mi incoraggia, ma mio padre no.»

«No?»

«Nah, lui mi vuole nel business del petrolio. Ha bisogno di manovrare tutto. Quando avevo quindici anni, ero troppo basso per giocare a football americano. Mio padre aveva paura che io non riuscissi a emergere, quindi mi ha iscritto a un corso di boxe... qualsiasi cosa pur di tenermi lontano dalle macchine fotografiche e dall'arte. Ero bravo negli allenamenti di pugilato e mi piaceva la tecnica che c'era dietro. Ma adesso che sono diventato molto più alto, all'improvviso ha deciso che neanche la boxe va più bene. Dice che non è un buon sport da college.»

«A quale college andrà?» chiede Ana.

«Be', vogliono che vada alla Texas A&M ma, detto fra noi, sono stato accettato a una scuola di giornalismo», spiega Daniel. «Sono in gara a un concorso fotografico e, se vinco, il premio in denaro finanzierà i miei studi di giornalismo.

Ma i miei genitori al momento non ne sono esattamente al corrente.»

Ana annuisce.

«Ora che conosci i miei segreti», dice Daniel sorridendo, «è giusto che me ne dica uno tu.»

Ana dà una veloce occhiata dietro le spalle e sussurra: «Il mio segreto», e fa una breve pausa per aumentare la suspense, «è che sono molto brava a mantenere i segreti». Ride e si appoggia allo schienale della sedia.

Daniel le tira un pezzetto di pane.

Mantenere i segreti. Lo ha notato. Quando rivolge delle domande ad Ana, lei si affretta a svicolare. Le loro discussioni ondeggiano come una danza. Lui fa un passo avanti con una domanda. Lei arretra, si ferma un attimo, poi si riavvicina con una domanda sua. Malgrado la cautela, Ana possiede un entusiasmo naturale, una radiosità nascosta.

Ana si china verso di lui, cambiando discorso. «Mi dica un po', perché gli americani amano il ghiaccio?»

Anche Daniel si sporge in avanti, sfidando la sua schiettezza. «Dimmi un po', perché fai delle domande così difficili?»

«La smetta», dice Ana ridendo. «Sono seria, *señor.*»

Lui alza le spalle. «Immagino che il ghiaccio sia solo una di quelle cose a cui si fa l'abitudine.»

Ana annuisce. «Immagino che ci siano molte cose belle a cui si fa l'abitudine, in Texas.»

Daniel dondola indietro sulla sedia, osservando l'espressione di solenne curiosità di Ana. Vorrebbe tanto fotografarla.

Ana apre la bocca per chiedere qualcos'altro, ma poi cambia idea.

«Cosa?» Daniel sorride.

«Mi piace leggere le riviste e i quotidiani americani. Migliora il mio inglese. Di recente ho letto una cosa su una rivista. Che significa?» Ana aggrotta la fronte mentre recita: «"Alluminio antiruggine, morbidezza del burro controllata."» Fa un piccolo sospiro quando finisce la frase.

«Sembrano le caratteristiche di un frigorifero americano», dice Daniel ridendo. Ana sorride e si unisce alla risata. Lui la guarda. Hanno più o meno la stessa età. È facile parlare con lei, ma non si confida. Ripensa ai commenti di Ben. "E il popolo spagnolo? Com'è vivere sotto una dittatura?"

«Ana, lavori sempre fino a così tardi?» chiede.

«No, rimango di notte due volte alla settimana. A volte faccio da babysitter ai clienti che...» S'interrompe affrettandosi a sparecchiare. «La riaccompagno di sopra.»

Daniel guarda la porta. Perché Ana ha troncato la conversazione?

Salgono le scale fianco a fianco. Daniel cerca di catturare lo sguardo di Ana, ma lei fissa dritto davanti a sé. «Ho la sensazione di averti raccontato molto del Texas. Mi piacerebbe sapere di più della Spagna», dice.

«Non sono proprio la persona giusta a cui chiedere. Il portiere può esserle d'aiuto, però.»

Arrivano alla hall e Daniel non ha dubbi: Ana è esattamente la persona giusta a cui chiedere. Lei fa un sacco di domande. È per curiosità o sta raccogliendo informazioni? A prescindere da questo, lui si sente più a suo agio con lei dopo un giorno che dopo essere uscito per mesi con Laura Beth. In Ana c'è qualcosa di naturale e divertente, ma lei lo tiene imbrigliato. Sta seguendo le regole dell'hotel o di qualcun altro? O magari sta seguendo la dominatrice della Spagna di cui ha parlato Ben.

La paura.

23.

Ci sono tante cose che Ana vorrebbe dire. Che vorrebbe chiedere. È maleducata? Lui è un cliente dell'hotel. Ana dovrebbe scusarsi perché non ha risposto alle sue domande? Ripensa al biglietto ingoiato, agli avvertimenti di Julia e decide di non dire nulla. Deve rimanere zitta.

Il silenzio è così faticoso.

«Ora che ha trovato la strada per venire nei sotterranei», dice indicando il corridoio, «forse le piacerebbe visitare il Rendezvous Room, *señor* Matheson? È il nightclub dell'hotel, aperto fino alle quattro di notte.»

«Non è che mi interessino molto i nightclub.»

«È sicuro?» Ana sorride. «Probabilmente Nick è lì.»

«Non intendevi dire "*señor* Van Dorn"?» scherza Daniel.

Ana sbianca in faccia e abbassa lo sguardo. «Sì, naturalmente. Il *señor* Van Dorn. Scusi.»

«Ana, sto scherzando. Hai chiamato Nick per nome. Voglio che chiami anche me Daniel.»

Ana fissa gli stivali di Daniel, senza riuscire a incrociare il suo sguardo.

«Ana, non ti stavo rimproverando. Lo sai, vero? Ti stavo solo prendendo in giro.» Le tocca un braccio.

Un impiegato della reception si avvicina. «È arrivato un telegramma per la *señora* Matheson.»

Entrambi fanno per prenderlo.

«Tua madre mi ha chiesto di consegnarlo nella sua stanza», spiega Ana, tirando verso di sé il telegramma.

«Ho la chiave. Lo metterò io nella loro stanza», dice Daniel, riafferrandolo.

Il respiro di Ana diventa affannoso. «Ma sua madre, lei ha insistito molto. Potrebbe chiamare da Valencia per il messaggio.»

«Non preoccuparti. Glielo comunicherò io.»

Ana si sforza di trovare le parole per convincerlo. «Sembrava essere molto importante.»

«Allora me lo puoi affidare con assoluta tranquillità.» Daniel s'impossessa del foglio piegato. «Grazie di tutto, Ana. E ti prego di credere che stavo solo scherzando.»

Ana annuisce piano mentre osserva Daniel attraversare la hall con il telegramma in mano. Arrivato all'ascensore, la saluta con la mano.

La fugace sensazione di leggerezza che aveva provato nei sotterranei scompare. Le porte dorate dell'ascensore si chiudono, lasciando Ana con la sua unica compagna.

La solitudine.

24.

Stanno guardando la 20.116, la preferita di Puri, la bambina che lei chiama Trébol. Suor Hortensia fa una smorfia. È vicina alla culla di Trébol e sta discutendo con il medico. Dall'altra parte della stanza, Puri cambia il pannolino a un neonato e si sforza di ascoltare la conversazione.

«È passato quasi un mese. Merito una spiegazione», dice suor Hortensia.

Il bambino si agita sotto la stretta di Puri, che torna a rivolgere a lui la sua attenzione. È uno che si ribella ai pannolini. Le sue gambette sono rotolini di grasso rosa. Le sta dimenando, godendosi ogni minuto. Strappa una risata a Puri.

«Purificación!»

Puri si irrigidisce sentendo chiamare il suo nome. Si affretta a fissare con le spille il pannolino e solleva il piccolo dal fasciatoio. Esausto per la lotta, lui appoggia la testolina sulla spalla di Puri.

Lei sorride e si rivolge a suor Hortensia. «Si è sfinito da solo.»

«Mettilo giù e vieni subito qui.»

Puri non vuole mettere giù il bambino. Desidera che si riposi sulla sua spalla, che avverta il conforto, la sicurezza e l'amore dopo la sua battaglia con il pannolino. Teme che mettendolo giù lui possa sviluppare il trauma della solitudine che i medici descrivono. Però fa come le ha detto suor Hortensia. Il suo primo dovere è eseguire gli ordini.

Puri si china sulla culla di Trébol. La bambina reagisce immediatamente vedendola, spalanca gli occhi e piega la bocca in un sorriso.

«Vedi, è carina», commenta suor Hortensia.
«È bella. Be', sono tutti belli», si affretta a correggersi Puri. Non è consentito avere delle preferenze. Il medico annuisce ed esce.
«A quanto pare non è bella abbastanza. Il prete di San Sebastián mi ha informato che c'è stato un cambio di programma», dice suor Hortensia.
«Oh, no», esclama Puri. «Non l'adottano più?»
Puri cerca di nascondere la sua angoscia. Trébol è una bambina speciale che deve avere una vita speciale. Deve abitare tra le montagne di velluto verde di San Sebastián e guardare il mare agitato color cobalto, è questo il piano.
E poi Puri rammenta.
Le viene in mente l'articolo e la conversazione sottovoce dei suoi genitori in cucina. Il berretto floscio dei Baschi contro quello sulle ventitré dei militari. Il cartello di cui si parlava, illegalmente appeso a un muro di San Sebastián, con la scritta PER FAVORE RICORDATE, QUESTA NON È LA SPAGNA.
Quello basco è un popolo indigeno con una lingua e una cultura proprie. El Caudillo vuole riunire tutti come spagnoli, quindi la lingua basca è stata proibita e alcune delle loro scuole sono state trasformate in prigioni.
È questo il motivo per cui Trébol non andrà più a San Sebastián. Confusa mentre origliava e ancora più confusa adesso, Puri si pone delle domande. Perché è tutto così complicato?
«Purificación!» la sgrida suor Hortensia. «Smettila di sognare a occhi aperti. Ci servono delle foto diverse. Questa volta falli concentrare su ritratti in primo piano.» Indica Trébol, avvolta in una copertina rosa. «Vedi, così è perfetta.»
Suor Hortensia sospira ed esce dalla stanza.
Cosa significa «così»? si domanda Puri.

25.

Squilli.

Arrivano a intervalli. Cominciano, s'interrompono, poi riprendono. Daniel sbatte le palpebre. Il suo corpo sembra inchiodato al letto, le membra troppo pesanti da sollevare. Proprio mentre le palpebre si richiudono, il suono acuto ricomincia. Ubriaco di sonno, si alza barcollando dal letto e va nel soggiorno della suite. La luce del giorno filtra dai drappi pesanti che coprono le tende diafane. Localizza il telefono e alza la cornetta.

«Daniel? Sei tu, *cariño*?» La voce di sua madre risuona acuta come gli squilli.

«Sì.»

«È da un pezzo che chiamo.»

«Stavo dormendo.»

«È già mezzogiorno», annuncia. «Devi essere ancora abituato all'ora del Texas.»

«O forse sono più spagnolo di quanto pensassimo.»

«Ho chiamato la reception. Hanno detto che il mio telegramma è arrivato.»

«L'ho ritirato io. Vado a prenderlo.»

«No, no», dice sua madre. «Si tratta di una questione, be', femminile. So che detesti questo genere di cose.»

Lei ride. La risata falsa. La risata nervosa.

«Non c'è bisogno che tu lo apra, tesoro. C'è un ufficio del telegrafo giù nella hall. Portalo lì e fammelo inoltrare all'hotel Alhambra di Valencia.»

Daniel sbadiglia, voltandosi a guardare il letto. La stanchezza è più forte della curiosità.

«Mi hai sentito, Daniel? Non c'è bisogno che tu lo apra. Resto qui ad aspettarlo.»

«Sì, mamma. Te lo mando. Ciao.» Guarda il letto. È invitante. La voce di sua madre cinguetta ancora nella cornetta mentre lui riappende.

Altri squilli.

Daniel guarda la sveglia dal cuscino. Ha dormito ancora due ore. Aspettandosi la sgridata della madre, non risponde al telefono. Invece va verso la doccia ma si ferma a metà strada. Vede il telegramma sul tavolino e gli torna in mente l'urgenza nella voce di sua madre, insieme all'insistenza di Ana per consegnarglielo lei.

«Sembrava essere molto importante», ha detto Ana.

«Non c'è bisogno che tu lo apra», ha ribadito sua madre.

Daniel prende la macchina fotografica. Scatta una foto al telegramma sul tavolino, con il letto sfatto sullo sfondo. Posa la macchina e prende in mano il telegramma.

E poi lo apre.

26.

Miedo. Paura.

Rimane nel sangue. Di questo Rafa è sicuro.

Arriva al *matadero*, il macello cavernoso, e si cambia con gli abiti da lavoro in dotazione: calzoni bianchi, camicia bianca, grembiule bianco e zoccoli di legno. Per tutta la settimana lavorativa si indossano gli stessi vestiti. Il sesto giorno gli uomini portano a casa da lavare le loro divise, rigide e maleodoranti per il marciume.

Ogni domenica Rafa si alza al sorgere del sole e porta la tinozza di zinco al pozzo. Usando sapone di Castiglia e limoni, strofina via dai vestiti l'odore e le macchie di sangue, feci e interiora. Guarda i resti di morte sciogliersi dai tessuti nell'acqua. Quando ha finito, la tinozza è un bagno di un marrone fangoso, i vestiti più vicini al loro colore originale e il grembiule una sfumatura pallida di sangue morto che odora di agrumi.

Fuga dice che c'è una bella morte e una brutta morte. La paura porta una brutta morte, penetra negli organi e nella pelle. I macellai sostengono che rovina il prodotto. La bella morte, pacifica e ignara, separa in fretta lo Spirito Santo dall'involucro di pelle che contiene le ossa.

Il cimitero è pieno di ossa. All'inizio Rafa ne aveva paura. La maggior parte è sigillata nelle bare, ma ci sono fosse comuni con i poveri e fosse più antiche con i protestanti. Il cimitero e il macello obbligano Rafa ad affrontare la sua paura della morte. Ecco perché li tollera. «Vedi, affrontando la paura mi purifico e filtro il mio passato dagli orrori che mi appestano», spiega a Fuga.

Ogni giorno Rafa sceglie un sorriso coraggioso e felice. Affronta la paura e vince. La vittoria temporanea è silenziosa, ma gli canta nell'anima.

«Rafael!» gli grida il suo capo. «Stai ancora cercando un mezzo per andare a Talavera de la Reina per la corrida?»

«*Sí*, tra due domeniche.»

«Il giorno prima facciamo un trasporto di scarti a una fabbrica di cosmetici. Potrebbero lasciarvi giù lungo la strada.»

Rafa corre da lui. «È confermato?»

«Non ancora, ma se riusciamo a organizzarlo arriverete a Talavera de la Reina il sabato sera. Avreste un posto dove stare?»

«Dormiremo fuori.»

«Al tuo torero andrà bene?» chiede il capo.

«Lei non conosce Fuga», risponde Rafa sorridendo. «Ma lo conoscerà. *Por favor*, senza questo trasporto dovremmo farla a piedi o chiedere un passaggio lungo la strada. Non abbiamo soldi per la corriera.»

«Che pubblicità stai facendo a questa corrida?»

«Passaparola. Dica a tutti quelli che conosce che la prossima domenica la gente di Talavera de la Reina sarà testimone della storia. Vedrà sorgere una stella.» Nella sua testa Rafa sente crescere un'ondata di cori inneggianti. Deve andare al cimitero per raccontare a Fuga del mezzo di trasporto.

«Ma come si chiama? Non potete chiamare "Fuga" un torero.»

Rafa ci pensa su. Come si chiama? Per anni ha risposto solo al nome di «Fuga».

Il suo capo scuote la testa. «Se vuoi diffondere la notizia, comincia dal suo nome. Saprò qualcosa di sicuro sulla consegna tra un paio di giorni. Adesso mettiti all'opera.»

Rafa si lega il grembiule e va a lavorare. Una consegna di scarti a una fabbrica di cosmetici. Significa che staranno seduti sul retro del camion con mucchi di cervella, pelle, peli, ossa, zoccoli e qualunque altra parte animale usata per produrre cosmetici. Una brutta morte, ma meglio che farla a piedi.

Il suo capo ha ragione. Fare pubblicità alla corrida è essenziale. Perché non ci ha pensato? Si deve diffondere la voce su Fuga, l'uragano scuro. Si sforza di recuperare dalla memoria il nome di battesimo del suo amico. Ma non gli viene in mente.

Invece gli tornano in mente le voci del passato.

Anche gli altri spagnoli hanno fantasmi nella soffitta della loro testa? Anche loro cercano di affrontarli come fa lui? La porta della soffitta cigola costantemente, richiamando indietro Rafa, con un lungo dito uncinato, alla sua infanzia. Alla guerra. Sulle scale della soffitta scura lui passa davanti a edifici che esplodono per le bombe, a un uomo con un cratere al posto del naso, a pance gonfie per la fame e ai «fratelli» della casa dei ragazzi, che si sfregano i palmi grassi.

Vieni più vicino, Rafa.

Non sono reali, si dice. Puoi combatterli. In cima alle scale c'è un cimitero sussurrante, pieno di ossa inquiete e tombe senza nome. Gli martella il cuore. Il suo corpo freme di sudore. Niente di tutto questo è reale. Non è reale.

Vieni più vicino, Rafa. Dobbiamo farti vedere una cosa. Più vicino.

Il dito uncinato indica una piccola massa fremente per terra. Dal cervello di suo padre spunta... la bandiera della Falange.

Buh.

Ho avuto una conversazione con l'ambasciatore Griffis prima che se ne andasse, in cui lo informavo che l'atteggiamento di Franco in queste faccende è eccessivamente riprovevole, per me. C'è stata un'epoca, e credo ci sia ancora, in cui i protestanti non potevano avere funerali pubblici. Sono costretti a essere sepolti di notte e non è permesso contrassegnare le tombe. Sono sepolti in campi arati trasformati in cimitero per i poveri. Credo che in questi tempi moderni, in cui facciamo il possibile per la libertà di religione, è un bruttissimo esempio da mostrare al mondo.

HARRY S. TRUMAN, 33° presidente degli Stati Uniti

Memorandum del presidente Harry S. Truman
al segretario di stato Dean Acheson, 2 agosto 1951
Acheson Papers – Documenti del segretario di stato
Archivi della Truman Library

27.

Daniel torna nella hall, la mente confusa dal telegramma che ha inoltrato a sua madre. Le parole del messaggio appartengono al loro prete di Dallas. Padre Brodd fa parte da decenni della loro famiglia.

WESTERN UNION TELEGRAM
via cavo

MITTENTE: DIOCESI CATTOLICA DI DALLAS
SIGNORA MARIA MATHESON, CASTELLANA HILTON MADRID
INOLTRERÒ DOCUMENTAZIONE RICHIESTA. CON RECENTE SVENTURA URGE RIFLESSIONE E PREGHIERA.
IN DOMINO, PADRE BRODD

«Recente sventura»? È successo qualcosa nell'azienda di suo padre? Di che tipo di documentazione avrebbe bisogno sua madre dalla chiesa cattolica?

Si pente di averlo aperto. Se il lavoro di suo padre è in crisi, potrebbero esserci più pressioni perché lui entri in azienda.

«*Hola,* texano!» Carlitos, il fattorino, accorre al fianco di Daniel. Punta il piede destro e si mette sull'attenti. «Ho un messaggio per lei! Ha chiamato il *señor* Mendoza. Le sue fotografie sono pronte.»

Daniel riprende vigore. «Fantastico. Grazie, Buttons.» Fruga in tasca e dà una mancia al ragazzino prima di andare in camera.

Nella sua breve assenza la suite è stata pulita. Le tende diafane sono state legate. Le lenzuola stropicciate ora sono tese; il letto è rifatto e dignitoso. Sulla panca ai piedi del letto è posata la sua cintura, arrotolata con cura attorno alla grossa fibbia. Solleva la cintura e qualcosa svolazza sotto. È un ritaglio di giornale.

Oggi a Madrid ci sono più texani che spagnoli.
Il bar del Castellana Hilton è rumoroso come quando
i cowboy radunano il bestiame nel Panhandle.

Un'annotazione aggiunta a margine dice: «E alcuni ragazzi di Dallas si "perdono" nei sotterranei».

Ride, guardando quella grafia femminile. Ana è carina *e* intelligente. Tocca a lui rispondere. Prende una rivista dal tavolino e comincia a cercare.

Le porte dell'ascensore si aprono sulla hall. Il sempre presente Paco Lobo, l'uomo che ha adottato un villaggio, sta chiacchierando in un angolo con lo staff. Vedendo Daniel, lo saluta con la mano.

Compare Carlitos e indica la busta che Daniel tiene in mano. «Devo imbucarle la lettera, *señor*?»

«Puoi consegnarla per me. Come si chiama Ana di cognome?»

«Ana qui dell'hotel? È Ana Torres Moreno.»

Daniel prende una penna dalla borsa della macchina fotografica. Aggiunge il cognome di Ana sulla busta adorna con lo stemma dell'hotel.

«Da quanto tempo parli inglese?» chiede Daniel mentre porge la lettera a Carlitos.

«Da più di un anno.» Fa cenno a Daniel di avvicinarsi, con un sorriso cospiratorio. «C'è un'aula nei sotterranei dell'hotel. Il *señor* Hilton è molto buono con i suoi dipendenti.»

Daniel annuisce, continuando la conversazione segreta. «Ho visto l'aula. Ero laggiù ieri sera. Allora dovete anche studiare la gentilezza. Sono tutti molto educati qui. Insistono nel chiamarmi *señor*.»

«Ma certo! Dobbiamo rivolgerci così a chiunque.»

Chiunque. Quindi a quanto pare per Ana Nick non è «chiunque»?

«Senti, Buttons, se puoi consegnare quella lettera in modo riservato, ti darò una bella mancia quando torni.»

Carlitos afferra Daniel per una manica e lo attira vicino. «Naturalmente, *señor.* "Riservatezza" è una delle prime parole che abbiamo imparato a lezione. Dopotutto, un hotel è una casa di segreti.»

Daniel odia i segreti, ma i suoi si stanno moltiplicando in fretta. La foto della suora con il neonato, la rottura con Laura Beth, il suo progetto per la scuola di giornalismo e adesso il telegramma aperto.

Fa un sospiro, accettando la realtà: un segreto non rimane mai a lungo segreto.

28.

Carlitos si dirige verso i sotterranei alla ricerca di Ana. Il suo fischiettare allegro rimbalza danzando sulle pareti mentre lui si aggira per il labirinto nel sottosuolo. Non riesce a trovarla da nessuna parte. Va nella sala di ricreazione dello staff. Lorenza sta fumando una sigaretta sulla soglia. Le donne non fumano in Spagna, specialmente non in pubblico. È considerato volgare e sconveniente. Ma lavorando all'hotel, alcuni dipendenti sfruttano le abitudini americane. Lorenza sembra sfruttarle tutte.

«Hai visto Ana?» le chiede Carlitos.

Lorenza butta fuori una fascia di fumo, lasciando sulla sigaretta una traccia di rossetto del colore dell'assassinio. «*Sí*, è stata chiamata su nella *Placita.* Perché?»

«Niente. Se la vedi, dille che la sto cercando.»

Lorenza gli strappa la busta di mano. «Da parte di chi è?»

«*Ay*, Lorenza, ridammela.»

Lei solleva la busta alla luce, cercando di sbirciarvi dentro. «Non ti preoccupare, *pequeñín*, gliela do io.»

«No, il cliente mi ha chiesto di consegnarla di persona.»

Lorenza si porta la busta al petto e abbassa la voce. «È da parte di un cliente? Quale? È Max Factor?»

La faccia del ragazzo si contrae per l'ansia, come se avesse commesso un grave errore. «È riservata, Lorenza. Se ti metti in mezzo, potrei non ricevere la mancia.» Congiunge le mani in un gesto di supplica.

«Va bene, *chico*, sto solo cercando di aiutare Ana. Non vogliamo che si metta di nuovo nei guai.»

Il ragazzo sbarra gli occhi. «Ana era nei guai?»

Lorenza fa un altro tiro alla sigaretta. «*Uy*, tu non hai sentito niente da me. Ma diciamo solo che il dolce sorriso di Ana potrebbe non essere così dolce, dopotutto.»

«*Ay*, smettila.» Carlitos riprende la busta e lascia Lorenza alla sua sigaretta.

Prende l'ascensore di servizio per salire i due piani fino alla *Placita*, una grande rotonda lastricata, con intorno un cerchio di negozi costosi. In origine il cortile di un palazzo, questa zona commerciale ora offre un negozio di cappelli per uomo, un parrucchiere, una bottega di specialità spagnole e la boutique d'alta moda del famoso stilista Pedro Rodríguez.

È lì che trova Ana.

Carlitos sbircia dalle vetrine della boutique e vede una donna snella che indossa un lungo abito da sera rosa, coperto di fiori di cristallo. Ana assiste il sarto per la prova. Carlitos rimane sulla soglia, restio a entrare in quell'inferno di seta e paillettes. L'eleganza delle stoffe non è l'unico motivo per cui è intimidito. Nella maggior parte dei centri commerciali spagnoli, i vestiti sono esposti su manichini piatti. I manichini della boutique dell'hotel, invece, hanno una forma femminile, con curve e protuberanze. Alcuni manichini formosi indossano abiti succinti.

«Devo fare una consegna», grida Carlitos distogliendo lo sguardo.

Con sua grande disperazione, il sarto gli fa cenno di entrare.

Ana s'inginocchia per terra vicino all'orlo del vestito, prendendo istruzioni dal sarto.

«Che cos'è?» chiede il sarto. La sua parlata è confusa per via degli spilli che tiene in bocca.

«Una lettera.»

Il sarto tende una mano a Carlitos.

«No, *señor*, non per lei. Per Ana.»

Ana gira di scatto la testa verso il ragazzo. «Per me?»

«Dovrà aspettare. Abbiamo quasi finito», dice il sarto. «Non è bellissimo?»

Carlitos deglutisce a fatica. «Quasi finito? Ma manca ancora metà del vestito, *señor*», sussurra.

«Non è che manca. È una vertiginosa scollatura sulla schiena.»

Carlitos fa finta di capire. «Ah. Quindi lei ha le vertigini?»

«No, *chico*, significa che la schiena è tutta scoperta», spiega Ana. «Il vestito è per la sfilata di moda all'ambasciata americana.»

«*Ay*, il vestito è per le americane. Bene, dobbiamo tenere le ragazze spagnole come te lontano dai guai», dice Carlitos, facendo del suo meglio per sembrare maturo.

«Ana nei guai?» Il sarto ride. «Ana è troppo carina per causare guai.»

29.

Guai? Qualcuno avrà visto il biglietto? Ana spia la busta stretta nella mano sudata del ragazzo. Lo stemma dorato. Si sente mancare.

Una busta ufficiale dell'hotel.

Com'è potuto succedere? Ha ingoiato il biglietto due giorni fa. Non lo ha detto a nessuno, nemmeno a Rafa. Strappa di mano la busta a Carlitos e se la infila nella tasca del grembiule.

«*Bueno*, si può togliere il vestito, con attenzione», dice il sarto alla donna, aprendo la cerniera sul fianco.

Ana segue la modella in camerino e la aiuta a sfilarsi l'abito da sera.

«*¡Ay!* Mi stai pungendo con gli spilli. Ma cosa ti prende?» sbotta la donna.

«*Perdón*. Mi dispiace, *señorita*.»

«Dovresti proprio chiedere scusa», sbuffa la modella. «Non posso avere graffi sulla pelle indossando un vestito così.» Porge l'abito ad Ana e le ordina di uscire dal camerino.

Ana guarda il bellissimo abito rosa, un abito che lei non potrebbe mai permettersi, un abito troppo rivelatore per la Spagna. La lettera dell'hotel spunta dalla tasca del grembiule e le fa tornare in mente l'avvertimento nervoso della sorella. Lei non può perdere questo lavoro. Hanno cinque bocche da sfamare.

Ana va nel retro del negozio e, dopo avere posato il vestito sul tavolo del sarto, scivola dietro una fila di abiti tempestati di gemme. Fissa il proprio nome sulla busta.

La calligrafia è artistica, unica. Con le dita che tremano, solleva la patella, spaventata all'idea del contenuto. Estrae il foglio. Non è una lettera di licenziamento. È una pubblicità.

Ana la riconosce immediatamente. È presa dalla rivista «LIFE», un numero che ha sbirciato in camera di Daniel.

L'illustrazione mostra una famiglia felice intorno a un tavolo in una cucina americana. Brilla tutto, specialmente i loro sorrisi. Ma c'è una nota sulla pubblicità. Una grande freccia indica un elettrodomestico. Sopra c'è scritto: FRIGORIFERO – TERMOSTATO RISCALDATO ELETTRICAMENTE, MORBIDEZZA DEL BURRO CONTROLLATA. Sopra le teste dei componenti della famiglia sono disegnati dei fumetti, con le esclamazioni:

«Ana! Ci piace il ghiaccio!»

«C'è altro ghiaccio?»

«Urrà per il ghiaccio!»

E sopra quella dell'uomo la scritta: «Ana, ho un'idea!».

Si sente invadere dal sollievo. È uno scherzo. Da parte di Daniel. Sorride e si mette a ridere. Uno specchio sulla parete le restituisce il suo riflesso e la risata si trasforma in un respiro trattenuto. Gli abiti ingioiellati luccicano vicino ai suoi capelli scuri e alla pelle olivastra. I tessuti costosi non hanno mai sfiorato il corpo di Ana, non si sono mai drappeggiati sulle sue spalle. D'un tratto non pensa più a sé stessa ma a qualcun altro.

Ci sono delle fotografie. Sua madre in abito da sera e bei gioielli. Che partecipa a eventi eleganti. Che danza accanto a coloro che in seguito ne ordineranno l'arresto e la carcerazione.

Come avrebbero potuto essere diverse le cose. Perché la sua famiglia non era fuggita in Messico o in Francia come altre? Lei non ne parla, ma ogni tanto i turisti sì.

«Il piccolo generale sta facendo un bel lavoro qui», dicono. «L'economia della Spagna è in rialzo. Vedete, le cose non vanno poi tanto male qui, dopotutto.»

Le ci vuole tutta la sua forza di volontà per restare zitta, per resistere alla tentazione di ricordare che loro non erano in Spagna dopo la guerra. Non hanno visto la speranza divorata dalla fame e la dignità distrutta. E adesso, descrivendo Madrid, le nuove guide dicono: «Chiunque non sia una cameriera ne ha una».

Sì, Ana è una cameriera. Temporaneamente. Ben presto la sposteranno nell'ufficio commerciale. Ma per il momento quello è un sogno segreto. Una volta lei ha commesso l'errore di condividere un sogno. Quanti biglietti dovrà ingoiare come conseguenza?

Ana riporta lo sguardo sullo specchio.

Ma cosa le è preso per lasciare a Daniel quel ritaglio di giornale? Lui è un cliente dell'hotel. Certo, Ana è assegnata alla sua famiglia, ma dare l'avvio a battute private con un ragazzo americano che vive come un principe? Sciocco. Però lui è molto gentile e comunicano così facilmente. È stato solo per divertirsi un po'. Ci si aspetta da lei che sia ciarliera, no? È stato scortese ignorare le sue domande nella mensa. La famiglia di Daniel non le scriverà una raccomandazione se lei è scortese.

No. Perché sta cercando di razionalizzare? Perché lui è bello? Si sta prendendo in giro da sola.

Persino in un paese dove sia Dio sia un bifolco sono chiamati *señor*, il confine tra «avere» e «non avere» è ben marcato. Una verità singolare brilla rivelando la luce.

Sua sorella ha ragione.

La vita e le libertà che Ana vede all'hotel non le appartengono. L'esito della guerra determinerà per sempre il suo futuro. Ma... è solo un po' di divertimento innocuo.

Piega la lettera di Daniel e la rimette nella tasca del grembiule.

Non lo deve sapere nessuno.

30.

La *siesta* di tre ore sta finendo. Le imposte si aprono o si sollevano sbattendo, rivelando facciate di botteghe che si svegliano per fare affari. Daniel si avvia verso il negozio di fotografia. Lungo il tragitto cerca spunti per fare delle foto, distrazioni dal telegramma di sua madre.

Madrid è una città dal terreno indurito. Tra l'afa e la secchezza, macchie di colore attirano il suo obiettivo. Le sfumature emergono dalla tavolozza dei bambini. Le ragazze saltano la corda per strada con bellissimi abiti. I ragazzi fanno rimbalzare palle dai colori vivaci.

«I bambini... sono preziosi a Madrid», gli ha detto Ben durante il pranzo insieme. «La contraccezione è illegale. Le leggi sulla politica familiare di Franco premiano i genitori con il maggior numero di figli. Da sei a dieci figli non è una rarità. Grandi foto di famiglia.»

La foto di famiglia di Daniel è piccola. Quando era un bambino, lui chiedeva sempre di avere dei fratelli. Una sera suo padre si sedette sul suo letto e gli spiegò dolcemente che chiedere un fratello faceva diventare molto triste sua madre. «Non parliamone più, okay, amico? Non vogliamo rattristare la mamma.»

Tuttavia, molti anni dopo, sua madre sembra ancora triste. Forse è per questo che adesso sovvenzionano un orfanotrofio.

Ci sono colori di bellezza a Madrid, ma anche colori di sofferenza. Fantasmi di guerra camminano per le strade in Spagna. Daniel supera venditori della lotteria ciechi, cittadini a cui mancano gli arti, giovani con il bastone. Dovrebbe guardarli dritto negli occhi e riconoscere il loro sacrificio o distogliere lo sguardo e onorare la loro dignità? I veterani sono trattati in modo diverso in Spagna rispetto agli Stati Uniti? Quando Daniel aveva cinque anni, disse ai suoi genitori che voleva unirsi ai soldati e combattere in Germania. Gli comprarono un elmetto giocattolo e granate di plastica. Suo padre, tuttavia, non combatté in guerra e sembrava sollevato di avere i piedi piatti.

Le porte di legno del negozietto di Miguel sono aperte, ma incustodite.

«*Hola*», grida Daniel, appoggiando la macchina fotografica sul bancone.

Si gira verso le foto incorniciate sulla parete. Una cattura immediatamente il suo sguardo, attirandolo più vicino. Bambini piccoli siedono su un marciapiede, a giocare. Dietro di loro c'è un palazzo in rovina con fori di munizioni grandi come pompelmi. La porta dell'edificio è sfondata. Una scheggia di pietra copre l'area in cui i bambini giocano. La foto è firmata con inchiostro nero.

Robert Capa.

«Conosci il suo lavoro?» chiede Miguel entrando dalla via.

«*Sí*, molto bene», risponde Daniel. «Come ha fatto ad avere una foto autografata?»

«L'ho sviluppata io.» Miguel sorride e le sue sopracciglia, un misto alato di nero e grigio, si alzano come se volessero prendere il volo.

«Lo ha incontrato?»

«Molte volte. Alcuni rullini di foto personali... non voleva che li sviluppassero presso i quotidiani o le riviste. A proposito di pellicola, prendo le tue.» Miguel sparisce dietro la tenda.

Capa affascina Daniel. Robert Capa nacque Endre Friedmann, un ebreo ungherese fuggito a Parigi. Durante l'esilio parigino, Endre e la sua ragazza crearono l'identità di «Robert Capa». Vendettero le loro foto alle agenzie di stampa sotto le spoglie di un fotografo americano.

«Lo conosceva come Endre Friedmann o Robert Capa?» chiede Daniel.

La voce di Miguel arriva da dietro la tenda. «Ah, sai la storia. Per me era sempre Capa. Il suo stratagemma fu infine scoperto e abbandonato, ma il nome "Robert Capa" rimase.»

Daniel riflette sul concetto di identità alternative. Che nome sceglierebbe lui?

«Sai qual era il suo motto?» grida Miguel dal retro.

«*Sí.* "Se le tue fotografie non sono abbastanza buone, non sei abbastanza vicino"», cita Daniel.

Riporta lo sguardo alle foto sulla parete. Quelle di Capa danno la sensazione a Daniel di esserci dentro. Ma quanto vicino è troppo vicino? Tre anni fa Capa è morto calpestando una mina terrestre in Indocina.

Miguel torna con una busta. «Le fotografie sono personali. Forse vorrai vederle in privato.»

«Niente affatto», replica Daniel. «Sono finalista in un concorso di fotografia negli Stati Uniti. Gradirei il suo aiuto.» Apre la busta e inizia a sfilare le foto. Non le guarda. Invece, le mette rapidamente sul bancone, come se stesse distribuendo un mazzo di carte. Una volta esposte tutte le foto, Daniel fa un passo indietro per valutare. Si rende immediatamente conto che ne manca una.

La foto della suora e del neonato. Non è tra quelle sviluppate. Lui giura di avere premuto l'otturatore. La fotografia dovrebbe essere lì. Vede Miguel che lo osserva da dietro il bancone.

Daniel seleziona rapidamente un'immagine e la mette da parte, a faccia in giù. Ne sceglie altre due e le sposta in una posizione diversa. Crea quindi due gruppi, disposti in file. Miguel osserva Daniel affascinato mentre assembla un racconto con le immagini.

«*¿Qué piensas?*» Daniel chiede a Miguel la sua opinione.

Miguel studia i quadrati come una scacchiera. Apre le mani, chiedendo il permesso a Daniel.

«*Por favor.*» Daniel annuisce.

Miguel sposta la foto della ragazza affamata fuori dal negozio di caramelle accanto a uno scatto dell'opulento tavolo da pranzo di Van Dorn.

«*Sí*», conviene Daniel. «Va bene.»

Alcune file creano una narrazione con immagini della stessa ambientazione. Altre costruiscono una storia con la contrapposizione degli opposti.

Daniel e Miguel restano a valutare in silenzio, con le braccia conserte, le sopracciglia inarcate. Daniel all'improvviso si avvicina al bancone. Prende le foto dei bambini e crea una nuova fila. La ragazza povera alla vetrina del negozio di caramelle, Carlitos in posa con orgoglio nella hall dell'albergo e il figlio piccolo di un diplomatico americano in giacca e cravatta in miniatura.

«*Sí*», applaude Miguel. «La prossima generazione. Il futuro.» Poi prende la foto del bambino americano e la posiziona tra i due bambini spagnoli.

«Perfetto», dice Daniel. «L'America in mezzo alla Spagna.»

Sorridono entrambi, soddisfatti del filo conduttore della storia che hanno creato.

Miguel si allontana di un passo dal bancone. «*Muy bonito.* Fai sempre così?»

«Non è come lo faccio; è come lo vedo», spiega Daniel. «Un'unica foto dev'essere potente per raccontare da sola una storia, come quelle di Capa. Io non ne sono ancora capace. Per il momento creo delle storie posizionando le foto fianco a fianco. Però...» Daniel prende i negativi dalla busta. «Sembra che manchi una fotografia.»

«*¿Ah, sí?*»

Miguel rimane in silenzio mentre Daniel ispeziona i suoi negativi. C'è. L'immagine è lì. Perché Miguel non l'ha sviluppata?

Prima che Daniel possa chiederlo, Miguel indica l'unica foto che si trova da sola fuori dai raggruppamenti. La gira. È la foto di Ana, il suo sorriso luminoso che si riflette sui molteplici specchi nell'ascensore.

«E questa? Dove si inserisce?»

Daniel guarda la foto. È perfetta. Naturale e divertente, come la loro conversazione nel sotterraneo. «Immagino che sia una storia tutta sua.» Comincia a raccogliere le foto.

Miguel emette una risata cordiale, abbastanza forte da fluttuare fuori e rimbalzare tra le palle sulla strada. «È quello che direbbe anche Rafael.»

Daniel fa scivolare le foto nella busta di carta. «Rafael è il suo ragazzo?»

Miguel osserva Daniel che evita i suoi occhi, ma aspetta una risposta.

«No, texano», risponde piano. «Rafa è il suo fratello maggiore.» E, dopo una pausa: «Lei ha anche una sorella più grande».

Daniel annuisce senza alzare lo sguardo. Prende il portafoglio per pagare. «*Gracias*, Miguel. Ma... penso che lei abbia saltato un negativo del rullino.»

Miguel prende i soldi da Daniel e tamburella sul bancone con le dita macchiate di tabacco. Sparisce dietro la tenda. Quando riappare, tiene in mano una foto. «*Ay*, pensavo che questo fosse un errore.» La mette sul bancone.

Le vesti vorticanti della suora. Lo sguardo vacuo del neonato morto. L'immagine è lì, proprio come Daniel se la ricordava. È ossessionante, inquietante. C'è una storia, ma quale? Avrebbe dovuto prestare maggiore attenzione all'ambiente circostante, agli edifici sulla strada.

Miguel si schiarisce la voce. «Hai molto talento. Ma ricorda, la Spagna non è il tuo paese. Stai attento, *amigo*.»

La Guardia Civil ha trasmesso un messaggio simile. Daniel sa che quelle parole di avvertimento intendono dissuaderlo. Dovrebbero.

Ma non lo fanno.

Il signor Capa, specialista della scuola di fotografia «shot and shell», era il tipo di artista da primi piani, che metteva le truppe veterane da combattimento in un disagio incredulo... Saltò con i paracadutisti in Germania; atterrò sulla spiaggia della Normandia nel D-Day; fu uno dei primi ad arrivare ad Anzio. E si scrollava di dosso i rischi osservando che «per un corrispondente di guerra perdersi un'invasione è come rifiutare un appuntamento con Lana Turner dopo aver completato una condanna di cinque anni a Sing Sing».

Cameraman Capa Killed in Vietnam: Photographer for «LIFE» Dies in Explosion of a Land Mine – At Front Only Few Days
«The New York Times», 26 maggio 1954

31.

Ana è sul marciapiede vicino all'hotel e ride della cugina inquisitrice.

«*Ay*, non ridere», dice Puri. «Julia deve pur conoscere Ordóñez. Lei fa i costumi per tutti i matador più famosi. Lo ha incontrato? Dimmelo.»

Ordóñez. Per sua cugina, lui è la perfezione spagnola. Torero, marito, padre.

«Julia non parla dei clienti. Lo sai», dice Ana sorridendo. Puri è incredibilmente ingenua. La Sección Femenina, la sezione femminile del movimento fascista, sta avendo successo con lei. Le donne dovrebbero aspirare al massimo archetipo culturale: la Vergine Maria.

Per alcune ragazze, la natura dissolve la dottrina una volta che vengono notate dai maschi. Ana si domanda quando il mondo innocente di Puri potrebbe diventare più complicato. Le torna in mente la fotografia di Daniel della festa texana con la ragazza sensuale che lanciava un bacio al suo obiettivo. Sarà la sua fidanzata?

«È vero che l'amico di Rafa combatterà vicino a Talavera de la Reina?»

Ana scosta una ciocca sciolta dagli occhi della cugina e le prende la mano. «Puri, nei pochi minuti che abbiamo, parliamo di qualcos'altro che non siano le corride. Come stanno la zia e lo zio?»

«Bene», risponde lei con un sospiro. «La mamma vorrebbe vedere Julia e Lali. È già passato un mese.»

Ana annuisce. La madre di Puri è la zia Teresa, la sorella minore di sua madre. La zia Teresa si è presa cura di Ana mentre sua madre era in prigione. Ana vorrebbe conoscere i particolari sugli ultimi giorni di sua madre, ma la zia continua a rifiutarsi di raccontarglieli. È troppo doloroso o troppo pericoloso? Ana evita le alternative: è troppo disonorevole.

«*¡Dios mío!* Guarda, Ana. Quello alto. È un attore famoso?»

Ana alza gli occhi sulla strada. Non è un attore. È Daniel. Lui la vede e la saluta con la mano. Lei risponde al saluto.

«È un cliente dell'hotel», sussurra Ana.

«*Ay, mi madre*, lo conosci?» Puri si affretta a sistemarsi i capelli e la gonna.

«Ciao, sei in pausa?» chiede Daniel.

Ana annuisce. «Lei è mia cugina, Purificación. Ci vediamo per qualche minuto. Non parla inglese.»

Daniel si presenta a Puri in spagnolo.

Puri sgrana gli occhi. «Di dove sei?» chiede.

«Texas. Però mia madre è spagnola. Della Galizia.»

«*El Caudillo* è galiziano», dice Puri con un cenno di approvazione della testa.

«Ah, davvero?»

Puri annuisce, esaminandolo. «Quanti anni hai?»

Ana gli lancia un'occhiata di scuse, ma Daniel sorride. «Diciannove, tra poco.»

«Diciannove.» Puri annuisce «In Texas siete cattolici?» chiede.

«Puri!» Ana trattiene il fiato.

«Ho sentito che alcuni americani non sono cattolici.»

«Molti americani non lo sono», precisa Daniel.

«Perché?» chiede Puri.

«Perché alcuni sono protestanti, altri ebrei. Ci sono parecchie religioni in America.»

Puri aggrotta la fronte, confusa.

«Mi scusi, *señor*», interviene Ana, cercando di riportare la conversazione in inglese. «Mia cugina non ha conosciuto molti americani. È solo curiosa. Non intende offenderla.»

«Non sono offeso. Mia madre è cattolica. Mio padre si è dovuto convertire per sposarla. Un'impresa ardua in Texas.»

Puri si acciglia sentendoli parlare in inglese, esclusa dalla conversazione.

Daniel guarda Ana. «Di' un po', ho appena ritirato le mie fotografie da Miguel.»

«Sei soddisfatto?»

«Credo di sì. Mi piacerebbe avere la tua opinione. Ma è meglio che io stia attento.» Daniel abbassa la voce. «Hai sentito? I ragazzi di Dallas si perdono nel sotterraneo.»

Ana lo guarda negli occhi. «Sì, ho sentito. Probabilmente a caccia di ghiaccio.»

Lei lancia un'occhiata indifferente alla via, cercando di nascondere il rossore che si allarga sul collo. Spera che lui non lo veda.

Lo vede. Si capisce dal suo sorriso.

Ana si accorge che Puri sta cercando di decifrare il loro scambio, di intervenire di nuovo nella conversazione. Gli occhi della cugina si posano sugli stivali di Daniel. Sono del colore del caramello, hanno la punta quadrata ed è da un pezzo che non vengono lucidati. «Vai a cavallo in Texas?» gli chiede.

«Sì. Abbiamo un quarter baio di nome Tony.»

«Avete un cavallo di nome Tony?» Puri scoppia in una risatina nervosa.

Daniel guarda Ana. «È così divertente? Bene, andrò nella mia stanza.» Fa un gesto di saluto alle ragazze e si avvia sul marciapiede.

Puri afferra Ana per un braccio. «Ho appena conosciuto un americano», sussurra.

«Sì, è così.»

«Piacere di averti conosciuto, Daniel!» gli grida dietro Puri.

«Piacere di averti conosciuto, Puri.» Lui indica Ana e passa all'inglese. «Mi ha chiamato Daniel. Suona piuttosto bene, non credi?» Sorride e si stringe nelle spalle.

«Che cos'ha detto?» chiede Puri.

«Ha detto addio», risponde Ana sottovoce, osservando la sagoma di Daniel Matheson proiettare un'ombra lunga sul marciapiede mentre si allontana.

32.

Puri guarda sua cugina. Ana sta mentendo. Di nuovo.

Il ragazzo americano non ha detto solo «addio». Ana parla con molti ragazzi all'hotel? Viene opportunamente accompagnata nelle loro stanze quando pulisce? Ana ha le guance arrossate. Lo sguardo nei suoi occhi... è da quello che Puri è stata messa in guardia?

Puri pensa a tutto ciò che Ana potrebbe vedere all'Hilton. Alcuni ospiti sono protestanti ed ebrei, come ha menzionato Daniele? Suor Hortensia afferma che gli americani sono famosi per essere indecenti e libertini. Puri ci pensa con eguale pietà e attrazione. Cosa definisce esattamente l'indecenza? È stato indecente da parte sua gridare a Daniel per strada?

I suoi genitori parlano sottovoce di Ana. Dicono che non è colpa sua. Dicono che Ana è una bella ragazza, punita dal sangue di suo padre.

Sangue repubblicano spagnolo. I «Rossi» hanno cercato di allontanare la Spagna dalla virtù. "Ma cosa significa veramente?" si chiede Puri. E perché nessuno risponde mai alle sue domande?

«Grazie per essere venuta a trovarmi», dice Ana in tono affettuoso.

Puri abbraccia la cugina. Povera Ana. Ma forse non tutto è perduto. Forse Puri può aiutare Ana come aiuta gli orfani dell'Inclusa.

Forse lei può salvarla.

La donna sensuale ha gli occhi incavati, le guance arrossate, le orecchie trasparenti, il mento appuntito, la bocca secca, le mani sudate, la vita larga, il passo insicuro e un'anima triste in generale. [...] Solo la sua immaginazione corrotta rimane attiva con la rappresentazione di immagini lascive che la riempiono completamente. La donna sensuale non dovrebbe aspettarsi un lavoro serio, un rispetto vero, sentimenti puliti o tenerezza accogliente.

PADRE GARCÍA FIGAR
«Medina», rivista della Sección Femenina,
12 agosto 1945

33.

Rafa trova Fuga nella rimessa del cimitero. È qui che dorme quasi tutte le notti, quando non vaga per i pascoli o va a trovare Rafa. In un angolo del capanno in lamiera ondulata, tra la catasta di pale, ci sono una lanterna e un giaciglio di paglia. A parte i vestiti laceri, Fuga possiede solo due cose, per quel che ne sa Rafa: un articolo su un toro Miura ritagliato da una rivista e un piccolo ciondolo d'oro con le serene sembianze dipinte a mano della Beata Vergine Maria.

L'aria carica di energia della rimessa sembra fermentante, ciclonica. «*¿Qué pasa?*» chiede Rafa.

Fuga sta camminando avanti e indietro nel piccolo spazio, le narici dilatate, le dita che si stendono e si serrano. La rabbia attraversa il suo corpo con una tale forza da rendere visibile la vibrazione.

«*Cálmate.* Dimmi cosa c'è che non va.»

Fuga solleva lentamente una mano e indica.

Posata per terra c'è una bara di compensato in miniatura. È per un neonato.

«*Ay*, è molto triste», conviene Rafa. «Povero *niño.*» Lui comprende la frustrazione dell'amico. Che siano malati, disabili o orfani, i bambini vulnerabili scatenano in Fuga sentimenti profondi di ingiustizia. Lui vuole proteggerli. «Nessuno ha protetto noi. Nessuno», dice spesso.

«Ti aiuterò a seppellirlo. Faremo prima in due.»

Rafa fa un passo verso la bara, ma Fuga si sposta per bloccarlo. Abbassa lo sguardo su Rafa e scuote la testa.

«*¿Por qué?*» chiede Rafa.

La rabbia esplode in Fuga, che dà un calcio con tutte le sue forze alla piccola bara, che vola per la rimessa e va a schiantarsi contro la parete.

«Smettila!» grida Rafa. «Cosa stai facendo?»

Fuga riprende a camminare avanti e indietro.

«*¡Ay, no! ¡Ay, no!*» ansima Rafa. Si precipita verso la bara e comincia a cercare il cadavere tra le assi rotte. Raccoglie un brandello di mussola sporca e si guarda freneticamente intorno. Infine si ferma, con il respiro ansante e spaventato. «Fuga, dov'è il bambino?»

Fuga scuote la testa.

«Dov'è il bambino? Cosa ne hai fatto, del bambino?»

«Niente bambino», sibila Fuga.

A Rafa batte il cuore all'impazzata. Fa un profondo respiro, cercando di tenere le voci dietro la barriera. Non funziona. I ricordi stanno strisciando oltre la recinzione.

«La cassa è vuota! Non c'è nessun bambino!» Fuga comincia a spingerlo e a colpirlo, gridando: «Capisci? Non c'è nessun bambino!».

Rafa afferra l'amico per le spalle. «*Tranquilo, amigo.* Non capisco. Ti hanno chiesto di seppellire una bara vuota?»

Fuga annuisce. Si avvicina al suo letto di paglia e gli tira un calcio, creando un vortice di polvere.

«Chi te l'ha portata?»

Fuga fissa la parete della rimessa. «La clinica. Molte delle bare che portano sono troppo leggere.»

«La clinica ostetrica ti sta chiedendo di seppellire delle bare vuote? Non capisco. Perché?»

Fuga si gira di scatto per guardarlo. «Perché i bambini non sono morti.»

34.

«Consegna per la stanza 760.»

760. La stanza di Daniel.

«*Gracias*», dice Ana. Il responsabile dell'accoglienza lascia cadere una scatola nella sua cesta.

In ascensore, Ana lancia un'occhiata alla scatoletta. È un rotolo di adesivo. Grata per l'opportunità di vedere Daniel, prepara le sue scuse per le domande di Puri.

Lui apre la porta appena Ana bussa.

«*Hola, señor.* L'accoglienza mi ha chiesto di consegnarle questa.» Ana gli porge la scatoletta.

«Grazie.» Daniel tiene la porta aperta con lo stivale. «Entri un attimo?»

Ana rimane immobile nel corridoio. «La sua stanza ha bisogno di assistenza, *señor*?»

«Assistenza? No, mi piacerebbe mostrarti le mie foto.»

«Forse deve sistemare le tende?»

«No, vanno bene così.»

Ana rimane fuori dalla porta, sorridendo finché Daniel capisce. Non le è permesso entrare nella sua stanza senza la richiesta di un servizio.

«Ah, può aiutarmi ad aprire la portafinestra del balcone?»

«Certo, *señor.*» Ana sposta la cesta dal fianco ed entra. La suite, già calda, tra qualche minuto diventerà afosa. Fa scivolare comunque la porta a vetri per aprirla.

Sul pavimento vicino alla parete c'è un mosaico di fotografie. Daniel le fa cenno di avvicinarsi.

«Le ho messe insieme con Miguel», le spiega. «Ogni raggruppamento dovrebbe raccontare una storia. Sarà più facile vederle una volta che le avrò appiccicate alla parete.»

Ana annuisce, fissando le foto. In effetti raccontano davvero una storia. A dire il vero, ne raccontano molte.

«Ti piacciono?», le chiede, asciugandosi una goccia di sudore dalla fronte.

«*Sí.* Moltissimo, *señor.* Specialmente quelle dei bambini.»

Ana accenna ai bambini, ma sta fissando le foto della cena dai Van Dorn. Osserva la lunga tavolata elegante, i calici di cristallo luccicante, i grovigli di uva fresca disposti tra candelabri d'argento sterling. Daniel ha catturato tutto.

D'un tratto l'aria nella stanza diventa pesante, elettrica e soffocante intorno ad Ana. Lei prende un piccolo ventaglio a fisarmonica dalla tasca del grembiule. «Fa troppo caldo con la portafinestra aperta, *señor*? Devo accendere il condizionatore?» gli chiede, facendosi aria.

«No, sto bene così.» Daniel tira la cucitura centrale della sua camicia da cowboy. I bottoni automatici di madreperla creano un leggero schiocco aprendosi. «Così, hai ricevuto il mio biglietto.»

«Sì, altro ghiaccio.» Ana fa una risatina, sforzandosi di non guardarlo.

Daniel ha lo sguardo puntato su di lei. Ana lo avverte, serio, come se lui stesse cercando di catturare il momento sulla pellicola.

«Nel biglietto ho accennato a un'idea», dice lui.

«Sì. È un'ottima idea», conferma Ana. «Mi piace come ha organizzato le foto.»

«Ah.» Daniel fa una pausa di silenzio e si passa una mano tra i capelli sudati. La sua voce si abbassa di volume, gli occhi si incollano a quelli di lei. «In realtà, non mi stavo riferendo a quell'idea.»

Campanelli d'allarme scattano nella testa di Ana, mentre un misto di speranza e paura le batte nel petto. Daniel si avvicina. La sua camicia a quadri è aperta, rivelando una maglietta bianca umida sotto.

«Stavo pensando, be', immagino sperassi...» dice a bassa voce.

Ana fissa le foto invece di Daniel. Sa che dovrebbe allontanarsi, ma i suoi piedi hanno messo radici nel pavimento.

Non dovrebbe permettergli di starle così vicino. Non dovrebbe inalare il profumo del suo costoso dopobarba. Ma le radici stanno crescendo, serpeggiando giù, fino agli scuri sotterranei di pietra.

«Speravo che potessi lavorare con me a un progetto», dice Daniel.

«Un progetto?» La voce di Ana è un sussurro. Il suo ventaglio sbatte come una farfalla.

«Mi piacerebbe creare una storia sulla vita in Spagna, ma attraverso gli occhi di persone della nostra età.»

Una storia. Sulla Spagna. Le radici si spezzano. Il cuore di Ana precipita in caduta libera. Delusione e sollievo la inondano in parti uguali. «Perché?» chiede, rimettendo il ventaglio e le sue speranze nel grembiule.

«Per illustrare le differenze e le somiglianze tra di noi, tra gli Stati Uniti e la Spagna.»

Ana si allontana da Daniel.

Quali somiglianze potrebbe mai vedere Daniel tra di loro? Lui può viaggiare in qualsiasi parte del mondo. È l'erede di una dinastia petrolifera, vive una vita di privilegi e gode di ogni libertà immaginabile. Può votare a un'elezione, pregare qualsiasi Dio di sua scelta ed esprimere i suoi sentimenti personali in pubblico.

«Potremmo rimanere anonimi», si affretta ad aggiungere Daniel. «Come Robert Capa e Gerda Taro. Tu potresti essere Jane Doe.»

«Jane Doe?»

«*Sí*, Jane Doe significa "una donna anonima". Come Jane, potresti fornire un obiettivo dentro una Spagna a cui non posso accedere da solo. Potremmo lavorare insieme. Sei un buon soggetto e una brava fotografa. Guarda.» Daniel indica due foto sulla scrivania. Una è la foto di Ana nell'ascensore. Gliela consegna.

Lei fa una smorfia. «È davvero così grande la mia bocca?» Disprezza il dente d'oro nell'arcata inferiore. Rimette la foto sulla scrivania.

«Non è una bocca grande. Si chiama sorriso luminoso. Non vuoi la foto?»

Ana scuote la testa. Accanto alla sua c'è la foto che ha scattato a Daniel nel negozio di caramelle. L'angolo sinistro della bocca è sollevato in un sorriso, sul punto di ridere. Guarda l'obiettivo con occhi onesti, eppure lui è così evidentemente fuori posto tra i dolci raffinati. La foto che lei ha scattato è davvero buona. È bellissima. Ma non ha nulla a che fare con la fotografia che le ha fatto lui.

Al progetto di Daniel – se lui facesse una richiesta formale al responsabile di Ana – potrebbero lavorarci insieme?

L'avvertimento di sua sorella le sussurra forte.

Ana solleva la cesta e si avvia verso la porta. «Mi dispiace molto, *señor*, ma non credo di poterla aiutare con il suo progetto. L'hotel mi tiene molto occupata.»

Daniel rimane fermo, con le mani nelle tasche posteriori dei jeans. Fa un cenno di assenso.

Mentre Ana passa accanto al tavolino da caffè, si ferma. L'immagine sulla rivista dell'Hilton le fa venire i brividi.

La massiccia croce di granito.

È arroccata in cima a una collina a nord-ovest di Madrid, tra zanne di roccia frastagliate. Domina da centocinquanta metri di altezza e può essere vista da oltre trenta chilometri di distanza.

El Valle de Los Caídos. La Valle dei Caduti.

Il testo della rivista tuona e invita:

Dopo quasi vent'anni di lavoro, la Valle dei caduti si avvicina al completamento. I visitatori conosceranno presto questo bellissimo luogo di riposo e meditazione in memoria di tutti coloro che sono caduti nella gloriosa crociata.

Le canne del cestino scrocchiano sotto la presa di Ana. Lei indica la rivista. «Sa cos'è questo?»

«Sì, il sito dove i turisti verranno informati sulla guerra civile spagnola.»

«È questo che pensa?» ansima Ana.

«È sbagliato?» chiede lui. «Pensavo di visitarla per fare delle foto. Vedi, è per questo che ho bisogno del tuo aiuto. Io non capisco, ma Jane Doe può spiegarmelo.»

Ana lo fissa, con un nodo alla gola. Quindi è così che il mondo vede la Spagna? Pensano che la Valle dei Caduti sia un posto dove comprare souvenir? La stanno costruendo i prigionieri repubblicani.

Ana torna vicino alle foto sul pavimento, a una che ha attirato immediatamente la sua attenzione. Prende quella della suora e del bambino e la lancia sul tavolino. «A volte non c'è spiegazione, *señor*. Buonasera.»

Ana esce dalla stanza facendo fatica a respirare. Gira l'angolo in corridoio e si accascia contro la parete, imponendosi di non piangere.

C'è un fiorente villaggio provvisorio nella Valle dei Caduti che ospita duemila operai e le loro famiglie. [...] Una meravigliosa combinazione di grandezza, magnificenza e semplicità. Consigliamo vivamente una visita.

«Castellana Magazine»,
Hilton Hotels, luglio 1957

35.

Camminano al buio. Il cielo notturno di Madrid si stende profondo e vasto. I loro passi emettono sommessi richiami sulla sabbia asciutta della strada sterrata. Rafa prova a fare conversazione, ma Fuga cammina davanti a lui come in trance. Pronuncia una sola parola: *mentirosos.*

Bugiardi.

Quel pomeriggio hanno riesumato il cadavere di un bambino di quattro anni per morosità. La famiglia, troppo povera per pagare l'affitto sul terreno del cimitero, piangeva mentre i resti del bambino venivano scossi e riseppelliti in una fossa comune. La nonna lanciava maledizioni gemendo.

«La prego, *señora*», le ha spiegato Rafa. «Non è colpa nostra, è solo il nostro lavoro. Se non lavoriamo, non mangiamo.»

«Che vi vada di traverso il pane che guadagnate con questo lavoro», ha detto con disprezzo la donna in lutto.

«Fuga, lei non stava incolpando o maledicendo noi», dice Rafa. «Era addolorata per il bambino.» Rafa sa che Fuga non è in lutto solo per quel bambino, ma si vede in ogni povero bambino, in ogni fossa piena di ossa. Con ogni colpo di pala, seppellisce sé stesso.

«*Mentirosos*», sibila Fuga.

«Ripensa alle parole che dici sempre a me», continua Rafa. «Tu dici che non dobbiamo lasciarci avvelenare dalle circostanze. Il tuo piano è onorevole.»

Fuga annuisce e sputa sul ciglio della strada.

Rafa pensa alla promessa del suo amico. Fuga dice che combatterà per il bambino: gli innocenti, gli indesiderati, i bambini perduti della Spagna. Userà i soldi guadagnati nelle corride per pagare l'affitto delle tombe dei bambini al cimitero. Salverà i ragazzi indigenti dalle «case» malvagie. Questo è il suo piano.

Fuga si ferma e gli fa cenno di stare zitto. Era una voce o un uccello? Corrono verso una fila vicina di cipressi. Sdraiati a pancia in giù, ascoltano.

Rafa sente solo Fuga. Le narici dilatate per combattere, Fuga arde di determinazione. Il mantra della corrida è: «Per diventare un torero, devi prima diventare un toro». Fuga è un toro da tanto tempo. Ha coraggio e forza per combattere contro qualsiasi uomo o animale, e notevole astuzia nel farlo, ma a volte Rafa teme che al suo amico manchi la grazia intrinseca richiesta a un torero.

Il pascolo di don José Isasa Cuadros non è lontano. Rafa spera che sia un gufo quello che ha sentito Fuga. Spera che a quest'ora tarda i Corvi dormano sulle brande delle loro caserme. I Corvi sono così disprezzati che non prestano servizio nella regione in cui vivono. Il rischio per le loro famiglie è troppo grande.

«Magari ci alleniamo un'altra sera», sussurra Rafa.

Fuga non dice niente. Dopo diversi respiri, si alza e riprende a camminare. Rafa segue il suo amico verso il pascolo; il chiarore della luna è la loro unica guida.

La maggior parte dei matadores sono signori, toreri addestrati in modo classico. Joselito, Belmonte e l'amato Manolete della Spagna... Rafa li riverisce tutti. Quando Manolete morì, un pezzo di Spagna morì con lui. Era stato incornato nella coscia e le squadre di chirurghi speciali non riuscirono a salvarlo. Lui e Fuga non hanno chirurghi speciali. Non c'è nessuno che li sostiene.

Arrancano avanti, nell'oscurità sempre più buia. Rafa recita il promemoria.

«Il mondo in cui cerchiamo di entrare è un mondo di uomini con grossi sigari, automobili costose e relazioni che vanno avanti da molte generazioni. Lo sai. Ma è anche un mondo in cui coraggio e abilità trascendono la discendenza, Fuga. Se un matador ha davvero talento, il sangue che scorre nelle sue vene non viene giudicato. Viene protetto.»

Fuga annuisce.

Allenarsi con i tori nel pascolo di un allevatore è altamente illegale. Se colti in fallo, la punizione sarà immediata... e definitiva. Rafa andrà a confessarsi prima della messa di domenica. Chiederà di nuovo perdono e coraggio al loro sacerdote di Vallecas. Rafa promette che, una volta guadagnati dei soldi come componente della *cuadrilla* di Fuga, il suo entourage, compenserà segretamente gli allevatori per aver contaminato i loro tori. Questo è il suo piano.

Arrivano al pascolo. Le esalazioni e i passi rimbombanti dei tori si diffondono forti nella silenziosa aria notturna. Fuga srotola la sua coperta color ruggine. Guarda Rafa e annuisce.

«Nel nome del Padre, del Figlio e dello Spirito Santo, amen», recita Rafa. Si fa il segno della croce.

Strisciano attraverso la recinzione.

36.

Un bambino di sei anni vede Puri e si mette a gesticolare freneticamente.

«Cosa c'è, *chico?*»

Lui solleva la manina destra, stretta a pugno. Fa cenno a Puri di seguirlo in un angolo e apre le dita.

Nel centro del palmo del bambino c'è un dente.

Puri batte le mani felice. «Fantastico! Fammi vedere.»

Il bambino sorride orgoglioso, rivelando un grosso buco davanti.

«Lo sai cosa significa, vero?» chiede Puri.

Il bambino annuisce.

«*¡Sí!*» dice Puri. «Stasera metterai il dente sotto il cuscino. Ratoncito Pérez, il topino che vive in una scatola di biscotti, ti verrà a trovare mentre dormi. Porterà via il dente e ti lascerà una sorpresa.»

Puri lo avvolge in un abbraccio mentre lui saltella felice. I bambini più grandi dell'Inclusa hanno meno probabilità di essere adottati, quindi Puri li coccola appena può. Le piace giocare al Ratoncito Pérez.

Una suora passa accanto a Puri di fretta. «Non ciondolare. Bisogna cambiare i pannolini, fare il bagno e dare il biberon ai lattanti.»

Puri si avvia verso la nursery, impaziente di dare la notizia del dente a suor Hortensia.

Suor Hortensia è in piedi accanto alla culla di Trébol, impegnata in una conversazione con una donna incinta e il marito. Puri entra inosservata. Si prende cura dei lattanti nelle vicinanze e intanto origlia.

«Mia moglie è stanca di portare un cuscino sulla pancia. Non siamo sicuri che sia giusto», sussurra l'uomo.

Puri ha una voglia disperata di guardare la donna, ma sa che è meglio non farlo.

«Questa bambina potrebbe essere la soluzione», replica suor Hortensia. «È ancora molto piccola.»

«È piccola, ma troppo grande per essere una neonata, specialmente se fingiamo un parto prematuro. Per la grossa somma che paghiamo, vogliamo un neonato.»

«E lo avrete», sussurra suor Hortensia. «Vi ho mostrato questa come alternativa solo perché sua moglie è a disagio nella presente situazione. Andiamo a discuterne nel mio ufficio.»

Puri conta i loro passi che si allontanano sul pavimento piastrellato. Si gira a guardare. Non è la prima volta che succede. Suor Hortensia le dice che alcune coppie si vergognano di non poter concepire un figlio. Dice che le pressioni sociali sono tali che a volte una donna preferisce fingere una gravidanza piuttosto che ammettere l'adozione. Quando ciò accade, bisogna proteggere il segreto della donna a tutti i costi. È un peccato rivelare il segreto di qualcun altro.

Puri pensa alla famiglia di Ana. Essendo figli di repubblicani, devono avere molti segreti. Allora com'è riuscita Ana a trovare un lavoro nel grande hotel americano?

Trébol piange e Puri va a controllare il suo pannolino. È sollevata che la coppia non abbia scelto lei. L'uomo aveva la faccia pastosa e cupa. Non le è piaciuto il modo in cui ha menzionato la grande somma di denaro, né come ciò spingesse suor Hortensia ad assecondarlo. Trébol deve avere una famiglia bella e gentile. Lei vorrebbe che fosse uno dei coraggiosi matadores a adottare la bambina. Sarebbe incredibilmente commovente che un'importante famiglia spagnola adottasse un orfano.

Il pensiero le ricorda il sogno della sera prima. Puri fruga nella memoria, cercando di recuperare la storia che sta rapidamente svanendo. Un alto matador cammina verso di lei, bello e aggraziato. Indossa un *traje de luces* di zaffiro reale, ricoperto di scintillanti pagliuzze d'oro. Lei lo guarda e sorride. Lui ricambia il sorriso. Ed è allora che Puri capisce. Il matador del sogno non è Ordóñez. È Daniel, il cowboy texano che ha incontrato per strada.

37.

Perché la Valle dei Caduti sconvolge Ana?

Daniel fissa le foto, ora attaccate alla parete della sua suite. Non avrebbe dovuto chiederle di collaborare con lui al progetto. L'ha messa a disagio. Ma quando parlano e lei sorride, Daniel dimentica che è una dipendente dell'hotel.

Si rivolge al padre, seduto sul divanetto. «Com'era Valencia?» gli chiede.

«Città meravigliosa. Mare bellissimo. Sarei rimasto ancora un giorno, ma tua madre è voluta tornare per la sfilata di moda all'ambasciata. A proposito, dovresti andare a vestirti. Giacca e cravatta, stasera.»

Daniel annuisce.

Martin Matheson si alza e guarda le foto del figlio affisse alla parete. "Ti prego. Solo un complimento", pensa Daniel.

Invece, suo padre scoppia a ridere. Indica la foto delle nocche sbucciate di Nick Van Dorn. «Davvero poco diplomatico per essere il figlio di un diplomatico. Quel ragazzo è proprio turbolento, vero?»

Daniel si stringe nelle spalle.

Suo padre si schiarisce la voce. «Cosa ne pensi di Ben, il giornalista?» gli chiede.

«Mi piace. Sembra un tipo intelligente. Entusiasta del suo lavoro.»

«Molti giornalisti lo sono. Vogliono la loro storia e farebbero qualsiasi cosa per ottenerla. È un lavoro losco, ricordatelo.» Suo padre si avvia verso la porta.

La parola «lavoro» gli ricorda il telegramma. «Senti, papà, c'è una cosa di cui vorrei parlarti.»

Suo padre si ferma. «Lo so.»

«Sì?»

Lui annuisce, la faccia piena di scuse. «Dan, mi dispiace.»

La sincerità del padre smussa la sua irritazione.

«Stavo aspettando che tu me lo dicessi», dice suo padre. «Capisco nasconderlo a tua madre. Lei vuole bene a Laura Beth. Ci resterà male.»

Laura Beth? Suo padre pensa che gli voglia parlare di Laura Beth?

«Papà...»

«So tutto. Qualcuno l'ha detto a tuo zio. Laura Beth è solo confusa. L'esame per il diploma l'ha esaurita. Voi due siete una bella coppia e lei è di un'ottima famiglia. Non preoccuparti, ne sono certo, abbastanza certo, cambierà idea.»

Una bella coppia? Non avevano niente in comune. Si sono frequentati solo qualche mese, durante i quali lei aveva baciato anche altri ragazzi. Lo sa suo padre che Laura Beth riteneva la mamma «troppo etnica» e per questo le loro famiglie non erano perfettamente compatibili?

«Va bene così, papà, c'erano dei problemi.»

«In tutti i rapporti ci sono dei problemi. A proposito...» Suo padre fa una pausa, come se cercasse con attenzione le parole. «Daniel, io e tua madre abbiamo passato un periodo difficile ultimamente. Lasciala tranquilla, se riesci. È importante per lei che tu sia felice qui a Madrid.»

La richiesta coglie di sorpresa Daniel. Un periodo difficile? Cosa significa? Con la mente torna al telegramma. Vuole chiedere spiegazioni, ma qualcosa nell'espressione del padre lo dissuade dal farlo. Il tono di suo padre è più gentile del solito, sta cercando di essere meno severo con lui.

«Okay», dice Daniel.

«Grazie, amico. Usciamo per andare all'ambasciata tra un quarto d'ora.» Esce dalla stanza.

Daniel fissa la porta. Suo padre sa essere ostinato e, certo, le loro dinamiche padre-figlio sono state tese negli ultimi anni. Ma la situazione non è mai stata difficile tra i suoi genitori.

Cosa intendeva con «periodo difficile»?

38.

L'ambasciata americana è costruita con blocchi di arenaria bianca. La sua struttura trasmette un misto di solidità e raffinatezza. Una grande bandiera rossa, bianca e blu, insieme alle sue quarantotto stelle, saluta sopra l'ingresso.

«Benvenuto all'ambasciata, Daniel. Sono molto contento che ti unisca a noi.»

Il padre di Nick, Shep Van Dorn, li saluta in una formale fila di accoglienza all'entrata. Van Dorn gli stringe la mano e guarda la madre di Daniel.

«Buonasera, María. Santo cielo, sei bellissima. Sei sicura che non devi partecipare alla sfilata stasera?»

Sempre tirato a lustro e professionale, Shephard Van Dorn è tagliato da una stoffa diversa rispetto al figlio. Nick si trova in mezzo a un gruppo di giovani carine in un angolo e, quando vede Daniel, fischia forte. Le ragazze ridono del suo gesto inappropriato. Il padre di Nick no.

«Toh, guarda un po'», dice Nick ridendo. «Il cowboy ha scambiato i suoi stivali per la giacca e la cravatta. Stai bene, Dan.» L'entusiasmo di Nick, alimentato dal vino, intrattiene il gruppo durante le presentazioni.

«Sono riuscito a piegare le regole. Stasera suoneranno un po' di Elvis nel club dell'hotel. Dovresti venire con noi», dice Nick.

Come i bikini, Elvis e i fianchi roteanti sono considerati indecenti in Spagna.

Daniel fa un vago cenno di assenso e intanto si guarda intorno nella stanza. Desidera che la sua macchina fotografica catturi la sensazione tesa dell'evento. Anche se è un incontro diplomatico con partecipanti provenienti da molti paesi diversi, l'atmosfera è decisamente americana per Daniel, come se fosse a un evento a Dallas.

Le giovani donne, che indossano abiti di taffettà fruscianti e guanti bianchi, sono figlie debuttanti di diplomatici, magnati e ufficiali militari americani. Frequentano college come Wellesley e Bryn Mawr. Gli abiti sono di colori diversi, ma Daniel teme che i loro destini siano probabilmente simili. Faranno matrimoni vantaggiosi e saranno elencate nell'ambìto Registro sociale della loro città di residenza. Ma è quello che vogliono veramente?

Daniel guarda sua madre. È grato che lei sia diversa, che mantenga le usanze spagnole a casa, anche se lui sa che ciò le rende la vita un po' difficile nell'alta società di Dallas.

«Tua madre è una discendente della nobiltà spagnola?» gli aveva chiesto il giornalista mondano del «Dallas Morning News» quando lavorava nella redazione.

Il legame con un titolo sovrano aumenta significativamente il tuo coinvolgimento negli ambienti dell'alta società. Alcuni residenti di Dallas assumono genealogisti nella speranza di scoprire in famiglia un barone morto da tempo che potrebbe concedere loro l'ammissione al circolo giusto.

Le donne di Dallas seguono le notizie dell'alta società come un operatore di borsa segue le azioni. Laura Beth parlava fino alla nausea dell'imminente ballo da debuttante per la nipote di Henry Ford. Daniel sa che il suo legame con la famiglia di Laura Beth ha dato a sua madre un senso di connessione sociale. Per lui, invece, è stato una fatica, così come l'evento di moda all'ambasciata.

Scorge Ben Stahl ai margini della stanza, immerso in una conversazione con Paco Lobo. Proprio mentre Daniel si avvia verso di loro, viene fatto entrare nella sala principale.

Nel grande salone ci sono oltre un centinaio di sedie ordinate con cura in file. Daniel fa sedere sua madre e prende la sedia accanto ai suoi genitori dal lato del corridoio. Un presentatore introduce l'evento e gli stilisti. Le luci si abbassano.

«Non è magnifico?» dice sua madre.

Daniel annuisce, ma non è d'accordo. Dev'essere incredibilmente difficile essere un diplomatico. Lui sarebbe terribile a cavarsela in infiniti eventi e discussioni formali. Mentre le donne scendono lungo il corridoio in una miriade di abiti, la sua mente vaga verso le foto appese alla parete nella sua suite d'albergo.

Il pubblico emette un sussulto udibile.

«Favoloso», sussurra sua madre.

Daniel riporta la sua attenzione davanti a lui. Una giovane modella con un abito rosa scintillante ha occupato il centro della scena. Si gira lentamente, mostrando il vestito stretto, e questa volta Daniel trattiene il respiro. Dietro il vestito è aperto, e rivela tutta la schiena e la vita della donna. La stoffa aderisce ai lati del busto slanciato e poi scende in modo suggestivo, incontrandosi in una V bassa appena sopra le vertebre sacrali. La sua pelle olivastra è impeccabile e brilla sotto le luci. Gli occhi di Daniel sono incollati alla sua schiena. Ha una voglia disperata di fotografarne la curva sottile e il leggero incavo. Lei ruota e gli occhi di Daniel viaggiano dalla sua vita stretta fino al collo. Lei brilla, come se fosse illuminata dall'interno. I capelli neri sono raccolti, con alcune ciocche a spirale lasciate a incorniciare gli zigomi alti, gli occhi scuri e la bocca carnosa.

Lei avanza lungo il corridoio centrale.

Si girano tutti a guardarla.

È innegabilmente bella.

E poi lui se ne accorge.

È Ana.

39.

Daniel si alza dalla sedia prima che si riaccendano le luci. Le modelle infilano una porta nella parte anteriore della sala e lui le segue mentre escono. Altri lo hanno battuto sul tempo. Shep Van Dorn, il funzionario agli affri esteri degli Stati Uniti, dispone i media per le foto. Uno stilista posa con le donne davanti a un fotografo ufficiale.

«Vorresti avere la tua macchina fotografica?» chiede Nick, andandogli accanto.

"Non hai idea quanto" pensa Daniel.

«Lo sai che non ti baceranno», dice Nick.

«Cosa?»

«Qui in Spagna le ragazze non ti baceranno. Le ragazze spagnole perbene baciano solo sulla guancia finché non sono sposate. Vengono accompagnate a tutti gli appuntamenti. Crescono lentamente qui», spiega Nick. «Mia madre pensa che sia fantastico. A me sembra strano. Ma non preoccuparti. Qui ci sono molte ragazze americane vogliose tra cui scegliere.» Si scola il bicchiere di sherry, notando lo sguardo di Daniel. «La riconosci?» gli chiede.

Daniel annuisce.

«A quanto pare la modella era malata. L'abito va bene ad Ana, così gliel'hanno fatto indossare. Dai, andiamo a infilarci in una fotografia.» Nick cammina con passo sicuro verso Ana. «Ehi, bella ragazza. Bravissima», le dice rivolgendo un sorriso brillo all'obiettivo. Il fotografo scatta una foto a loro tre.

«*Gracias*», dice Ana. Rivolge un sorriso educato a Daniel. «*Buenas noches, señor.*»

«*Hola*, Ana. Sei bellissima.»

«È stata una decisione dell'ultimo momento. Il vestito, il trucco... ero molto nervosa.»

«Non sembravi nervosa», dice Daniel.

«Davvero?» chiede Ana. Il suo sorriso si allarga.

«Davvero, sembravi molto a tuo agio», concorda Nick.

Shep Van Dorn guida un gruppetto di persone verso di loro. «E questa modella eccezionale è solo una cameriera dell'Hilton, ci credete?» dice il padre di Nick.

Solo una cameriera. Il sorriso di Ana si spegne.

«Quello che crediamo, Shep, è che a volte tu sei davvero uno stupido», dice Nick.

Il silenzio è istantaneo, imbarazzato.

Shep Van Dorn fa una risata esagerata. «Non fate caso a mio figlio. Credo che Nick abbia un debole per lei. Ma, santi numi, come possiamo biasimarlo?» Gli adulti ridono.

Nick fulmina con lo sguardo il padre e scuote la testa. Si allontana su tutte le furie.

«Vuoi prendere una boccata d'aria fresca?» chiede Daniel.

«Sì, grazie», si affretta a rispondere Ana.

Daniel la guida attraverso un'alta porta a vetri in un cortile interno tranquillo.

Ana guarda il cielo rabbuiato. «Ho trovato la risposta», dice piano.

«A che proposito?»

«Perché gli americani amano il ghiaccio. Qui in Spagna beviamo vino. Invece gli americani hanno dei cocktail elaborati che hanno bisogno di ghiaccio. Gin e tonica, scotch e soda...»

«Ana.»

Lei si volta verso di lui.

«Scusa se ti ho chiesto di collaborare al progetto di fotografia. Ho capito che eri turbata. È da ieri che mi sento in colpa.»

«Non ci stia male, *señor.* Le sue fotografie sono belle. È solo difficile perché...»

«Eccolo.» Shep Van Dorn accompagna i genitori di Daniel nel cortile.

«Stiamo tornando all'hotel, Dan», dice suo padre. «Dobbiamo alzarci presto domani.»

«*Querida*, sei semplicemente meravigliosa», sussurra la madre di Daniel, avvicinandosi ad Ana. «Mi chiamo María Matheson.»

Daniel guarda prima Ana, poi sua madre. «Mamma, è Ana.»

«È un vero piacere conoscerti, Ana», dice in tono affettuoso sua madre, chiaramente ignara che Ana è la cameriera assegnata a lei all'hotel. «Vedo che hai conosciuto mio figlio.»

Daniel e Ana si scambiano uno sguardo.

«Piacere di averla conosciuta, *señor*», dice Ana a Daniel. Lui sorride, soffocando una risata.

«E che peccato che tu non abbia con te la tua macchina fotografica», aggiunge sua madre. «Mi piacerebbe una foto di questo abito.»

Il signor Matheson tocca il gomito della moglie, impaziente di andare.

«Eri davvero incantevole stasera. Sono molto contenta di averti conosciuto, Ana», dice la madre di Daniel. Fa un cenno di approvazione prima di allontanarsi.

Che imbarazzo. Daniel non riesce quasi a immaginare come si senta Ana. «Mi dispiace molto.»

«Non si preoccupi, *señor*. Non sono in divisa... Non sembro io.»

«Sembri esattamente tu. Sono io che sembro diverso», dice Daniel allentando la cravatta.

Ana esamina il suo completo costoso. «Credo di preferirla in jeans.»

«Bene. Anch'io. Hai bisogno di essere accompagnata a casa?»

Ana guarda Daniel. Apre la bocca per parlare ma poi si ferma.

«Che gentiluomo.» Il signor Van Dorn dà una pacca sulla spalla a Daniel. «Gentile da parte tua offrirle un passaggio, Dan, ma abbiamo già organizzato che la macchina dell'ambasciata riporti a casa tutte le ragazze.»

Ana rimane immobile.

Daniel cerca di decifrare la sua strana espressione, i suoi occhi. «Allora ci vediamo domani?» le chiede, sperando che lei dica sì.

Lei fa un profondo respiro. Il modo in cui Ana lo guarda, gli fa venire voglia di allungarsi per toccarla. Lei si gira e corre via.

Daniel osserva la sua ritirata, fissa la sua bellissima schiena e si maledice. Sa di aver appena fatto un errore, ma non è sicuro quale sia.

40.

Ana vede il biglietto, ma fa finta di niente. L'angolo bianco spunta dalla tasca della borsa, una piccola freccia lasciata intenzionalmente per richiamare la sua attenzione. Cerca di stabilire quando sia stato messo lì. Il biglietto era già nella sua borsa quando lei ha lasciato l'hotel?

La sua mano sfiora la gonna verde della divisa dell'hotel. È il capo di abbigliamento più bello che possiede. Ma all'improvviso il tessuto sembra ruvido e rigido, così diverso dall'abito di seta. La modella era malata. La boutique era disperata. Hanno supplicato il direttore di Ana di concederle il permesso.

È stato un colpo di fortuna. Niente di più. Come ha detto il signor Van Dorn, lei è solo una cameriera. Prende un fazzoletto sbiadito dalla tasca e si pulisce la bocca, facendo attenzione a rimuovere tutte le tracce del rossetto costoso.

Ma nonostante gli avvertimenti di sua sorella, Ana non si pente della serata. Ha indossato un bellissimo vestito, un vestito che non potrebbe mai possedere. Ha parlato con un bel ragazzo da sola in un cortile ed era rispettata da sua madre. Per alcune ore, si è sentita bella. E per quel breve momento, l'essere bella è sembrato possibile.

La strada asfaltata finisce e l'auto continua sul sentiero sterrato.

«Accosti, grazie», dice Ana.

«È sicura?» chiede l'autista. «È buio. Non è un problema accompagnarla fino a casa.»

«*Gracias*, ma mi fa piacere prendere una boccata d'aria. Preferisco fare a piedi l'ultimo pezzo», dice Ana.

L'autista si ferma e Ana scende.

Un'auto diplomatica fiammante attirerebbe troppa attenzione a Vallecas. I bambini l'avrebbero inseguita, gli uomini si sarebbero insospettiti e le donne – Ana pensa specificamente alle donne – le donne sarebbero corse da Julia con domande e opinioni.

Vorrebbe poter raccontare a sua sorella della serata. Il cucito è la passione di Julia. Per anni ha studiato i disegni e i modelli di stilisti spagnoli come Pedro Rodríguez e Cristóbal Balenciaga. Ana non desidererebbe altro che riferire a sua sorella ogni dettaglio del bellissimo abito. Ma non è possibile. L'evento si è svolto presso l'ambasciata americana. Julia si preoccuperebbe.

La berlina nera si allontana. Ana cammina da sola lungo la strada sterrata e, quando non sente più il suono del motore, afferra il biglietto dalla borsa.

Questa sarà la tua fine.

Ana strappa il biglietto in piccoli frammenti, spargendoli mentre cammina. Sbatte le palpebre per ricacciare indietro le lacrime che stanno spuntando e si guarda alle spalle, assicurandosi che non ci sia nessuno. Che nessuno veda la scia di briciole di minacce che conducono direttamente alla sua porta.

41.

Due e mezzo di notte.

Daniel è seduto a un tavolo nell'angolo con la sua macchina fotografica e osserva la folla. Il nightclub dell'hotel pulsa di musica, conversazioni e fumo di sigaretta. Bottiglie morte di champagne, con le loro fascette di alluminio corrugate e strappate, oziano nei secchielli refrigeranti di sterling. Ben Stahl ha la faccia sudata e rossa come un pomodoro. Si aggira per la pista da ballo con una sigaretta accesa in una mano, uno scotch nell'altra. Le sue mosse ritmiche sono disgiunte dalla musica, come se lui ascoltasse una canzone completamente diversa. Ben si sta divertendo un mondo, apparentemente ignaro del fatto che sta ballando da solo. Daniel scatta una foto.

Nick si lascia cadere sulla sedia accanto a lui.

«Non vuoi ballare, Danny boy?»

«Mi sto divertendo con la macchina fotografica. Un sacco di scatti fantastici qui.»

«In Texas fate lezione di ballo formale come noi a New York?»

«Per ben due anni», risponde Daniel annuendo.

«Ballate quelle assurde danze texane?»

«Le migliori. Se proprio devo ballare, sono più a mio agio con gli stivali.»

Nick beve un sorso dal suo bicchiere. «Allora, cos'è successo con la tua ragazza a Dallas? Era una cosa seria?»

«Lei era molto seria... sull'intenzione di provare a cambiarmi.»

«Ahi. Che liberazione.» Nick ride.

«Non importa. C'erano altri problemi.» Daniel afferra l'opportunità. «E tu? Tuo padre ha detto che hai un debole per Ana. State insieme?»

«Nah. Non mi piace essere legato. I diplomatici si spostano ogni paio d'anni. Perché affezionarsi quando so già che dovrò andarmene? Inoltre lei non è proprio una ragazza accettata dal Registro sociale.»

«Quindi tu e Ana non vi siete mai frequentati?»

Nick posa il bicchiere. «Perché sei così curioso a proposito di Ana?»

«Nessun motivo in particolare. È stata assegnata ad assistere la mia famiglia qui all'hotel. Sembra interessante.»

Nick fissa il bicchiere vuoto. Un sorriso gli increspa di colpo gli angoli della bocca. «Lei è interessante. In effetti Ana vive in una zona di Madrid davvero unica. È un posto fantastico dove scattare foto. Dovresti passare da casa sua.»

«Davvero? Non sarebbe un'imposizione?»

«Nah, ne sarebbe contenta. Non può socializzare molto sul lavoro. C'è sempre qualcuno che la controlla, sai?»

Daniel ripensa alla sua conversazione con Ana. Forse Nick ha ragione. Lei ha detto che l'hotel la occupa molto. Non può entrare nella stanza di Daniel senza un compito assegnato.

«Hai una penna?» gli chiede Nick. «Ti do l'indirizzo.»

Nick scarabocchia le informazioni su un tovagliolino da cocktail e lancia la penna sul tavolo. «Ho sete. Anche tu?»

Daniel guarda il tovagliolino. «Nah, credo che presto andrò a dormire.»

Nick annuisce e sparisce tra la ressa. Daniel passa un altro quarto d'ora a scattare foto e a declinare inviti a ballare. Si sta dirigendo verso la porta quando Ben lo afferra.

«Dan, corri. Si tratta di Nick.» Ben trascina Daniel attraverso una porta sul retro in un vicolo dietro l'hotel. Nick si sta contorcendo sulla strada acciottolata mentre due uomini su di lui lo prendono a calci e a pugni.

«Ehi!» grida Ben avvicinandosi. «Smettetela!»

«Non sono affari tuoi, *culón*. Torna dentro.»

L'assalitore, carico di adrenalina, dà uno spintone a Ben mentre l'altro continua a pestare Nick. Il suo pugno emette un terribile rumore crepitante contro la mascella del ragazzo.

«Oh Cristo», dice Ben, barcollando, «lo stanno uccidendo. Smettetela, ho detto!»

Nick si è chiaramente arreso, sopraffatto dai due uomini. Daniel passa la sua macchina fotografica a Ben. «Dai. Basta così», dice avanzando tra di loro. Allontana l'uomo da Nick. Appena lo fa, entrambi rivolgono la loro attenzione a Daniel.

«Sentite, non ho nessun problema con voi», dice Daniel. «Dovete andarvene.»

Uno dei due uomini fa un cenno all'altro. «*Nenaza.*»

La parola crea una strana pulsazione alla base della gola di Daniel. Non vuole guai con suo padre. Non vuole guai con le guardie. Però no, non è una femminuccia. I piedi di Daniel si mettono in posizione.

Gli uomini si lanciano verso di lui, agitando i pugni. Daniel sente nell'orecchio la voce del suo allenatore.

Mani sollevate. Gomiti bassi. Muovi la testa.

Jab di sinistro sulla faccia, pugno di destro sul corpo. *Schivare. Espirare quando colpisci.* Sono attaccabrighe, non pugili.

Naso rotto. Primo uomo a terra. *Continua a muovere i piedi. Guarda sempre il tuo obiettivo. Perno. Stai all'erta ma calmo.*

Tira un pugno forte quando sei sicuro di poter andare a segno.

Va a segno.

Ben brontola dal sedile posteriore del taxi. «Per la miseria, Nicky. In cosa ti sei andato a cacciare questa volta? Che pestaggio. E la notte stava appena iniziando. Sono solo le tre.» Si accende una sigaretta. «Ehi, Dan. Dan! Tutto a posto lì?»

Daniel si volta dal sedile davanti. Ha la facciata rigata di sudore. «Sto bene, ma chiameranno la polizia?»

«Non ti preoccupare, l'hotel sa che deve chiamare Shep per gli americani, non la polizia», risponde Ben.

«In effetti, non possono chiamare la polizia», capisce Daniel.

«Hai la fedina penale sporca, cowboy? Rilassati, non chiameranno gli sbirri», dice Ben.

Nick si lamenta. È accasciato accanto a Ben in un mucchio di asciugamani insanguinati. Ha il viso malconcio e gonfio. Daniel alza la macchina fotografica e guarda nel mirino.

Ben annuisce. «È un buon scatto. A lui non importerà. Non dopo quello che hai fatto, Matheson.»

Daniel scatta una foto mentre vanno a tutta velocità in ospedale.

42.

Ana si volta a guardare oltre la spalla. I suoi riccioli scuri oscillano delicatamente, prendendo il volo. I fiori di cristallo sul suo abito rosa creano schegge di luce colorata, come se brillassero attraverso un prisma. Luccicano sulla sua schiena nuda. Daniel scatta una foto.

«Dan, svegliati, amico.»

Daniel apre gli occhi. Davanti a lui c'è Shep Van Dorn. Completo blu stirato, cravatta rossa, scarpe lucide. Daniel si sfrega gli occhi. «Dov'è Ben?»

«Se n'è andato. Dormivi profondamente», dice Shep.

«Sta bene Nick?»

«Guarirà.» Shep si siede. «Dan, non so esprimere quanto apprezziamo quello che hai fatto. I medici dicono che un altro colpo e i danni avrebbero potuto essere permanenti o fatali. Ben ha detto che hai combattuto con coraggio per difendere Nick.»

«Perché ce l'avevano con lui?»

Shep abbassa la voce. «Nick ha avuto un paio di anni difficili. È dura essere figlio di un diplomatico, dura farsi dei veri amici quando ti trasferisci così spesso. Ma a volte Nick è il peggior nemico di sé stesso. Di recente è rimasto invischiato in qualche debito di gioco. Ovviamente non avrei mai immaginato che si sarebbe arrivati a questo e che ti avrebbe trascinato in mezzo.»

Van Dorn fa un respiro misurato.

«Tuo padre vorrà la mia pelle quando lo verrà a sapere. Era irremovibile nel tenerti fuori dai guai. Ti devo un favore, Dan. Se c'è qualsiasi cosa che io possa fare per te, non esitare a chiedere. Dico davvero.»

«Nessuno chiamerà le autorità, vero?» chiede Daniel.

Shep scuote la testa. «Come funzionario agli affari esteri, gestisco privatamente le questioni americane... se capisci cosa intendo. Gli uomini di Franco sono addestrati a sparare, senza chiedere niente.»

Daniel trattiene il fiato. Senza chiedere niente. Sembra il mantra per la Spagna.

Prima di andarsene dall'ospedale, Daniel passa a salutare Nick. La sua faccia – del colore e della forma di una prugna deformata – è mostruosa per il gonfiore.

«*Hola*, pugile», dice Nick. «Mi dimetteranno entro stasera, in tempo per tornare al nightclub. Credi che la mia faccia sarà pronta per allora?» Ride e poi fa una smorfia di dolore. «Il mio vecchio ti ha trovato?»

«Sì. Abbiamo parlato.»

«È preoccupato che tuo padre si arrabbi.»

«Mio padre sa che combatto. Ho fatto pugilato in Texas.»

«Davvero?» Nick scuote la testa. «Sei un mistero, Matheson. Ti devo un favore.»

Perché Nick e suo padre parlano così facilmente di «dovere favori»? si chiede Daniel. «Non mi devi niente. Riposati.»

«Fai una foto. So che ne hai voglia. L'appenderò nella stanza del mio pensionato.»

Daniel guarda attraverso il mirino della sua macchina fotografica. Sdraiato nel letto d'ospedale c'è un giovane con ogni opportunità. Nonostante sia un viscido diplomatico, Shep sembra ragionevole e probabilmente gli pagherebbe la scuola di giornalismo o qualsiasi altra università Nick volesse frequentare. Dinamiche padre-figlio. Un ritratto complesso, davvero.

Daniel scatta una foto.

43.

«*¡Buenos días, señor!*» Carlitos va incontro a Daniel all'ingresso dell'hotel, saltellando per l'entusiasmo.

«*Hola*, Buttons.»

«Posso vedere?»

«Vedere cosa?»

Carlitos indica le mani di Daniel. «Tex-has! *Bang! Bang!*»

Daniel s'infila la mano in tasca. «Come fai a saperlo?»

«Lo sanno tutti, *señor.*»

«Chi sono "tutti"?»

«Lo staff del nightclub ha visto la scena. I due uomini cattivi che hanno ferito il *señor* Van Dorn hanno cercato di ferire anche lei. Dicono che lei li ha presi a pugni entrambi, mentre il giornalista fumava. Avevano dei grossi coltelli?» chiede Carlitos, indicando il sangue sulla camicia di Daniel.

Daniel entra nell'hotel. Carlitos lo segue da vicino, tempestandolo di domande. Se lo sa Carlitos, la notizia sarà già arrivata ai suoi genitori? Teme la reazione di suo padre. Gli dirà la verità. Ma qual è la verità? Che lo ha fatto star bene combattere?

La quiete mattutina della hall diventa ancora più silenziosa mentre Daniel attraversa i pavimenti di marmo a scacchiera. Gli impiegati smettono di parlare e lo guardano in silenzio mentre si dirige verso l'ascensore. Un giovane facchino lo indica e sussurra.

L'ascensore sale al settimo piano. L'addetto non stabilisce un contatto visivo. Si appoggia alla parete, invece, tenendosi a distanza da Daniel. Negli specchi dell'ascensore, Daniel vede il proprio riflesso. La sua mano sinistra è piena di croste appena coagulate. La camicia è strappata e insanguinata. Non ha più la cravatta.

Tenendo la fotocamera di lato, Daniel scatta un autoritratto allo specchio.

Sperando di evitare i suoi genitori, passa rapidamente davanti alla loro suite ed entra senza far rumore nella sua. Un biglietto è stato fatto scivolare sotto la porta.

In riunione. Ho sentito della tua nottata. Che rimanga tra noi. Tua madre sta riposando. Partiremo per Toledo questo pomeriggio, se vuoi venire.

Che rimanga tra noi. Nessun rimprovero? Nessuna rabbia?

La suite è stata pulita. Ana è stata lì? Sul tavolo al centro della stanza è posato un grande vassoio d'argento. Succo di frutta fresco, caffè, un grande piatto di *churros* con una tazza di cioccolata e un secchiello di ghiaccio. Daniel mette diversi cubetti di ghiaccio nel tovagliolo di stoffa e li preme contro il pugno ferito. Si appoggia allo schienale della sedia, sfinito. Sta per chiudere gli occhi, ma poi lo vede. Un giornale, strategicamente piegato e appoggiato alla caffettiera, mostra una fotografia.

Ritrae lui.

44.

Esiste una categoria di cose indicibili, un cassetto buio dove vivono in esilio le verità inesprimibili. Julia le conosce bene.

Non parlare. Non raccontare.

Estamos más guapas con la boca cerrada. Siamo più belle con la bocca chiusa. È quello che le dice sua zia Teresa.

Julia è seduta nell'angolo del negozio e aggiusta un paio di calzoni per un matador. Il ricamo ornato lungo l'esterno della gamba è sapientemente disegnato e misurato per mettere in risalto il fisico del matador. Julia tira il filo, tendendolo.

Quando la vita è frenetica, Julia è capace di mantenere pensieri e domande nascosti in fondo al cassetto. Oggi, durante un raro momento di quiete di prima mattina, i suoi pensieri si rivolgono delicatamente verso la sua interiorità mentre lei lavora. Ogni punto una meditazione.

Qual è il prezzo del silenzio? Se lei rimane zitta sui suoi sospetti, diventa complice di ciò che sta accadendo? Se impone il silenzio ad Ana e a Rafa, che cosa sta dicendo loro? Che si vergogna dei loro genitori? I loro genitori non hanno fatto nulla di male. Erano intellettuali, grandi lavoratori, persone raffinate. Il loro padre voleva creare una scuola al di fuori della chiesa cattolica. Questo è tutto.

La sua mente scava più in profondità nel cassetto. Questo non è tutto.

Dopo che i franchisti uccisero il padre di Julia, la madre si unì alla resistenza. Nonostante le suppliche di amici e parenti, per quasi un anno sua madre cucì segretamente bandiere repubblicane. Quando le milizie di Franco l'arrestarono, nessuno andò in suo aiuto. I vicini si nascosero dietro le tende, sopraffatti dalla paura e in preda al panico. Coloro che condividevano le sue convinzioni non fecero nulla per proteggerla. Il prezzo era troppo alto.

Le rasarono la testa in prigione. Marchiarono la sua carne nuda con il simbolo della Falange, il giogo e le frecce. La costrinsero a bere olio di ricino in modo che si sporcasse. La fecero sfilare per le strade, mentre la dignità umana le colava lungo le gambe perché tutti la vedessero. La loro madre, un'insegnante, divenne una propaganda umana: «Questo è ciò che accade quando diventi una *Rojilla,* una piccola rossa».

C'è così tanta angoscia, così tanto dolore. Stanca di avere paura, stanca di avere fame: la maggior parte dei giorni Julia è troppo stanca per combattere. Ma tenere il cassetto dei segreti ben chiuso non significa che lei perdoni il dittatore o la Falange. Significa che vuole proteggere tutto ciò che rimane. Quindi ripete il mantra di zia Teresa: «*Estamos más guapas con la boca cerrada*». Siamo più belle con la bocca chiusa. La vita è più bella con la bocca chiusa.

I suoi fratelli la pensano diversamente. Pieni di energia, bramano verità e giustizia. È difficile per le giovani generazioni. Rafa crede di poter liberare sé stesso dominando la paura. Aiuterà il becchino matador. L'arena diventerà il suo teatro di coraggio. Ana crede di poter scrivere il proprio destino e alla fine lasciare la Spagna. Ma i sogni di sua sorella sono troppo grandi. Troppo pericolosi. Ana pensa che Julia non veda il suo dolore. Invece sì. Ieri sera Ana ha pianto fino a addormentarsi dopo essere tornata dalla sua giornata di lavoro in hotel. Le lacrime di sua sorella, l'angoscia udibile dell'isolamento, hanno fatto piangere anche lei.

«Julia.»

Il cassetto dei pensieri si chiude.

Il suo capo, Luis, è all'ingresso del laboratorio. «Posso parlarti?»

Julia segue Luis fino al suo piccolo ufficio. Lui chiude la porta e le fa cenno di sedersi.

«Voglio mostrarti questo, prima che lo veda qualcun altro.» Porge a Julia un giornale e le indica una foto.

La didascalia dice:

Figli insigni d'America – Nicholas Van Dorn, figlio del diplomatico dell'ambasciata, e Daniel Matheson, figlio del magnate del petrolio del Texas, partecipano al gala di moda presso l'ambasciata degli Stati Uniti. La modella indossa un abito da sera della boutique Pedro Rodríguez del Castellana Hilton.

Julia fissa la foto. Alcune persone sembrano impacciate in abiti eleganti. Ana non è tra quelle. Indossa il vestito costoso con più naturalezza dei suoi indumenti lisi o della divisa dell'hotel.

Julia guarda l'alto texano dai capelli scuri. Ana ha accennato di essere stata assegnata alla sua famiglia per l'estate. Non ha menzionato però il suo aspetto. Bello. Il suo completo è costoso, di taglio sartoriale e sapientemente adattato al suo fisico robusto. La cravatta è importata dall'Italia; Julia lo capisce dalla dimensione del nodo.

La foto parla un linguaggio privato. Ana si protende verso il texano. Il texano si protende verso Ana.

«Quando ho visto la foto, quasi cadevo dalla sedia. A una prima occhiata mi sembrava tua madre. Le assomiglia molto», dice Luis.

Julia accenna un sorriso dolce. «È uguale a lei. È bellissima.»

«E lui... È quello di cui mi parlavi?» chiede Luis.

Julia sospira e indica Nick Van Dorn. «Sì, è lui.»

45.

«Ho una riunione importante. Non devo essere disturbata. Capito, Purificación?»

«Sì, sorella», risponde Puri. «Ma... il bambino ha trovato la mia sorpresa per il Ratoncito Pérez?»

«Certo. Era felicissimo.» Suor Hortensia prende una piccola busta dal cassetto della scrivania e la passa a Puri. «Ti affiderò un compito importante. Mentre sono in riunione, porta il dente da basso e mettilo nella cartella del bambino. Il numero della cartella è sulla busta. Sei abbastanza responsabile per gestire questo incarico?»

«Sì, sorella.» Puri fa scivolare la busta con il dente nella tasca del grembiule.

«Bene.» La suora stacca un grande anello portachiavi dalla sua cintura di corda e lo porge a Puri. «Quando hai finito, consegna le chiavi a suor Pilar.»

Puri si gonfia di orgoglio. Ha conquistato la fiducia della suora. Da quando Puri riesce a ricordare, i suoi genitori sono sempre stati iperprotettivi e non le hanno mai concesso una vera indipendenza, forse per mancanza di fiducia.

La stanza chiusa a chiave dell'archivio, situata nei sotterranei, è generalmente vietata a tutti tranne che ai medici, alle suore e ai sacerdoti. Il seminterrato buio è molto più fresco dei piani superiori. Le pesanti chiavi riecheggiano nello spazio senza finestre mentre Puri apre la porta. La sua mano tasta il ruvido muro di pietra alla ricerca di un interruttore della luce. Spinge il pulsante e una luce fioca dietro una grata illumina dall'alto. Puri decide che è meglio fare il suo lavoro in privato. Chiude la porta.

File di schedari in legno creano corridoi nella stanza. Puri cammina lungo i mobiletti, cercando quello con l'intervallo di numeri che ospiterà la busta che lei ha in mano. Trova il cassetto e lo apre. Le cartelle sono disposte con cura in ordine numerico.

«Eccoti», dice Puri, recuperando una cartella, in cui mette la busta con il dente. Si sofferma, incuriosita. Che tipo di informazioni sono contenute nei fascicoli? Comincia a sfogliare. Ci sono il modulo di arrivo del bambino, le relazioni mediche annuali, le pagelle scolastiche e varie altre annotazioni e corrispondenze. È inclusa anche una busta con un timbro postale, indirizzata a suor Hortensia. Potrebbe? Puri vi sbircia dentro.

Grazie per la sua lettera, sorella. Sono felice di sapere che José è un bravo bambino e che le sembra sia dotato e intelligente. Purtroppo non possiamo riaccoglierlo a casa. Abbiamo altri sette figli e nessun mezzo per prenderci cura di loro. José starà meglio con una famiglia adottiva. Dato che è intelligente, sarà in grado di farsi strada nella vita da solo.

Puri ha un tuffo al cuore. Come possono dei genitori non rivolere indietro un figlio? Come può un bambino di sei anni farsi strada nella vita da solo? Le coppie e le famiglie che adottano vogliono i neonati, bambini perfetti che possono crescere come se fossero loro. È poco probabile che una famiglia adotti quel dolce bambino. Ciò significa che José potrebbe non sentirsi mai veramente desiderato o amato. Puri rimette via il fascicolo e chiude il cassetto. È grata dell'informazione. Coccolerà il piccolo José. È un suo dovere servire i bambini.

Rattristata, a Puri di colpo viene in mente Trébol. Si fa strada tra gli armadietti e cerca il numero 20.116. Trova le cartellette 20.115 e 20.117. Manca quella 20.116. Forse suor Hortensia ha il fascicolo nel suo ufficio perché sta cercando attivamente una buona casa per Trébol?

Vicino alla porta, Puri scorge un tavolo con diversi fascicoli. Forse quello di Trébol è tra questi. Ne apre uno non contrassegnato e vede delle colonne: la prima riporta i numeri assegnati a ciascun orfano, la seconda delle cifre che corrispondono alla parcella di adozione, com'è specificato in cima alla colonna.

Non possono essere giuste.

Puri guarda le cifre più da vicino. Sono astronomicamente alte.

Scorre l'elenco fino a trovare il numero 20.116. Fa scorrere il dito lungo la riga e arriva alla parcella di adozione di Trébol. Ci deve essere un errore.

200.000 *pesetas.*

46.

Rafa entra nel confessionale buio. Si inginocchia e aspetta il prete. Sa che il sacerdote di Vallecas, vincolato dal sigillo sacramentale della confessione, non divulgherà i suoi peccati. Le parole pronunciate in confessione sono protette dalla completa riservatezza.

La finestrella quadrata si apre e attraverso la grata Rafa vede la sagoma di padre Fernández. Lo saluta con il segno della croce.

«Ave Maria purissima.»

«Concepita senza peccato», risponde il prete.

«Sono passati sette giorni dalla mia ultima confessione.» Rafa fa un bel respiro. «Padre, ho violato la proprietà altrui.»

«E dove sono stati commessi questi peccati?»

«Nei pascoli di don José Isasa Cuadros, padre.»

Il sacerdote rimane zitto.

«Ah, e ho detto ancora delle frottole alle mie sorelle. Non sanno ancora della mia fidanzata.»

Rafa si schiarisce la voce.

«Per questi e tutti i miei peccati, chiedo perdono a Dio, penitenza e assoluzione a lei, padre», recita.

Rafa sente il prete respirare dietro la grata. Gli comunica la penitenza.

Rafa inizia: «Mio Dio, mi pento e mi dolgo con tutto il cuore dei miei peccati, perché peccando ho meritato i tuoi castighi, e molto più perché ho offeso Te, infinitamente buono e degno di essere amato sopra ogni cosa. Propongo con il tuo santo aiuto di non offenderti mai più e di fuggire le occasioni prossime di peccato».

«Che Dio ti benedica», risponde il sacerdote.
Rafa esce dal confessionale. Si sente più leggero, grato di essere stato assolto dal peccato.
Rafa adora confessarsi.

47.

Julia si inginocchia nel confessionale.

«Ave Maria purissima.»

«Concepita senza peccato», dice il prete.

«Sono passate due settimane dalla mia ultima confessione. Padre, sto nascondendo la verità a quelli che amo nel tentativo di proteggerli.»

«E queste verità che stai nascondendo sono collegate alle tue azioni?»

«No, padre. Sono collegate ad azioni compiute durante la guerra... e ad azioni attuali da parte delle autorità del nostro amato paese di Spagna. Non ho detto a nessuno di cosa sospetto. Il rischio è troppo grande. Di conseguenza sono costretta a essere disonesta con i miei fratelli per proteggerli. Ma ogni bugia porta a un'altra bugia. La pressione sta aumentando e presto potrebbe esplodere tutto.»

«Tu non sei da sola, figlia mia.»

«Ma, padre», replica Julia, «i figli dei repubblicani... noi siamo stati soli per anni, spaventati e nascosti, puniti per qualcosa a cui non abbiamo preso parte.»

«Ma non siete da soli nella vostra sofferenza. Siete al sicuro nelle braccia di Vallecas.»

La paura è la compagna costante di Julia. Ma con padre Fernández lei si sente in pace e libera di confidare tutto ciò che la turba. Dal momento che è considerata una parrocchia difficile, alcuni membri del clero evitano Vallecas. Ma, commosso dalla disperazione e dai bisogni della gente, padre Fernández ha scritto al vescovo. Ha chiesto di ritardare il suo incarico successivo per rimanere con il gregge a Vallecas.

Come penitenza, il prete fa dire a Julia tre Ave Maria.
Lei è grata a padre Fernández.
È grata per la confessione.

48.

Ana entra nel confessionale.

«Ave Maria purissima.»

«Concepita senza peccato», risponde padre Fernández.

Ana fa una pausa. Potrebbe mai essere sincera sui suoi peccati? Si immagina la confessione: «Mi benedica, padre, perché sono piena di rabbia. Sono vista da molti, ma compresa da pochi. Il mio cuore, così capace di amare, è invece pieno di odio per il leader del nostro paese. Detesto che le monete che guadagno rechino la sua immagine e la frase "Caudillo per grazia di Dio". Detesto che il mio futuro sia determinato dal passato. Detesto che mi si faccia sentire indegna e incapace di perseguire i desideri del mio cuore. Sogno costantemente di lasciare la Spagna, di essere desiderata, eppure le mani che si sono allungate verso di me non mi hanno mai amato. La mia unica intimità è con il silenzio e il sapore delle lacrime. Dov'è, caro padre, la grazia di Dio per i figli della guerra, i bambini giudicati così ingiustamente? Mi è concesso chiederlo?».

Il prete si schiarisce la voce. «Farai una bella confessione oggi?»

La sua voce ridesta Ana dal sogno a occhi aperti. «*Sí*, padre. Ho detto due bugie, fatto un pettegolezzo e tenuto un comportamento civettuolo con un ragazzo americano.»

Ana è troppo spaventata per confessare i suoi veri sentimenti a chiunque tranne che a sé stessa.

Ana teme la confessione.

49.

Puri scosta le pesanti tende ed entra nel confessionale di una chiesa di Madrid. Si inginocchia e il suo battito comincia ad accelerare. Se la fede è così facile, perché la confessione è così difficile?

«Ave Maria purissima.»

«Concepita senza peccato», risponde il sacerdote.

«È passato un mese dalla mia ultima confessione.»

Su invito del prete, con riluttanza lei inizia.

«Giudico il comportamento degli altri. Sono piena di risentimento nei confronti dei genitori che abbandonano i loro figli. Mi fanno arrabbiare le persone che sono ingrate per tutto ciò che il nostro grande paese offre loro.» Puri continua a parlare finché il prete la interrompe.

«Parli facilmente dei peccati degli altri. E i tuoi peccati?»

Puri si fissa in grembo. Non sopporta di guardare l'ombra del prete davanti a lei. Ci ha provato molto. Puri sa che è un suo sacro dovere difendere la purezza. Quelli prima di lei l'hanno affrontato con successo. San Francesco d'Assisi si rotolò nella neve, san Benedetto si gettò in un cespuglio spinoso e san Bernardo si immerse in uno stagno ghiacciato. Perché, oh perché, pensa Puri, è tutto così difficile?

«Ho avuto... pensieri impuri», sussurra al prete.

A Puri piace essere una brava spagnola. Puri ama la chiesa cattolica.

Puri odia la confessione.

50.

Rimanere in hotel invece di andare a Toledo con i suoi genitori è subordinato a un'unica richiesta di sua madre: Daniel deve assistere alla messa domenicale.

Il concierge fornisce un elenco di tre chiese. Daniel sceglie quella più vicina. Arriva prima della messa per confessarsi.

«Benedicimi, padre, perché ho peccato. Sono passati due mesi dalla mia ultima confessione. Chiedo perdono per i seguenti peccati: mi sono intromesso in una discussione in cui non c'entravo e ho causato danni fisici a due uomini mentre ne difendevo un altro. Ho aperto un telegramma con informazioni private, ho nutrito rancore nei confronti di mio padre e» abbassa la voce «c'è una ragazza a cui non riesco a smettere di pensare.»

«Non tocca a te combattere le battaglie degli altri», dice il prete. Dopo la penitenza, il sacerdote impartisce l'assoluzione. «Dio, Padre di misericordia, ti conceda mediante il ministero della chiesa il perdono e la pace. Ti assolvo dai tuoi peccati, nel nome del Padre, del Figlio e dello Spirito Santo.»

«Amen», risponde Daniel.

Daniel apprezza la confessione, ma si sente più soddisfatto quando condivide le verità con qualcuno a cui si sente vicino.

Mentre scosta le tende ed esce dalla cabina di legno, Daniel ha la netta sensazione che ciò che sta per fare potrebbe rimandarlo in chiesa.

Daniel potrebbe aver bisogno di una confessione.

Nonostante il suo successo, Hernando ricorda come se fosse ieri di essere cresciuto nella Spagna del dopoguerra colpita dalla fame. Abitava in una baracca con il tetto di lamiera a Vallecas, un quartiere popolare di Madrid. «Avevamo sempre fame», dice. «Dovevo cercare il cibo nella discarica come gli altri bambini. Mangiavo bucce di banana e croste di formaggio dai bidoni fuori dalle case dei ricchi.» Per nutrire i cinque figli, suo padre cacciava i conigli alle porte del palazzo El Pardo di Franco; se lo avessero catturato, sarebbe stato picchiato dalla Guardia Civil.

ALFONSO DANIELS

Property in Spain: Castles in the Sand
«The Telegraph», 19 febbraio 2009

51.

«*Ay, no, señor*, questa zona non è per i turisti», lo avverte il concierge agitando un dito. «Non ci vada. Invece, si goda questa bella giornata domenicale al parco del Retiro o al museo del Prado.»

Le parole del concierge dell'hotel non hanno alcun effetto su Daniel. Guarda le indicazioni di Nick e studia il percorso sulla cartina. Non è lontano. Forse venti minuti.

«*¡Ahí no!* Non vada lì. Non è per lei, *señor*.»

Daniel pensa ad Ana. Al modo in cui lo guardava nel cortile dell'ambasciata. Si getta la borsa sulla spalla e recupera le chiavi della macchina a noleggio dalla tasca. «Non succederà niente. Questa non è una gita turistica. Sto andando a trovare una persona.»

La Buick nera non si nota nel centro della città, ma quando Daniel raggiunge la periferia di Madrid, la berlina diventa una barca nel deserto. Scompaiono hotel e negozi di lusso. Paesaggi curati e viuzze lastricate lasciano il posto a strade sterrate, cespugli stentati e qualche albero rachitico ogni tanto. Le strade si snodano attraverso un paesaggio livido, polveroso e sbiancato dal sole. Per la strada non ci sono arrotini o venditori di biglietti della lotteria, solo uomini stanchi con le spalle curve e asini insellati che tirano carri carichi di vasi di terracotta.

Daniel si avvicina a due soldati della Guardia Civil a cavallo, armati di fucile. Nonostante il caldo, portano cappelli di vernice nera e mantelle lunghe. I loro volti catalettici diventano immediatamente minacciosi. Lui stringe il volante quando lo assale una sensazione netta. Si sta avventurando fuori dai confini. È una sensazione sgradevole, carica di presagi. I nervi alla base del collo si accendono, inviando segnali di cautela nella sua mente.

Uomini di vernice con anime di vernice.

Una mossa falsa e ti salteranno addosso. Sarai morto in una fossa.

No. Ormai si sono dimenticati di lui. Ma troverà un modo per fotografarli per il concorso. Passa davanti ai Corvi, teso, grato che l'auto abbia il climatizzatore che gli permette di tenere i finestrini chiusi.

Pochi chilometri dopo è certo di essersi perso, Daniel ferma la macchina su una strada polverosa per consultare le indicazioni. È ben al di fuori di Madrid, in mezzo a un grande quartiere degradato di squallide baracche. Controlla l'indirizzo che Nick gli ha dato con la cartina.

Vallecas.

Non può essere questo. Nick lo avrebbe mandato intenzionalmente nel posto sbagliato?

Daniel guarda ripetutamente le indicazioni. Il foglio che ha in mano vibra mentre un leggero bussare diventa un martellamento, e orde di bambini corrono verso il veicolo. In un attimo, la macchina è circondata, i volti premuti contro il vetro, distorti, come riflessi nella casa stregata di un luna park. I bambini urlano e salutano, allegri ed esuberanti. Lui ricambia il saluto. I loro volti sono puliti, ma i vestiti sono sbiaditi e rattoppati. Daniel guarda fuori dal parabrezza e vede un gruppo di uomini che cammina verso la macchina. Uno di loro regge una mazza. Il mare di bambini si divide per lasciar passare gli uomini, che esaminano la Buick e si avvicinano al lato del conducente.

Daniel fa un respiro profondo. Abbassa il finestrino.

«*¿Qué haces aquí?*» chiede il più grosso del gruppo.

«Sto andando a trovare un'amica», risponde Daniel in spagnolo.

«Fidati di me, non hai amici qui. Vattene», dice l'uomo.

«Sto cercando Ana Torres Moreno. Vive da queste parti?»

L'uomo fa una pausa. «Se tu fossi suo amico, sapresti dove abita.»

Un uomo ne prende un altro da parte, scambiano qualche parola e poi annuisce.

«Lascia qui la macchina e vieni con noi. Ti portiamo da Ana e vediamo se ti conosce.»

La prudenza si fa sentire, punzecchiandolo sulla nuca.

Daniel scende dall'auto. La folla di bambini, tenuti a bada dall'uomo con la mazza, indietreggia con gli occhi spalancati. Sussurrano e indicano la grande fibbia, i jeans e gli stivali di Daniel.

«Americano?» sussulta un bambino.

«*Sí.* Americano», risponde Daniel. «Texas.»

I bambini fanno «Ooh» in coro.

Daniel chiude a chiave la macchina e segue gli uomini. Considera la possibilità di aver completamente perso la testa. Cosa ci fa lì e perché non se ne va?

Il pensiero di Ana lo prende al laccio e lo tira. Si infila la borsa della macchina fotografica a tracolla, per lasciare liberi i pugni coperti di croste. Potrebbe averne bisogno.

Gli uomini, posizionati ai lati di Daniel, cominciano a camminare. I tre del posto sono tutti alti meno di un metro e ottanta, ma lui è in inferiorità numerica. La processione di pivelli e mormorii si snoda lungo la strada piena di fosse e buchi. Daniel immagina la scena dall'alto. Immagina la foto.

La pallida strada sterrata è fiancheggiata da piccole *chabolas,* baracche fatiscenti del *barrio,* collegate da fili per stendere che si incrociano. La luce del giorno splende attraverso i vestiti lisi appesi con le mollette. Sembrano più garze che indumenti. Gli anziani con sopracciglia folte e facce incise dalle sofferenze riposano su sedie fuori dalle porte. Osservano mentre un gatto dagli occhi selvaggi si fa furiosamente le unghie sul terreno indurito. Una donna appare e svuota un secchio in un fosso sul ciglio della strada, gettando rivoli di liquami puzzolenti in un canale. Un bambino nudo è seduto per terra vicino al fosso delle acque di scolo, giocando allegramente con un bastone.

Note di chitarra flamenca fluttuano sui tetti sbriciolati, interrotte dalle urla adirate di una donna. In fondo alla stradina sterrata c'è una fontana, circondata da persone con secchi, barattoli e tinozze zincate. Una ragazza minuscola con una treccia nerissima lungo la schiena e buchi nelle scarpe saltella intorno a Daniel e gli prende la mano. Dopo qualche passo si ferma, si toglie la scarpa e leva i sassi.

Gli uomini proseguono e si fermano infine davanti a una tozza baracca di cemento. La sua unica finestra è rotta. Il tetto è in un tale degrado che sta crollando e non è altro che un colino per la pioggia. La porta scheggiata è aperta, uno stipite ha ceduto da tempo. Uno degli uomini afferra Daniel e lo spinge sulla soglia.

Lui strizza gli occhi per guardare nello spazio angusto. Una luce fioca la fa sembrare la caverna di uno stregone. Fasci di erbe secche e radici aromatiche pendono appesi a una trave sul soffitto. Un giovane imbronciato con la pelle scura e i capelli blu-neri è in piedi senza camicia, con indosso i pantaloni turchesi di un matador. Una donna, in ginocchio sul pavimento di terra battuta, lavora ai pantaloni. Due uomini sono seduti a un tavolino. L'indirizzo è esatto. Ne è sicuro. Perché a piedi nudi in un angolo c'è Ana. A Daniel si chiude lo stomaco.

Lei tiene in braccio un bambino.

Lo guarda. Il misto di shock e vergogna sul suo viso è evidente.

Si voltano tutti a fissarlo, in piedi sulla soglia storta, che ruba il loro piccolo frammento di luce razionata.

Un bambino spunta accanto a Daniel.

«Americano!» annuncia.

Daniel capisce di aver commesso un terribile errore. Vuole andarsene. Correre via.

Ma è troppo tardi.

52.

L'uomo con la mazza spinge da parte Daniel e si rivolge ad Ana per una conferma. «È vero? Lo conosci?»

Ana annuisce senza parlare.

Segue una breve discussione, ma un giovane sorridente con i capelli ricci lo saluta con la mano. «*Bienvenido*, americano! Come ti chiami?»

Daniel fa un bel respiro, cercando di mandare giù abbastanza rammarico per riuscire a rispondere. «Daniel Matheson. Scusate. Non volevo intromettermi. Oggi volevo fare delle fotografie e Nick mi ha assicurato che non c'erano problemi a passare da voi.»

«Nick?» dice Ana dall'angolo.

«Fotografie?» Il giovane diventa raggiante. «Be', sei fortunato, americano. Io sono Rafael e davanti a te c'è il futuro grande matador! Lo chiamiamo Fuga, ma presto avrà un nuovo nome.»

Lo spagnolo a petto nudo con i capelli ribelli fissa Daniel, notandone la statura e i vestiti. I suoi occhi neri lo inceneriscono, lanciandogli un muto avvertimento.

«Capisco che questa è un'intrusione. Me ne vado. Ho parcheggiato appena in fondo alla via», dice Daniel.

Rafa balza in piedi. «Hai una macchina?» Corre accanto a Daniel. «Non c'è bisogno che tu te ne vada così in fretta. Non è un'intrusione. Parli molto bene lo spagnolo. Vieni, siediti.» Rafa lo trascina dentro la baracca.

Daniel fissa Ana e il bambino. «Ti ho portato un paio di cose. Te le lascio.»

Dalla borsa, Daniel tira fuori una bottiglia di vino, due pacchetti di sigarette americane e un involto di carta bianca legato con lo spago.

Tutti rimangono in un silenzio stupito finché Rafa e Fuga si lanciano verso il tavolo. Rafa apre il pacchetto di sigarette e Fuga strappa l'involto bianco. Le grida e le zuffe continuano finché Ana dice a voce alta: «Smettetela!».

«Be', se il pacchetto è aperto non può più essere rivenduto», dice Rafa.

«Rivenduto?» ripete Daniel. «No, questi sono regali. La carne viene dal Texas. È manzo essiccato.»

«Adoro il manzo essiccato!» esclama Rafa.

«Ma se non sai neanche che cosa sia», dice Ana.

«È cibo, quindi lo adoro.» Rafa si stringe nelle spalle.

Ana emerge dall'angolo buio, la voce sommessa in mezzo alla baraonda. «È molto gentile da parte sua, *señor.*»

L'abito sbiadito pende dal suo fisico minuto come una sciarpa sottile. Malgrado il cambiamento di guardaroba e ambientazione, è esattamente la stessa ragazza dell'hotel e della sfilata di moda.

«*Señor* Matheson, questa è mia sorella Julia e questa è sua figlia, Lali.» Ana passa la bambina a Julia.

Daniel annuisce piano; la bambina è di sua sorella.

La somiglianza tra Julia e Ana è evidente. Anche la preoccupazione e la responsabilità di cui Julia si fa carico sono evidenti, nelle rughe profonde sulla sua fronte e intorno alla bocca. Daniel nota le mani graffiate di Julia. Sono mani di duro lavoro, simili a quelle che lui ha fotografato nei campi petroliferi del Texas.

Ana continua le presentazioni. «Lui è il marito di Julia, Antonio. E questo è il mio fratello scortese, Rafael, e il suo amico.»

«Fuga diventerà famoso. Dovresti fotografarlo. Abbiamo bisogno di immagini per la pubblicità», dice Rafa.

Fuga sta zitto.

«*Lo siento,* non eravamo preparati ad avere ospiti», dice Julia in tono piatto.

«*No, soy yo el que lo lamenta*», dice Daniel, scusandosi. «Ora vado. Piacere di avervi conosciuto.» Infila la mano nella borsa e tira fuori due scatolette color lavanda. «Vengono dal negozio dove mi hai portato tu», dice ad Ana. «Ti piacevano quei canditi a forma di quadrifoglio, così ne ho portati un po' per te e per tua sorella.» Appoggia sul tavolo le scatolette chiuse da un nastro.

Il peso muto dell'imbarazzo si materializza all'improvviso, sgomitando e facendosi largo tra la folla. Il silenzio è fragoroso. Rafa gratta il pavimento di terra battuta con la punta della scarpa. Fuga rimane immobile, le mani chiuse a pugno in tasca.

Ana fissa le belle scatole della Violeta. Guarda Daniel. I suoi occhi si riempiono di una tacita tristezza riconoscente, un'espressione che causa una forte pressione sul petto di Daniel. Capisce che lei non le accetterà. Si volta per andarsene prima che lei possa obiettare.

«Rafael», dice Julia. «Accompagna il signor Matheson alla sua macchina. Assicurati che sia parcheggiata in un luogo sicuro. Porta i secchi alla fontana e riempili d'acqua. Al tuo ritorno, berremo tutti insieme un bicchiere di vino del *señor* Matheson.»

Rafa corre a prendere i secchi. «Sbrigati, americano, prima che cambi idea.» Spinge Daniel verso la porta. «E farai le fotografie?» gli chiede.

«Se è quello che vuole il tuo amico...»

Fuga rimane in silenzio.

«Certo che vuole. Julia, non permettere a nessuno di mangiare quel manzo essiccato senza di me.»

Rafa guida Daniel fuori dalla baracca.

53.

Rafael è un'esplosione di energia. Parla senza sosta del suo amico matador.

Quando si ferma a riprendere fiato, Daniel interviene. «Da quanto tempo abitate qui?»

«A Vallecas? *Ay*, da molti anni. È un posto speciale, soprattutto qui a El Pozo del Tío Raimundo.» Caccia via una mosca dai capelli ricci. «Da che parte dell'America arrivi?»

«Dallas, Texas del nord.»

Gli uomini che si erano avvicinati alla macchina di Daniel sono fermi all'angolo lì vicino.

«A loro non piacciono gli estranei», sussurra Rafa. «Ma in realtà siamo tutti estranei. Qui a Vallecas veniamo da molte province spagnole – Andalusia, Estremadura – ma Vallecas è una famiglia a sé stante. Che dobbiamo condividere con la nostra famiglia.»

Rafa posa i secchi e prende il pacchetto di sigarette americane dalla tasca. Dà una sigaretta a ogni uomo all'angolo prima di dirigersi verso la macchina di Daniel.

«Devi essere coraggioso», dice Rafa. «Un texano contro tre *vallecanos.*»

«A volte coraggio e stupidità sono intercambiabili.»

Rafa si illumina. «Sì! Ma la paura dà dimensione alla nostra vita. Senza la paura non troveremmo mai il coraggio.»

Daniel riflette sulle parole di Rafa, sulla dimensione che vede davanti a sé a Vallecas. Sotto l'aspetto esuberante, il fratello di Ana irradia sincerità e sentimento. «Rafa, va bene se faccio delle foto?»

«Certo, perché no.» Rafa smette di camminare. «*¡Madre mía!* Quella è la tua auto?» Corre verso il veicolo. «Texano, fammi una foto con la macchina!» Abbandona i secchi e vi si appoggia con aria disinvolta. «Aspetta! Devo tenere in mano le chiavi.»

Daniel le lancia a Rafa e lo fotografa con la macchina. Il suo sorriso è brillante, come quello di Ana, e ha due denti d'oro.

«Darò la foto alla mia ragazza», dice Rafa. Il suo sorriso scompare improvvisamente. «*Ay*, non menzionare la mia ragazza alle mie sorelle. Julia non vuole che socializziamo al di fuori di Vallecas. Inoltre, se faccio parte della *cuadrilla* di Fuga, non avrò tempo per le ragazze. E tu?» Sorride. «Hai la fidanzata?»

Daniel scuote la testa.

Daniel e Rafa spostano la macchina in un cimitero vicino, dove Rafa gli garantisce che sarà al sicuro. Portano i secchi alla fontana per prendere l'acqua e Daniel scatta fotografie lungo la strada. In mezzo alla povertà, c'è bellezza e cameratismo a Vallecas. Le persone in strada camminano dritte, con orgoglio. Fanno passare avanti Daniel con la sua macchina fotografica.

La fila alla fontana si snoda lungo la strada.

«È domenica, il giorno in cui laviamo i vestiti e facciamo il bagno», spiega Rafa.

I bambini si affollano intorno a Daniel, infilandogli le manine nelle tasche in cerca di monete. Arrivati alla fontana, Rafa spinge il lungo braccio, pompando l'acqua in un secchio di legno in mano a una donna rattrappita dai capelli bianchi.

«Dovremmo portarle il secchio?» chiede Daniel.

«Non te lo permetterà. Inoltre, quella donna è più forte di noi due messi insieme», dice Rafa con una risata.

Riempiono i secchi e tornano alla baracca.

«Hai sentito parlare di Agustín García Malla?» chiede Rafa.

Daniel scuote la testa.

«Malla era un torero di Vallecas. Nel suo primo combattimento, il toro gli squarciò la bocca. Ma era molto coraggioso e continuò a combattere. Gli mancava l'eleganza di alcuni matador ma aveva coraggio da vendere. Alla fine, Malla fu incornato al cuore durante una corrida in Francia. Vedi, texano, ce ne sono molti qui a Vallecas con strappi e lacerazioni come Malla. Quando ho bisogno di consigli o di tempo per pensare, vado sulla tomba di Malla. A volte trovo delle risposte, lì.»

Daniel pensa ai commenti di Rafa. Si sente in colpa. Lui non ha bisogno di visitare una tomba per avere risposte. Quando ha delle domande, va dai suoi genitori o insegnanti. Quando ha sete, va direttamente al rubinetto. «E i tuoi genitori?» chiede.

Rafa lo guarda, e il dolore gli sale rapidamente in faccia. Scuote la testa. «La guerra è una ladra, vero?» Tossisce per liberare la gola dall'emozione. «E ora», aggiunge tirando un calcio a un sasso per strada, «lavoriamo giorno e notte per pagare la tomba a nostra madre, anche se non potremo mai riaverla. La vita è una storia strana.» La testa e le spalle di Rafa si contraggono, come se stesse cercando di scacciare dalla mente fastidiose mosche di memoria.

Daniel non ha mai conosciuto il furto come Rafa. Non ha mai bevuto da un secchio né vi ha fatto il bagno dentro. Non era preparato per Vallecas. Presuntuoso. Che idiota. Dava per scontato che tutti in Spagna vivessero in appartamenti o ville? Perché Nick non gli ha detto niente?

Deve camminare con cautela. Esiste una linea sottile tra aiutare e umiliare. Lui non vuole umiliarli.

Come lo ha avvertito Miguel, la Spagna non è il suo paese.

54.

La nipote di Ana dorme in una cassetta di legno invece che in una culla.

«Farebbe una foto a Lali, *señor*? So che la pellicola e lo sviluppo sono molto costosi, ma la mia famiglia vorrebbe una sua fotografia», dice Ana.

Daniel l'accontenta subito e scatta un ritratto della bambina addormentata.

Hanno sistemato attorno al tavolo quattro sedie scrostate e due cassette di legno. Tutti si siedono e Antonio versa il vino in bicchieri scheggiati e tazze di smalto ammaccato. Fuga, con indosso ancora i pantaloni del costume da torero, non si siede. Resta in piedi dietro a Rafa.

«Mi scuso ancora una volta per l'interruzione», dice Daniel. «In Texas, a volte andiamo a fare visita agli amici la domenica.»

Ana annuisce. I suoi riccioli sciolti ora sono raccolti indietro e si è appena lavata il viso. Daniel si siede di fronte a lei, rendendo impossibile evitare di guardarsi negli occhi.

«Questo vino... Non ho mai assaggiato niente di così delizioso.» Rafa sospira.

«È buono, grazie, *señor*», dice Ana. Riconosce il vino. L'ha visto in un negozio nella *Placita* dell'hotel. La bottiglia costa più di quanto guadagna lei in due mesi. Non può fare a meno di pensare ai soldi che avrebbe potuto ricavare rivendendola. Dev'essere doloroso per sua sorella berlo. Ogni sorso delizioso è un passo indietro rispetto al loro nuovo appartamento.

Julia pretende che Ana rivenda tutti i regali da parte dei clienti dell'hotel. Lei osserva le due scatolette color lavanda di canditi sul tavolo, desiderando disperatamente di tenerle. Allunga la mano, tira il nastro di una e la apre. Julia le dà un calcio sotto il tavolo. Ana finge di fraintendere e porge la scatola aperta alla sorella. Non volendo offendere, Julia prende uno dei quadrifogli viola dalla scatola. Forse può legare di nuovo il nastro e rivenderla lo stesso come nuova.

«In Spagna di solito ci incontriamo nei bar, non in casa», dice Antonio.

Julia sorride, ammorbidendo il rimprovero. «Com'è che lei parla così bene lo spagnolo?»

«Mia madre è nata in Spagna, *señora.* Viene dalla Galizia», risponde Daniel.

Sul tavolo cala il silenzio.

Fuga si sporge verso Rafa. Sussurra qualcosa e indica.

«Il mio amico ha una domanda», dice Rafa. «Ha sentito che in Texas non si combatte contro i tori, li si cavalca. È vero?» Fuga gli dà un colpetto sulla spalla. «Ah, e vuole sapere cosa ti è successo alle mani.»

«Sì, cavalcare i tori è popolare in Texas.» Daniel evita lo sguardo minaccioso di Fuga e la domanda sulle sue mani. «Quand'è la corrida del tuo amico?»

«Tra una settimana. Vicino a Talavera de la Reina.»

Daniel coglie l'occasione per affrettare la sua partenza. «È tra poco. Faremo meglio a scattare le foto ora, così riesco a farle sviluppare in tempo.»

«Sì! Giusto», concorda Rafa. «Julia, abbiamo bisogno del resto del costume per le foto.»

Julia e Fuga sono entrambi preoccupati, ma Rafa si affanna nella piccola stanza, raccogliendo vestiti. Ana ordina all'amico di suo fratello di sedersi. Prende un pettine dalla tasca e doma i capelli selvaggiamente arruffati di Fuga. Daniel scatta una foto mentre Ana immerge un panno morbido nel secchio d'acqua e pulisce delicatamente il viso del matador.

«La luce per il ritratto sarà migliore all'esterno. Vado a cercare un posto», dice.

Antonio intercetta Daniel sulla soglia.

«*Mucho gusto*», dice Daniel con un cenno.

«Piacere di averti conosciuto.» Antonio abbassa la voce. «Per foto interessanti, dovresti esplorare il centro città. Porta la tua macchina fotografica all'Inclusa o negli ospedali di Madrid. La gente adora le foto dei bambini ma non se le può permettere.»

È un suggerimento strano. Perché un ospedale o un orfanotrofio dovrebbero permettergli di fare foto? Antonio è sincero o è una frecciatina velata alla sua costosa macchina fotografica, così fuori posto a Vallecas? La parola «Inclusa» gli suona familiare. Daniel ringrazia Antonio ed esce dalla baracca.

Una donna nei paraggi lo osserva mentre cammina lungo la strada sterrata, con uno sguardo denso di sospetto.

«Non far del male alla nostra Ana», sibila la donna.

Daniel si guarda alle spalle. Si sta rivolgendo a lui? La donna annuisce e gli punta maliziosamente un dito contro.

Lui cerca una risposta, incerto su cosa dire. «No, *señora*, non farei mai del male ad Ana.»

55.

Rafa si precipita fuori dalla baracca e corre da Daniel. «Texano, è deciso. Devi venire alla corrida sabato prossimo!»

«Non sono sicuro che al tuo torero farebbe piacere», dice Daniel. «Non è stato troppo amichevole.»

«*Ay*, è solo il suo modo di fare. Come a molti, la guerra gli ha rubato la fiducia. Il suo dolore non lo rende molto amichevole, ma fa di lui un torero molto coraggioso. Ti preghiamo di venire con noi. Sarà una grande avventura per la tua fotografia.»

Daniel prende in considerazione l'idea, avrebbe delle foto da presentare al concorso.

«Inoltre, devo essere sincero con te», afferma Rafa. «Abbiamo bisogno di un passaggio per Talavera de la Reina. Il mio capo al mattatoio ha detto che potevamo fare il viaggio su un camion con scarti di animali morti, ma non è sicuro. Se potessimo andare con il tuo bel macchinone, faremmo un'entrata grandiosa.»

Ana esce dalla baracca con Fuga. Lui ha la faccia pulita. I capelli, del colore del greggio nero, sono separati da un lato e pettinati abilmente all'indietro dal suo viso forte e squadrato. Il *traje de luces* turchese lancia scintille a ogni piccolo movimento. L'uomo che sembrava un assassino ora ha l'aspetto di un matador. Julia si appoggia allo stipite della porta, con un sorrisino in viso.

Rafa non riesce a contenere la sua eccitazione. «*Ay*, guardate il maestro! Svelto, facciamo le foto prima che i bambini arrivino di corsa. Ana dice che la pellicola è costosa, ma potresti scattarne due?»

Daniel posiziona Fuga al centro della lunga strada sterrata. Il sole del tardo pomeriggio getta una luce dorata sul viso del giovane. Rafa ha ragione. Fuga ha un aspetto bello e regale nel *traje de luces*. Ma osserva Daniel con un tale disprezzo che non verrà un bel ritratto. Allora Daniel dice a Fuga di guardare verso Ana, lì vicino. L'espressione di Fuga si rilassa e Daniel scatta le foto di profilo.

«Per favore, texano, di' che ci porterai in macchina.»

«Rafa, smettila», dice Ana. «Forse il *señor* Matheson ha dei programmi per domenica prossima.»

«Non ne ho», risponde Daniel. «Posso accompagnarvi, se volete.»

«*¿Sí? ¡Gracias!*» Rafa inonda Daniel di gratitudine e discute i dettagli. Poi segue Fuga, che è rientrato nella baracca. Daniel saluta Julia e Antonio.

«Ana, andrai anche tu domenica prossima?» chiede Daniel.

«No, *señor*. So che deve sembrare strano, ma non mi interessano le corride.» Sospira e guarda in lontananza. Il sole trasforma il suo vestito sbiadito e accende i riflessi nei suoi capelli. Daniel scatta una foto.

«Okay, Robert Capa, torniamo alla sua auto», dice Ana.

Camminano senza parlare. Daniel sorride. Si sente così bene con Ana, che non c'è bisogno di riempire lo spazio con la conversazione.

Ma quando l'auto è in vista, lei pone la domanda inevitabile. «*Señor*, perché è venuto qui oggi?»

Daniel fa un sospiro. «Mi dispiace molto. Nick mi ha detto che pensava fosse una buona idea.»

Ana annuisce rigidamente e continua a camminare. «Le sono grata», dice, arrivando alla macchina.

«Non era niente, solo piccoli regali. So che ti piacciono i canditi viola.»

«Sì», dice Ana, guardando Daniel. Allunga la mano e gli tocca il pugno ferito. «Ma le sono grata per aver salvato Nick.»

«Ah.» Daniel si prende un momento per deglutire. Non è sicuro di cosa pensare di quel gesto. Ana lo sta toccando, ma sta parlando di Nick. Guarda le dita di lei appoggiate sulla sua mano. «Non l'ho salvato.»

«Non è quello che ho sentito io», ribatte Ana.

«Non è stata una lotta leale.»

«La vita non è una lotta leale.»

Stanno accanto alla macchina in silenzio. Echi di ritmi di chitarra gitana salgono in lontananza. L'improvvisa espressione di silenziosa tristezza di Ana: è lo stesso sguardo che le ha visto all'ambasciata, uno sguardo che affascinava e parlava senza parlare.

«Ana, c'è un modo per aiutarti?»

Lei fa una risatina dolce. «No, *señor*. Qui va tutto bene. Ma forse ora capisce che non stavo nuotando quella sera in hotel. Mi è permesso di fare il bagno lì due volte alla settimana.» Alza lo sguardo su Daniel, pieno di sincerità e umiliazione. «Vede? Sono molto fortunata a lavorare al Castellana Hilton. Non potrei mai mettere a repentaglio il mio lavoro per aiutarla con il suo progetto» – fa una pausa e la sua voce si riduce a un sussurro – «anche se lo desidero disperatamente.»

La sua mano scivola via da quella di Daniel. Lei si gira e si avvia lungo il sentiero sterrato verso la baracca.

Daniel rimane fermo a guardarla. A mano a mano che la distanza tra loro cresce, i suoi pensieri la chiamano silenziosamente.

Ana, se lo desideri disperatamente, per favore non andartene.

56.

Fortuna.

Per nascita, non guadagnata. La muta complice del destino che determina il futuro e scolpisce le linee che dividono. È la parola che Ben ha menzionato la prima sera, la parola su cui Daniel riflette durante il suo viaggio di ritorno a Madrid.

In hotel, a Daniel la hall sembra opulenta. Troppo opulenta. Si sente come quando torna dai campi petroliferi nella loro tenuta a Preston Hollow.

Ben Stahl lo chiama con un cenno dalla hall superiore. È seduto con Paco Lobo.

«Vi siete conosciuti voi due? Dan, lui è Fred Wolf, ma tutti lo chiamano Paco Lobo.»

Il gentiluomo corpulento e calvo porta occhiali cerchiati di metallo e si gode un grosso sigaro come se fosse il suo ultimo pasto. È l'uomo che secondo Ana ha adottato un villaggio. Il suo villaggio è simile a Vallecas?

«L'ho vista, ma non ci hanno presentato. Piacere di conoscerla, signore.»

«Il piacere è mio, Daniel. Ti stai godendo il tuo soggiorno a Madrid? Cioè, quando Ben non ti trascina in qualche rissa.»

«Io l'ho trascinato fuori, ma la rissa è stata tutta farina del suo sacco», dice Ben ridendo.

«Le tue mani stanno bene, Dan?»

«Sì.»

Paco Lobo si alza. «Bene, io vado. Ben, rifletti sulla nostra discussione. Potrebbe essere più facile di quanto tu pensi. Ci serve solo la squadra giusta.»

Paco Lobo si allontana e la postura di Ben si rilassa. Si appoggia allo schienale della sedia e allunga una mano nel blazer per prendere le sigarette. Il pacchetto è vuoto. Lo schiaccia e lo getta nel posacenere. Si passa una mano nervosa dietro la nuca e guarda dall'altra parte la stanza. Fa un cenno a Lorenza, che sta girando per la hall vendendo sigari e sigarette.

«Allora, cos'hai fatto oggi?» chiede Ben.

«Sono andato in chiesa, dove ho fatto una bella confessione cattolica, e poi a Vallecas.»

Lorenza arriva da loro. Ben sceglie un pacchetto di sigarette. «Vallecas? Che diavolo ci facevi là?» Ben mette una banconota stropicciata sul vassoio di Lorenza. «Grazie, faccia da bambola, tieni il resto.»

«*Gracias, señor*», risponde Lorenza. Invece di andarsene, si aggira nelle vicinanze.

Ben si china verso Daniel. «Penso di piacerle.»

«Penso che stia origliando», sussurra Daniel.

«Potrebbe essere.» Ben aspetta che Lorenza e il suo rossetto rosso si allontanino. Una volta che lei è fuori portata d'orecchio, le sue parole escono liberamente. «Non invischiarti con lei. La passa sempre liscia, ma c'è un motivo. Un uccellino mi ha detto che suo padre è una Guardia Civil.»

«Davvero?» Daniel guarda verso Lorenza.

«Tienilo per te. La direzione dell'hotel lo sa, ma i dipendenti no. Come ho detto, stai alla larga da quelle labbra di fuoco. Non sai con chi le faccia parlare.»

«Non preoccuparti, non è il mio tipo.»

«Allora, cosa ti ha portato a Vallecas?» ripete Ben.

Daniel esita, incerto se confidarsi con Ben. Dopotutto, è stato lui a dirgli di sfogliare gli strati di Madrid. «Nick mi ha dato l'indirizzo di Ana, la ragazza dell'hotel. Mi ha assicurato che non c'erano problemi ad andare a trovarla.»

«Sei andato a casa sua? Oh, Dan, la gente non lo fa qui. Questo non è il Texas.»

«Ora l'ho imparato. Ma alla fine è andato tutto bene. Penso di aver fatto alcuni scatti fantastici per il concorso.»

Ben alza la testa dalla nuvola di fumo di sigaretta. «Davvero? Mi piacerebbe vederli. Potrei anche usarli. Sei proprio il tipo che fa per me, Matheson. Quasi tutti i fotografi pregherebbero Max Factor di portarli sul set di un film. Tu invece vai a Vallecas.» Punta la sigaretta su Daniel. «Intrepido. Questa è la parola perfetta per te. Mi piace.»

«Grazie. Mi ha sicuramente mostrato un volto della Spagna che non avevo visto qui a Madrid. Domani porterò la pellicola a Miguel. Di' un po', Ben... cosa sai della Valle dei Caduti?»

«La Valle? Il giornale mi ha mandato là, ma non ne ho ancora scritto. Non credo che lo farò.»

«Perché no? È un simbolo di riconciliazione, giusto?»

Ben ride forte e di gusto, facendosi venire la tosse. «Riconciliazione? Dove l'hai sentito, Matheson?»

«Non l'ho sentito. Mi stavo solo chiedendo. La rivista dell'hotel lo fa sembrare un omaggio ai caduti, però sembra sconvolgere alcune persone.»

«Certo.» Ben abbassa la voce. «È stato costruito da prigionieri repubblicani. Lavori forzati. Alcuni sono morti costruendo la Valle. E ora si parla di riesumare fosse comuni in tutta la Spagna e di portare i resti nella Valle. Una volta finito, il suolo di quel posto potrebbe contenere oltre quarantamila corpi riesumati. Immagina quella passeggiata nel parco.» Ben è scosso da un brivido.

«Corpi di entrambe le fazioni della guerra?» chiede Daniel.

Ben guarda Daniel attentamente. «Sì, corpi di entrambe le fazioni della guerra. Ma dalla fine della guerra c'è stata solo una fazione, Matheson. Oggi eri a Vallecas. Hai visto. Ci sono tantissimi paesi del genere in tutta la Spagna.» Abbassa la voce. «Per anni la Spagna era al collasso, la gente moriva di fame, e Franco, lui spendeva i soldi per questo monumento?» Scuote la testa e fa un lungo tiro alla sigaretta. Parla mentre butta fuori il fumo. «Dopo la seconda guerra mondiale, persino la Germania, il nostro acerrimo nemico, era un beneficiario del Piano Marshall, ma la Spagna?» Ben forma uno «zero» con le dita. «La Spagna è stata l'unica grande nazione dell'Europa occidentale esclusa dal piano di ripresa economica. Cosa pensi che significhi?»

«Non so bene cosa significhi», risponde Daniel. «Ecco perché sto facendo domande.»

«Significa che l'argomento Spagna è molto controverso. Senti, si studiano Hitler e Mussolini a scuola, ma non si studia Franco», sussurra Ben. «Perché è ancora vivo. La storia non si è ancora scritta, Matheson. Ma la stai catturando con le tue foto mentre parliamo. Roba eccitante.»

L'accenno di Ben alle sue foto mette a disagio Daniel. E c'è anche un'altra cosa che lo mette a disagio: il fatto che Franco e i suoi uomini abbiano personalmente invitato suo padre in Spagna per discutere di un progetto di collaborazione. Perché la sua famiglia fa affari con un dittatore?

«Stai facendo le domande giuste, Dan. Spero che le tue foto siano altrettanto interessanti.»

Daniel annuisce distrattamente, la testa piena di confusione. Pur sapendo che non è una cosa saggia, decide di porre un'ultima domanda. «Di' un po', Ben, pensi che a Nick piaccia Ana?»

Ben espira il fumo e lo fa seguire subito da un ultimo scotch. «Le piace? Oh no, cowboy, lui la ama.»

Mentre gli americani hanno impiegato il loro tempo per creare centri commerciali e supermercati, gli spagnoli hanno lavorato per costruire un monumento e una tomba, che ora competono con le più grandi opere dei faraoni.

Questo monumento, noto come la Valle dei Caduti, è stato aperto ai turisti due anni fa. Gli spagnoli hanno impiegato sedici anni di duro lavoro per costruirlo e si aspettano che diventi una delle principali attrazioni turistiche del mondo.

Si stima che questa tomba, concepita dal generale Franco, sia costata sei milioni di dollari. Si trova a Cuelgamuros, a cinquanta chilometri da Madrid. È più lunga della cattedrale di San Pietro, la chiesa più grande del mondo. Si è spesso sostenuto che il gigantesco monumento sarà la tomba di Franco, ma nessuno ne è ancora sicuro. Vi saranno sepolte, dietro le cappelle laterali, circa dodici tonnellate di ossa di soldati uccisi durante la guerra civile spagnola. La Valle è dominata da una grande croce, più alta della Torre Eiffel, che a volte può essere vista da Madrid. La Valle dei Caduti è solo uno degli esempi che mostrano le magnifiche abilità del popolo spagnolo.

Spaniard Complete Gigantic Monument
«The Rosebud News», Rosebud, Texas, 6 maggio 1960

57.

Ana guarda la scatola di quadrifogli viola di Daniel. Non ha scelta. Deve venderla e dare i soldi a Julia per pagare i loro debiti. Dopo che Ana l'ha pregata per tutta la mattina, Julia finalmente le ha concesso di tenere l'altra scatola.

Un cameriere dell'hotel acquista con entusiasmo i canditi scontati per il compleanno della moglie. Ana sottrae alcune *pesetas* dal ricavo e chiede il permesso di fare una telefonata. Quando sente la voce di Nick, sta per riagganciare.

«Ana, lo so che sei tu. Esiti sempre, come se cambiassi idea. Non ti preoccupare, non c'è nessuno», dice Nick.

«Come stai?» chiede Ana.

«Ho un aspetto peggiore di come mi sento.»

Ana fissa il telefono. «Nick... perché l'hai fatto?»

C'è silenzio sulla linea. «Si è davvero presentato a Vallecas?» chiede Nick.

«Sapevi che lo avrebbe fatto. Gliel'hai detto tu di venire. Ha persino portato dei regali. Rafa lo adora e lo ha convinto ad accompagnarli a una corrida domenica.»

«Ana, mi dispiace tanto», risponde Nick. «Ero sbronzo. Hai tutto il diritto di essere arrabbiata. Eravamo seduti al tavolo e Dan ha chiesto di te, e all'improvviso ho pensato: "Aspetta, perché no? Ana merita di divertirsi un po', tanto per cambiare". Avevo preso Dan per un bambino ricco e viziato, invece non lo è. Ha le idee chiare e, ragazzi, non si tira indietro se c'è da combattere. Penso che sia davvero un bravo ragazzo.»

«*È* un bravo ragazzo, Nick. Quindi lascialo in pace. Per favore, non creare problemi.»

«Ana, non creo problemi. Io cerco di risolverli. Lo sai bene.»

Lei lo sa, in effetti, ma non importa. Riattacca in fretta il telefono.

58.

«*¡Buenos días, señor!*» grida Carlitos. Corre verso la porta d'ingresso per andare incontro a Daniel. «Stamattina è arrivato un telegramma per la *señora* Matheson. Vuole che venga consegnato in camera sua o devo darlo a lei?»

Daniel vede il telegramma e cerca di resistere. Non ci riesce. «Grazie, Carlitos. Glielo darò io.» Lo infila nella tasca posteriore dei jeans ed esce dall'hotel.

«Texano!» esclama Miguel. «Non mi aspettavo di vederti così presto.»

«Neanch'io. Ma ho alcune foto da sviluppare urgentemente. Sono per il fratello di Ana.» Daniel mette due rullini di pellicola sul bancone.

«Foto per Rafa?»

«Sì, il suo amico è un aspirante matador.»

«Non lo sono forse tutti?» dice Miguel ridendo.

«Be', questo ha un combattimento amatoriale domenica. Quindi, quando sono stato a Vallecas, Rafa mi ha chiesto di scattare alcune foto.»

Miguel guarda intensamente Daniel. «Quando eri lì, hai visto?» Indica la foto di Robert Capa dei bambini di fronte all'edificio bombardato. «Quella foto che ammiri. Capa la scattò a Vallecas.»

«Davvero?»

Miguel annuisce. «Ci sono molti scatti eccezionali di Vallecas.» Guarda i rullini sul bancone. «In genere lascio asciugare le stampe per alcune ore. Se vuoi tornare prima che io chiuda, potrebbero essere pronte.»

«Va bene. Sto andando a fare delle foto all'Inclusa.»

«Che genere di foto potresti scattare all'Inclusa?»

Daniel fa spallucce. «Antonio, il cognato di Ana, ha detto che potrei trovarla interessante.»

«*¿Por qué?*» insiste Miguel. «Penso che tu abbia frainteso.»

«Ha detto qualcosa a proposito di persone che non possono permettersi delle foto. Immagino che lo scoprirò.»

Daniel si dirige verso calle de O'Donnell. L'Inclusa, un grande edificio color crema, occupa un intero isolato. Su entrambi i lati dell'ingresso ad arco in arenaria c'è incastonata la statua di un bambino con gli occhi vacui, le braccia tese e i palmi aperti. Per quanto grande e imponente, l'edificio è per altri aspetti anonimo. Perché Antonio lo avrebbe mandato lì? Non c'è niente da fotografare. Forse, come ha suggerito Miguel, si è trattato di un errore?

Cammina lungo la stradina laterale dell'Inclusa. Un coro di giovani voci risuonano in lontananza. Quando arriva in fondo all'edificio, vede decine di bambini che giocano in un grande giardino, sorvegliati da giovani donne che indossano abiti bianchi e grembiuli scamiciati neri. I bambini sono puliti e ordinati, i capelli ben pettinati o legati con dei nastri. Sono contenti e sembrano in salute, una scena molto più allegra degli orfanotrofi americani. Forse è per questo che Antonio l'ha mandato lì? Potrebbe essere questo l'orfanotrofio a cui i suoi genitori stanno donando soldi?

Daniel scatta una foto.

Una sagoma bianca e nera appare in lontananza nel suo mirino. Una suora. Daniel si gira e si allontana rapidamente prima che qualcuno lo veda. Era la suora che aveva visto con il bambino morto? Guarda gli edifici circostanti. Sono strutture mediche. Cliniche. Ospedali. La suora con il neonato stava andando in una clinica o nell'Inclusa? La Guardia Civil la stava scortando?

Tornato in calle de O'Donnell, Daniel vede un bambino in piedi vicino all'ingresso dell'Inclusa. Le sue spalle fremono e ha il viso rigato di lacrime.

«*¿Estás bien, chico?*» chiede Daniel.

Il bambino scuote la testa. Le labbra tremanti, strette sul suo dolore, si aprono e rilasciano un profondo singhiozzo.

Daniel si affretta a inginocchiarsi accanto a lui sul marciapiede. «Ehi. *¿Qué pasa?*»

Il bambino stringe un biglietto sgualcito nella mano tremante. Lo porge a Daniel e attraverso un fiume di lacrime dice una cosa straziante: «La mia *mamá* non mi vuole più bene».

59.

Puri corre per il corridoio di schedari, sperando di trovare maggiori informazioni. Deve sbrigarsi. Se non si unisce alle altre assistenti fuori, qualcuno potrebbe notare la sua assenza.

Le domande rimangono fisse nella sua mente, ma lei non ha molte persone a cui porle. Se l'Inclusa vuole trovare una casa per i bambini, perché le parcelle di adozione sono così alte? A cosa servono le ingenti somme di denaro? L'uomo con la faccia pastosa e la moglie con il cuscino erano disposti a pagare duecentomila *pesetas* per un neonato?

Forse potrebbe fare al prete queste domande. Ma il prete potrebbe rimproverarla di nuovo perché parla degli altri anziché di sé stessa. O forse potrebbe chiedere al medico che porta i neonati attraverso la porta sul retro dell'Inclusa? Non può certo chiedere a suor Hortensia. Se lo fa, la suora capirà che Puri ha guardato un fascicolo senza permesso. Ma la preoccupazione di Puri per i bambini supera ogni senso di colpa. Se lei continua ad avere accesso all'archivio, forse può controllare i fascicoli di alcuni bambini adottati di recente.

Puri sa che non può chiedere a sua madre. La sgriderebbe per la sua curiosità. Direbbe quello che le dice sempre: «*Estamos más guapas con la boca cerrada*». Siamo più belle con la bocca chiusa.

Apre l'ultimo schedario della fila. Le cartelle sono etichettate CORRISPONDENZA GENERALE. In fondo al cassetto sono presenti diversi fascicoli contrassegnati come RISOLTI. Puri ne estrae uno.

Sfoglia le comunicazioni e arriva a una lettera scritta a mano indirizzata a un medico.

Gentile dottor López,

mando un'altra lettera non per disturbarla, gentile signore, ma semplicemente per mettermi la coscienza in pace. Mia moglie ha detto che il bambino che ha partorito era senza capelli e aveva una voglia rossa sul braccio. Il bambino defunto che ci ha mostrato era più grande di nostro figlio, aveva un po' di capelli scuri e non aveva il segno sul braccio. Lei e suor Hortensia ci avete avvertito che il dolore per la morte di nostro figlio stava offuscando il nostro ricordo. Ma è possibile che forse ci sia stato un errore? Forse è morto il figlio di un'altra coppia? Naturalmente non insinuiamo accuse contro di lei o la sua clinica, pensiamo semplicemente a un errore in buona fede. Attendiamo con ansia la sua risposta e speriamo che ci aiuti a chiarire la questione in modo più dettagliato.

Puri guarda la lettera successiva.

Cara suor Hortensia,

dopo aver considerato la nostra situazione finanziaria, ci siamo resi conto che 300.000 pesetas *per adottare un neonato non sono alla nostra portata. Lei aveva suggerito pagamenti di 30.000* pesetas *in dieci anni, ma anche questa cifra è al di là dei nostri mezzi. Purtroppo non saremo quindi in grado di portare avanti l'adozione di un neonato. Con gratitudine per la sua comprensione.* ¡Viva España!

Trecentomila *pesetas*? Puri guarda la lettera. È datata diversi mesi prima. La lettera successiva non è firmata e contiene solo poche frasi scritte a mano.

Avete rubato nostro figlio.

Dio mi perdoni se sbaglio. Se ho ragione, non esiste perdono per voi.

Puri guarda la prima frase.

Avete rubato nostro figlio.

Cosa significa? Chi ha rubato il loro bambino?

Puri ripensa alla donna che l'ha fermata sul marciapiede. Ha detto che suo figlio era stato preso per il battesimo ma non era mai stato restituito. Il suo tono era insistente, disperato, ma anche pieno di paura.

Si sente un rumore nel corridoio. Deve tornare in giardino. Puri arrotola le rimanenti lettere della cartella della corrispondenza e le infila nella camicetta, dove sono tenute ferme dai suoi indumenti intimi e nascoste dal grembiule.

Con il batticuore, si precipita su per le scale. Mentre passa davanti all'ufficio della portineria, sente una voce maschile.

«L'ho trovato che piangeva sul marciapiede. Teneva in mano questo biglietto.»

«Grazie per averlo portato dentro.»

Puri si ferma sulla soglia. Un bambino con le guance rigate di lacrime e i buchi nei pantaloni è appollaiato su una sedia. Un giovane è accovacciato davanti a lui. Si alza per andarsene e lei trattiene il fiato.

«Daniel?» esclama Puri.

Il giovane la osserva, confuso. Suor Hortensia condivide la sua espressione.

Puri si porta una mano sul petto. «Sono io, Puri. La cugina di Ana.»

Ma le parole sono appena udibili. Quando la mano di Puri tocca il petto, uno scricchiolio di carta risuona da sotto il grembiule.

60.

«Sembra piuttosto simpatico», dice Antonio. «Forse un po' ingenuo.»

«Ma certo che è ingenuo. Arrivare a Vallecas non invitato? Viene da una ricca famiglia americana. Non sa nulla della Spagna.» Julia prende Lali dalla cassetta per allattarla.

«Non è vero, sua madre è nata qui. Lui parla bene lo spagnolo», replica Antonio. «E sembra generoso. È gentile da parte sua accompagnare i ragazzi alla corrida.»

«Non sono preoccupata per i ragazzi. Sono preoccupata per Ana. Hai visto come la guardava?»

«Quasi tutti guardano Ana così. Dovresti essere più preoccupata per il modo in cui Ana guardava lui.»

Antonio ha ragione. Julia ha notato come Ana minimizzava la sua eccitazione mentre si puliva la faccia e si raccoglieva i capelli. Ha anche notato l'intesa silenziosa tra sua sorella e il texano. Vorrebbe poter incoraggiare e sostenere Ana, invece di bloccarla a ogni passo.

«*Ay*, anche se è simpatico, è pur sempre un cliente dell'hotel. Lei non deve mettere a rischio il proprio lavoro», dice ad Antonio.

La bambina si agita in braccio a Julia. Lei guarda sua figlia. È ancora così piccola. Un'altra donna di Vallecas ha un bambino di due mesi che è già più grande di Lali, che ne ha quattro.

«*Mi amor*, anche stavolta non arriveremo a fine mese», afferma Antonio. «C'è modo che Luis ti dia un anticipo?»

Julia fa un sospiro profondo. «Non posso chiedere di nuovo a Luis. Porta i canditi della Violeta al lavoro. Vedi se riesci a vendere la scatola da qualche parte lungo la strada.»

«Non hai detto ad Ana che ne avremmo tenuta una?»

È così. Ana ha promesso di vendere una scatola in hotel, ma ha implorato Julia di conservare l'altra.

Julia ricorda come Ana si sia stretta al petto la scatola con il nastro, supplicando: «Solo per questa volta, Julia. *Por favor*. Fallo per me».

Julia detesta deludere sua sorella, ma detesta di più la povertà. Perché ha aperto la bottiglia di vino? Ci avrebbero ricavato una bella somma. Stanno risparmiando denaro per trasferirsi e ogni *peseta* conta. Secondo i calcoli di Julia, tra due mesi saranno vicini ad avere i soldi sufficienti.

«*Mi amor*, dimmi la verità. È dei canditi che vuoi sbarazzarti... o del texano?» chiede Antonio.

Intende prenderla in giro, ma la stanchezza le ha rubato l'umorismo. «Non possiamo permetterci il lusso di mangiare canditi, Antonio. Per favore, vendili. Abbiamo bisogno di soldi.»

Julia ricorda una conversazione con sua madre.

«La guerra è finita. Dobbiamo accettare il nostro destino e fare sacrifici. Persegui la pace e la stabilità sopra ogni cosa, Julia. Lascia la verità per qualche giorno lontano nel futuro», le aveva detto.

Quanto è lontano quel giorno? Sono passati quasi vent'anni dalla fine della guerra e la verità è ancora celata nell'ombra. Ma Julia si rassicura che, sebbene nascondere la verità sia doloroso, è la cosa giusta da fare. Mantiene la pace. È quello che voleva sua madre.

61.

Daniel prende la metropolitana per la Puerta del Sol, riflettendo su quanto è successo. La suora in ufficio, che si è presentata come suor Hortensia, era più anziana di quella che lui aveva fotografato con il bambino. La cugina di Ana sembrava felice di vederlo, ma di punto in bianco ha cominciato a tossire e si è affrettata a scusarsi perché doveva andare in giardino.

«Come fa a conoscere la nostra Purificación?» ha chiesto in tono sospettoso suor Hortensia.

Quando Daniel ha spiegato che la sua famiglia alloggiava al Castellana Hilton, dove lavora la cugina di Puri, la suora ha cominciato improvvisamente a fare un sacco di domande.

Ripensare all'episodio dà a Daniel una sensazione sgradevole, simile a quella che prova durante la confessione. Uscendo dalla metropolitana, vede dei poliziotti in uniforme grigia circondare un giovane. Nessuno osa guardare. I pedoni passano rapidamente a testa bassa. Lui fa lo stesso. Cammina svelto e svolta in calle Echegaray.

Invece di tornare in hotel, decide di aspettare finché le sue foto non saranno sviluppate. Un'insegna verde sbiadita attira Daniel dalla strada. Uomini con berretti flosci sono in piedi al banco sotto una lampadina punteggiata di mosche, mentre il barista segna il conto con il gesso sul bancone di legno. L'atmosfera nella stanza cambia nel momento in cui lui entra. È evidente che i turisti non sono visitatori frequenti.

File di bottiglie impolverate riempiono gli scaffali dietro il bancone, ma la selezione di bevande è limitata. Solo *jerez* e acqua del rubinetto. Daniel ordina un bicchiere di *manza-*

nilla, il vino preferito di sua madre. È l'unico che riconosce e ricorda che ha un buon profumo.

Sceglie un tavolo in fondo al locale e appende la borsa dietro una sedia. Un uomo burbero gli porta un piatto offerto dalla casa di olive verdi e *chorizo*, salame marmorizzato con grasso color avorio.

Daniel prende dalla tasca dei jeans il telegramma che Carlitos gli ha consegnato all'hotel.

Appoggia la busta piegata sul tavolo di fronte a sé. È indirizzata non solo a sua madre ma anche a suo padre. La gira. Metà del lembo della busta non è sigillata. Mangia un'oliva e cerca di distrarsi. Non sono affari suoi. Aprire la posta di qualcun altro è illegale. Dovrà andare di nuovo a confessarsi. Ma forse avrà delle risposte.

La tentazione è troppo grande. Daniel fa scivolare un dito sotto il lembo. Stacca delicatamente l'adesivo rimanente e tira fuori il telegramma. Il modulo della Western Union è color cipolla. Il messaggio cablato è stampato su un sottile nastro bianco attaccato al modulo.

WESTERN UNION TELEGRAM
via cavo

MITTENTE: BUD MATHESON – DALLAS, TX
SIGNOR MARTIN MATHESON E SIGNORA – CASTELLANA HILTON, MADRID
SACERDOTE CONDIVISO NOTIZIE. AVETE DETTO A DANIEL? PREOCCUPATO CHE SARÀ DURA PER LUI. PREPARERÒ IL PERSONALE DI CASA AL CAMBIAMENTO.

Daniel fissa il messaggio di suo zio. Il fratello di suo padre è un uomo pragmatico, che raramente esprime emozione o ansia. La sua preoccupazione accende la paura in Daniel, facendo rinascere in lui le domande: il nervosismo nella voce di sua madre, il suo desiderio esagerato di venire in Spagna, l'accenno di suo padre a un «periodo difficile». Daniel ha forse frainteso tutto?

I suoi genitori potrebbero essere sul punto di separarsi?

62.

Daniel torna al negozio di Miguel. I piedi si muovono ma sembrano staccati dal suo corpo. Ha passato ore a fissare il telegramma e il piatto di olive. Non potendone parlare con nessuno, si è formato delle teorie proprie.

Lo strano comportamento dei suoi genitori ha improvvisamente un senso. La sua zuffa con i due uomini nel vicolo non ha suscitato reazioni in nessuno dei due. Erano troppo preoccupati per i propri problemi per rimproverarlo. Poco prima del loro viaggio a Madrid, ha sentito i suoi genitori litigare in camera da letto. Sua madre piangeva. Perché non ha prestato attenzione? La macchina fotografica che lei gli ha regalato e il suo sostegno ai progetti come fotografo frustrano suo padre. È stata questa la causa del loro «periodo difficile» ed è sua la colpa?

Pensa a tutto ciò che potrebbe cambiare. Sua madre si trasferirà in Spagna? È per questo che suo padre ha accennato all'importanza che lei sia felice a Madrid? Il tempismo con il suo recente diploma non può essere casuale. Aspetteranno fino alla sua partenza per il college per separarsi? Sarà costretto a scegliere con chi trascorrere il tempo?

Daniel conosce solo una famiglia divorziata a Dallas. Considerati dei paria, sono stati eliminati dal Registro sociale. Il divorzio non è ammesso per le coppie cattoliche. Invece i suoi genitori rimarranno sposati ma vivranno separati. Diverse coppie a Dallas abitano in residenze diverse. Il marito vive nella casa delle vacanze e la moglie nella tenuta a Preston Hollow. Li si vede insieme in occasione di eventi sociali e rimangono nel Registro. All'esterno, tutto rimane intatto. Ma tutti sanno la verità: dietro le porte chiuse, la loro vita è a pezzi. Ed è così che si sente la sua testa.

«Texano!» grida Miguel quando Daniel entra nel negozio. «Penso che sarai molto contento. Le tue fotografie sono *excelentes*!»

Il complimento dovrebbe riempirlo di gioia, invece Daniel lo nota a malapena. «È fantastico. E grazie ancora per averle sviluppate così in fretta.» Tira fuori il portafoglio. «Quanto ti devo, Miguel?»

«Non vuoi vederle?»

«Non adesso», risponde Daniel.

Miguel lo guarda preoccupato mentre accetta il pagamento. «*¿Estás bien, amigo?*»

«*Ay*, ho molte cose per la testa.»

«*Ya lo veo.* Capisco. Bene, quando ti sentirai meglio, torna per favore. Vorrei discutere con te di queste foto.»

«Certo, anche a me piacerebbe.» Daniel prende la grande busta ed esce dal negozio.

L'hotel è animato da musica e ospiti. Centinaia di giovani in uniformi bianche inamidate riempiono la hall. Daniel non ha voglia della distrazione di una festa. Desidera solitudine. Silenzio.

Ben Stahl sta parlando con un uomo più anziano in uniforme e prende appunti su un piccolo blocco. Lorenza e Ana orbitano attorno al gruppo, vendendo sigari e sigarette.

Ana vede Daniel che si dirige all'ascensore e si avvia verso di lui. «*Buenas noches, señor.*»

«*Hola*, Ana. Sembra una grande festa.»

«I cadetti dell'aeronautica militare degli Stati Uniti stanno visitando Madrid durante il loro tour estivo», gli spiega. «L'ambasciata organizza un ricevimento qui.»

«Bene, ti lascio lavorare.»

Ana si acciglia. «*Señor* Matheson, si sente bene?»

Daniel la guarda. La preoccupazione di Ana è sincera. Ha voglia di raccontarle tutto, invece accenna un sorriso. «Sto bene. Penso che stasera cenerò presto nella mia stanza.»

Lei abbassa la voce. «Certo, *señor.* Chiederò al servizio in camera di chiamarla subito.»

«Grazie, Ana. Lo apprezzo.» Daniel si dirige verso l'ascensore, tenendo in mano la busta delle foto.

«Settimo piano, *por favor.*»

L'ascensore sale. L'umore di Daniel sprofonda.

63.

Il carrello del servizio in camera è nella sua stanza, la cupola d'argento ancora sul piatto di portata, intatto. Bussano piano alla porta. Daniel apre e trova Ana in corridoio.

«Mi perdoni se la disturbo, *señor*. Presto smonterò dal servizio. Volevo chiedere se desidera che le prepari la stanza per la notte?»

«Oh, grazie. Va bene.» Daniel si sposta per far entrare Ana. Si lascia cadere sulla sedia mentre lei sistema la stanza.

Ana solleva la cupola d'argento dal piatto della cena. «Non ha mangiato. Il pasto non le è piaciuto? Possiamo ordinare qualcos'altro.»

«Non ho fame.»

Ana si avvicina e si siede accanto a Daniel. «Mi perdoni l'invadenza, *señor*, ma è evidente che lei non è quello di sempre.»

Daniel guarda Ana, che si sporge verso di lui, preoccupata e desiderosa di aiutarlo. I suoi riccioli castani le ricadono in onde perfette sulle spalle. I suoi occhi cercano risposte. «Ana, se ti confido una cosa, prometti di non raccontarla a nessuno?»

«*Señor*», dice Ana sorridendo, «stia pur certo che so mantenere un segreto.»

Daniel annuisce. Indica il telegramma sul tavolino da caffè. «Leggilo.»

Ana prende il foglio e legge il messaggio. «Non capisco.»

«Questo è il secondo telegramma. So che non dovrei leggerli. Immagino che mi stia bene, visto che curioso nei loro segreti.»

Ana rimane un attimo zitta, esaminando Daniel. «E quale, esattamente, pensa che sia il loro segreto?»

«Penso che potrebbero essere sul punto di separarsi.»

Ana si tira indietro per lo stupore. «No, *señor*, non è così.»

«Vorrei che tu avessi ragione.»

«*Señor*, io...» Ana fa una pausa, come se stesse scegliendo con cura le parole. «*Señor*, il personale addetto alle pulizie è testimone di molte cose in hotel. Posso assicurarle che i suoi genitori non si stanno separando.»

«Sai qualcosa?»

Ana chiude gli occhi e fa un sospiro di frustrazione. «La riservatezza dell'hotel mi impedisce di dire di più.» Si sporge in avanti e mette la mano su quella di Daniel. «*Señor*, i suoi genitori non si stanno separando. Ne sono sicurissima, facciamo una scommessa. Se sbaglio, l'aiuterò con il suo progetto.»

«Sarai Jane Doe?»

«No», dice Ana. «Sarò Tom Collins.»

«Chi è Tom Collins?»

«Tom Collins è un drink nel menu del bar della hall. È un drink con molto ghiaccio.» Sorride dolcemente.

Daniel ride.

«Ma non sarà necessario parlare del suo progetto perché vincerò la nostra scommessa», afferma Ana.

Daniel fissa la mano delicata di Ana sulla sua. Lei lo sta toccando, proprio come ha fatto vicino alla macchina a Vallecas. Lui ruota lentamente il palmo della mano. Le loro dita si sfiorano e si intrecciano delicatamente. Una vampata di calore scende verso la sua mano.

Ana sbatte le palpebre, poi le chiude. «Io... quelle sono le sue foto di Vallecas?» Si alza e le loro mani unite si arrendono. Cammina verso l'esposizione di fotografie sulla scrivania.

Ana resta in silenzio, dando le spalle a Daniel. Lui fa scorrere i palmi nervosi sui jeans, lungo le cosce.

«Miguel le ha sviluppate oggi.»

Un'immagine è stata ingrandita. È il ritratto di Fuga ed è sorprendente.

«*¡Dios mío!*» esclama Ana. «Guardi Fuga. Sembra un vero torero! Rafa sarà elettrizzato.»

Daniel si avvicina alle sue spalle. «Sono contento che ti piaccia. Portala a Rafa. So che ha bisogno della fotografia per pubblicizzare il combattimento.» Mette la foto nella busta.

«Sarà felice, *señor. Gracias.* È stato molto gentile con la mia famiglia.» Alza lo sguardo su di lui. «Dovrei andare. Chiami il servizio in camera se ha bisogno di altro ghiaccio.» Fa una risata nervosa e si dirige verso la porta.

Daniel non vuole che lei se ne vada. «Ho visto tua cugina oggi.»

Ana si ferma. «Ha visto Puri? Dove?»

«All'Inclusa. Antonio mi ha suggerito di andare lì per fare delle foto.»

La faccia di Ana si rannuvola per la preoccupazione. «L'Inclusa?» È evidente che sta elaborando mentalmente l'informazione. «Mi dispiace. Devo andare. Non posso perdere l'autobus che mi riporta a Vallecas. Forse ci vediamo domani. So che i suoi genitori tornano da Toledo di mattina.»

Daniel annuisce. «Grazie per aver parlato con me, Ana. Spero tu abbia ragione.»

«Piacere mio, *señor.*» Esce in corridoio, poi rimette dentro la testa dalla fessura della porta, con un gran sorriso. «Sono sicura di avere ragione.»

64.

Rafa aspetta fino all'ora di pranzo. Il suo annuncio avrà un impatto maggiore se saranno riuniti tutti insieme. Sbircia la fotografia nella busta, cercando di non sporcarla con le impronte delle dita.

Fuga è di profilo. La sua figura è messa bene a fuoco, ma la lunga strada dietro di lui è sfumata e crea l'idea di una via verso il destino. L'eleganza del *traje de luces* è in contrasto con la forza della sua mascella squadrata e degli zigomi alti. La foto cattura l'energia, il treno merci interiore che è Fuga.

L'americano non è solo un ragazzo simpatico, è anche un bravo fotografo.

Rafa passa accanto ai grembiuli insanguinati appesi ai ganci. Va verso i suoi colleghi, seduti al tavolo da pranzo. Le loro maniche e le scarpe sono imbrattate di morte. Rafa scuote le voci dalla sua testa, concentrandosi.

«*Caballeros*, avete sentito parlare del mio *amigo* che combatterà questa domenica vicino a Talavera de la Reina.»

«Intendi il tuo *amigo* che si farà sventrare le viscere da un torello rognoso?»

Gli uomini al tavolo ridono e uno interviene con una storia. «Una volta conoscevo un *maletilla* dilettante. Fu incornato nell'intestino. Era così impaziente di combattere che si fece rimettere le viscere nella pancia da un amico, che lo ricucì con uno spago. I punti messi in fretta non erano abbastanza stretti. Un pezzo del suo intestino sporgeva fuori.»

Tutta la tavolata emette mormorii e cenni di assenso collettivi.

«*Sí, sí*», dice Rafa. «Abbiamo sentito tutti i racconti di giovani che inseguono questo sogno: cercare la vittoria una domenica pomeriggio. Per quattrocento anni, questo sogno ha portato i figli della Spagna alla tomba, non è vero?»

Gli uomini annuiscono, tutti d'accordo.

«Sappiamo che sono lo spettacolo e la tradizione a far avvicinare gli uomini con i soldi alla biglietteria, ma spesso sono la fame e la disperazione a spingere un torero sulla sabbia.»

Gli uomini emettono cantilene di *sí, sí* di approvazione.

«Queste *capeas* di paese amatoriali, sappiamo che sono l'unico modo per essere visti da benefattori e allevatori. Spesso sono l'unico modo per un dilettante di incontrare un toro. La strada per l'arena Las Ventas di Madrid è lunga, *amigos*, ma per un aspirante torero che cerchi un benefattore e l'ingresso nel mondo della corrida, inizia questa domenica. Sostenete questo giovane torero nella sua prima *capea*. Sostenetelo nella speranza che possa venire presto al *matadero* per allenarsi qui insieme agli altri aspiranti toreri. Quando lo farà, lo rivendicheremo come nostro.»

Rafa riceve un forte applauso.

«Ha già un nome?» chiede il sorvegliante.

«Sì.» Rafa fa un passo avanti. «*Caballeros*, ricorderete questo giorno, il giorno in cui avete visto per la prima volta la sua faccia. Vi presento... *El Huérfano!*»

Tira fuori la fotografia dalla busta e la mette con orgoglio sul tavolo. Il gruppo di uomini esplode in grida e applausi. Rafa sorride con orgoglio.

«El Huérfano. "L'orfano"?» borbotta il suo sorvegliante.

«*Sí*, ha scelto lui stesso il nome», sussurra Rafa. «Durante una delle sue permanenze in prigione un compagno di cella simpatico si riferiva a lui come a El Huérfano.»

Gli uomini iniziano a chiacchierare.

«Avete mai visto un *maletilla* con una fotografia del genere?»

«O con un *traje de luces* simile per una *capea* di paese?»

Il sorvegliante di Rafa gli dà una pacca sulla spalla. «*Bien hecho*. Ottimo lavoro. Ma, Rafa, sei sicuro di voler far parte della *cuadrilla* di quest'uomo? Sei un promotore naturale.»

«*Gracias*, ma questo è sempre stato il nostro piano. Quando eravamo più piccoli, lui mi ha aiutato. Ora lo aiuterò io.»

Rafa indosserà solo un modesto *traje de luces* nero. Camminerà sempre dietro a Fuga, non accanto a lui. Nessuno chiederà mai l'autografo di Rafa, né gli sarà permesso di mangiare allo stesso tavolo del suo matador. Ma starà sulla sabbia. Proteggerà il suo amico.

Dovrà affrontare la paura. E vincerà.

65.

«Lui sta bene.»

Suor Hortensia rassicura Puri che l'orfano appena arrivato ha passato una prima notte piacevole e che gli altri lo hanno accolto con calore.

«Vorrei che potessimo fare qualcosa per i bambini più grandi», dice Puri.

«Che cosa intendi dire?» chiede suor Hortensia. «Noi li ospitiamo, nutriamo, laviamo, vestiamo e provvediamo alla loro educazione. La maggior parte sono figli di degenerati! Ma qui avvertono un senso di comunità e diventeranno adulti molto bravi.»

«Sì, quasi tutti sono molto felici. Ma non hanno genitori.»

La suora sospira di fastidio. «Meglio non avere genitori che avere quelli sbagliati.»

Puri riflette sull'affermazione della suora. Lei ha fatto fatica a addormentarsi, ripensando al bambino che piangeva, abbandonato sul marciapiede. Molte famiglie hanno otto o dieci figli, e nessun mezzo di sostentamento. Pensa a José, il bambino che ha perso il dente, e alla lettera di suor Hortensia alla sua famiglia, in cui spiega quanto sia dotato e intelligente. Ma non lo hanno rivoluto indietro. Sono i genitori sbagliati. José è fortunato a vivere all'Inclusa. Diventerà un brav'uomo. Puri pensa alla piccola Trébol, la sua preferita. E se nessuno la vuole?

Puri sa di essere fortunata a essere figlia unica e a ricevere tutta l'attenzione dei suoi genitori, ma un bambino solo non soddisfa le disposizioni franchiste riguardo alle famiglie numerose. Una volta Puri ha provato a discuterne con sua madre. Quando ha commentato che essere figlia unica come lei era una rarità in Spagna, sua madre si è profondamente offesa ed è corsa via nella sua stanza.

La bocca di suor Hortensia si addolcisce. «Ti stanno molto a cuore i bambini, Purificación. Io e i medici lo vediamo. Siamo grati per il tuo cuore tenero. È una virtù. Come te, vogliamo che ogni bambino abbia le migliori possibilità di avere successo nella vita.»

Puri annuisce con enfasi. «Sì, sorella. È così. Voglio solo che questi bambini abbiano un'opportunità.» Ripensa alle lettere che ha infilato di nascosto nella divisa. Due provenivano da famiglie repubblicane spagnole, alla disperata ricerca di un bambino che sospettavano fosse stato sottratto loro alla nascita.

«Certo», dice suor Hortensia, annuendo. «Ed è esattamente quello che vogliamo anche noi. L'opportunità di una bella vita, una vita devota, una vita riabilitata e liberata dai peccati del passato. Sono molto contenta della tua dedizione. Abbiamo dei progetti per te, Purificación.»

Progetti per lei? L'orgoglio gonfia il petto a Puri.

«Per ora, porta questa cartella al piano di sotto e archiviala al suo posto.» Consegna a Puri un fascicolo e anche un foglietto di carta con due numeri. «Trova i fascicoli elencati sul foglio e portali nel mio ufficio.»

Euforica per l'opportunità di tornare nella sala dell'archivio, Puri si precipita nel seminterrato.

Recupera da sotto il grembiule i fogli che ha portato fuori di nascosto il giorno prima e li rimette nelle loro cartelle. Per fortuna, il suo finto attacco di tosse aveva distolto l'attenzione dal loro suono scricchiolante. Guarda il fascicolo che suor Hortensia le ha chiesto di archiviare.

Domande. Perché si aggrappa così forte alle domande? Perché non riesce ad aprire il pugno e a lasciarle volare via? Insieme a medici, vescovi e sacerdoti, suor Hortensia dedica tutta la sua esistenza agli orfani. È irrispettoso mettere in discussione la loro autorità.

Eppure qualcosa la tormenta. Esitazione. Dubbio. Se ne vergogna, ma è costretta a sondare ulteriormente. Puri ritorna ai fascicoli risolti e continua a leggere le lettere. Ce ne sono centinaia, risalenti a quasi vent'anni prima.

Gran parte della corrispondenza è educata e cauta. Ma perché il fascicolo viene contrassegnato come risolto quando non è stato affatto risolto?

Una donna diede alla luce un bambino sano, ma in seguito le fu detto che il bambino era stato soffocato dal cordone ombelicale ed era morto. Potrebbe esserci stato un errore?

Un medico disse a una coppia che aspettava due gemelli, ma dopo il parto le suore sostennero che c'era un solo bambino. Potrebbe esserci stato un errore?

Molte lettere provengono da famiglie che chiedono dove siano sepolti i loro bambini deceduti. Le lettere fanno riferimento alla «generosa insistenza della clinica per gestire la sepoltura del bambino defunto», ma i genitori ora vorrebbero visitare la tomba.

Puri si muove rapidamente. I due fascicoli che ha richiesto la suora sono di neonati *sin datos* recentemente adottati. Mentre esamina ogni fascicolo, vede che i bambini non sono entrati attraverso il *torno,* la scatola nel muro. Uno proveniva direttamente dall'ospedale e l'altro da una clinica medica nelle vicinanze. Uno dei neonati era stato inviato a un sacerdote richiedente a Bilbao. Il fascicolo sull'altro bambino è più criptico.

Puri recupera la cartella non marcata dalla scrivania per fare un riferimento incrociato delle parcelle di adozione di ogni bambino. Mentre lo fa, nota che i dati di Trébol sono stati modificati.

200.000 *pesetas* sono state cancellate. Ora c'è scritto 150.000 *pesetas,* in sospeso.

66.

«Bentornata, *señora* Matheson. Spero che le sia piaciuta Toledo», la saluta Ana all'ingresso della suite.

«Sì, grazie. Era bella e faceva molto caldo. Mio padre diceva sempre: "Quando Dio ha creato il sole, lo ha appeso sopra Toledo".»

«Sì, l'ho sentito anch'io», dice Ana. «Ha telefonato per ricevere assistenza per disfare la sua valigia?»

«Sì, grazie. Anche quella di mio marito. Siamo appena tornati e Martin è ancora al piano di sotto.» Si fa da parte per consentire ad Ana di entrare nella stanza.

Mentre indica il bagaglio da disfare, la signora Matheson nota il telegramma, appoggiato in bella vista sulla scrivania. La sua voce diventa tesa.

«Oh, quando è arrivato?»

«Non lo so con certezza, *señora,* non l'ho consegnato io.»

La madre di Daniel apre il telegramma e ne legge rapidamente il contenuto. Gira le spalle ad Ana e rimane immobile per diversi minuti.

Ana pensa a Daniel e a quanto fosse sconvolto dal telegramma. Ricorda il tocco delle loro dita mentre la mano di lui si girava per afferrare la sua. E se lei non l'avesse lasciata andare? Quando lui si era confidato con lei, Ana avrebbe desiderato fare lo stesso. Voleva spiegargli le cose, i biglietti minacciosi, raccontargli tutto.

Ana sposta le costose scarpe della *señora* Matheson nell'armadio della suite. Le décolleté in raso con i brillantini sono marcate PERUGIA in lettere dorate lungo il collo. Il suo cappello nero ha un'etichetta SCHIAPARELLI. Ana si gira e vede

María Matheson in piedi, le mani serrate nervosamente come se fosse sul punto di piangere.

«*Señora* Matheson?»

Le ci vuole un momento per iniziare. «Ana, ti devo delle scuse. Non ti ho riconosciuto alla sfilata di moda. Martin, mio marito, mi ha avvisato del mio errore dopo che ce ne siamo andati. Dev'essere stato terribilmente imbarazzante sentirsi elargire elogi e presentazioni quando in effetti ci eravamo già incontrate e avevamo interagito in diverse occasioni.»

Ana non vuole delle scuse. Non vuole che il nodo le si gonfi nella gola.

La madre di Daniel continua. «Mi ha fatto star male per giorni.» Allunga una mano per appoggiarsi a una sedia. «Ana, negli ultimi tempi sono stata tormentata da difficoltà personali, e le mie preoccupazioni ovviamente mi hanno lasciata insensibile agli altri. Sono molto dispiaciuta. Mia cara, ti prego, credimi quando ti dico che sei bella, qualunque cosa tu indossi.»

Gli occhi di Ana si sgranano per lo shock e le lacrime. «*Gracias, señora*», sussurra.

Stanno l'una di fronte all'altra, immobili, elaborando la conversazione.

Poi la madre di Daniel va alla scrivania e si siede. «Oh santo cielo», dice. «Ma guardaci, tutt'e due commosse. Non è possibile.»

«No, *señora.*»

«Bene, allora.» Fa un respiro profondo. «Andiamo avanti. Io e mio marito stasera vorremmo portare nostro figlio a cena in un posto speciale. Che cosa sai di Lhardy?»

Lhardy.

La *señora* Matheson ha menzionato l'unico ristorante in cui Ana ha un desiderio folle di andare.

«Lhardy è magico. È aperto da oltre cento anni. Dicono che la regina Isabella II era solita uscire di nascosto dal palazzo solo per cenare da Lhardy. Certo, io sono stata solo nell'ingresso per ritirare una tazza di brodo o una crocchetta, ma il portiere e il personale sono sempre adorabili. Da

Lhardy è tutto raffinato, *señora* Matheson. I camerieri stanno dietro dei paraventi, in modo da non importunare i clienti, ma tenere comunque d'occhio e soddisfare ogni loro esigenza.»

Ana si rende conto che sta blaterando.

«Naturalmente dovrebbe consultare anche il concierge per avere la sua opinione», aggiunge.

«Non ne vedo la necessità. Non dopo questa tua brillante raccomandazione. Puoi per favore chiedere al concierge di fare una prenotazione per le nove di sera?»

«Sì, *señora.*»

Lhardy.

Quella sera Daniel e i suoi genitori ceneranno da Lhardy. Quella sera assaggeranno il delizioso *cocido a la madrileña* sotto i lumi a gas tremolanti e sorseggeranno un Rioja corposo.

Ana deglutisce a fatica. Quella sera Daniel potrebbe scoprire la verità.

67.

«*¿Estás ahí, Miguel?*» chiama Daniel nel negozio vuoto.

Miguel emerge da dietro la tenda. «*Hola,* texano. Ti senti meglio?»

«*Sí, gracias.* Mi dispiace di essermene andato così in fretta ieri. Hai detto che volevi parlare delle mie foto?» Daniel tira fuori la pila di foto dalla borsa e le appoggia sul bancone, studiandone la disposizione.

«Vorrei parlare delle tue fotografie, ma anche di come hai catturato queste immagini.»

Daniel sposta i piedi. «Ah, le foto di Vallecas?»

«*Sí.* Riconosco Ana e la sua famiglia. Ti hanno invitato?»

«No. È stato un errore da parte mia. Qualcuno mi ha dato l'indirizzo e mi ha suggerito di andare a trovarla. Non sapevo che fosse inappropriato», afferma Daniel. «Ora lo so.»

«E come ti sei conquistato la fiducia di queste persone perché ti permettessero di fotografarle?»

«Abbiamo parlato mentre camminavo per il quartiere. Sembravano felici di farsi fotografare. È uno dei motivi per cui sono tornato così presto. Mi piacerebbe avere delle ristampe per poter dare a ogni persona la propria foto questo weekend.»

«È molto generoso da parte tua», dice Miguel, mentre Daniel gli consegna i negativi.

«Grazie per avere fatto l'ingrandimento dell'amico di Rafa. L'ho dato ad Ana.»

«Non ho potuto resistere. L'immagine lo richiedeva. Chi è lui? Nella tua foto sembra un vero matador.»

«È un amico di Rafa, uno con cui si allena.»

Miguel aggrotta le grandi sopracciglia. «Si allena? Si allena dove? Non stanno entrando nei pascoli degli allevatori, vero?»

«Non lo so.»

Miguel guarda le foto di Daniel, esposte davanti a lui. «È una vita difficile lì. Sono sicuro che l'hai capito. Non c'è acqua corrente, niente bagni, solo fontane. C'è bellezza a Vallecas, ma devi avere gli occhi per vederla. Le tue foto mostrano un forte spirito umano. Spero che i giudici del tuo concorso lo riconoscano.»

Daniel guarda le fotografie. Sono ritratti di vita quotidiana. Persone in fila davanti alla fontana, una donna che intreccia un cestino sulla porta mentre un gatto scruta nel buco di un tetto. La ragazza dai capelli corvini si sta esaminando un taglio al ginocchio. Ana lava la faccia di Fuga. Sua nipote dorme in una cassetta di legno.

«Quali sono le tue intenzioni con queste foto, *amigo*?» chiede Miguel.

«Le mie intenzioni?»

«*Sí*. Stai mettendo insieme una storia. Sono davvero per il concorso di cui parli o per qualcos'altro?»

«Sono per il concorso», risponde Daniel.

Miguel annuisce. «Ricorda solo che le immagini senza spiegazione sono facilmente male interpretabili.»

«Come la suora con il neonato?»

Miguel alza le mani e fa un passo indietro dal bancone. «*Ay*, non ne so nulla, di quello.»

Può essere vero? Miguel ha vissuto la guerra. Ha sviluppato migliaia di foto. Capisce che le immagini che parlano più forte sono spesso le più curiose, controverse o pericolose.

«Miguel, vorrei tantissimo una foto della Guardia Civil da presentare al concorso. Sono così minacciosi, come dei corvi umani, che beccano la popolazione. L'immagine giusta potrebbe essere una vera dichiarazione sull'autorità e il potere in Spagna.»

«Potrebbe anche mandarti in prigione. Non provarci nemmeno.»

«Ci ho provato, ma sono stato fermato.»

Miguel sbianca in volto. La sua voce è un sussurro. «Sei stato fermato? Fidati di me, non hai bisogno di quella foto. *Por favor.* Lascia perdere.»

«Lasciar perdere? È quello che avrebbe fatto Capa?» chiede Daniel.

«Non lo sappiamo. Ricorda, texano, Capa è morto.»

68.

Non appena Daniel si siede con i genitori da Lhardy, appare un cameriere che accende cerimoniosamente le candele color avorio sulla tavola. Sua madre ama i pasti lunghi. Non è insolito che durino da tre a quattro ore ed è molto tempo per restare in giacca e cravatta. Daniel apprezza il buon cibo, ma preferisce le cene all'aperto in Texas, dove può rilassarsi sull'erba e aspettare che spuntino le stelle.

Pesanti tende rosse drappeggiano le finestre nel salone da pranzo con pannelli in mogano, mentre le fiammelle a gas si abbassano e fremono nelle lampade appese alle pareti. Sua madre ordina un bicchiere di *cava* frizzante; suo padre, vermouth di Lhardy.

«Daniel», dice sua madre, «non devi tenere le mani sotto il tavolo. So tutto. I Van Dorn mi hanno mandato un bellissimo ventaglio spagnolo in segno di gratitudine.»

I Van Dorn hanno inviato un regalo di ringraziamento per una rissa? È un evento comune nella loro famiglia? Daniel alza lentamente le mani da sotto la tovaglia. La piccola crosta rimasta ora è diventata nera.

Sua madre fa un sorriso gentile. «Davvero, *cariño*, una madre lo sa sempre.»

Ma sa cosa, si chiede Daniel. Sa che i suoi telegrammi sono stati aperti? Sa di Laura Beth?

«Ho ricevuto alcuni telegrammi dall'ufficio», dice suo padre. Mentre lui racconta gli aggiornamenti dei suoi colleghi a Dallas, Daniel pensa a cosa staranno facendo i suoi amici a casa. I ragazzi stanno probabilmente guardando un film al cinema Majestic. Le ragazze saranno nella sala da tè Titches.

Anche se ci pensa, a Daniel non mancano. Il suo legame genetico con la Spagna è profondo. Lui adora le viuzze acciottolate di Madrid, le vetrine con pile di gamberetti rosa, tonno affumicato e la pubblicità delle seppie cotte nel loro inchiostro. Adora che le pareti di ogni taverna di calle de la Victoria siano tappezzate di manifesti sbiaditi di corride e ritratti di matador. Apprezza la comodità della metropolitana e che la maggior parte della vita in Spagna sia vissuta all'aperto, anziché in casa. Gli piacciono il suo mentore della fotografia, Miguel, i monologhi di Ben e, soprattutto, le sue conversazioni con Ana. A Madrid, Daniel si sente finalmente adulto, libero di perseguire ciò che lo ispira e in grado di esplorare il mondo da solo.

Sua madre allunga la mano sulla tavola, interrompendo i suoi pensieri. Prende la sua. «Ho supplicato tuo padre di non dirtelo, ma forse l'hai capito. Sono stata malata, tesoro.»

69.

Daniel guarda fuori dal finestrino del taxi. È passata da un pezzo la mezzanotte. Luci e vita scintillano a Madrid. Preferirebbe camminare da solo, ma teme di offendere i suoi genitori.

Malata.

I suoi genitori non si stanno separando. Sua madre ha avuto quello che lei chiama un «incidente». Gli assicurano che andrà tutto bene. Col tempo. Dopo «l'incidente» è stata ammalata e potrebbe essere necessaria ancora una «procedura». Ma si sta riprendendo e voleva visitare la Spagna. Non ha più parenti qui, ma questo è il suo paese. Vi ritroverà le forze e terreno solido. L'aiuterà a guarire.

Ha comunicato queste notizie enigmatiche in un ristorante. È tipico da parte sua. Sarebbe inaccettabile emozionarsi in pubblico, quindi i dettagli venivano riferiti davanti a bicchieri di *cava* e vermouth, a un tavolo a lume di candela, dove potevano essere spiegati in modo neutro, senza lacrime. Il piano è sembrato funzionare finché lui non ha iniziato a porre domande.

«Mamma, non avevo idea che fossi malata. Cosa c'è che non va?»

Sua madre tace. Dopo un momento, guarda il marito.

«C'era un bambino», sussurra il padre.

Un bambino. Era. Tempo passato.

«Tua madre desiderava tantissimo un altro figlio. Ci abbiamo provato nel corso degli anni, ma a un certo punto ci siamo arresi. Qualche mese fa tua madre è rimasta incinta. Eravamo entrambi scioccati ed euforici, però non abbiamo detto nulla. Sembrava troppo bello per essere vero e volevamo consultare i medici prima di condividere la notizia.»

Sua madre fa un respiro, le sue labbra tremano. «E infatti era troppo bello per essere vero. Ho perso il bambino.»

Suo padre allunga la mano sulla tavola per stringere delicatamente quella della moglie.

Daniel guarda le dita intrecciate dei suoi genitori. Cerca di trovare le parole. «Mamma, mi dispiace tanto.»

Sua madre si affretta a mettergli una mano sulla spalla. «No, no. Sto bene adesso, tesoro. Davvero. Soffro di più per l'ingiustizia di tutto ciò. Sembra incredibilmente ingiusto che una tale benedizione e un tale sogno siano stati dati e poi tolti. Ero terribilmente depressa, quindi tuo padre ci ha portato in Spagna. Mi ha già fatto un mondo di bene.»

«Perché non me l'hai detto?»

«Ero devastata, emotivamente e fisicamente. L'ultima cosa che volevo era farti preoccupare o che qualcuno a casa lo sapesse. Ho fatto in modo che tuo padre imponesse ai medici la segretezza. Mi sono confidata solo con il prete e tuo zio.»

«Mamma, non puoi tenere tutto dentro.»

«Non affliggerò la nostra famiglia con indecenze o pettegolezzi.»

«Un aborto non è indecente.»

«Shh. La gente parla, Daniel. Devi sapere che sento sussurri e battute. Che siamo un "matrimonio misto", che tuo padre ha sposato una ballerina spagnola. Tu non capisci, caro.»

Invece capisce. Sente anche le frecciate. I soldi del petrolio sono recenti. La sua famiglia è *nouveau riche.* I genitori di Laura Beth sostenevano che non erano una bella coppia perché sua madre era «troppo etnica». Considerando la notizia, è sollevato di non averle detto della loro rottura.

«Mamma, lascia perdere le altre persone. La tua salute è la cosa più importante, giusto?»

La tensione a tavola è palpabile. Sua madre è seduta impettita, come se le avessero infilato nel vestito la stecca di un metro. Stringe delicatamente lo stelo del bicchiere, con il pollice e gli indici. I suoi grandi anelli di diamanti riflettono e luccicano come le bollicine del *cava* dietro il cristallo.

La rigidità è la parte americana di sua madre e gli fa male.

«Scusatemi.» Lei sorride e si avvia verso il bagno.

Daniel giocherella con la forchetta sul tavolo. Suo padre fa un profondo sospiro.

«Che cosa hanno detto i medici?» chiede Daniel.

«Un problema all'utero. Può darsi che debbano asportarlo. Andrà tutto bene, amico.»

«Davvero?»

«Sì, davvero.»

Il tono nervoso nella voce di sua madre, il pianto dietro le porte chiuse, i genitori che sostengono un orfanotrofio: i pezzi completano il quadro. Lui e suo padre rimangono in silenzio, finché Daniel non parla.

«Ora capisco... la faccenda dell'orfanotrofio», dice. «Me l'ha accennata Nick.»

«Quel ragazzo è una mina vagante. Non c'è da stupirsi che le prenda. Non abbiamo ancora deciso niente. Prima devo chiudere questo contratto di estrazione.» Fa un cenno a un cameriere per avere un altro vermouth.

Sua madre torna al tavolo piena di sorrisi. «Adoro questo ristorante, vero? È un peccato non aver portato la macchina fotografica. Avremmo potuto fare una foto di famiglia. Sei così bello in giacca e cravatta.»

Il suo entusiasmo è genuino. Ma Daniel conosce sua madre. Usa la felicità come scudo. Sta cercando di proteggerlo o di prepararlo. Forse entrambe le cose.

Daniel apre la porta della sua suite. Sul tavolino c'è un piatto di cioccolatini rotondi con lo stemma dorato del Castellana Hilton. Accanto al piatto ci sono diversi biglietti e messaggi. Il primo è un foglio piegato. Spera che sia di Ana.

¡Amigo! *Ti mando questo biglietto tramite mia sorella. Grazie per la fotografia. È favolosa! Tutti ne sono colpiti. Fuga ora è El*

Huérfano, non è fantastico? Per favore, non dimenticarti di noi domenica. Aspetteremo te e il tuo macchinone. A presto, texano!
Rafa

Gli altri biglietti sono messaggi di avviso del centralino dell'hotel.

20.25 Da Benjamin Stahl
Chiamami in ufficio. Un'opportunità.

20.30 Da Nicholas Van Dorn
Incontriamoci alla Taberna de Antonio Sánchez.

21.45 Da Nicholas Van Dorn
Mangiamo da Botín. Unisciti a noi.

23.10 Da Nicholas Van Dorn
Andiamo al club Pasapoga sulla Gran Vía.

23.15 Da Tom Collins
Dormi bene.

Tom Collins. Daniel sorride. Il messaggio è di un'ora fa. Ana è già a casa a Vallecas ora? O è uno dei giorni in cui rimane in hotel? Pensa di fare un salto giù nel seminterrato per controllare.

In fondo alla pila c'è un telegramma della Western Union. La busta è sigillata e indirizzata a Daniel. È di suo zio? La strappa.

WESTERN UNION TELEGRAM
via cavo

MITTENTE: LAURA BETH JOYCE – DALLAS, TX
SIG. DANIEL MATHESON, CASTELLANA HILTON, MADRID
POSSIAMO PARLARE? MI DISPIACE. VOGLIO VENIRE A MADRID.

70.

Daniel chiama per far ritirare i piatti della colazione, sperando di vedere Ana. Appena riaggancia il telefono, bussano alla porta.

Ben Stahl è appoggiato allo stipite, con la cravatta allentata. Ciocche dei suoi capelli solitamente lisci sono in piedi come punti esclamativi. I lembi svolazzanti della camicia sono macchiati di vino rosso. «Ti ho chiamato.» Dalla voce si direbbe che Ben abbia fatto i gargarismi con la benzina.

«Sono tornato dopo mezzanotte. Ho pensato che fosse troppo tardi», dice Daniel.

«Tardi? Stai scherzando, vero? Non sono ancora andato a dormire. Ma la parola "tardi"... riflettiamo su questa parola. È molto importante, no? Tardi, spesso associato a rimpianti o delusioni.» I polmoni di Ben si fanno sentire, emettendo un intero nightclub di fumo di sigaretta.

«Come facevi a sapere in quale suite sono?» chiede Daniel.

«Ho conoscenze per andare dove devo. Ascolta, ho bisogno di un fotografo lunedì. Il mio ragazzo deve essere a Barcellona. Sei disponibile?»

A Daniel arriva il cuore in gola, ma lui cerca di comportarsi come se niente fosse. «Certo. Che incarico è?»

«Sarà perfetto per te. Ma non ho un budget quindi non sarai pagato.»

«Va bene», dice Daniel. Mentre le parole gli escono di bocca, sa di aver risposto troppo in fretta.

Ben annuisce. «Va bene perché sei ricco da far schifo o va bene perché capisci il valore di un'opportunità?»

Daniel accetta la sfida. «Innanzitutto, *io* non sono ricco. Se lo fossi, mi sarei già iscritto alla scuola di giornalismo. Secondo, se hai bisogno di un servizio gratuito, mi sembra che sia tu a capire il valore di un'opportunità.»

Ben ride. «Eccolo, che fa oscillare quei pugni. Ehi, posso usare il tuo bagno?»

Senza aspettare una risposta, Ben spinge Daniel per entrare nella stanza. Vede la parete di foto e si ferma.

«In realtà, non sono ancora pronto a mostrarle», dice Daniel.

«Non sei pronto? Sembra che tu abbia una mostra personale qui.» Ben esamina le foto. Si avvicina con il viso alle foto. «Per la miseria, Matheson.»

Bussano alla porta. Daniel apre e si trova davanti non Ana, bensì Lorenza, le labbra candite come una mela, l'anca inclinata da un lato.

«*Buenos días, señor.*»

A differenza di Ana, Lorenza entra senza invito. I suoi occhi si incollano immediatamente alla parete fotografica. Gli occhi di Ben si incollano immediatamente a Lorenza.

«Ciao, dolci guance.»

Lorenza fa un cenno a Ben e si gira verso Daniel. «Le piace il flamenco, *señor*? Dovrebbe fotografare alcuni ballerini di flamenco.» Lo fissa. Il suo sguardo accattivante gli ricorda Laura Beth e come ogni sua espressione sembri studiata, quasi stesse posando davanti a un obiettivo.

«Flamenco, certo. Di' un po', Lorenza, potresti chiedere ad Ana di portare su degli asciugamani?» chiede Daniel.

Lorenza fa schioccare la lingua. «*Ay*, no. Ana è molto impegnata, *señor.*» Dà un colpetto allo schienale della sedia con un panno, come se la stesse spolverando, avvicinandosi alle foto. «*Ay*, guardate il matador. Oh, e Ana, che gli pulisce la faccia. *Qué bonito.* Oh, guardate i *pequeñines*! Che dolci piccolini. Come ha fatto ad avere queste foto?»

«È il nostro mestiere. Siamo giornalisti», dicc Ben. «Scusatemi. Devo svuotare il radiatore.» Ben chiude la porta del bagno.

Daniel è onorato e al tempo stesso altrettanto innervosito che Ben si riferisca a loro due come a giornalisti. È anche innervosito dal fatto che nella sua stanza ci siano così tante persone. «Se Ana è troppo occupata, devo chiamare il direttore per fare la richiesta?» domanda a Lorenza.

Lei si irrigidisce. «No. La faccio venire subito. Asciugamani, ha detto?» Si precipita verso la porta.

«E i piatti della colazione?» chiede Daniel.

«*Señor*, deve chiamare il servizio in camera per quelli.»

«L'ho fatto. Pensavo che avessero inviato te. Non è per questo che sei qui?»

La porta si chiude con un *clic*.

Ben esce dal bagno, torna alle foto e accende una sigaretta. «Davvero, Matheson. Sono colpito. Lo saranno anche i giudici del Magnum. Queste sono meglio di qualsiasi altra nel tuo portfolio. Potrei persino usarne qualcuna.»

Daniel accetta il complimento.

«Le ha viste qualcuno?»

«Solo mio padre», risponde Daniel. «E Miguel, che le ha sviluppate.» Non dice che le ha viste anche Ana. Tutte.

«Conserva i negativi in un luogo sicuro», gli consiglia Ben. «Incontriamoci nella hall dell'hotel lunedì mattina alle nove. Devo andare a chiudere un po' gli occhi.» Fa un cenno di saluto ed esce.

Daniel non ha ancora idea di quale sia l'incarico.

71.

Lorenza si precipita nel magazzino delle scorte. «Ana, dov'eri finita? Il signor Matheson ha chiesto degli asciugamani. Gli ho detto che eri molto occupata stamattina. Si è spazientito e ha detto che si lamenterà con il direttore.»

«Cosa? Perché?»

«Perché non stavi facendo il tuo lavoro. *Ay*, perché è sempre così serio? Max Factor è molto più simpatico. Mi ha dato un bellissimo flacone di profumo. È un gatto con un boa di piume e... Ana, mi stai ascoltando? Cos'hai che non va?»

«Niente», risponde Ana, prendendo due asciugamani dallo scaffale.

«*Bueno.* Pensavo che fossi malata.» Lorenza si avvicina di più con un sorriso malizioso. «Malata d'amore.»

Ana ignora il commento e si precipita oltre Lorenza verso l'ascensore. Quando arriva nella suite di Daniel, un addetto al servizio in camera sta portando via i piatti della colazione. «*Señor*, qual è il problema? Lorenza ha detto che sta chiamando il direttore.»

«No. Non volevo spaventarti. Lorenza ha detto che non eri disponibile. Non le ho creduto. Non so nemmeno perché lei fosse qui. Comunque volevo comunicarti le novità.» Daniel si appoggia alla sedia. «Speravo che tu perdessi la scommessa così avremmo lavorato insieme al progetto, ma avevi ragione. I miei genitori non si stanno separando.» Sorride.

«Vede! Gliel'avevo detto, *señor*. I suoi genitori sono molto affettuosi l'uno con l'altra. Non hanno problemi insieme.»

Daniel non dice nulla sulle condizioni di sua madre. Gli hanno detto la verità? Ana sa che Daniel pensa per fotogrammi. Ha preso in considerazione i ritratti che lei ha visto mentre sistemava la stanza dei suoi genitori? I flaconi di medicine nel cestino della spazzatura. Le ricette del medico vicino al letto.

Lei fissa la parete. «Ha fatto delle bellissime foto.»

«Grazie. Ho le immagini, ma quello che mi manca è il contesto.» Indica la foto menzionata da suo padre, quella delle nocche graffiate di Nick. «La didascalia di mio padre era: "Davvero poco diplomatico per essere il figlio di un diplomatico".»

«No. È sbagliata.» Ana osserva la foto. La sua voce è ferma e sognante. «Combattere i fantasmi. Ci sono problemi che nemmeno il denaro può risolvere.»

Daniel annuisce. «Wow, Tom Collins è bravo a questo gioco.» Indica la foto della nipote di Ana, Lali, addormentata in una cassetta destinata alle arance.

Ana guarda la foto a lungo prima di parlare. «Niente soldi, niente culla. Con i guadagni si paga l'affitto della tomba della madre.» La voce di Ana s'incrina mentre lei continua. «Se il pagamento non viene effettuato, il suo corpo verrà esumato e gettato in una fossa comune.»

«No. Lo farebbero davvero?»

Lei annuisce, e i suoi occhi si riempiono di tristezza.

«Ana, mi dispiace tanto.» Daniel si avvicina. «Non ne avevo idea.»

«E come avrebbe potuto saperlo?» sussurra lei. «È impossibile che gli estranei capiscano. Esiste una tensione tra storia e memoria, *señor*. Alcuni di noi sono impazienti di conservare e ricordare, mentre altri sono impazienti di dimenticare. Tutti abbiamo i nostri motivi. Sua madre ne parla mai?»

Daniel scuote la testa. «No, mai.»

Ana fa un sospiro e indica una foto dei genitori di Daniel sulla parete. «Tocca a lei.»

Daniel guarda la foto. «La didascalia è...» Quando finalmente parla, la sua voce profonda si è assottigliata. «Dicono che andrà tutto bene. E se così non fosse?»

Il tono vulnerabile nella sua voce. Ana allunga una mano e gliela posa piano sulla schiena. Daniel si gira verso di lei. Quando Ana capisce cosa sta facendo, si allontana rapidamente. «Devo tornare al lavoro.» Si sforza di sorridere. «Chiami se ha bisogno di altri asciugamani, *señor.*»

Daniel la segue fino alla porta. «Ana, sei sicura di non poter venire alla corrida domenica?»

«*Sí.* Questa è la passione di mio fratello. Ma è molto gentile da parte sua accompagnarli. È solo una *capea.* Gli animali non verranno feriti, ma i dilettanti potrebbero esserlo. Si assicuri di portare asciugamani per la sua auto.»

«Per cosa?»

Ana lo guarda sorpresa. «Per il sangue», risponde.

72.

Puri è seduta alla reception della clinica e si arrotola nervosamente il grembiule tra le dita. È il suo nuovo incarico, il progetto di suor Hortensia. Un giorno alla settimana lavorerà presso la clinica ostetrica in fondo alla strada dell'Inclusa.

«Qui vengono gestiti casi speciali», spiega la suora. «Le gravidanze difficili e ad alto rischio vengono portate qui dall'ospedale perché restino in osservazione. Devi essere sensibilizzata sul fatto che le donne della clinica sono state informate di una possibile complicazione. Spesso hanno paura, il che è comprensibile. Il travaglio e il parto possono essere un processo lungo, quindi il medico può chiederti di stare vicino alle donne per calmarle. Durante il travaglio viene somministrato un anestetico. Potrebbe anche essere necessario che tu stia accanto a loro anche dopo il parto finché non saranno completamente sveglie.»

Puri è nervosa, i suoi palmi sudano freddo. Il giro della clinica è stato troppo breve. Il medico l'ha caricata di tantissime informazioni. Come fa lei a ricordarsi tutto?

Ci sono già due donne in travaglio nella clinica. Una è una giovane madre nubile. Quando Puri si è seduta vicino a lei, si aspettava che la ragazza piangesse di rimorso per i suoi peccati carnali. Invece ha detto a Puri di essere un'attrice e di non vedere l'ora di portare sua figlia a Barcellona.

«Pregherò per te», la rassicura Puri.

Ma Puri non prega per lei. Si chiede se la donna sia davvero condannata. La ragazza è entusiasta sia di essere madre sia di perseguire i suoi interessi a Barcellona. Non ricorda gli insegnamenti sulla maternità e il suo dovere verso la Spagna?

Puri riguarda i suoi appunti. Ci si aspetta che lei porti anche il materiale, se necessario. Acqua, asciugamani, catini.

Catini. Il medico dove ha detto che si trovano i catini di metallo?

Puri cammina silenziosamente lungo il pavimento di piastrelle grigie del corridoio. La clinica è fredda e sterile, non accogliente come l'Inclusa. L'Inclusa profuma di borotalco, sapone e pannolini candeggiati. La clinica puzza... di cosa esattamente? Puri individua la stanza con gli asciugamani e la biancheria. Più in fondo al corridoio ce n'è un'altra che sembra familiare, simile al locale dei biberon all'Inclusa. È lì che il medico ha detto che si trovano i catini? Puri entra.

Forse i catini sono nell'armadio di metallo. Lei tira la maniglia della porta argentata. Fuoriesce una folata d'aria fredda che le fa battere le palpebre. Le sue ginocchia si bloccano. La sua mano vola sulla bocca, smorzando un grido.

Nell'armadio refrigerato non ci sono catini.

C'è un neonato morto.

73.

Rafa aspetta in fondo alla strada. Con la mano si protegge gli occhi dal sole, cercando la macchina nera e lucida. Ana gli ha assicurato che il texano verrà, che non si dimenticherà. Lui cammina avanti e indietro per la strada, sperando che la sorella abbia ragione. Senza un passaggio, lui e Fuga si perderanno del tutto la *capea.* Il camion con gli scarti di animali morti è partito ieri.

Rafa si è confessato stamattina e ha fatto atto di contrizione per un misto di violazione della proprietà privata e di bugie. Dopo avergli assegnato la penitenza, il prete si è sporto in avanti verso la grata.

«Oggi c'è la tua *capea.*»

«*Sí,* padre.»

«In fondo al santuario ho lasciato tre candele votive. Portale con te. Aiuta il tuo matador a seguire il rituale giusto.»

«*Sí, padre. Gracias, padre.*»

Fuga non si è visto per due giorni, ma Rafa non era preoccupato. Sapeva che il suo amico era nel cimitero, ad allenarsi con la cappa per diventare El Huérfano. Stamattina presto Fuga si è incamminato silenziosamente verso Vallecas, proprio come Rafa sapeva che avrebbe fatto.

La maggior parte dei matador inizia ad allenarsi da giovanissimo. Chiederanno quanti anni ha? Fuga non lo sa. Quando vivevano nella casa dei ragazzi e Rafa gli aveva chiesto la sua età, Fuga si era stretto nelle spalle.

«Be', quand'è il tuo compleanno?» gli aveva chiesto Rafa.

«Che cos'è un compleanno?» aveva risposto Fuga.

Dopo che erano scappati, avevano viaggiato per le strade, chiedendo l'elemosina. Fuori da Barcellona erano arrivati in una cittadina dove un'anziana donna catalana aveva condiviso con loro gentilezza e cibo. Quella notte si erano sdraiati sulla pancia sopra la terra battuta, sbirciando attraverso una fessura nel muro di pietra. I paesani erano riuniti in un edificio buio a guardare un film sfarfallante. L'eroe del film era Currito de la Cruz, «Curro», un orfano dei bassifondi di Siviglia diventato un torero. Non sentivano le voci, ma non ne avevano bisogno. Le immagini raccontavano la storia. Quella notte Fuga non aveva dormito. Era rimasto steso sull'erba accanto a Rafa a fissare il cielo buio.

«Sarà davvero possibile per noi, *amigo*?» aveva chiesto Rafa.

Fuga aveva annuito. Era possibile.

Quella notte, Rafa aveva promesso di aiutare e proteggere il suo amico.

Si erano stretti la mano.

Ora c'è tensione, una fitta nello stomaco di Rafa che per una volta non c'entra nulla con la fame. La vita non gli ha mai offerto il trionfo. Nonostante le sue speranze e i suoi sogni, non può scuotersi di dosso l'ombra della colpa che lo perseguita dalla morte di suo padre. Si era seduto tra i cespugli, paralizzato dalla paura. Non aveva fatto nulla per aiutare il suo *papá.*

Sebbene Rafa sia deciso ad affrontare la paura, una parte nascosta di lui teme di poter essere sfortunato. E allora? Se oggi prendono effettivamente parte alla *capea,* la partecipazione da sola sarà la più grande fortuna che lui abbia mai conosciuto. Mentre riflette sulle potenzialità che hanno di vincere quel pomeriggio, viene travolto da una sensazione di gioia. Le voci nella sua testa, le domande: sono sue. Non sono voci dall'ombra che si fanno avanti per tormentarlo.

Un toro nero appare all'improvviso in lontananza.

È la Buick del texano.

74.

«*Hola*», saluta Daniel. «Pronto ad andare?» Rafa lo avvolge in un forte abbraccio.

Daniel non è solo. Sul sedile anteriore è addormentato Nick Van Dorn.

«È voluto venire. Spero che non ci siano problemi» sussurra Daniel.

Rafa fissa Nick. Alla fine scrolla le spalle. «Certo che no, è la tua macchina.»

«Viene anche la tua fidanzata?» chiede Daniel.

Rafa lancia una rapida occhiata alle sue spalle. «Shh. No. Solo noi. Vado a chiamare Fuga.» Si gira e si dirige verso l'accampamento di baracche fatiscenti. Daniel lo segue.

Nella baracca ci sono solo Fuga, Julia e la bambina.

«*Buenos días, señora.*» Daniel saluta Julia. «Le ho portato un paio di foto.» Le passa la foto che ha fatto a Lali e anche la foto di Julia che sistema il *traje de luces* di Fuga.

«*Gracias, señor.* Le terrò care. Ho visto la foto che ha scattato al nostro matador. È *fabulosa.*» Julia lancia a Fuga un'occhiata per esortarlo. Fuga alza le spalle.

«Ho delle foto per alcune persone di Vallecas», dice Daniel.

«*¡Qué fantástico!* Puoi distribuirle al nostro ritorno trionfante!» dice Rafa.

Julia passa a Rafa il pacco di vestiti. Sussurra qualcosa a entrambi i giovani e dà a ciascuno un bacio. Quindi solleva la cappa rigida dal tavolo, pronta a seguirli.

«No, non c'è bisogno che tu venga», si affretta a dire Rafa, bloccandole l'uscita.

«Lali sta dormendo. Starà bene. Voglio solo vedervi partire.»

Rafa sussurra qualcosa a Julia. Il suo viso si contrae, allarmato. «Nick? Che cosa ci fa lui qui?»

Daniel cerca di nascondere la sua frustrazione. Perché non si è fidato del suo istinto e non ha detto semplicemente di no a Nick? «Mi dispiace. Non mi sono reso conto che ci fosse un problema. Voleva venire.»

Julia fa un cenno stanco della sua mano. «Andate. Su!»

I tre uomini escono dalla baracca.

«È una lunga storia», dice Rafa. «E non sta a me raccontarla.»

Fanno pochi passi e vengono circondati da orde di bambini urlanti, che cercando di afferrare il pacco del *traje de luces.*

«*¡Basta!*» grida Rafa. «Smettetela. Ma se il pomeriggio va bene, festeggeremo tutti insieme», assicura loro.

Daniel apre il bagagliaio della macchina in modo che Rafa possa infilarvi i vestiti. Vedendo le cassette di cibo, i bambini strillano di gioia. *Tortilla de patatas*, arance e formaggio *Manchego.*

«Ho pensato che ci potrebbe venir fame», dice Daniel.

Rafa chiude il bagagliaio sbattendolo. «Niente cibo. Solo dopo. Lui è a dieta rigida.»

Un bambino strattona la manica di Daniel. «Il torero deve avere la pancia vuota, così è più facile per il medico ricucirlo se il toro gli fa dei buchi nella pancia.» Sorride e annuisce, orgoglioso della sua macabra conoscenza.

«È vero», dice Rafa. «Ma oggi non ci saranno chirurghi specializzati. Non saranno presenti né dottori né cappellani.»

Daniel sale in macchina. È sollevato per aver seguito il consiglio di Ana e aver portato degli asciugamani.

I bambini circondano il lato della macchina dov'è seduto Fuga, salutando con la mano e spingendo il viso contro il vetro. Gli fanno gli auguri, pieni di gioia e di eccitazione. Sulle labbra di Fuga appare un accenno di sorriso. Tocca il finestrino con un dito, rispondendo alla ragazza con la treccia corvina che sta baciando il vetro. Daniel prende la macchina fotografica dal pavimento dell'auto e scatta una foto.

Daniel ha passato la notte a leggere un libro che ha comprato sulla storia della corrida. Nei tempi antichi, i tori erano venerati come divinità mitologiche. Coloro che si presentavano davanti ai tori e offrivano la propria vita in sacrificio erano considerati sommi sacerdoti. Alcuni credono che, affrontando un toro, un matador si avvicini simbolicamente a Dio e si unisca a lui con la morte.

Daniel guarda nello specchietto retrovisore. Fuga ha gli occhi chiusi e un sorriso silenzioso in viso. È concentrato. Pronto.

La Buick si allontana lentamente sulla strada.

75.

Ana avanza nel corridoio del settimo piano.

Gli ospiti si rendono conto che una stanza d'albergo rivela i loro dettagli personali? Prima, nel seminterrato, Lorenza ha condiviso il suo brief giornaliero: l'uomo della 615 mangia a letto (briciole nelle lenzuola), ha la pressione alta (medicina in bagno) e fa il dongiovanni (lascia la fede nuziale in camera quando esce la sera).

Alla donna della 248 piace segretamente il gin (bottiglie sotto il letto), dorme senza struccarsi (tracce sul cuscino) e ha un debole per i gialli (libri di una certa Agatha Christie con «Omicidio» nel titolo).

Ana apre la porta della 760.

La suite di Daniel non è ordinata, ma neanche tanto disordinata. Sul bureau sono disposti monete, gemelli costosi e una penna stilografica. Lui si fida. Guarda il letto sfatto. Il copriletto si trova ai piedi del materasso. Dorme solo con il lenzuolo, la testa sul cuscino sinistro. Quasi tutti gli ospiti americani hanno pigiami o camicie da notte. Daniel no. Ana arrossisce. Sul comodino c'è il suo libro di Capa. Daniel legge prima di addormentarsi.

Ana apre l'armadio stretto e fa scorrere una mano sui suoi vestiti. I jeans non sono di Neiman Marcus. Hanno una toppa di pelle sulla tasca posteriore con scritto BLUE BELL WRANGLER. Cerca di sistemare le grucce ingarbugliate, ma oppongono resistenza. Mentre toglie i vestiti appesi, scopre la causa. Impilati nella parte posteriore dell'armadio ci sono gli innumerevoli asciugamani che Daniel ha richiesto... richiesto perché lei andasse nella sua stanza.

Sorride e li tira fuori, così lui ne chiederà altri.

I suoi articoli da toeletta in bagno sono infilati in un costoso kit da viaggio in pelle. Un solo flacone, il suo dopobarba, si trova sul ripiano del bagno. Ana avvicina al naso la boccetta di vetro, con l'etichetta OLD SPICE HOLIDAY EDITION. È il profumo che lei ha sentito il primo giorno nella sua stanza, il profumo che sentiva sulla metropolitana e poi nel cortile dell'ambasciata. È virile e sobrio, come Daniel. Ha un aroma di chiodi di garofano ed erbe silvestri, con tracce di tabacco dolce. Ana prende un fazzoletto sottile dal grembiule e vi versa qualche goccia di dopobarba.

Avvicinando la stoffa al naso, passa nella zona giorno della suite. È contenta che Daniel sia con Rafa e spera di riuscire a vederlo quando torneranno a Vallecas. Se solo Julia potesse capire. Daniel è diverso. È gentile, sincero e onesto. Non era tenuto a condividere le sue paure sui suoi genitori, ma l'ha fatto. Ogni volta che sono insieme, ad Ana importa più di Daniel che della lettera di raccomandazione. Pensare alla disapprovazione di Julia le fa tornare alla mente i biglietti minacciosi. Lei scaccia il pensiero.

Un'unica sedia è posta di fronte alla parete con le fotografie di Daniel. Ana si siede. Le immagini sono evocative, piene di storia e verità. Le didascalie le vengono subito in mente. Si avvicina alla scrivania per recuperare un foglio di carta da lettere dell'hotel. Ed è in quel momento che lo vede.

Nella spazzatura c'è un telegramma della Western Union. È indirizzato a Daniel da una donna di nome Laura Beth.

È stracciato.

76.

Mentre gli altri si preparano, Daniel e Nick sono sul retro della macchina e pranzano dal bagagliaio.

«Ben ha un incarico fotografico per me domani», racconta Daniel.

«È fantastico. Di cosa si tratta?»

«Non me l'ha voluto dire. Ma mi fido di lui. Ben è un tipo in gamba.»

«Sì, dipende di quale gamba parli, se capisci cosa intendo. Quel poveretto non lo ammetterà mai, ma sta cercando disperatamente una ragazza in Spagna. Rimane nel nightclub anche dopo che me ne sono andato io. E questo la dice lunga.»

«Lavora un sacco. Probabilmente ha bisogno di sfogarsi», afferma Daniel.

Nick tira fuori una fiaschetta dalla tasca della camicia e beve un sorso.

«Rafa sembrava sorpreso di vederti», dice Daniel.

«Sì, è passato un po' di tempo.»

Si gira per guardare Nick. «Allora sentiamo. Perché mi hai mandato a casa loro lo scorso weekend? Una mossa da vero furbacchione, se vuoi sapere come la penso.»

Nick ride. «Scusa se ti ho messo in imbarazzo.»

«Non me. È stato imbarazzante per Ana.»

«Naa, le è piaciuto.»

Daniel sposta i piedi. «È piaciuto a lei o è piaciuto a te, Nick?»

Nick alza le mani in segno di resa, nervoso. «Sinceramente, ho capito che eri interessato, ma lei non può socializzare in hotel. È andato tutto bene?»

Daniel annuisce. «Ascolta, se hai messo gli occhi su Ana, comportati da uomo. Dimmi di farmi da parte.»

Nick parla lentamente e guardandolo negli occhi. «Noi siamo solo amici. Te l'ho già detto, Matheson.»

«Quindi non ti dispiace se passo del tempo con lei?»

«No. Ma ricordati che qui non siamo negli States. Non puoi semplicemente arrivare sulla tua bella macchina, abbindolare i genitori e portare fuori una ragazza. Si esce sempre accompagnati da qualcuno. Le famiglie sono coinvolte, in tutto.»

Daniel pensa ai suoi genitori. «La famiglia di Ana, com'è la storia?»

«I suoi genitori facevano parte della schiera di intellettuali che si opposero a Franco. Entrambi sono morti e i figli sono terrorizzati che anche loro alla fine verranno puniti. Ammettiamolo, Franco non è stato proprio clemente dopo la guerra. La sorella maggiore di Ana ne ha dovuto pagare il prezzo. E Rafa.» Nick fischia e scuote la testa. «Lui ha avuto la peggio. Fu mandato in un riformatorio vicino a Barcellona. Lui e il suo pazzo amico matador erano lì insieme. Da quel che ho saputo, furono torturati. E non sto parlando di essere picchiati in un vicolo da alcuni criminali che riscuotono debiti. Intendo davvero torturati. Riuscirono a fuggire in qualche modo, lasciandoci quasi le penne. Siamo una coppia di mammolette vicino a quei due.»

Daniel riflette sulle parole di Nick. Rafa è stato torturato? Emana così tanto calore, entusiasmo e determinazione. Non ha una briciola di amarezza.

Nick accende una sigaretta. «Ascolta, Ana è bellissima. Ma se ti stai facendo delle fantasie da ragazzo ricco su una ragazza dall'altra parte dei binari, fai un passo indietro. Sappiamo entrambi benissimo che i nostri genitori ci vogliono con delle debuttanti di famiglie sul Registro sociale. Ma se hai intenzione di fare sul serio e sei disposto a procedere con calma, Ana è una ragazza che non dimenticherai mai... se riesci ad aggirare sua sorella e suo cognato.»

Daniel annuisce. «Il cognato, Antonio, mi ha già fatto fare un viaggio a vuoto. Probabilmente sperava che mi sarei perso e non sarei più tornato.»

«Ah, sì?» Nick ride.

«Sì. Mi ha mandato in un vecchio orfanotrofio enorme. Ha detto che lì avrei potuto trovare una storia da fotografare.»

Nick inarca le sopracciglia. «Anche se lo avessi fatto, non saresti in grado di dimostrarlo.»

«Dimostrare cosa?» chiede Daniel.

Nick soffia fuori una boccata di fumo. «Che alcuni dei bambini che vendono non sono orfani.»

Avevamo anche il programma degli orfani basco-spagnoli. Mandammo un paio di orfani negli Stati Uniti, presunti orfani. Non erano orfani, su questo non c'erano dubbi. Non che non avessero una famiglia che si prendesse cura di loro. È stato un periodo interessante.

WILLIAM W. LEHFELDT, viceconsole degli Stati Uniti
a Bilbao (1955-1957)

Brano di un'intervista, aprile 1994
Foreign Affairs Oral History Collection
Association for Diplomatic Studies and Training
Arlington, Virginia
www.adst.org

77.

Puri non riesce a mangiare. Non riesce a dormire. Perché un neonato morto è nel congelatore della clinica invece che all'obitorio? Si siede sul letto, le ginocchia contro il mento, le braccia intorno alle gambe. Ci sono spiegazioni: il cadavere viene utilizzato per studi medici.

Il neonato è morto di recente.

La sepoltura è imminente.

Si sbaglia su ciò che ha visto.

Potrebbe sbagliarsi?

Il medico ha trovato Puri in bagno, un mucchio pallido vicino al gabinetto.

«Un'anguilla guasta. Passerà», gli ha assicurato.

Ma la nausea non è passata e nemmeno le domande.

Invece, le scorrono nel cervello le parole delle lettere archiviate.

Mia moglie ha detto che il bambino che ha partorito era senza capelli e aveva una voglia rossa sul braccio. Il bambino defunto che ci ha mostrato era più grande di nostro figlio, aveva un po' di capelli scuri e non aveva il segno sul braccio.

E la lettera che tormenta ancora Puri: *Avete rubato nostro figlio.*

La domanda torna insistente. Di chi è il neonato nel congelatore?

Per la prima volta, Puri desidera ardentemente confessarsi.

«Ave Maria purissima.»

«Concepita senza peccato», risponde il sacerdote.

«Sono profondamente turbata, padre, da una domanda che mi tormenta. Chiedo la sua saggezza e la sua guida per consolare il mio cuore. Nel nostro amato paese spagnolo, è meglio per un bambino non avere genitori o avere i genitori sbagliati?»

«Sei incinta?» chiede il prete.

«No, padre!» sussulta Puri. «Chiedo solo perché sono impegnata nella conservazione del nostro nobile paese.»

«Lo dobbiamo ai nostri figli e al nostro futuro, di proteggere i valori e la morale cattolica.»

«Quindi significa», deduce Puri, «che è meglio essere cresciuti dai genitori giusti, anche se non sono i genitori biologici?»

Il prete fa un sospiro stanco. «Sembra che tu abbia risposto alla tua domanda.»

"No", pensa Puri. "Ma lo farò."

78.

L'arena trasportabile in miniatura è stata installata ai margini del paese. I *maletillas* dilettanti aspettano in un capanno di pietra. Rafa si inginocchia sul pavimento di terra battuta e sistema il fondo dei pantaloni di Fuga. Oggi non ci saranno *picadores* né *banderilleros.* Solo cinque o sei giovani che sono venuti per affrontare i tori e dimostrare il proprio coraggio a chiunque possa esserne interessato. Solo un altro partecipante indossa un *traje de luces.* È un ragazzo di sedici o diciassette anni con un fisico robusto. Indossa un costume color ambra che mal gli si adatta. Rafa vede che il tessuto è maledetto: c'è una debole macchia di sangue sulla coscia. Gli altri ragazzi lanciano occhiate preoccupate a Fuga. Il suo *traje de luces,* l'età e l'atteggiamento aumentano le aspettative.

Sebbene l'abito sia vecchio, Julia l'ha modificato in modo così perfetto che sembra essere fatto espressamente per il torero che lo indossa. Fuga ha un fisico alto e famelico. È tagliato dallo stesso legno di ulivo sotto cui ha dormito per così tanti anni. La forza della sua struttura sono le gambe magre. L'andatura ampia dà drammaticità a ogni suo passo. Le braccia lunghe, sgraziate per un uomo comune, sono un vantaggio per un torero. La cappa *muleta* si maneggia più facilmente e armoniosamente con le braccia tese.

Rafa guarda il bellissimo ricamo d'argento che si arrampica e si avviticchia sul bordo esterno dei pantaloni. Ringrazia Julia e il suo capo, Luis. Nessun altro sarto crea abiti speciali come i suoi.

«Pettinati i capelli», lo istruisce Rafa. «Come ha fatto Ana per la foto.»

Fuga sputa della saliva spessa sul pettinino e se la passa tra i capelli.

Non sapendo bene cosa fare, gli altri ragazzi distendono e allungano le gambe per scioglierle, perché hanno visto le fotografie di famosi matador fare lo stesso.

Rafa tira fuori dalla tasca le candele votive del prete. Le mette su uno scaffale del capanno e le accende con un fiammifero. Prende un piccolo ritratto sbiadito della Vergine, recuperato da un vecchio calendario tascabile, e lo posiziona con cura dietro il bagliore delle candele. Un altro ragazzo contribuisce con uno specchio rotto, che mette in equilibrio sullo scaffale.

Alla luce tremolante delle candele, si riflette un gruppo eterogeneo di giovani davanti a un altare di fortuna. Se oggi avranno successo, potranno raccogliere una *peseta* o una manciata di uva, altrimenti saranno derisi e cacciati via. Se vengono incornati, Rafa spera che qualcuno sia abbastanza generoso da spruzzare alcol sulle loro ferite.

Rafa dice le sue preghiere e permette agli altri di fare lo stesso. Tutti i giovani escono dal capanno, finché rimane solo Fuga.

«Ti lascerò un momento da solo», dice Rafa al suo amico.

Si scambiano una stretta di mano formale. Rafa gli augura buona fortuna.

«*Suerte*, Huérfano.»

79.

Fuga fissa lo specchio incrinato.

Lui non ha paura.

Non ha paura dei tori. Non ha paura degli allevatori. Non ha paura dei Corvi. Non ha paura della povertà o dei sacrifici.

Non ha paura di Franco.

La morte di Fuga è arrivata da bambino, per mano di un mostro nella casa dei ragazzi.

Fissa il proprio riflesso e inizia una conversazione interiore.

È impossibile uccidere un uomo già morto. Lo specchio è rotto, ma il riflesso è intatto. La resurrezione è possibile, Huérfano. Ti batti per i dimenticati, i maltrattati, gli affamati e gli indesiderati. Ti batti per il tuo solo e unico amico, proprio come lui si batte per te.

Prende l'immaginetta sgualcita della Vergine e la bacia.

Senza esitare, esce dal capanno.

80.

Rafa è in piedi con Daniel e Nick in mezzo a una piccola folla sul bordo dell'arena. Osservano la truppa scomposta di giovani che emerge dal capanno. Il giovane corpulento con il costume da torero color ambra tira continuamente la cintura dei suoi pantaloni.

«Oh, ragazzi», dice Nick. «Quello potrebbe essere pericoloso.»

«Ana dice che gli animali non verranno feriti», replica Daniel.

«Sì. Questa è solo una *capea,* una corrida per dilettanti», spiega Rafa. «Come potete vedere, nel pubblico ci sono meno di cento persone. Se fossimo a Las Ventas a Madrid, nell'arena ci sarebbero venticinquemila spettatori e sarebbe molto diverso.»

Daniel ha l'obiettivo puntato sul capanno, aspettando Fuga. Rafa assicura nervosamente agli uomini che c'è un altro matador.

«Aspettate, sta arrivando El Huérfano.»

«Forse Huérfano se l'è fatta sotto», dice uno. Ma non c'è tempo per ridere. In quel momento Fuga esce dal capanno con il *traje de luces* turchese, i ricami argentati che luccicano sotto il sole del pomeriggio.

Le donne nelle vicinanze chiacchierano. Gli uomini esprimono commenti e giudizi.

«Bel vestito.»

«*Ay*, è troppo vecchio.»

«Perché un costume del genere? È solo una *capea.*»

«Credo di averlo già visto da qualche parte.»

Fuga cammina verso l'arena, irradiando riverenza e forza. Non è arrogante, ma tranquillamente disconnesso da tutto ciò che lo circonda. Rafa riconosce l'incantesimo. È la stessa trance che ha visto nei campi scuri di salici, quando il mondo sembra svanire e un'unica luce illumina solo Fuga e il toro.

Il gruppo di animali è meno scomposto dei toreri, ma in ogni caso deludente. Rafa si è sentito sollevato quando li ha visti, ma sa che Fuga, che ha affrontato tori adulti nei campi, sarà deluso. Rafa spera che non si lamenti quando vedrà la raccolta di tori magri e dal mantello opaco, giovani vitelli e un'irrequieta vacca Corriente, con corna enormi.

Il primo giovane entra nell'arena, con in mano un giornale come cappa.

«Dieci *pesetas*. Durerà meno di due minuti», scommette Nick con uno spettatore nei pressi.

Il giovane vitello viene rilasciato nell'arena. Corre intorno e il ragazzo lo schiva, sbattendo il giornale. L'energia è convulsa. Il vitello insegue il ragazzo in tondo. Nick vince la scommessa. Con il torero successivo è lo stesso. Il terzo finisce per scappare di corsa dall'arena in mezzo a una serenata di fischi. Entra poi nel cerchio il giovane robusto con il *traje de luces* cascante. È arrogante e chiede di affrontare l'irritabile vacca con le grandi corna.

La vacca entra nell'arena e rimane lì immobile. Il torero si avvicina all'animale, che però non reagisce. Il ragazzo inizia a schernire e a stuzzicare l'animale, sbattendo la cappa, cercando una reazione. All'improvviso, la vacca attacca il ragazzo, che cerca di schivarla girandosi, ma le corna dell'animale inforcano il suo bolero molle.

«*¡AY!*» Il ragazzo viene sollevato da terra e grida in preda al panico.

Rafa salta nell'arena. Ha già liberato Fuga dalle incornate nei campi. Rafa e un altro uomo sganciano il ragazzo dalla vacca e lo scortano fuori dall'arena. Il ragazzo geme mentre il sangue sgorga attraverso la manica del suo costume. Il corno della vacca gli ha forato la spalla.

La vacca è arrabbiata, sbuffa e si impenna.

Fuga salta nell'arena. Tutta la folla insieme trattiene il fiato.

L'animale non è calmo.

Fuga invece sì.

Con passi lenti e aggraziati, emerge El Huérfano. Il suo sguardo è intenso e fisso, mostra riverenza all'animale e riconosce lo scambio che sta per iniziare. Concede una distanza adeguata e fa roteare la cappa. La vacca si carica. All'ultimo secondo possibile, Fuga alza la cappa di scatto, permettendo alle corna della vacca di passare così vicino al suo busto che Nick sussulta. I passaggi successivi sono completati con altrettanta forza e grazia, suscitando un «*olé*» da alcuni uomini.

La vacca si stanca. Fuga prende vita.

La vacca viene scambiata con un giovane toro. Fuga mostra una risoluzione simile. Esegue una serie di *tandas*, dei passaggi che ne mostrano l'abilità e la forma. Il suo rispetto per il toro è evidente. Continua i passaggi con il giovane toro finché l'animale raggiunge il *sentido*, la consapevolezza che è Fuga il suo sfidante, non la cappa. Ogni passaggio diventa quindi più pericoloso. All'improvviso il toro carica direttamente Fuga, che si inginocchia di fronte al toro. Con la mano sinistra sul fianco, guida il giovane toro con la cappa allungata nella mano destra. La folla emette «*olé*» e applausi. L'allevatore accompagna fuori il toro dal combattimento.

Fuga attraversa lo spiazzo verso Rafa.

«No, fai il giro dell'arena!» sussurra Rafa. L'espressione di Fuga è assente, ma Rafa riconosce lo sguardo. È la presenza.

Fuga ha una spiccata prontezza ma nessuna paura. Ciò che ha sperimentato nella vita è molto peggio di qualsiasi cosa possa capitare durante una *capea*. Nelle strade viene ignorato e rifiutato. È etichettato come un orfano selvaggio, un becchino pazzo. Fuga rivela la sua vera essenza solo all'animale. Nella vita, si inginocchia solo davanti all'animale.

Su insistenza di Rafa, Fuga cammina nella piccola arena, raccogliendo *pesetas*, uva e, soprattutto, rispetto. Non dice nulla, non interagisce con nessuno, poi si gira e cammina verso il capanno di pietra.

Rafa corre da Daniel. «Hai fatto delle foto?»
«Sì. Caspita, il tuo amico ha molto talento.»
«Sì, è molto coraggioso.» Rafa abbassa la voce. «Questo non era niente. Una vacca arrabbiata e un vitello. Aspetta di vedere El Huérfano con un vero toro.»
Un uomo con un ampio cappello di feltro si avvicina a Rafa. «Quanti anni ha il tuo amico?» chiede.
«Non lo sappiamo. È un orfano.»
«Quindi... fa parte della vostra strategia, eh? Ha già affrontato dei tori, questo è ovvio.»
«Be', *señor,* abbiamo una vecchia carriola. Ci abbiamo legato delle corna. Io la spingo in giro in modo che El Huérfano possa allenarsi.»
L'uomo guarda Rafa, chiaramente scettico.
«Ecco perché siamo qui, *señor.* Siamo stati fortunati a trovare questi americani che ci hanno accompagnato qui. Con la raccomandazione e il sostegno di un brav'uomo come lei, El Huérfano potrebbe iniziare ad allenarsi correttamente come *novillero.* Io lavoro part time al mattatoio, ma un torero deve avere uno sponsor per allenarsi lì.»
«Quindi, mi stai dicendo che questo... Huérfano... non ha mai affrontato un toro.» L'uomo mastica il suo sigaro, fissando Rafa.
Rafa evita la domanda. «Deve ancora affrontare il suo destino, *señor.*»
«E quel costume da torero? L'ha rubato?»
«No, *señor.* La mia cara sorella lavora per il miglior sarto di tutta Madrid. Dobbiamo restituire il costume domani.»
L'uomo porge un biglietto da visita a Rafa. «Non restituirlo ancora, per il momento.»
Rafa sfoggia un sorriso.
Daniel scatta una foto.

81.

Daniel gira la Buick sul sentiero polveroso. I giovani vedono la macchina e vi si precipitano incontro. Rafa si sporge dal finestrino e saluta freneticamente mentre i bambini esplodono in applausi, saltando su e giù. Gli anziani del posto si svegliano sulle loro sedie. I vicini emergono dalle baracche. La comunità si riversa in strada per guardare il macchinone nero che va verso la casa di Rafa.

Antonio è sulla soglia, con in braccio Lali. Julia e Ana appaiono proprio mentre la macchina si ferma. Rafa salta giù, si ferma al centro della strada e solleva sopra la testa il biglietto da visita.

«*¡Novillero!*» grida.

La folla fa un grande applauso.

Ana guarda Daniel, con la bocca aperta per la sorpresa. Daniel annuisce.

«*¡Toro! ¡Toro! ¡Toro!*» gridano i bambini.

Rafa si dirige verso la portiera posteriore della Buick. «*Vallecanos,* congratulatevi con il nostro amico, El Huérfano!» Apre la portiera e Fuga scende in mezzo al caos.

Vestito ancora con il *traje de luces,* Fuga sembra un principe, forte. Ignora gli adulti ma si rivolge ai bambini, regalando loro l'uva. Poi si avvia dritto verso la porta della baracca, tenendo con cura tra le mani a coppa una manciata di monete.

Fuga si piega su un ginocchio e china la testa. Solleva le mani e offre la sua vincita.

Ad Ana.

82.

Il degno avversario è qualcuno che rispetti, qualcuno che ha obiettivi simili e qualcuno che devi battere. Daniel guarda Fuga.

È un degno avversario... e lo ha colto completamente alla sprovvista. Mentre scatta la foto, tutto all'improvviso quadra.

Gli sguardi fulminanti di Fuga. Subito. Non appena è entrato nella baracca la prima volta, Daniel ha sentito su di sé gli occhi di Fuga, ha visto le sue mani che si stringevano a pugno. Mentre gli scattava la foto, l'espressione minacciosa di Fuga si è addolcita solo quando ha guardato Ana. In quel momento, Daniel non ci ha dato importanza. Il suo obiettivo era di parte? Ha liquidato Fuga perché era un becchino? L'avversario più pericoloso è quello che sottovaluti.

La folla si disperde. Fuga entra nella baracca con Rafa e la famiglia.

Nick fischia e si gratta la testa. «Bene, questa sì che è una sorpresa. Non me l'aspettavo proprio.»

«Dovremmo andare», dice Daniel.

«Nah, di solito c'è un ballo la domenica sera. Dovremmo restare da queste parti.»

Come fa Nick a sapere che c'è un ballo la domenica?

Ana esce dalla baracca e si avvicina alla macchina.

«Ana, sto cercando di convincere Dan a restare. C'è un ballo stasera, vero?» chiede Nick.

«Sì. Rimanga, *señor*. Rafa vorrà che lei resti qui per festeggiare. È così eccitato.»

«Sembra che sia El Huérfano quello eccitato.» Nick ride. Si inginocchia e porge la sua fiaschetta ad Ana.

«Smettila, Nick! Sono rimasta sorpresa quanto te.» Ana lancia un'occhiata nervosa alla porta. «Alzati. Sarebbe molto umiliante se ti vedesse prenderlo in giro in questo modo.»

Nick si alza. «Quindi, tu e il matador non state flirtando?»

«Certo che no. Mi ha a malapena rivolto la parola.» Ana si avvicina, le mani sui fianchi. «E se anche fosse, non hai alcun diritto sulla mia vita personale. Potresti essere sorpreso di sapere, Nick, che non dipendo più dai Van Dorn.» Torna verso casa.

«Sì? Non hai più bisogno del mio aiuto?» le grida dietro Nick. «Ti sei fatta il fidanzato? Chi è?»

Ana si ferma sulla soglia e si gira per affrontare Nick. «Sì, certo. Si chiama Tom Collins.» Fa una dolce scrollata di spalle ed entra.

Nick si gratta la testa, confuso. «Be', è una svolta spiacevole, Dan. Sembra proprio che dovrai metterti in fila dietro a questo Tom e poi dovrai combattere contro il nostro amico Fuga.»

Daniel sorride. Nick si sbaglia. Tom Collins gli ha appena passato un messaggio privato.

Lui rimarrà sicuramente per il ballo.

83.

Puri è in piedi su una sedia davanti all'armadio di sua madre e allunga la mano per prendere la scatola che sa essere lì. Ha già curiosato in passato, ma all'epoca la scatola non le importava. Gioielli e rossetti erano più interessanti dei documenti e della corrispondenza sulla guerra. Ma, ora più che mai, tutte le cose sotto chiave e nascoste l'attirano. Stasera i suoi genitori sono fuori a cena con degli amici. C'è un sacco di tempo.

Tira fuori la scatola di metallo dall'angolo più lontano dello scaffale e si siede nell'armadio.

Sebbene le foto siano sbiadite, Puri riconosce sua zia. Ana le assomiglia molto. Due sorelle – sua madre e la madre di Ana – sono insieme, a braccetto, sorridenti. Il sorriso sul viso di sua madre è spontaneo e spensierato. Puri non riconosce quell'espressione serena. È sconosciuta e la mette a disagio, come se sua madre fosse una persona diversa. Nella scatola c'è uno spesso quadrato di fogli piegati. È macchiato e senza busta. Puri li apre.

Carissima sorella,

perdona la mia calligrafia affrettata. Ogni volta che scrivo, è con la consapevolezza che la fine si avvicina. Le guardie mi ricordano ogni giorno che la cura migliore per la mia sofferenza è la morte.

Eppure mi aggrappo alla vita. È la mia resistenza finale.

Ma se ricevi questa lettera, Teresa, non ci sono più.

Anche se sei lontana, a Madrid, devi nascondere il tuo dolore. Nascondilo bene o verrai additata come simpatizzante. Non sarai sola nel tuo silenzio. Il nostro paese è entrato in un periodo di letargo della memoria e temo che questo «inverno» potrebbe essere lungo.

Una volta mi hai chiesto se valesse la pena morire per delle nuove scuole. Ti ho risposto di sì. Lo credo ancora. I nostri mariti erano su fronti opposti, durante la guerra, ognuno a difendere le proprie convinzioni. Non porto rancore. Ma non immaginavo che la brutalità potesse esistere fino a questo punto. La guerra è finita ma la tortura continua. Per uccidere un coniglio è necessario un permesso di caccia, ma ogni giorno vedo donne torturate e uccise per capriccio. Oggi la giovane figlia di un giornalista è stata colpita da tali percosse bestiali che è morta soffocata dal suo stesso sangue.

Sotto molti aspetti, saranno i bambini del nostro paese – compresi i miei – a pagare per questa guerra, e per questo non posso perdonare me stessa. Teresa, ci sono tantissimi bambini che sono disperati e orfani. Ho visto strappare i neonati dalle braccia delle madri poco prima dell'esecuzione. So che hai provato a lungo ad avere un figlio tuo, ma se tu riuscissi a trovare la forza nel tuo cuore, cara sorella, ti prego di accogliere tutti quelli che puoi. Costruisci una famiglia dai pezzi rotti.

Ho implorato Julia di stare alla larga ma ha trovato il modo di comunicare. Ti farà avere questa lettera. Che indescrivibile dolore mi provoca sapere che la mia figlia maggiore sacrificherà la sua infanzia per prendersi cura della famiglia. Julia ti contatterà quando sarà il momento. Lei capisce la necessità del silenzio.

Trai conforto dal fatto che questo silenzio non è solo tuo, Teresa. Nei campi, sulle montagne, sotto le strade e sotto gli alberi giacciono migliaia di anime, condannate al silenzio. Ma un giorno, lontano nel futuro, quando il dolore sarà meno acuto, le voci dei morti si intoneranno con quelle dei vivi. Faranno una melodia. Cerca di sentire quella musica, Teresa. Io canto per te, per i miei figli, e per i giorni migliori che so arriveranno. Nell'attesa, ti mando tutto il mio affetto, sorella, e la mia eterna gratitudine per l'aiuto dato ai miei figli.

Tua, Belén

Puri fissa la lettera sbiadita, scritta a mano. Le parole dolorose non forniscono risposte reali, ma sollevano un'altra domanda.

So che hai provato a lungo ad avere un figlio tuo, ma se tu riuscissi a trovare la forza nel tuo cuore, cara sorella, ti prego di accogliere tutti quelli che puoi. Costruisci una famiglia dai pezzi rotti.

Zia Belén stava dicendo a sua madre di adottare un bambino?

Puri deglutisce. Pezzi rotti. Lei è una di loro? No. Non può essere vero.

O forse sì?

84.

L'edificio fatiscente che nei giorni feriali è una scuola ora funge da sala da ballo afosa. Non ci sono lampadari di cristallo, né fontane di champagne, né vassoi di antipasti che circolano e tutti si divertono moltissimo.

Antonio guarda attraverso l'obiettivo della macchina fotografica di Daniel.

«Sì, così. Giralo lentamente per mettere a fuoco», spiega Daniel. Si guarda intorno per capire cosa potrebbe vedere Antonio. Fuga è in un angolo e sembra impegnato in una discussione accesa con Lorenza. Lorenza vive a Vallecas?

«Non scatterò una foto. So che la pellicola è costosa», dice Antonio.

«Non fa niente. Scatta pure se vuoi. Vedi Julia?» Daniel la indica.

Antonio trova sua moglie nella folla di ballerini e scatta una foto. «Hai fatto molte foto a Madrid?» chiede restituendo la macchina a Daniel.

«Sì.» Daniel armeggia con la macchina fotografica, mentre con il piede batte il tempo della musica. «Sono andato all'Inclusa come mi hai suggerito.» L'accenno all'Inclusa gli fa tornare alla mente il commento di Nick sui bambini che non sono orfani. Potrebbe essere vero? Antonio sa qualcosa?

Le rughe sulla fronte di Antonio si alzano per la sorpresa. «L'Inclusa? È stata interessante?»

«Un bambino è arrivato piangendo sul marciapiede. Aveva in mano un biglietto di sua madre, che lo mandava all'orfanotrofio. Mi sono sentito male per lui. Aveva solo cinque anni.»

Antonio annuisce, attento. «Hai fatto qualche foto dentro?»

«No, non era davvero il caso.»

«Potrebbero essere contenti che tu faccia delle foto. Puoi mostrare all'America quanto sono meravigliosi i programmi sociali spagnoli. Dovresti chiedere.»

Daniel lo sta ascoltando solo distrattamente. Ha gli occhi puntati su Ana. Sta ballando con Nick, i cui passi sono goffi. Gli spagnoli reggono bene l'alcol. Se Nick non fosse aggrappato ad Ana, probabilmente cadrebbe.

Antonio segue il suo sguardo. «I texani non ballano?»

«Certo che sì.» Daniel passa la sua macchina fotografica ad Antonio e va sulla pista da ballo. Dà un colpetto a Nick sulla spalla per interromperli.

«È ora di cambiare, cowboy?» La voce di Nick è piena di falso entusiasmo. Si fa da parte, rivolgendo ad Ana un grande gesto di congedo.

«Pensi di poter reggere un Texas two step?» chiede Daniel.

«Se me lo fa vedere, proverò a seguirlo.»

«Abbiamo bisogno di uno chaperon?»

Ana ride, il suo sorriso è raggiante. «Abbiamo un centinaio di chaperon qui, *señor.*»

Daniel fa scivolare il braccio destro sotto quello sinistro di Ana, e le mette la mano sulla scapola. Le prende la mano. Lei guarda in basso, seguendo i passi di Daniel. *Veloce, veloce, lento, lento. Veloce, veloce, lento, lento.*

Daniel le si avvicina all'orecchio. «Guarda me, non i tuoi piedi. Funziona meglio se lo senti, senza pensare.»

Ana alza gli occhi su Daniel. Con gli sguardi incollati, lui la guida e prendono il ritmo.

«Penso di averlo capito.» Ana sorride.

«Sì? Hai capito bene?»

Lei annuisce.

All'improvviso Daniel le passa il braccio sopra la testa, la fa roteare lontano, quindi la riporta indietro. Ogni volta che la richiama a sé, la stringe di più, e il sorriso di Ana si allarga. Quando i loro corpi finalmente si incontrano, la tiene stretta, facendole riprendere il ritmo.

Le ragazze in Texas indossano chaperon di tessuto: abiti rigidi e sottovesti che frusciano e scricchiolano a ogni movimento. L'abito di Ana è leggero come un fazzoletto e ondeggia silenziosamente mentre lei si muove. Daniel fa volteggiare Ana lontano da sé, facendole scivolare la mano sulla vita. Quando la fa roteare di nuovo vicino, i suoi capelli mossi dal ballo sfiorano il lato del suo viso. Lei profuma di limone. Il suo vestito è così sottile che è come toccarle la pelle. Lei riuscirà a sentire la fibbia della cintura attraverso il suo vestito? Ana gli avvicina di colpo la bocca all'orecchio.

«*Ay*, penso proprio che abbiamo bisogno di uno chaperon.» C'è una leggera pressione sul lobo del suo orecchio.

Lo ha appena baciato?

Ana lo ha baciato sull'orecchio.

Lo ha fatto davvero?

La canzone finisce e Daniel si affretta a fare un passo indietro, mettendo una distanza rispettabile tra loro. Rivolge un cenno educato ad Ana, come farebbe un partner in una sala da ballo del Texas. I capelli neri di Ana, folti e scompigliati dalle giravolte, ricadono in spirali selvagge e sciolte intorno al suo viso. Lei guarda Daniel e getta indietro la testa ridendo.

«Cosa c'è di così divertente?» le chiede Daniel.

Ana scuote la testa. «Lei. La sua espressione.»

Nick si avvicina, tenendo in mano la macchina fotografica di Daniel, recuperata da Antonio. «Non hai detto che devi fare un servizio fotografico domani?»

Daniel annuisce, fissando Ana.

«Be', è tardi», dice Nick. «Sarà meglio andare.»

«Sei preoccupato di stare fuori fino a tardi, Nick? Non è mai successo», dice Ana.

Daniel si passa una mano tra i capelli sudati. «In realtà, ha ragione. Ho detto a Ben che avrei fatto un servizio per lui domani mattina.» Guarda Ana. «Ma forse il sonno è sopravvalutato.»

Ana annuisce, sorridendo. «È tardi. Sono sicura che la sua suite è già stata preparata da un pezzo con il servizio della notte. Forse ci vediamo domani in hotel. *Buenas noches, señor.*» Ana si gira e si allontana.

«Andiamocene da qui», dice Nick. «Sembra che Fuga stia progettando un suo "servizio" speciale per te. Ragazzi, quell'uomo fa paura. Hai notato che in realtà sembra un toro?»

Daniel non l'ha notato. Perché Ana ha riso di lui? Stava solo cercando di essere educato e rispettoso. Le sarà sembrato un dilettante?

Nick si addormenta non appena l'auto lascia Vallecas. Ma Daniel è completamente sveglio. Guida nella scura notte spagnola con tutti i finestrini abbassati. La sente sussurrargli all'orecchio. La melodia di Ana continua a suonare nella sua testa.

85.

Julia osserva sua sorella dall'altra parte della sala. Ana è arrossata, eccitata dopo il ballo. Il ragazzo del Texas porta guai. I suoi jeans, i suoi stivali, i suoi balli. Guai.

Antonio cinge Julia con un braccio confortante. «*Ay*, non ti preoccupare così tanto. Lui tornerà presto in Texas. Si stanno solo divertendo.»

«Esattamente. Ricordi l'intensità di ogni cosa a quell'età? Si traduce in decisioni sbagliate.»

«Va bene. Per stanotte se n'è andato. *Mi amor*, un ricco texano sarebbe davvero una decisione così sbagliata?»

«Sì, Antonio. Non ha intenzioni serie con lei. È solo un altro americano che pensa di poter prendere tutto quello che vuole.» Julia sospira preoccupata e guarda suo marito. «Le spezzerà il cuore», sussurra.

Antonio scuote la testa. «Ti sbagli.»

«Sì?»

Lui annuisce. «Glielo spezzerà lei.»

86.

Daniel parcheggia la Buick sul piazzale di selciato elegante di fronte all'hotel. Un uomo con la divisa verde e oro corre verso l'auto.

«Bentornato, *señor.*»

Nick sbadiglia, intontito. «Vuoi mangiare qualcosa?» chiede a Daniel.

«No, andrò a dormire.»

Daniel controlla brevemente la hall per vedere se c'è suo padre. Non c'è, però vede Paco Lobo che sta scrutando una cartina stropicciata aperta davanti a sé. Fa cenno a Daniel di avvicinarsi.

«Salve. Stavo solo controllando se mio padre era qui.»

«I tuoi genitori hanno bevuto qualcosa con Max Factor. Sono saliti in camera circa un'ora fa», dice Paco, guardando Daniel attraverso gli occhiali. «Senti un po', la mia vista è così scarsa che non riesco a leggere le scritte piccole. Sulla costa, a sud di Valencia, riesci a trovare una città di nome Dénia?»

Daniel si sporge sulla mappa. «Qui.» Indica una città della Costa Blanca. «Sta adottando un altro villaggio?»

«No», risponde Paco Lobo con una risata. «Devo andarci per lavoro.»

«Oh, pensavo che la filantropia fosse il suo lavoro.»

Paco Lobo scuote la testa e spinge gli occhiali sul naso. Mette un dito sulla mappa. «Sì, eccola. Grazie.»

Daniel nota un blocchetto vicino alla mappa. «I nomi e le parole scritti lì sono tedeschi, vero?»

«Santo cielo, i tuoi occhi sì che sono buoni.» Paco Lobo si affretta a far scorrere i suoi appunti sotto la cartina.

«Daniel...» Paco parla senza guardarlo. «Mentre bevevano, ho sentito tuo padre dire a Max Factor che hai incontrato la Guardia Civil. Sembrava orgoglioso, ha detto che ti eri fatto valere. Sono sicuro che non era niente di grave, ma la polizia e le guardie di Franco», il suo sguardo si sposta dalla cartina e si fissa su Daniel, «sono meticolosi. Ti auguro una buonanotte.»

L'affermazione è un congedo. È anche un avvertimento? si chiede Daniel mentre si dirige verso l'ascensore. Suo padre e Max Factor... il magnate del trucco. Non potrebbero essere più diversi. La conversazione davanti ai cocktail doveva languire se suo padre ha dovuto tirare fuori l'episodio del primo giorno a Madrid. E orgoglioso? No. Non è una parola che userebbe per il rimprovero a suo figlio. Forse è stato Paco Lobo a bere qualche drink di troppo.

Daniel entra nella sua suite; è silenziosa e confortante, illuminata solo dal bagliore della lampada da scrivania. Un messaggio telefonico si trova proprio nel chiarore della lampada.

23.45 Da Benjamin Stahl
Hall 9.00 I professionisti indossano giacca e cravatta. 100 ASA.
Porta il passaporto.

Cento ASA è per la luce intensa. Le riprese sono probabilmente all'esterno. Perché ha bisogno del passaporto?

Daniel si toglie la camicia e la getta sullo schienale di una sedia. Ana aveva ragione. Il servizio per la notte è stato completato. L'ha fatto lei prima di tornare a casa finito il lavoro? Daniel si gira e trova la risposta. Sotto ogni foto sulla parete è appiccicata una strisciolina di carta. Una didascalia.

Da Tom Collins.

Accende le luci.

L'immagine di Nick, con la faccia pesta, accasciato sui sedili posteriori di un taxi:

A volte, quando non c'è più niente da bruciare, incendiamo noi stessi.

La ragazza felice di Vallecas con la treccia corvina e i buchi nelle scarpe:

Ha un nome per il verme solitario che vive in lei.
Lo chiama Chucho.

Il turista dal petto villoso addormentato sul tavolo all'aperto:

La bevanda che rovescia costa più dello stipendio
di una settimana di molti.
Chi beneficia di più dei dollari dei turisti in Spagna?

Shep Van Dorn che intrattiene gli ospiti alla cena:

Abiti costosi o completi economici di povertà emotiva?

Rafa che sorride raggiante, in piedi accanto alla Buick:

Le cicatrici delle frustate sulla sua schiena vivono come vene
sopra la pelle.
Ma a volte un bel sorriso può scacciare i ricordi.

Ogni didascalia fornisce una nuova lente all'immagine, sfogliando strati invisibili per rivelare una storia umana. Non vede l'ora di discuterne con lei. Mentre scruta la parete, i suoi occhi si posano sulla foto che Ana gli ha fatto quel giorno nel negozio di canditi.

La didascalia è solo due parole, ma dice tutto.

Hola, Daniel.

87.

Rafa si toglie il grembiule insanguinato per andare a pranzo. Un collega del mattatoio passa dietro di lui.

«Rafa, il sorvegliante vuole vederti. A proposito, ho saputo di ieri. Sembra che il tuo torero abbia fatto colpo. *¡Felicidades!*» dice, dandogli una pacca sulla spalla.

«*Gracias, amigo.*» Rafa sorride. I suoi colleghi sono stati generosi di congratulazioni e parole di incoraggiamento. Il suo annuncio e il loro entusiasmo hanno reso felice quel lunedì. Si dirige verso l'ufficio e bussa alla porta.

«*Adelante.*» Il sorvegliante lo invita a entrare con un gesto nella stanzetta senza finestre e con le pareti di mattoni. «Stamattina ha chiamato un signore chiedendo di te. Hai detto a qualcuno della *capea* che lavori qui al *matadero*?»

«Solo all'uomo con il grande cappello. Quello che mi ha dato il suo biglietto da visita.»

Il sorvegliante annuisce. «Mi ha chiesto di confermare che sei impiegato qui e poi ha fatto molte domande sul tuo torero.»

«Domande su El Huérfano? Che tipo di domande?»

«Sulla sua formazione, il suo passato. Domande a cui non ho saputo rispondere. Ma gli ho detto che ti conosco e che sei un gran lavoratore.»

«*Ay, ¡gracias!*» dice Rafa.

«Vuole vedere combattere di nuovo il tuo amico.»

«Quando? Saremo pronti!»

«Domenica. Ha appena detto che si metterà in contatto per un combattimento ad Arganda del Rey. Ma se chiama subito, la mattina dopo la *capea*, mi sembra un buon segno.»

Un formicolio si diffonde sulla schiena di Rafa. È un buon segno. È un ottimo segno. Dopo il lavoro andrà dritto al cimitero per dirlo a Fuga.

Ieri sera Fuga era irrequieto. Insisteva che dovevano tornare ai pascoli per allenarsi. «No», ha detto Rafa. «Se il promotore è interessato, ci aiuterà a trovare un posto adeguato per farlo.»

«Ci sono un milione di ragioni per cui quest'uomo ricco potrebbe cambiare idea», ha replicato Fuga. «Ma gli dimostrerò che sono migliore di tutti gli altri.»

È inutile discutere con Fuga. Ma forse Rafa non conosce Fuga così bene come crede? Fuga non sorride a molti, solo ai bambini e ai tori. Allora perché ha dato le sue vincite e il suo sorriso ad Ana? Certo, gli aveva chiesto di sua sorella in passato, però senza mai lasciar intendere che gli piacesse. In ogni caso gli aspiranti toreri non dovrebbero avere legami sentimentali. Come dice il proverbio, un torero sposato è un torero mancato. Il successo richiede una concentrazione completa. Lo ha spiegato ieri alla sua ragazza quando ha rotto con lei.

Rafa si gratta la testa, ricordandone la reazione furente. La sua rabbia lo aveva sorpreso. Non si era reso conto che le importasse così tanto di lui. Le donne sono così disorientanti. Sua sorella Julia più di tutte. Ieri sera si è messa a sbuffare in giro, dicendo che preferirebbe che Ana finisse con un torero dilettante come Fuga piuttosto che con il ricco texano.

Che cosa voleva dire? Cosa potrebbe esserci di così male nel texano?

88.

Puri asciuga i piatti vicino al lavandino, cercando di escogitare un modo per sollevare l'argomento con sua madre. «Penso che preferirei non fare volontariato presso la clinica», annuncia infine. «L'Inclusa è un posto molto più felice.»

«Non sta a te scegliere. Suor Hortensia ti ha assegnato alla clinica perché crede che sarai d'aiuto lì. Servirai come ti ha ordinato, cara.»

«Ma è tutto così angosciante. Le donne a volte sono così irrazionali.»

Sua madre si gira dal tavolo. «Scusa?»

«Certo non tu, mamma. Ma l'altro giorno, mentre stavo uscendo dall'Inclusa, una donna mi ha fermato per strada. Era agitata. Ha detto che il suo bambino era stato preso per il battesimo e non le era più stato restituito. Era molto strano, come se pensasse che qualcuno stesse nascondendo il suo bambino nell'Inclusa. Mi ha afferrato il braccio così forte da farmi male.»

«Ti ha fermato?»

«Sì. Ho visto suor Hortensia alla finestra e ho suggerito alla donna di parlare con lei.»

«E lo ha fatto?»

«No.» Puri alza le spalle, facendo del suo meglio per apparire indifferente. «È scappata via.»

Sua madre si gira di nuovo verso il tavolo, lentamente. Parla con Puri da sopra la spalla. «La suora ha menzionato di aver visto l'episodio?»

«Sì, ne abbiamo discusso. Eravamo d'accordo che la donna probabilmente soffriva di una specie di tracollo mentale. La suora mi ha detto di pregare per lei.»

«Sì, dovresti farlo», dice sua madre piano. «C'è così tanta sventura nel mondo. Dobbiamo aiutare ogni volta che possiamo, Puri.»

«Naturalmente. Tu e il papà avete dato un esempio meraviglioso. Ti sei presa cura di Ana e ora Julia apprezza tutte le cose che mandi per Lali. Dev'essere molto difficile per Ana senza genitori. Ma la suora dice che è meglio non avere genitori che genitori sbagliati. Ci penso ogni giorno quando sono con i bambini all'Inclusa. Però mi chiedo: una volta che i bambini sono adottati dai genitori giusti, dovrebbero mai sapere dei loro genitori sbagliati?»

Puri lancia un'occhiata di sottecchi alle sue spalle. Sua madre è seduta immobile, un blocco di silenzio impettito, che gira e rigira lentamente il cucchiaino nel caffè. Ed è allora che Puri capisce.

Il silenzio ha una sua voce.

89.

Obiettivo: pulito.
Pellicola: caricata.
Ricambi: tre.
Flash: per ogni evenienza.
Giacca. Cravatta. Portafoglio. Passaporto. Blocco e penna.

Un battito pulsa durante la checklist mentale di Daniel. È euforico, ma si calma rassicurandosi. Ben si sarebbe fidato di lui solo per un incarico minore. Non c'è pressione.

Carlitos lo saluta nella hall. «Sta molto bene, *señor*! Ma, *ay*, dov'è la fibbia della cintura da cowboy?» Il fattorino usa le mani come pistole.

«Non preoccuparti, tornerà presto. Di' un po', Buttons, puoi dire ai miei genitori che sono con Ben Stahl e che tornerò tra un paio d'ore?»

«Sì, *señor*. Farò in modo che ricevano il messaggio.»

Ben è appoggiato a un pilastro di marmo nella hall. I suoi vestiti sono freschi ma lui no. Non ha visto il letto.

«Stai bene?» gli chiede Daniel. «Non hai una bella cera.»

«Bene. Tu stai iniziando la giornata, io la sto finendo. Sto solo aspettando un pacchetto che ho ordinato e poi possiamo andarcene.»

Lorenza si avvicina con il pacchetto di sigarette.

Ben lascia cadere una grossa banconota sul vassoio. «Grazie, bambola. Tieni il resto.» Si gira verso Daniel. «Allora, sei nervoso?»

Daniel apre la bocca per rispondere ma Ben lo precede.

«Non rovinare tutto, Matheson. Ti sto dando una possibilità, quindi è meglio che stai all'occhio. Hai il passaporto?»

«Sì, ma perché c'è bisogno del...»

«Lo capirai abbastanza presto. Ecco, prendi questo.» Ben consegna a Daniel un pass ufficiale per la stampa dell'«Herald Tribune». «Qui vale più dell'oro. Ma devi restituirmelo non appena avrai scattato la foto. Non posso lasciarti andare in giro per Madrid con un pass del "Trib". Dovrai riavvolgere il rullino e darmi anche la pellicola.»

Se Daniel prima non era nervoso, adesso lo è. Segue Ben fuori, che dà la mancia al portiere che trattiene il taxi che hanno prenotato.

«Quindi, sembra che Nick abbia restituito il favore a Vallecas, eh?» Ben si strofina i denti con l'indice, per lavarli. «L'ho visto al nightclub ieri sera. Ha detto che stavate ballando a Vallecas e che un torero pazzo voleva ucciderti.»

Nick è andato in un nightclub quando sono tornati? Era praticamente svenuto in macchina.

«Nick era ubriaco», dice Daniel.

Ben annuisce. «Va bene, strillone. Quiz per prepararti. Chi è l'ambasciatore degli Stati Uniti in Spagna?»

«John Lodge.»

«Esatto. Brava persona. Ci tiene. Chi sono alcuni degli uomini di Franco?»

«Gli uomini di Franco? Intendi la Guardia Civil?»

«No, alcuni dei suoi ministri. Il ministro dell'Informazione, il ministro dei Trasporti.»

Daniel fa spallucce.

«Sai qualcosa di Franco?»

«Sicuro. È al potere dal 1939. Cattolico devoto.»

Ben alza gli occhi al cielo. «E allora? Gli piace anche pescare e la Fanta. Che importa?»

Daniel ripensa alle didascalie di Ana e alle informazioni che ha sentito di sfuggita. Comincia a recitare: «Sta costruendo la Valle dei Caduti, che avrà un costo di milioni di dollari. Sotto Franco non c'è più libertà di religione. Le funzioni religiose protestanti ed ebraiche non sono ammesse fuori casa. Nemmeno i loro matrimoni o funerali. È una dittatura militare. Alla gente in Catalogna e nei Paesi Baschi non è permesso parlare la lingua materna. Le persone sono obbedienti perché sono emotivamente esaurite. Esiste una tensione tra storia e memoria. Alcuni sono impazienti di ricordare, ma altri sono impazienti di dimenticare.»

Ben annuisce. «Bene. Qualche altra cosa?»

Daniel ricorda un commento casuale di Nick e aggiunge: «Franco punta solo a una "Spagna di spagnoli". Nick ha detto che alcuni bambini adottati in Spagna non sono davvero orfani».

«Ehi, ehi. Te l'ha detto Nicky?»

Daniel annuisce. «Ha spiegato che Franco ritiene che il repubblicanesimo sia una malattia ereditaria. Quindi, per eliminarlo, i bambini devono essere cresciuti dai franchisti ogni volta che è possibile.»

La faccia di Ben è oscurata da una nuvola del suo fumo di sigaretta. «Non ripeterlo per strada. È un'accusa senza prove, un pezzo di una storia molto più grande. Ascolta, io non t'ho detto niente e non so dove Nick l'abbia sentito. Però sì, si mormora di bambini che scompaiono. È iniziato dopo la guerra. I figli dei repubblicani venivano portati via come punizione per i genitori. Ma alcuni sostengono che sta accadendo ancora, ai genitori viene detto che il loro bambino è morto invece non è vero, vengono dati o venduti a una famiglia considerata più degna.»

«Hai intenzione di pubblicare questa storia?»

«Mi piacerebbe, ma in questo momento non c'è storia. Le leggi della dittatura stabiliscono che i genitori adottivi sono gli unici genitori.»

«Cosa stanno facendo i genitori biologici?»

«Hanno le mani legate. Non possono sfidare l'autorità, qui. Se un medico o un prete ti dice qualcosa, lo accetti.»

Daniel decide di confidarsi con Ben. «Il mio primo giorno qui a Madrid, ho fatto una foto a una suora. Teneva in braccio un neonato morto.»

«E?»

«La suora si è arrabbiata quando ha visto che la fotografavo.»

«Be', è piuttosto macabro fotografare un bambino morto, Matheson. Non è la parata del giorno di St Paddy. Probabilmente stava portando il bambino in obitorio.»

Daniel ripensa all'episodio. L'espressione della suora non era di riservatezza; era di paura. Nick continua a dire che molte persone in Spagna vivono nella paura. «Di' un po', Ben, se Franco è un tale tiranno, perché l'America fa affari con lui?»

«Per varie ragioni. Ma io la vedo così: siamo uno scalpello. Stiamo lentamente scalfendo la roccia. Se arriviamo abbastanza in profondità, forse la spezzeremo un po'.»

Daniel pensa all'immagine, usare uno scalpello su Franco. Per lui non funziona. Dalle fotografie, Franco sembra piccolo e grassoccio. Sarebbe come scalpellare la gomma.

Il taxi si ferma.

«Sei pronto, cowboy?»

«Siamo arrivati?»

«Sì. Benvenuto al palazzo di El Pardo. Preparati a fotografare Franco. Ti faremo vincere quel concorso.»

Alcuni pensavano che il governo degli Stati Uniti non dovesse «ingraziarsi» questo «fascista», come lo consideravano; che non avremmo dovuto firmare il Bases Agreement, l'accordo sulle basi militari del 1952; che non dovessimo dare aiuti alla Spagna; e che, come gli europei all'epoca, dovessimo virtualmente boicottare la Spagna dal punto di vista economico e politico. (Da allora è stato ampiamente dimostrato nelle mie valutazioni quanto fosse sbagliato questo punto di vista.)

All'epoca la nostra politica era di sottolineare che gli Stati Uniti stavano cooperando con la Spagna e con il suo governo per favorire il popolo spagnolo, oltre che per i nostri interessi. Le nostre dichiarazioni pubbliche raramente menzionavano lo stesso Franco come capo di stato o il suo regime monopartitico, ma si concentravano sempre sul popolo spagnolo.

J. Edgar Williams, funzionario consolare,
ambasciata degli Stati Uniti a Madrid (1956-1958)

Estratto da Ambassador Lodge Corrects the Record
«American Diplomacy» (rivista), febbraio 1999
The University of North Carolina at Chapel Hill

90.

Daniel segue Ben fino a un posto di controllo della sicurezza, dove sono di guardia decine di ufficiali militari. La loro identità e le credenziali del giornale vengono verificate in base a un elenco. Prima di essere autorizzati a oltrepassare il cancello, i bagagli vengono perquisiti con attenzione.

Un ampio viale asfaltato, fiancheggiato da giardini scolpiti, intaglia una strada diritta fino a un vasto palazzo a due piani color crema. Decine di finestre a balconcino rivestono la facciata. Piccoli abbaini spuntano dal tetto di ardesia grigia, sormontato da oltre venti camini. Daniel si ferma per scattare una foto.

«Era una dimora di caccia», spiega Ben. «Le foto verranno fatte all'ingresso principale.»

Shep Van Dorn è in piedi tra i media riuniti. Li vede arrivare e si avvicina. «Hai portato il ragazzo. Oh, hai davvero il cuore tenero, Stahl.» Van Dorn si allunga per una stretta di mano. «Piacere di vederti, Dan. Se Ben usa le tue foto, assicurati che non scappi senza darti i crediti fotografici. Questa è una vera opportunità per uno della tua età.»

Daniel lascia penzolare per un attimo la macchina fotografica dal collo mentre si infila le mani in tasca. Sono sudate. Fa un bel respiro. Cosa farebbe Capa? Cercherebbe di entrare nella foto. Di avvicinarsi il più possibile. Daniel guarda l'assembramento di fotografi e media. Nota la posizione del sole. Vuole dare a Ben una buona prospettiva, qualcosa di diverso da tutti gli altri fotografi. Ma questo è giornalismo, non un progetto artistico. Fai le cose semplici.

Assicurati di scattare la foto. «Signor Van Dorn, qual è la nostra distanza di lavoro?»

«Più o meno da tre a cinque metri. Avrete tempo solo per qualche scatto prima che il generale rientri dentro.»

Daniel guarda l'ingresso. La bandiera rossa e oro della Spagna è appesa sopra il cancello ad arco. Se si posiziona leggermente a sinistra, potrebbe catturare un angolo più ampio della bandiera con Franco sotto. Ma una foto di profilo potrebbe andare bene per la stampa?

A Daniel non sfugge la grande occasione che gli si offre. Van Dorn ha ragione. Fotografare il leader di un paese davanti al suo palazzo è un'opportunità incredibile. Pensa alle fotografie che ha visto di Hitler, Mussolini e Stalin. Avrà la foto di un dittatore nel suo portfolio, un leader della cui scia devastante lui ha visto personalmente le prove a Madrid e dintorni.

Ma solo se scatta la foto.

Un rumore metallico dietro i cancelli.

«Inizia lo spettacolo», dice Ben, espirando una boccata di fumo.

Van Dorn segue il fotografo dell'ambasciata, dando consigli non richiesti.

Tre uomini escono dall'ingresso. Daniel sente il petto stringersi. Lancia un'occhiata a Ben in cerca di spiegazioni. «Rimani concentrato!» sbotta Ben.

Poco più di un metro e sessanta, il generale Franco è il più basso, vestito non in uniforme militare, ma con un scialbo abito marrone. L'ambasciatore Lodge indossa un abito blu scuro e ha un'espressione cordiale. Daniel conta i suoi scatti ogni volta che preme l'otturatore. Cerca di concentrarsi tenendo nota dei fotogrammi rimanenti nel rullino. Alto più di un metro e ottanta, l'uomo in piedi dall'altro lato di Franco lo sovrasta. Il leader basso e l'uomo alto si girano improvvisamente per guardarsi e si stringono la mano. Una leggera brezza solleva la bandiera nazionalista bicolore, mettendo in evidenza lo stemma al centro.

Daniel preme l'otturatore. Fa un bel respiro. Lo preme di nuovo.

Franco e l'ambasciatore scompaiono rientrando dal cancello.

Daniel guarda la macchina fotografica. Il suo servizio sarà sicuramente diverso da quello degli altri fotografi perché l'uomo alto che ha stretto la mano al generale...

È suo padre.

«Sorpresa», dice Ben. «Questa è una storia a sé. Un giovane fotografo ritrae suo padre mentre sigla un accordo con Franco. Ottimo, vero? I crediti fotografici saranno Matheson e il nome nella didascalia sarà Matheson. Ottimo per il tuo concorso e per l'album di famiglia.» Ben allunga una mano e dà una pacca sulla spalla a Daniel.

Shep Van Dorn si avvicina, seguito dal padre di Daniel.

«Dan, non mi aspettavo di vederti qui», dice suo padre.

«Ha fatto tutto Stahl», spiega Van Dorn.

Ben accende una sigaretta, chiaramente orgoglioso di sé stesso. «Ho pensato che sarebbe stata un'occasione speciale permettere a Daniel di fotografare suo padre alla firma dell'accordo sul petrolio. Tuo figlio ha un vero talento, Martin.» Si gira verso Daniel. «Hai scattato le foto, vero?»

«Ne ho fatte diverse.»

Ben allunga la mano, indicando che vuole la macchina fotografica di Daniel. Lui gliela passa, aspettandosi che Ben riavvolga la pellicola ed estragga il rullino.

«Bene, signori. Fotografiamo Preston Hollow a El Pardo.» Ben scatta una foto di Daniel e suo padre, con il palazzo dietro.

«Foto padre e figlio. Che giornalista. Sei più sentimentale di una ragazza, Stahl», lo rimprovera Van Dorn.

«E tu sei più acido di un innamorato abbandonato, Shep», replica Ben con un'occhiataccia. Riavvolge ed estrae il rullino, poi riconsegna la macchina fotografica a Daniel. «Be', immagino che tu e tuo padre vogliate fare un brunch celebrativo o tornare in hotel. Per quanto mi riguarda, io vado a dormire.»

Ma Daniel non sta pensando a festeggiare. È innervosito. Sapeva che erano a Madrid per un accordo sul petrolio. Sapeva che la Spagna sarebbe stata diversa dal Texas. Ma non si aspettava di sentirsi così in conflitto. E in questo momento non riesce a scacciare la sensazione inquietante di vedere suo padre sorridere e stringere la mano a Francisco Franco.

91.

Ana cammina lungo il corridoio del settimo piano, con i passe-partout d'acciaio che pesano nella tasca del grembiule. A che ora è partito Daniel per l'incarico fotografico? Si introduce nella sua stanza. Ha ripensato anche lui al ballo come ha fatto lei? Julia le ha fatto una predica lunghissima.

«È un ragazzo ricco del Texas e un cliente dell'hotel. *Ay*, che stai facendo, Ana? Per lui è solo una specie di avventura. Per te potrebbe avere conseguenze terribili. E che mi dici di Fuga? Lui sembra avere...» Ha cercato la parola giusta. «Potenziale.»

«Fuga ha più potenziale di Daniel?»

«Capisco. Adesso vi date del tu con il *señor* Matheson?»

«Aspetta. Non ho mai pensato a Fuga prima di oggi e nemmeno tu. È un torero, Julia. Credi che ci sia un futuro più sicuro con un torero che con un ragazzo americano?»

«Venite dallo stesso ambiente. Condividete lotte simili. Un terreno comune è la base di relazioni più facili. I genitori di Antonio hanno subito la stessa sorte dei nostri. Lui mi capisce. Profondamente.»

Sua sorella è animata da buone intenzioni, ma le sue obiezioni sono cresciute di dieci volte durante la notte. Julia la conosce abbastanza bene da capire che Ana prova qualcosa. Ed è vero. Lei ama passare il tempo con Daniel. Si sente al sicuro con lui.

Ana ripensa alle parole di sua sorella. «Potrebbe avere conseguenze terribili.» Prende il biglietto dalla tasca. Era nel suo grembiule quando è arrivata questa mattina. Proprio quando pensava che forse le cose stessero cambiando, che le minacce scemassero, ritornano come se la osservassero da ogni angolo.

Sei una bugiarda, piccolo ratto. Sai cosa succede ai bugiardi?

Ha provato a dimenticare i biglietti. Li ha ignorati. Ma oggi la fanno arrabbiare.

Ana osserva la parete di foto. Cos'ha pensato Daniel delle didascalie di Tom Collins? Le avrà almeno notate? Avrà visto la didascalia sotto la sua foto? Mentre si avvicina alla parete, capisce che lui ha visto il messaggio. La didascalia «*Hola, Daniel*» non c'è più. Al suo posto ce n'è una nuova che dice: «*Hola, Ana. Vuoi ballare?*».

Ripensa alla domanda di Daniel quando erano vicino alla macchina a Vallecas, se ci fosse un modo per aiutarla.

Julia le raccomanda sempre il silenzio, ma Daniel le ricorda che c'è chi sa ascoltare. Vorrebbe lasciargli un biglietto, ma cosa potrebbe dirgli? Ci si aspetta che Ana stia al suo posto ed eviti di chiedere, che tenga tutto dentro. E se invece di ciò che ci si aspetta da lei, lei facesse l'inaspettato? Un segreto non è più un segreto se lo condividi.

Racconterà tutto a Daniel.

92.

«Venite con noi nell'auto dell'ambasciata. Vi lasceremo in hotel», dice Van Dorn.

«Sarebbe molto gentile da parte tua», risponde il padre di Daniel.

Daniel aveva sperato di rimanere solo con suo padre. Le domande che vuole fargli si sono accumulate rapidamente. Ma ce n'è una su cui Van Dorn può dire la sua. «Signor Van Dorn, posso farle una domanda?»

«Ma certo.»

«Qual è la posizione dell'America sulla dittatura?»

«Be', questa è una grossa domanda», interviene suo padre.

«Ma è giusta», afferma Van Dorn. «Probabilmente Daniel ha visto abbastanza di Madrid per notare una disparità. Il nostro governo ritiene che portare il commercio americano in Spagna aiuterà il popolo spagnolo nel lungo periodo, più di quanto possa fare la dittatura.»

«E le basi aeree statunitensi qui?»

«Posizionamento strategico. Per tenerci tutti al sicuro dai sovietici.» Van Dorn fa l'occhiolino.

Le risposte sembrano giuste, anche se ben preparate. Ma è ovvio che siano preparate. Giornalisti e fotografi catturano storie e, in qualità di funzionario agli affari esteri, Van Dorn le posiziona nella cornice migliore e nella luce più lusinghiera.

«Hai fatto amicizie finora a Madrid?» chiede Van Dorn.

«Qualcuna», risponde Daniel. Nel momento in cui lo dice, se ne rammarica.

«Davvero?» chiede suo padre. «Tua madre sarà contenta. Chi sono?»

Daniel armeggia con la macchina fotografica. «Be', Nick e Ben, ovviamente. È stato carino da parte sua portarmi oggi. E Miguel al negozio di macchine fotografiche. Sto imparando molto da lui.»

Van Dorn si gira dal sedile anteriore. «E forse una bella cameriera in hotel?» Fa un altro occhiolino e ride.

«Dan è un gentiluomo», dice suo padre seccamente. Il suo tono è brusco. L'allusione rimane sospesa nella macchina. Suo padre sta forse insinuando che Nick non sia un gentiluomo? O che suo figlio non si innamorerebbe di una cameriera?

«Certo che è un gentiluomo», dice Van Dorn. «Un fotografo pugile e un gentiluomo. Deve aver preso da sua madre... o da uno zio.» Ammorbidisce la frecciatina con un sorriso e offre da fumare al padre di Daniel. «Un sigaro per festeggiare il tuo grande affare?»

«Molto gentile, ma no, grazie, Shep.»

Van Dorn si gira di nuovo e fissa il parabrezza.

Cos'è appena successo? Nel giro di pochi secondi, suo padre e il signor Van Dorn si sono affrontati. Il ronzio della tensione in macchina è più forte del traffico. Daniel solleva la macchina fotografica per caricare un rullino di pellicola. Appeso al cinturino della fotocamera c'è il badge della stampa. Ben si è dimenticato di riprenderlo. Daniel si affretta a infilarlo in tasca.

93.

«Hai aperto una bara?» sussurra Antonio. Lancia un'occhiata alla cassetta arancione dove dorme Lali. «Perché non me ne hai parlato prima?»

«Be', non l'abbiamo aperta. In un certo senso... si è rotta», dice Rafa. «Quando Fuga ha capito che era vuota, ha avuto uno scoppio d'ira. Dice spesso che le piccole bare dei bambini sembrano troppo leggere, ma non ci ho mai prestato molta attenzione.»

«Bare? Ce ne sono state altre?»

«*Ay*, molte bare per bambini. Ne hanno portata un'altra ieri.»

«Chi le porta?»

«Fuga dice le cliniche. In genere io sono al mattatoio quando arrivano.»

Antonio zoppica avanti e indietro sul pavimento di terra battuta della baracca. Il ginocchio di Rafa balla come se fosse alimentato da un motore interno. Ha fatto bene a parlarne con Antonio? Deve mantenere concentrato Fuga. Pensava che forse Antonio avrebbe avuto dei suggerimenti.

«Fuga insiste a sostenere che dobbiamo fare qualcosa per le bare vuote. Lo distrae ed è pericoloso. Un torero distratto finisce incornato.»

«Cosa pensa stia succedendo?» chiede Antonio.

«I "fratelli" che gestivano la casa dei ragazzi a Barcellona dicevano sempre a Fuga che non valeva niente, che se fosse stato un neonato avrebbero potuto almeno venderlo a Franco. Lui pensa che i bambini nati da famiglie repubblicane o povere vengano rubati, che la chiesa voglia che i bambini siano redenti e cresciuti dai franchisti. *Ay*, ho bisogno che si dimentichi del cimitero e delle bare. Finalmente abbiamo un promotore interessato.»

Antonio scuote la testa. «Fuga non è distratto. Si sta impegnando più a fondo. Parli spesso della sua devozione nei confronti dei bambini. Dici che soffre la fame perché dà via il suo cibo. È questo ciò che lo spinge. Non sta combattendo per sé stesso, ma per gli altri.»

Forse Antonio ha ragione. Potrebbe essere questo l'approccio di Fuga alla paura? Fuga non teme nulla per sé stesso, ma vuole proteggere gli altri.

Antonio smette di camminare avanti e indietro. La sua espressione si ammorbidisce, mitigata da un'idea. «Il texano e la sua macchina fotografica. Porterà le foto in America.»

«E quindi?»

«Le immagini sono potenti. Trasmettono la verità. Perché pensi che i nostri servizi d'informazione siano censurati? Chiedi al volenteroso texano di venire a fare delle foto al cimitero. Avrà una prova di ciò che sta accadendo. Questo potrebbe calmare Fuga.»

«*Ay*, no. Parlargli del texano non lo calmerà. Lo farà arrabbiare. Se porto il texano al cimitero, Fuga potrebbe azzuffarsi con lui. È tutto un tale casino.»

«Ma per come descrivi Fuga, non mi sembra uno che attacchi briga. Piuttosto che si difenda.»

Rafa ripensa alle parole di Antonio e al recente comportamento di Fuga. Subito dopo la *capea*, Fuga ha dato le sue vincite ad Ana. Inizialmente Rafa pensava che ciò significasse che Fuga provava dei sentimenti per lei. Invece forse significa che Fuga crede che lei abbia bisogno di protezione... protezione che il denaro può fornire? Rafa si gratta la nuca. Fuga vede qualcosa di pericoloso che minaccia sua sorella e che a lui è sfuggito? Qualcosa sul texano?

Antonio si infila la camicia nei calzoni. «Devo andare al lavoro», dice. «Ma per favore, Rafa, non dire a Julia delle bare vuote. Promettimelo.»

«*Ay*, pensi che io sia pazzo? Non lo direi mai a Julia.»

94.

Portare il commercio americano in Spagna aiuterà il popolo spagnolo. È quello che ha detto Van Dorn.

Franco è un architetto. C'è un lato oscuro qui. È quello che ha detto Ben.

Chi dei due ha ragione? E da che parte sta suo padre?, si chiede Daniel mentre lui e suo padre arrivano in hotel.

Sua madre aspetta nella hall indossando un misto di alta moda e apprensione. Il suo viso si illumina quando vede il marito e il figlio. «Non mi aspettavo che foste insieme», dice.

«Nemmeno io», replica il padre di Daniel.

«Ben Stahl aveva bisogno di un fotografo», spiega Daniel.

«E ha scelto te? Daniel, è fantastico!» Lei lo pensa davvero. Nonostante il disinteresse del padre, sua madre ha sempre sostenuto la sua passione per la fotografia. Poi abbassa la voce e i suoi genitori parlano piano. «Allora, com'è andata?»

«Più liscio di quanto immaginassi. Abbiamo firmato.»

«È fatta?» Sua madre sussulta. «È meraviglioso!»

«Sì. Dobbiamo ancora stabilire le date per l'installazione delle attrezzature, ma a questo punto sono solo tecnicismi.»

I suoi genitori sono chiaramente elettrizzati. Ma... meraviglioso. Lo è davvero?, si domanda Daniel.

Suo padre sorride alla moglie. «Sei bellissima. Pronta ad andare?»

Carlitos appare al loro fianco. «*Hola, señor* Matheson. Ho dei messaggi per lei.»

Il padre di Daniel allunga la mano.

«No, non per lei, *señor*, per suo figlio.» Carlitos passa qualche foglietto a Daniel.

«Santo cielo, come sei popolare», dice sua madre. «Di chi sono?»

Daniel piega i messaggi e li mette in tasca senza guardarli.

«Non li leggi?» lo incalza sua madre.

«*Ay*, sa che provengono dal proprietario del negozio di macchine fotografiche», spiega Carlitos. «Il *señor* ha la passione della fotografia. Foto, foto e ancora foto.»

Daniel fa un cenno di muta gratitudine al ragazzo. «Pranziamo?» chiede ai suoi genitori.

«Oh, mi dispiace, *cariño*. Io e tuo padre abbiamo un impegno. Torneremo presto.» Sua madre gli stringe la mano. «Sono impaziente di vedere le tue foto di stamattina.»

I suoi genitori se ne vanno e Daniel dà la mancia a Carlitos. «Grazie, Buttons.»

«Si figuri, *señor*», dice Carlitos, la sua voce acuta piena di entusiasmo. «Si ricordi che qui in hotel capiamo l'importanza della riservatezza.»

In ascensore, Daniel tira fuori i messaggi dalla tasca.

9.45 Da Tom Collins
Richiesto incontro. Importante.

Un incontro con Tom Collins. Sorriso immediato.

10.30 Da Nicholas Van Dorn
Vieni al mio pranzo di compleanno intorno alle 14.00.

Il corridoio del settimo piano è silenzioso. Prende il badge da fotografo dalla tasca e lo riattacca alla tracolla della fotocamera. Spera di poter scattare qualche foto in strada prima che Ben si svegli. Con un distintivo ufficiale, le guardie – quei Corvi – non potranno fermarlo. Entra nella sua stanza. È calda e soleggiata. La portafinestra del balcone è aperta come piace a lui.

I jeans e la camicia a quadri aspettano sulla panca in fondo al letto, come se Ana sapesse che la prima cosa che lui farà sarà togliersi il completo. Guarda la parete, chiedendosi se lei ha visto la nuova didascalia. È per questo che vuole incontrarlo? A quel punto se ne accorge.

La sua foto e la didascalia sono ancora sulla parete, ma molte foto non ci sono più.

Sono sparite.

95.

Daniel si precipita nella hall dell'hotel. Ovviamente avrà preso Ana le foto, ma perché? Scorge Carlitos vicino all'ingresso.

«Buttons, ho bisogno di un favore. È importante.»

«*Sí, señor.* Mi dica.»

«Trovami Ana e dalle questo messaggio: "La stanza 760 ha bisogno di asciugamani".»

«*Ay, señor*, ma vedo Lorenza proprio là. Può prendergliene lei uno subito.»

«No, dillo ad Ana. Solo a lei.»

La piccola bocca di Carlitos si increspa nel tentativo di capire.

Daniel gli porge una banconota da un dollaro. Il ragazzo spalanca gli occhi.

«*Sí*», annuisce Daniel. «È importante, Buttons. Di' ad Ana che ho bisogno di asciugamani.»

Carlitos si affretta ad appallottolare la banconota nel palmo, perché non possa scappare. «La stanza 760 ha bisogno di asciugamani. Dillo solo ad Ana.» Si mette a correre, come se l'edificio fosse in fiamme.

Daniel torna nella sua stanza. Il telefono squilla. È Nick.

«Ho delle persone a pranzo a casa. Unisciti a noi.»

«Sì, ho ricevuto il tuo messaggio.» Daniel esita. Tutto con Nick sembra una trappola.

«È informale. Niente cravatta.» Poi aggiunge: «E niente genitori. Dai, è il mio compleanno!».

Bussano alla porta di Daniel.

«Magari faccio un salto.» Riattacca e si dirige verso la porta.

Nel corridoio c'è Ana, luminosa e radiosa. «Mi hanno detto che ha bisogno di asciugamani, *señor*?»

«Sì.»

Lei entra nella stanza e Daniel chiude rapidamente la porta.

«Hai ricevuto il mio messaggio?» gli chiede lei.

«Sì, e ho visto che le foto sono sparite.»

Il sorriso scivola via dal viso di Ana. «Cosa intendi?»

«Hai preso alcune foto.»

«No, non sono stata io.» Appoggia gli asciugamani e corre verso la parete. Solleva la mano, le dita che scansionano le immagini. Si gira verso Daniel. «Una foto di Rafa, una di Fuga e... la suora con il neonato.»

«Non le hai prese tu?»

«No.» La faccia di Ana è sbiancata per la preoccupazione. «Sono stata qui nella tua stanza fino alle dieci passate. Tutte le foto e le didascalie erano ancora qui.» Si avvicina ai jeans di Daniel, piegati sulla panca. Infila una mano nella tasca e tira fuori un biglietto.

«È per me?»

Lei annuisce e fa un passo indietro. Il suo pugno si chiude stretto attorno al foglio, la sua voce si fa sussurrante. «*Señor*, questo è molto male. Qualcuno è stato nella tua stanza. Le didascalie che io... che ha scritto Tom. Erano troppo sincere.»

«Cosa intendi?»

«Sono l'unica assegnata alla tua stanza, se non chiami di sotto. Hai richiesto qualcosa?»

«Non ero qui. Sono appena tornato.»

Daniel corre verso l'armadio. Prende lo stivale da cowboy, ci infila una mano e tira fuori i negativi. Le sue spalle si rilassano per il sollievo.

«Nessuno sa che hai scritto tu le didascalie, Ana. Loro penseranno che le ho scritte io.»

«Chi sono "loro"?»

«Chiunque sia stato nella mia stanza.»

Le lacrime cominciano a scorrere sul viso di Ana.

«No, ehi, non piangere.» Le si avvicina e le prende la mano. «Sono solo foto. Ho i negativi e le ristamperò. Probabilmente le ha prese Ben. Ha detto che avrebbe potuto usarle. Davvero. ti prego, non piangere.»

«Ma è pericoloso.»

«Pericoloso? Vuoi dire che è pericoloso aiutarmi?»

«Sì... e no. Non si tratta solo delle foto.» Porge il biglietto accartocciato a Daniel.

Posso parlarti?

Daniel legge il messaggio; i suoi occhi si spostano su di lei. «Ana», dice piano.

«Non qui», sussurra lei, come se qualcuno stesse ascoltando. «Ho una pausa alle cinque. Incontriamoci nel giardino del museo Sorolla.» Lo guarda. «Sarò sulla panchina vicino alla fontana segreta.»

«La fontana segreta?»

«*Sí*, cerca la fontana dei sussurri.»

Lei gli stringe la mano ed esce di corsa dalla stanza.

96.

Puri guarda l'orologio nell'ufficio di suor Hortensia. Dopo pranzo deve presentarsi in clinica. Ma prima spera di andare nell'archivio.

La suora scorre gli appunti che ha davanti. «20.123, 20.121 e 20.116. Assicurati che siano tutti puliti e nutriti prima di andare in clinica.»

20.116. Trébol.

«Per cosa, sorella?»

Suor Hortensia la fissa, impassibile.

«Mi scusi. Volevo dire "subito, sorella".» Puri fugge dall'ufficio.

Sistema per prima Trébol. Ricorda l'annotazione nel fascicolo. Centocinquantamila *pesetas.* In sospeso. «Forse», sussurra alla bambina, baciandole la testa. Desidera che Trébol abbia i genitori giusti, ma i genitori giusti sono solo quelli che pagano?

Gli altri due orfani sono maschi. Anche loro *sin datos.* Nessuno dei due è arrivato dal *torno,* la ruota sulla strada.

Puri fa il bagno ai bambini e li porta alle madri che vivono all'Inclusa e servono come nutrici.

«Qualcuno viene a vedere questi tre?» chiede una di loro.

«Credo di sì», risponde Puri. Guarda la giovane donna che allatta Trébol.

«Prenderanno il maschietto che ho appena allattato», dice la madre. «È il più piccolo e il più carino.»

Puri si erge in difesa di Trébol. «Non è lui il più carino. È lei. Forse vorranno una bambina.»

«No. La gente preferisce i maschi. Sono più facili da allevare. Possono lavorare e aiutare quando invecchiano.»

«Anche le ragazze possono essere utili!»

«Ma non sono considerate in grado di mantenere una famiglia.» Sospira. «Se le vuoi così tanto bene, perché non la prendi tu?»

Puri fissa la giovane donna, scioccata. «Sono una ragazza nubile», sussurra.

«Anch'io», dice la giovane madre. «E amo mia figlia come qualsiasi coppia.»

Come può la giovane madre che vive all'Inclusa paragonarsi a Puri? Dovrebbe sentirsi offesa? Una volta che Trébol è stata allattata, Puri la riporta nella nursery, avvolta in una fresca coperta rosa.

«Ah, eccola.» Suor Hortensia è in piedi con un'elegante coppia vicino alla culla disfatta del 20.123. «Purificación, portaci quella cara bambina.»

Dalla voce della suora trapela un'esagerata dolcezza. La coppia è ben vestita e il padre ha un sorriso cordiale.

Puri osserva Trébol. «Guarda, abbiamo visite.» Porta Trébol dall'altra parte della stanza facendo rumori schioccanti con la bocca. Quando raggiunge la coppia, il viso di Trébol è vivace e contento.

«*¡Oh, qué chiquitita!*» esclama la donna.

«Sì, è ancora piccola», risponde suor Hortensia. Rimette il 20.123 nella sua culla.

Senza chiedere il permesso, Puri porge Trébol alla donna. Lei accetta con impazienza la bambina.

«È dolcissima, con un carattere molto tranquillo» sussurra Puri. «Adora sorridere e ridere. Emetta questo suono e la vedrà reagire.»

La donna imita Puri e Trébol risponde immediatamente. La sua manina appare da sotto la coperta. L'uomo si china e Trébol gli afferra un dito.

«*¡Cúcú!*» dice il marito.

«Sì, lei adora che le facciano *cúcú*», dice Puri.

La coppia è chiaramente a suo agio con un bambino. Avranno figli propri? Non solo guardano con amore Trébol, ma si guardano anche tra loro con amore. La donna ha l'anello di smeraldi più grande che Puri abbia mai visto.

Sono eleganti, ricchi, gentili e innamorati. E sono cattolici. Non sarebbero lì altrimenti.

Puri vede la suora, dall'altra parte della nursery, che prende in braccio il 20.121, l'altro maschietto. Sente che il tempo scappa via.

Puri parla rapidamente, quasi senza riflettere. «Lei è dolce. È la più dolce. È intelligente, sveglia e molto affettuosa. È la bambina migliore qui, e io le conosco tutte, ve lo assicuro. Dovreste scegliere lei. Buona giornata.»

Puri fa un veloce inchino e volta le spalle alla coppia. Suor Hortensia, con l'altro bambino in braccio, le lancia uno sguardo interrogativo.

«Buon pomeriggio, sorella. Io vado in clinica.» Puri sorride, sentendosi di colpo un'ottima spagnola.

97.

«Guardate chi c'è. *Hola*, cowboy!» dice Nick, alzandosi da tavola. Saluta Daniel sulla soglia dell'ariosa sala da pranzo della villa.

«Buon compleanno.»

«Grazie. Ricordi queste persone dall'evento all'ambasciata, vero?»

Daniel osserva le ragazze in abiti eleganti e i giovani in giacca e cravatta. Ancora una volta, Nick lo ha messo fuori strada. «Pensavo avessi detto che era un pranzo informale» sussurra.

«Lo è, infatti! Guardami. Non porto la cravatta. Non posso farci niente se loro l'hanno messa.» Nick torna verso la tavola e fa un annuncio. «Il mio amico non si sente abbastanza elegante. Volete per favore rassicurarlo che il suo abbigliamento da ranch di Dallas va bene?» Alza un bicchiere per un brindisi. «Alla comodità, Daniel Matheson.»

Una ragazza al tavolo salta su. «I tuoi sono i Matheson di Dallas?»

«I miei? Ehm, sì», risponde Daniel.

La ragazza fa un gridolino stupido. «Allora devi conoscere i cari amici dei miei genitori? La famiglia Joyce di Preston Hollow? Hanno una figlia della nostra età, Laura Beth.»

Il cappio della società proietta ombre lunghe. Sono dall'altra parte del mondo e questa ragazza conosce la sua famiglia e anche quella di Laura Beth? Sua madre ne sarebbe elettrizzata. Naturalmente conoscono la famiglia Joyce. La conoscono tutti.

«Mi dispiace», dice la ragazza. «Ho detto qualcosa di offensivo?»

«Niente affatto», recupera Daniel, rendendosi conto che la sua espressione lo ha tradito. «Sto solo cercando un posto dove mettere la macchina fotografica.»

«A differenza di tutti noi fannulloni, il mio amico Dan è stato in missione questa mattina. È un fotografo pluripremiato e finalista a un grande premio fotografico.»

Nick sembra davvero orgoglioso. Il suo accenno a Daniel come a un amico è sincero.

«Santo cielo, sono colpito», dice uno dei ragazzi. «Che cos'hai fotografato questa mattina?»

Cinque facce lo fissano dalla raffinata tavola da pranzo, in attesa di una risposta.

«Ho fotografato Franco», dice piano Daniel.

La tavola esplode di esclamazioni impressionate.

«Vedo che hai il badge della stampa per dimostrarlo», sussurra Nick. «Come hai fatto ad averlo? Shep dice che valgono oro.»

«Lo restituirò a Ben dopo che me ne sarò andato da qui», dice Daniel.

«Sicuro che lo farai.» Nick annuisce con un sorriso.

Daniel va a mettere la macchina fotografica su un tavolo vicino. Dietro c'è una parete di mensole con decine di foto incorniciate: Nick con la sua squadra di canottaggio di Le Rosey, i signori Van Dorn con il presidente Eisenhower, il signor Van Dorn con Conrad Hilton. Ci sono anche diverse foto di gruppo e foto di famiglia. Una attira la sua attenzione. Si avvicina. In piedi nella fila posteriore del gruppo c'è Nick. Accanto a lui c'è Ana.

Nick si avvicina da dietro. «Stai valutando la tecnica fotografica?»

«No. Le persone nella foto.» Daniel indica Ana. Guarda Nick.

«Te l'ho detto, siamo amici. Niente di più», sussurra Nick. «Dai. Mangiamo.»

Ma a Daniel è passato l'appetito.

98.

Ana è nell'ufficio del suo supervisore. «È appena arrivato questo messaggio dal centralino dell'hotel. Dice che è urgente.»

Urgente? La mente di Ana va subito a Julia e Lali.

«Se è veramente urgente, puoi usare il telefono nel mio ufficio. Ma che non diventi un'abitudine, Ana. L'hotel non può ricevere chiamate per i dipendenti. Capisci?»

«*Sí, señor.* Certo. *Gracias.*»

Guarda il messaggio telefonico:

16.30 Da Nicholas Van Dorn
Urgente. Per favore, richiamami.

Per quanto Nick sia imprevedibile, non ha mai fatto richieste urgenti. Ana guarda l'orologio. Ha solo dieci minuti prima di incontrare Daniel durante la pausa.

«Puoi chiamare mentre sono fuori.» Il supervisore esce dall'ufficio.

Le risponde un domestico e Ana chiede di Nick. Arrotola il cavo telefonico, ansiosa.

«Ciao.» La voce di Nick non ha la solita spavalderia.

«Ho ricevuto il tuo messaggio.»

«Sì, ascolta. Dan è venuto qui a pranzo. Ha visto la foto della nostra famiglia. Quella con te. Questa storia sta diventando ridicola.»

«Perché hai ancora quella foto?»

«Non lo so. Era sulla mensola. Ma, ascolta, sta facendo delle domande. Vi ho osservato ieri sera al ballo. Gli piaci. Gli piaci davvero. Lui ti piace?»

Ana fa una pausa, riflettendo su cosa dovrebbe confidargli. «Nick, c'è una cosa che non ti ho detto. Per favore, non ti arrabbiare.»

«Oh, sono l'ultimo a saperlo?»

«Non si tratta di Daniel.» La sua voce si abbassa fino a diventare un sussurro. «Ho ricominciato a ricevere dei biglietti.»

Nessuna risposta.

«Nick, ci sei ancora?»

La voce di Nick è profonda, misurata. «Perché non me l'hai detto?»

«Be', non sapevo chi li stesse scrivendo», risponde Ana.

«Non eri sicura? Vuoi dire che ci sono diversi uomini che ti minacciano?»

«No. Ho pensato che forse lui avesse spinto qualcuno a farlo. Una parte di me voleva lasciar perdere.»

Nick ride disgustato. «Perché la gente dice sempre così, come se fosse facile. "Lascia perdere, Nicky, lascia perdere e basta." Sono stufo di sentirmelo dire.»

Ana sente Nick sospirare, nel tentativo di contenere la propria rabbia.

«Dimmi, Ana. Cosa dicono i biglietti?»

Ana prende fiato. «Lui dice che sono una bugiarda, Nick. Che l'ha capito e sarà la mia fine. Deve sapere del braccialetto. Minaccia che ci saranno conseguenze.»

«Conseguenze. Sì, ci saranno conseguenze. Lo dirò a mia madre. Lo dirò all'ambasciatore. Scriverò al presidente Eisenhower e comunicherò che mio padre, Shephard Van Dorn, l'affascinante funzionario agli affari esteri, è un verme e un ruffiano di prima classe.»

«Nick, no. Me l'hai promesso. E, per favore, teniamo fuori tua madre da questa storia. Ma... voglio dirlo a Daniel.»

«Sì?»

«Almeno una parte. Quando ho accompagnato Daniel al negozio di fotografia, mi ha chiesto del mio lavoro prima dell'Hilton. Gli ho detto che ero a servizio presso una famiglia a Madrid. Ma non gli ho detto che era la tua.»

«Non gliel'ho detto neanch'io», ammette Nick. «Gli ho detto che io e te siamo amici, ma non ho approfondito.»

«Esatto, però non è giusto. Non sono un'illusa. So che non potrei mai avere un ragazzo come Daniel. Fidati, Julia me lo ricorda ogni giorno. Ma lo rispetto e voglio essere onesta con lui.»

«Diglielo e basta. Ti stai innamorando di lui. Si vede lontano un miglio, Ana. E anche tu gli piaci. Perché pensi che lo abbia mandato a Vallecas?»

Ana guarda la porta, per assicurarsi di essere sola. «È un cliente dell'hotel, Nick. Non posso perdere il lavoro. Sto cercando di fare carriera. Lo sai!» sussurra. «Tuo padre sostiene che gli ho fatto credere che avessimo un accordo, ma non è vero.»

«Certo che non è vero. Questo è il suo giochetto preferito. È proprio un bambino.»

«Non è un bambino. È un uomo potente che potrebbe far del male alla mia famiglia. Amo il mio lavoro e non possiamo sopravvivere senza il mio stipendio. Per favore, dobbiamo stare attenti.»

«E che... speranze ci sono che Shep trovi qualcun altro con cui giocare?»

«Non menzionerò tuo padre. Voglio solo dire a Daniel che lavoravo per la tua famiglia. Che sei come un fratello per me, che mi hai salvato da una brutta situazione e mi hai procurato il lavoro all'Hilton. Gli dirò solo questo.»

Ana sente un respiro profondo nella cornetta. «Okay. Va bene. Però in fondo mi piaceva che Matheson pensasse che ero un rivale.» Nick ride.

«Bene, ora saprà la verità. Che sei un cavaliere dall'armatura scintillante.»

«Sì, come no.»

«Fai qualcosa di speciale per il tuo compleanno?»

«La mamma è a New York e Shep se n'è dimenticato. Che novità, vero? Mi sono organizzato da solo un pranzo per festeggiare.»

Ana fissa la cornetta del telefono. «Buon compleanno, Nick. Sei un vero amico.»

«Sto solo cercando di aiutarti. So che la tua famiglia mi odia.»

«Non ti odiano. Hanno paura di ciò che tuo padre potrebbe farci.»

«Non sono i soli», afferma Nick.

99.

Daniel oltrepassa l'arco di mattoni del museo Sorolla. L'ingresso lo colpisce come un'uscita di scena, una pausa tranquilla dal mondo esterno animato. La villa dell'artista è delimitata da un giardino interno grande, eppure intimo. Daniel esita a scattare una foto, come se Sorolla stesso si mettesse un dito sulle labbra per invitarlo a respirare e a riflettere.

Cammina tranquillamente intorno al cortile. Gli uccelli trillano e cinguettano tra le felci e il glicine viola rampicante. Sentieri di piastrelle di coccio bordate da siepi di bosso conducono a fontane zampillanti, pergolati e stagni rivestiti di ceramica dipinta a mano. Le immagini su ogni piastrella raccontano una storia. Potrebbero dare una trama al suo saggio fotografico. Scatta una foto.

La fontana si trova di fronte a una stanza semicircolare a vetri che sporge dal resto dell'edificio. Rappresenta due figure in abiti lunghi. Una si inclina verso l'altra, come se sussurrasse segreti mentre l'acqua gocciolante maschera il suono.

Una panchina di legno, screpolata da anni di sole spagnolo, è nascosta in un angolo nei pressi, dietro un folto banano. Celato alla vista, Daniel non riesce a scorgere chi entra nel cortile. Così, invece di sedersi, sta in piedi accanto al banano.

Perché Ana è nelle foto di famiglia dei Van Dorn? Nick e Ana si stanno prendendo gioco di lui? Qualunque gioco sia, lo ha stancato.

Ana appare nel cortile e si affretta verso la panchina. «*Hola, señor.* Ho solo pochi minuti.»

«*Hola.*» Daniel fa per sedersi accanto ad Ana, ma lei lo ferma.

«Ti dispiacerebbe restare in piedi per fare la guardia?» gli sussurra. «La mia divisa dell'hotel è molto riconoscibile.»

Daniel fa un sospiro frustrato.

Alza una mano per fermarlo. «Ti prego, lascia che ti spieghi. Quando ti ho accompagnato al negozio di fotografia, il primo giorno in cui abbiamo davvero parlato, ti ho detto che lavoravo per una famiglia a Madrid. La famiglia per cui lavoravo era quella dei Van Dorn. Mi hanno trattato molto bene, mi hanno fatto sentire parte della loro famiglia. Non ho mai frequentato Nick, né sono attratta da lui. È come un fratello per me.»

Come un fratello. Daniel cerca di nascondere la sua felicità. «Allora perché tutta questa segretezza? Perché nessuno di voi due me l'ha detto?»

Le mani di Ana afferrano la gonna della sua divisa come se fosse una ringhiera a cui lei si aggrappa per non cadere. «Perché è successa una cosa», dice. Solleva gli occhi dal grembo e guarda Daniel, con sincerità. «Una persona mi accusò di qualcosa che non ho fatto. Mi minacciò. Dovetti cambiare lavoro. Nick si offrì di aiutarmi e promise di mantenere il segreto. Mi procurò il lavoro all'Hilton, dove posso fare carriera. Ti sono stata riconoscente per aver difeso Nick nella rissa perché lui mi ha salvato. Si mette sempre nei guai, ma non è un ragazzo cattivo. E tu, tu sei una persona meravigliosa. Sei gentile, divertente e hai talento. Sei stato molto rispettoso con me, *señor*, e meriti lo stesso.»

Daniel guarda Ana, elaborando ciò che è più importante per lui. Lei non esce con Nick. Lei è nei guai. Una carica gli scorre nei pugni. Chi la sta minacciando?

«C'è qualcuno qui vicino?» chiede Ana.

Daniel sbircia tra le foglie. Scuote la testa.

«Il ballo di ieri sera...» Ana abbassa la voce. «È stato speciale ballare con te. Ci tenevo a dirtelo, be', nel caso te lo stessi chiedendo.»

Lui sorride. Quello che si sta chiedendo è quando potrà baciarla.

«Ma le foto sparite... ho paura», dice Ana. «Chi è entrato nella tua stanza e perché le hanno prese?»

Anche lui è preoccupato, ma non vuole farla agitare. «Non lo so. Spero sia stato Ben. Se qualcuno ruba una foto, un motivo c'è. È una buona notizia per la mia iscrizione al concorso, ma una brutta notizia per la sicurezza dell'hotel.»

«È una brutta notizia anche per me. Quelle didascalie erano personali.» Ana sta per andarsene. «La mia pausa è quasi finita. Devo tornare. Nelle prossime ore farò la bambinaia e stasera rimango a dormire in hotel.»

«Ana, cena con me. Sistemeremo insieme questa faccenda.»

«*Señor*, non posso farmi vedere mentre ceno con un cliente dell'hotel.»

«Non ti vedranno. Ordinerò il servizio in camera per noi. Di' che vai a trovare Puri e la sua famiglia. Troverò qualche scusa per i miei genitori.»

Ana esita. «Non credo sia possibile. Voglio dire, no, non posso.»

«Per favore. Come faccio a capirci qualcosa da solo?» Le rivolge uno sguardo implorante.

«Oh, smettila.»

«Di' di sì. Ma solo se lo desideri.»

Ana scuote la testa. Guarda oltre la spalla, poi improvvisamente sbuffa: «E va bene, forse. Sì. Mi piacerebbe. Adesso devo andare. Ma promettimi che entrerai nel museo. È magico. Sorolla è il mio pittore preferito».

«Davvero? Perché?»

Ana fa un gran sorriso. Si sente più leggera, dopo essersi tolta il peso di tacere la verità a Daniel. «Quando guardo i quadri marini di Sorolla, sento il vento e l'acqua. Capisco come potrebbe essere... sentirsi liberi.»

100.

Rafa pianta la pala nella terra asciutta, aspettando Fuga. Il suolo di Madrid è duro, forte e tenace come molti che vi camminano sopra. Riesamina i punti che si è ripetuto. Se il texano scatta delle foto alle bare vuote, la storia verrà catturata. Fuga ritroverà la pace e potrà concentrarsi sulla corrida. Questo è il piano. Ma ora deve convincere il suo amico.

Fuga appare in lontananza, su una collina, una pala su ciascuna spalla. L'immagine è solitaria, calma, come Fuga. Come fa il coraggio a essere così tranquillo, quando la paura è tanto potente? Per Rafa, la paura ha molte facce. Può arrivare attraverso un nervo, che freme sulla sua palpebra come una falena alla luce. A volte è una mano che lo risveglia nella notte, infilandosi attraverso una fessura di sonno per colpire la sua mente stanca. Quando chiede a Fuga della sua calma, il suo amico fa spallucce e dice: «*El momento*».

Il momento.

Per Fuga, il passato non esiste più. Il futuro deve ancora esistere. Fuga promette lealtà all'«è», non al «se». Quando incontra un toro, è pienamente presente. È impetuoso ma esiste nel momento, si concede al momento. Rafa invidia la singolare presenza del suo amico.

Rafa si asciuga il sudore dalla fronte e guarda verso le tombe. Le famiglie dei repubblicani non possono piangere apertamente coloro che hanno perso. Anche se l'ubicazione del corpo di suo padre fosse nota, loro non potrebbero visitare la tomba. Rafa è fortunato ad avere un lavoro come becchino, così può sussurrare parole a sua madre ogni giorno. E, a volte, lei gli sussurra in risposta.

Fuga arriva e fa un cenno a Rafa.

«Ho delle novità. Ha chiamato il promotore. Domenica combatterai ad Arganda del Rey.»

La fronte solitamente corrugata di Fuga si distende. Un accenno di sorriso emerge sulla sua faccia cupa.

«*Sí. Es fantástico*», dice Rafa annuendo. «Ma abbiamo solo pochi giorni per prepararci. Devi ascoltarmi, *amigo.* Devi essere concentrato.»

«*¿Yo?*» Fuga indica il proprio petto, offeso.

«*Sí, tú.* Non puoi perdere la calma e rompere le bare. Finirai in prigione e a quel punto tutto ciò per cui abbiamo lavorato sarà perduto. Quando diventerai un famoso matador, salverai molti bambini e sosterrai gli orfanotrofi. Ma, come dici spesso tu, il futuro deve ancora esistere. Noi esistiamo adesso. E adesso devi lavorare per diventare un famoso matador.»

Fuga mastica un filo d'erba, guardando il cimitero, soddisfatto del suo silenzio.

Rafa inizia il suo discorso di prova. «Antonio ha avuto un'idea. Penso che sia una buona idea. Il texano...»

Fuga si gira verso Rafa e lo fulmina con lo sguardo.

«*Tranquilo.* Ascolta. Il texano ha una macchina fotografica. Vuole fare il fotoreporter. Se il texano scatta delle foto alle bare vuote, può farle pubblicare sui suoi giornali importanti in America. La faccenda non passa più sotto silenzio. Lascia che sia lui a far conoscere queste storie pericolose e a sopportarne le conseguenze. Tu pensa ai tori.»

Fuga tace, assimilando le parole di Rafa. Poi ficca la sua pala nella terra e inizia a scavare.

Scavare. Gettare. Scavare. Gettare.

La coscienza di Rafa lancia un avvertimento. Storie pericolose. Non significa che il texano sarebbe in pericolo, vero? Non è quello che intendeva dire. Avrebbe dovuto dire storie importanti?

Fuga fa una pausa, asciugandosi il sudore che gli cola dalla fronte. «*Sì.* Porta il texano», mormora.

Rafa annuisce, notando l'intensa determinazione che è scattata nel suo amico.
Fuga torna alla sua pala e scava con vigore.
La tomba si apre come una mascella.

101.

Puri cammina lungo i pavimenti di piastrelle grigie della clinica. Sembrano freddi, come cemento bagnato.

La clinica ha solo una paziente oggi. È in travaglio da quando è arrivata Puri, geme e chiede del marito.

«Deve calmarsi, *señora*», le ordina il medico. «Le crisi isteriche esercitano uno stress eccessivo sia sulla madre sia sul bambino.»

Puri ripensa al commento del medico. La donna sta soffrendo ma non è isterica. Forse non è molto dignitoso lamentarsi, ma dare alla luce un figlio dev'essere estremamente difficile. Puri una volta aveva chiesto a sua madre se il parto fosse doloroso. Sua madre aveva fatto una smorfia e liquidato la domanda come se fosse non solo doloroso, ma addirittura troppo doloroso per discuterne.

Puri prende posto alla reception. Si esamina le cuticole sfilacciate, le tozze scarpe nere e le calze di nylon cascanti. L'adozione spiegherebbe il fatto che lei non assomigli né ai suoi genitori né alla famiglia di Ana. Potrebbe davvero essere stata adottata? In tal caso, sua madre portava un cuscino come la donna che è venuta all'Inclusa? È per questo che ha evitato le domande sul parto?

Dopo due ore, Puri sente il forte gemito di un neonato. Il grido è forte e agguerrito. Polmoni buoni. Vitalità. Puri si augura che tutti gli orfani dell'Inclusa abbiano la forza di questo neonato. Soprattutto Trébol. La bella coppia deciderà di adottarla?

Un uomo entra di corsa dalla porta della clinica. Ha la faccia arrossata e brilla di sudore. «Sono venuto non appena sono riuscito. Mia moglie è la *señora* Sánchez. Come sta?»

Puri sa che solo il medico può dare informazioni. Durante il suo addestramento le hanno ripetuto spesso quella regola. L'hanno anche interrogata.

«Avverto il medico che lei è qui.» Puri sorride, desiderando di poter condividere la felice notizia con il padre sudato. Percorre il corridoio fino all'infermeria. Una suora, che indossa ancora un grembiule da ostetrica, tiene il neonato avvolto in fasce bianche. Accanto a lei c'è il medico.

«È appena arrivato il padre», annuncia Puri.

«E cosa gli hai detto?» chiede il dottore.

«Che l'avrei avvertita del suo arrivo.»

«Molto bene.» Lui annuisce. «Purificación, come ho spiegato, alle madri viene dato un sedativo durante il parto. Per aiutarle a riposare. Per favore, siediti con la *señora* Sánchez. Devi venire a chiamarmi se noti cambiamenti nel suo colorito o nella respirazione, o se si sveglia.»

Puri entra in silenzio nella stanza. La donna è sdraiata nel letto, coperta fino alle spalle da un lenzuolo bianco inamidato. È molto carina. Il colorito è abbastanza bello e il respiro regolare e profondo. È addormentata, probabilmente sogna il suo bambino appena nato.

Puri si siede accanto al letto. Passa più di un'ora. Le palpebre della donna iniziano a fremere.

«*El bebé.*»

«*Sí, señora*», dice Puri. «Vado a chiamare il medico.»

Puri si precipita lungo il corridoio verso lo studio del medico. Lo trova seduto dietro la scrivania, che scrive annotazioni su un fascicolo.

«La madre è sveglia, dottore.»

«*Gracias.* Puoi tornare alla reception.»

Puri si dirige verso la reception. Il padre del bambino è seduto nell'atrio, con la faccia nascosta tra le mani a coppa. Le sue spalle sussultano. Sta piangendo.

«*Señor*, qual è il problema?»

L'uomo alza lo sguardo su Puri, la faccia rossa e gonfio di dolore. «Non so come dirlo a mia moglie.»

«Dirle cosa?»
«Che il nostro bambino...» Non riesce quasi a parlare. «Che il nostro bambino è morto.»
Puri indietreggia dall'uomo, come se quelle parole le avesse pronunciate il diavolo in persona.
No, non è possibile.
Ha sentito lei stessa i polmoni sani.
No.
È stata seduta con la madre, le cui guance erano arrossate come rose fresche. Puri si precipita oltre la porta e vede il medico nel corridoio.
«Dottore!»
Il medico si mette un dito calmo e pallido sulle labbra sottili, chiedendo silenzio.
«Ma... il padre del bambino», sussurra Puri. «Pensa che il bambino sia morto.»
Il dottore posa una mano sulla spalla di Puri. «Vedo che sei scossa. È del tutto comprensibile. Se un'anguilla sconvolge così facilmente la tua costituzione, un caso di morte infantile ovviamente richiederà il suo prezzo. Vai a casa e riposati, mia cara.»
Puri scuote lentamente la testa. I suoi piedi sono ancorati al pavimento.
La voce del dottore si fa tesa. «Devi rafforzarti contro queste tragedie. Purtroppo, non sono rare», afferma. «Molte di queste madri non si prendono cura di sé stesse durante la gravidanza. Non mangiano correttamente. Alcune bevono in eccesso. Ciò indebolisce il feto. Ma alcune sono fortunate. Dio sorriderà e concederà loro un'altra possibilità, un altro bambino. Forse hanno già altri figli. Ma, per il momento, le conseguenze punitive del loro comportamento negligente sono difficili da accettare.»
Puri fissa il medico.
Lui annuisce. «Sì. Devi pregare per questa giovane madre. E non parlarne con nessuno. Se hai una fede forte, non lo dirai nemmeno ai tuoi genitori. Ricorda, Purificación, è un peccato rivelare i segreti degli altri.»

102.

«*Lo siento,* Puri. Ana sta lavorando. Non può fare una pausa in questo momento», spiega Carlitos sul marciapiede.

«Ma le hai detto che sono qui?» chiede Puri.

«*Sí.* Gliel'ho detto. Perché non parli con suo fratello?»

Puri si gira e vede suo cugino Rafa che arriva verso di loro dalla strada. «Rafa!»

«*¡Hola, Puri!*» Rafa bacia sua cugina sulle guance. «*Hola,* Carlitos. Devo parlare con Ana.»

«*Ay,* è impegnata, Rafa. Ho appena detto la stessa cosa a tua cugina.»

Rafa guarda la strada, come se il traffico gli inviasse un consiglio. «Be', in realtà speravo di dare un messaggio al suo amico, il texano. Credi sia in giro?»

Carlitos solleva un dito. «*¡Sí!* Sta bevendo un milkshake nel ristorante. Vado a chiamarlo.» Il ragazzino corre via.

«Come fai a conoscere il texano?» chiede Puri.

«Purificación, come fai *tu* a conoscere il texano?» la stuzzica Rafa. «Ti vedi con dei ragazzi americani?»

La rabbia aumenta. Lei ha delle domande e cerca solo risposte. «No! Non sto facendo niente di male!»

«*Ay,* Puri. *¿Qué pasa?*» chiede Rafa. «Ti stavo solo prendendo in giro.»

Puri sospira. «Non c'è niente che non va. Sono solo stanca.»

«Lavori ancora all'Inclusa?» chiede Rafa.

Puri annuisce.

«Ancora un flusso costante di orfani?»

«Certo che ci sono. Ci sono sempre persone che non vogliono i loro figli.»

«No», dice Rafa. «Le persone vogliono sempre i loro figli. Ma a volte la vita costringe a fare diversamente.»

Rafa sta parlando di sua madre? Puri ripensa alla lettera che ha visto nel fascicolo all'Inclusa. *José starà meglio con una famiglia adottiva.*

Rafa ha torto. Non tutti vogliono i loro figli.

103.

Daniel compare sul marciapiede, con la sua macchina fotografica. Sorride mentre chiacchiera con il fattorino e Puri nota i suoi denti bianchi che contrastano con la pelle abbronzatissima. La camicia a quadri è aperta e rivela una maglietta bianca che si muove sulla grande fibbia della cintura mentre lui cammina. Daniel alza una mano per salutare. È molto bello. "Quasi bello come Ordóñez", pensa Puri.

Quasi.

«*Hola*, Rafa. *Hola*, Puri.» Daniel sorride.

Rafa gli posa una mano sulla spalla. «Texano, ho l'opportunità di farti fare delle foto.»

«Ah, sì? Dove?»

«Al cimitero.»

«Cosa c'è da vedere al cimitero?» chiede Daniel.

«Fantasmi», sussurra Carlitos.

Rafa esita. Guarda Puri e Carlitos prima di rispondere. «Be', vedi... Ho pensato che potrebbe essere interessante. Potresti fotografare El Huérfano e me.» Come se l'interruttore di accensione della sua idea si fosse finalmente attivato, Rafa parla in fretta. «Catturare ritratti naturali di un aspirante matador che lavora in un cimitero. La vita prima della celebrità in Spagna. Avresti delle foto di Fuga che scava tombe in contrasto con quelle che gli hai fatto nel suo *traje de luces*. Sarebbe una bella storia.»

«Il tuo matador è El Huérfano? L'orfano?» chiede Puri.

«*Sí*. Il texano gli ha fatto delle belle foto», spiega Rafa.

Daniel annuisce. «È un'ottima idea, Rafa. Mi piacerebbe.»

«Bene. Vieni stasera.»

«Stasera? Oh, ho degli impegni per stasera. Che ne dici di domani? Ho bisogno di luce per le foto.»

«Va bene. Verrò in hotel dopo il mio turno al macello. Possiamo andare insieme.»

«Ci sono possibilità di fotografarti al macello?»

Rafa si illumina di gioia. «*Sí*, vieni al *matadero*! C'è molto da fotografare lì.»

Puri ascolta i due giovani mentre si scambiano dettagli sull'indirizzo. Rafa e il suo torero lavorano al cimitero. Seppelliscono mai bambini? I bambini morti forse sono tenuti nel congelatore finché non vengono inviati alla sepoltura?

Puri ripensa al suo addestramento all'Inclusa. Uno dei medici ha accennato al fatto che i tassi di mortalità infantile in Spagna sono alti, troppo alti, secondo lui. Ne sembrava infastidito. Le madri curano davvero così poco la loro salute? Rafa sarebbe in grado di spiegarle qualcosa? No, meglio non chiederlo a Rafa. Come dice sua madre, Rafa parla troppo. Condivide le informazioni con gli uomini che consegnano il carbone a Vallecas e con i suoi amici al macello. Rafa pensa che la vita sia più bella con la bocca aperta piuttosto che chiusa.

«Dai un bacio a zia Teresa per me», dice Rafa, allontanandosi.

«Dagliene uno anche da parte mia», grida Carlitos ridendo mentre torna di corsa in hotel.

«Sei qui per vedere Ana?» chiede Daniel.

Puri annuisce. Improvvisamente le viene in mente un'idea. Potrebbe chiedere a Daniel? Lui non conosce nessuno all'Inclusa né in clinica. Potrebbe darle un consiglio? «Posso farti una domanda? Tu... vai a confessarti?» chiede Puri con cautela.

La domanda sorprende Daniel. «Sì, ma non tutte le volte che dovrei.»

«Neanch'io. Odio la confessione. Dicono che faccio troppe domande.»

Daniel alza le spalle. «È bello fare domande.»

«Lo penso anch'io!» dice Puri.

«Io faccio domande attraverso la fotografia», dice Daniel. «Fotografo le cose e studio le foto per avere risposte.»

«E se non credi a una risposta che qualcuno ti ha dato?» dice Puri. «Va bene fare altre domande?»

Daniel rimane un attimo in silenzio. «Ultimamente ho avuto anch'io qualche problema in questo senso. A volte diffido delle risposte che ricevo.»

«Sai tenere i segreti?» chiede Puri.

«L'ho fatto. Ma non mi piace.»

«Neanche a me. Ecco perché sono venuta a trovare Ana. Lei sa tutto sui segreti.»

«Sì?»

«Oh sì.» Puri annuisce. «Ecco perché ho bisogno del suo aiuto.»

«Le dirò che vuoi parlare con lei», dice Daniel.

«La vedrai?»

«Oh, intendevo solo che lo farò se mi capita di incontrarla», dice.

Puri lo guarda. Annuisce con certezza. «Non sei bravo a tenere i segreti.»

«Sì che lo sono.»

«No non lo sei. Ti piace mia cugina», annuncia Puri.

«Credi di sì, eh?» dice Daniel con un sorrisetto.

«Bene, ti farò la domanda: ti piace Ana?»

Daniel si avvicina a Puri. «Molto», sussurra. «Forse questo può essere il nostro segreto?»

«State tramando qualcosa, Purificación? Ti chiami così, no? Sei la cugina di Ana. Non dovresti avere uno chaperon?» Lorenza è ferma sul marciapiede, con la fronte corrugata.

Puri serra le mani. «Fatti gli affari tuoi», dice.

«*Ay*, bene. Penso solo che sarebbe un peccato se ti venisse fatto un richiamo per condotta disdicevole.»

Puri sbarra gli occhi per il panico. Fa un cenno di saluto a Daniel e scappa via.

«L'hai spaventata», dice Daniel.

Lorenza si stringe nelle spalle. «Sì? Oh, bene. *Ay*, vedo che hai la tua macchina fotografica. Forse ti piacerebbe farmi una foto, *caballero*?»

Daniel guarda Lorenza. La sua divisa è di una taglia troppo piccola. Di proposito. Le sue labbra rosso vivo e i capelli neri si abbinano alla bandiera della Falange.

«Mi dispiace, Lorenza. Ho finito la pellicola.» Daniel la lascia sul marciapiede e rientra in hotel.

104.

«Mi sento bene, *cariño*. Non devi preoccuparti. Mi piacerebbe vedere le tue foto.»

Daniel si sposta per impedire la vista ai suoi genitori. «Se non ti dispiace, vorrei aspettare finché non le avrò organizzate tutte.»

«Sembrano abbastanza organizzate.» Sua madre sorride. «Ma capisco. Aspetterò la mostra completa. Sei sicuro di non poter venire a cena? Non abbiamo passato molto tempo insieme. Stasera festeggeremo il contratto di tuo padre.»

«Preferisce stare con i giovani, María. Ha fatto amicizia.»

Sua madre sembra sorpresa. «Davvero? Chi sono i tuoi amici? Dove stai andando?»

Daniel si sforza di evitare una bugia. «Sono amici di Nick Van Dorn. Ceniamo insieme. Hanno detto qualcosa a proposito di un evento a tarda sera.»

«Probabilmente uno spettacolo di flamenco», dice sua madre annuendo.

Il biglietto infilato sotto la sua porta non parlava di uno spettacolo di flamenco. C'era scritto:

23.00 – Tom Collins

«E a colazione domani?» chiede a sua madre.

«Va bene.» Cerca di sospingerli verso la porta della sua suite.

«Non indossare quei jeans stasera. Stai così bene in giacca e cravatta.»

«Sì, *ma'am*. Ci vediamo domani.» La porta si chiude con un tonfo come risposta.

Alle undici e cinque, Ana entra nella stanza di Daniel usando il suo passe-partout.

«Hai delle chiavi piuttosto utili lì.»

«Scusa se non ho bussato. Non volevo rischiare di essere vista in corridoio», spiega. «Il servizio della notte è già passato?»

«Sì. Ma il servizio in camera no. Sto morendo di fame.»

Ana è in piedi con la schiena contro la porta chiusa e stringe la borsetta davanti alla divisa.

«Entra. Non sei in servizio. Sei qui per cenare.»

Lei si guarda intorno come se vi entrasse per la prima volta. «Non sono mai stata in una stanza dei clienti quando sono fuori servizio. Sto infrangendo le regole.»

«Non lo scoprirà nessuno. Ho detto ai miei genitori che sarei uscito con Nick.»

«Ho detto al personale da basso che andavo da Puri.»

«Vedi? Nessuno lo saprà mai.» Daniel alza le spalle e sorride.

105.

Lo stomaco di Ana brontola.

«Bene, cosa dobbiamo ordinare?» Daniel prende un menu.

«Il servizio in camera non deve sapere che ci sono due persone nella stanza. Non sfugge nulla ai dipendenti. Stanno tutti a spettegolare, lo sai.»

«Lo so.»

Lui non lo sa. Inservienti e domestici hanno fatto parte della vita di Daniel sin dalla nascita. Si mimetizzano nello sfondo, come le guardie di sicurezza di Franco. Sono testimoni silenziosi, apparentemente ciechi e sordi a tutte le conversazioni e le indiscrezioni. Ma non sono né ciechi né sordi. Notano tutto. Nelle stanze, nella lavanderia, nei messaggi telefonici e negli ordini del servizio in camera.

La voce di Daniel è calma. «Ana, vieni a sederti. Non puoi cenare sulla soglia.» Le porge il menu.

Ana lo prende e si sposta sul divanetto. Daniel accende la radio e la voce avvolgente di Lola Flores allevia l'imbarazzo, riscaldando la stanza.

«Non so che cosa ordinare», dice Ana. «Ordina tu per noi. Qualcosa di americano.»

Daniel si siede accanto a lei e prende il menu. «Vediamo. Che ne dici di aragosta alla termidoro e un granchio Louie? Per dessert divideremo un Alaska al forno.»

«Quando chiami il servizio in camera, digli che vuoi mangiare un cavallo.»

Daniel la fissa. «Scusa?»

«I texani dicono di avere così fame che vogliono mangiare un cavallo. E poi ordinano tutto quello che c'è sul menu. Così sembrerà del tutto normale all'addetto al servizio in camera.»

«No, non sembrerà normale. Gli americani dicono: "Ho così fame che *potrei* mangiare un cavallo". È solo un modo di dire, non lo intendono letteralmente.»

«Grazie al cielo», ride. «Be', dobbiamo nascondere il fatto che sono qui.»

Daniel chiama il servizio in camera per ordinare. Quando riappende, Ana prende dalla borsetta le posate avvolte in un tovagliolo di stoffa.

«Ti sei portata la tua forchetta?»

«L'ho presa in prestito da basso. Non possiamo chiedere due set di posate. Capirebbero. Userò un bicchiere dal bagno.»

Daniel scuote la testa, sorridendo. «Ti prego, lascia che ti faccia una foto in questo momento.»

Ana ride e alza il coltello e la forchetta presi in prestito per la foto. La tensione si attenua tra le risate e il rumore delle nacchere di Lola alla radio.

«Allora, ci ho riflettuto molto», dice Daniel. «Dev'essere stato Ben a prendere le foto. Ha detto che avrebbe potuto usarle e non ha potuto chiedere il permesso, visto che non ero qui.»

«Ma come sarebbe entrato nella tua suite?»

«Una volta ha accennato di avere delle conoscenze.»

Mentre aspettano l'arrivo del servizio in camera, Ana chiede di rivedere il portfolio di Daniel. Si siedono fianco a fianco sul divano, sfogliando l'album. «Questa è una delle mie preferite.» Ana indica un enorme albero con migliaia di luci scintillanti. «Che cos'è?»

«È il grande noce di pecan in Highland Park. Ogni anno a Natale c'è una cerimonia per decorarlo.»

Arrivano alla foto della festa in giardino in Texas.

«La villa, è dove vivi tu?»

Daniel annuisce.

«E lei è Laura Beth», dice Ana, indicando la ragazza affascinante che sta dando un bacio al fotografo.

La sorpresa di Daniel è evidente. «Come fai a sapere di Laura Beth?»

«Tua madre ne parla molto. E Laura Beth ha inviato i telegrammi all'hotel. Ricorda, lo staff vede tutto.» Ana guarda Daniel in attesa di una risposta.

«È finita, ma non bene. Mia mamma ancora non lo sa. Laura Beth non poteva accettarmi come sono. Non appena ha scoperto che non sarei cambiato, ha iniziato a baciare altri ragazzi. Ha rotto con me perché sosteneva che la mia famiglia era "troppo etnica".»

«Non capisco. Cosa significa?»

«Mia madre è spagnola. Questo rende la nostra famiglia diversa.»

«Ma la *señora* Matheson è bellissima.»

«Sì, ma non è come le donne della società di Dallas. Mi ha cresciuto in modo diverso. Parliamo solo spagnolo insieme. Ascoltiamo dischi spagnoli. Alcuni dei suoi gioielli e vestiti sono originali. Cena tardi e si sveglia tardi la mattina. Celebriamo le festività spagnole. Proprio come gli americani sembrano strani qui, io sembro strano a Laura Beth e alla sua famiglia. Ma va bene. Non avevamo nulla di cui parlare. Era tutto complicato. Non mi sono reso conto di *quanto* lo fosse finché non sono arrivato a Madrid. Il primo giorno, quando mi hai portato nel negozio di Miguel, volevo...»

I colpi alla porta fanno balzare in piedi Ana. Prende la borsetta e corre in bagno a nascondersi.

Ana si appoggia agli armadietti del bagno, con il cuore che le salta nel petto come su un trampolino. Perché mai ha accettato? Sta infrangendo ogni regola. Potrebbero licenziarla o farle un richiamo per condotta disdicevole. Riconosce la voce del cameriere. È Guillermo, un catalano. Fa un sospiro di sollievo. Guillermo è tranquillo, non si preoccupa degli affari degli altri. Sente il tintinnio dei piatti sul carrello che viene spinto nella stanza.

Ana si guarda allo specchio e si aggiusta i capelli raccolti. Avrebbe dovuto lasciarli sciolti? Libera un boccolo, che le incornicia il viso. Il kit da barba di Daniel è aperto sull'armadietto. Una boccetta blu con un tappo bianco e la scritta *Arrid men's spray*. Elimina l'odore del sudore al contatto. Lorenza dice che gli uomini americani mettono il profumo sotto le braccia. È a questo che si riferiva? Daniel ha un profumo così buono che le fa battere il cuore.

Sente la porta chiudersi ma non osa muoversi. Il cameriere è ancora nella stanza? Rimane immobile, non riuscendo a identificare i suoni. Passano alcuni istanti finché arriva la voce di Daniel.

«Devo portare il carrello lì dentro?» le chiede.

Ana apre la porta.

Le luci sono abbassate. Le tende perlacee trasparenti ondeggiano tra la musica soffusa e la brezza silenziosa dalla terrazza. Il carrello del servizio in camera si trova al centro della stanza, rivestito da una tovaglia bianca stirata, cloche d'argento, servizio di piatti e posate formali. Al centro c'è un'unica candela accesa.

Daniel è in piedi accanto al tavolo elegante, completamente a suo agio in jeans e stivali impolverati. Non sta guardando attraverso un obiettivo fotografico. La sta guardando, direttamente. La vede.

«Pronta, Ana?»

Il campo visivo di Ana si restringe. Daniel si trova alla fine del lungo tunnel che lei percorre da così tanto tempo.

Lei non è in hotel.

Lei non è una domestica.

È a un appuntamento con un ragazzo stupendo.

Un ragazzo a cui lei piace.

Minacce, cartellini di richiamo, guerra, paura e silenzio cadono come foglie da un albero alla fine dell'estate. Lei lascia svolazzare via tutto. Una sola notte. Si concederà quest'unica notte.

Guarda Daniel e pronuncia la parola che canta nel suo cuore.

«Sì.»

106.

Le quattro di notte.

Piatti vuoti. Tavolo abbandonato. Moccolo di una candela tremolante.

Gli stivali di Daniel sono gettati in due punti diversi del tappeto. Camicia a quadri aperta sulla sua maglietta bianca. I capelli di Ana sono sciolti sulle spalle.

Sono seduti per terra davanti al divano, uno di fronte all'altra.

Daniel fa scorrere le dita lungo la mano di Ana. «Quel primo giorno, sul marciapiede.»

«Il turista addormentato. Abbiamo visto entrambi la foto», dice Ana.

«Esattamente! Poi mi hai portato in metropolitana. Eri così vicino. Stavo sudando.» Daniel ride.

«Il tuo Arrid non funzionava?»

«Nemmeno un po'. Continuavo a pensare: "Porca miseria, chi è questa ragazza?". E poi al ballo.»

«Cosa c'entra il ballo?» chiede lei.

«Come cosa c'entra? Mi hai baciato.»

«Sei sicuro?» chiede Ana. «Forse ti sbagli. Come ti è sembrato?»

Daniel si sporge verso il collo e l'orecchio di Ana. «Mi è sembrato così.»

Bussano alla porta. Ana sobbalza per la paura. Daniel la attira a sé e le mette un dito sulle labbra.

«So che ci sei», grida una voce da dietro la porta. «Sento la musica. Apri.» Il rumore della maniglia della porta.

Ana balza in piedi spaventata e corre in bagno.

Daniel va ad aprire. «Va' via. Sto dormendo.»

«Non ci provare. Vuoi che svegli i tuoi genitori?»

Apre ancora un po' la porta.

Ben si appoggia allo stipite, scuotendo la testa. «Pensavi davvero di farla franca?» Gli passa davanti ed entra nella stanza. «Un conto è essere stupido, Matheson, ma sei su un terreno pericoloso con...» Si ferma di scatto, come se fosse andato a sbattere contro un muro. I suoi occhi interpretano il tavolo romantico, la borsetta sul divano e la candela tremolante quasi finita. Appare un sorriso.

«Tempismo sbagliato?»

«Tempismo sbagliatissimo», sussurra Daniel. «Perché sei qui?»

«Perché te la sei svignata con il badge per la stampa!»

«Torna domani. Dai, Ben, per favore.»

Ben annuisce, ridacchiando. «È Ana. La ragazza dei sotterranei. Ho ragione?»

Daniel lo spinge verso la porta. Ben afferra un pezzo di pane dal tavolo mentre passa. «La tua vita, Matheson. Cosa darei per essere te adesso.» Arrivano alla porta e Ben mette una mano sulla spalla di Daniel. «Lo capisci, vero? Goditela tutta, cowboy. Tornerai a quest'estate per il resto della tua vita.»

«Lasciami tornare a questa notte in questo momento.»

Ben esce e si gira nel corridoio. «A proposito, ottimo lavoro oggi. La tua foto...»

Daniel chiude la porta. A chiave.

L'interruzione di Ben ha rovinato il momento? Non vuole che lei se ne vada. Hanno ancora due ore. «Ana, se n'è andato.»

Lei esce dal bagno.

«Era solo Ben.» Si avvicina a lei. «Mi dispiace, dove eravamo rimasti?»

Ana si appoggia alla parete. «Penso che fossimo rimasti qui.» Attira Daniel contro di sé e lo bacia. La sua mano cerca l'interruttore della luce.

Sono sulla soglia, combattuti tra l'attrazione della notte trascorsa e la spinta del giorno che inizia.

«Sono le sei e mezzo. Mi aspettano presto da basso», dice Ana.

Daniel tace. Si limita ad annuire, fissandola.

«Sei stanco?» gli chiede lei.

«Neanche un po'.»

«Neanch'io.»

«Allora non andare.»

«Devo», dice Ana ridendo. «Forse passo a prendere i tuoi piatti della colazione.» Gli dà un bacio e cerca di allontanarsi.

«Aspetta, ho una cosa per te.» Daniel va all'armadio e torna con un libro. «Ho visitato il museo Sorolla come mi hai suggerito.»

«Non è meraviglioso?»

«Sì. Ti ho preso questo.» Consegna il libro ad Ana. «Ci sono le foto di tutti i dipinti, compresi quelli del mare che ami. Ora puoi visitare il museo ogni volta che vuoi.»

Ana apre la copertina. Sospira, toccandogli le labbra con un dito.

Per Tom Collins da Robert Capa – DM 1957

Dopo molti tentennamenti e lunghi addii, alla fine Ana se ne va, scendendo di soppiatto da una scala per un altro piano. Daniel si appoggia alla porta e fa un bel respiro, tenendosi stretta la loro incredibile notte insieme. Sente Ana tutto attorno a sé. E sembra incredibile.

Si siede sul balcone, guardando la notte ritirarsi in favore della luce. Il piano gli si delinea rapidamente: lui frequenterà l'università a Madrid. Lavorerà con Miguel. Parteciperà al concorso fotografico come previsto. Se vince, forse Ben potrà trovargli un lavoro nella redazione di Madrid del «Tribune». O forse il signor Van Dorn potrà procurargli un lavoro come addetto stampa presso l'ambasciata.

Il sole è sorto. Daniel rientra nella stanza e riesamina le foto sulla parete. Gliene servono dieci per il concorso. Ana e Miguel lo aiuteranno a scegliere. Ci penserà più tardi, una volta che avrà capito per cosa Ben avesse bisogno delle foto.

Daniel dorme così profondamente che a malapena sente i colpi. Da quanto tempo bussano? È Ben? Sperando che sia Ana, si infila i jeans e cammina senza camicia verso la porta. La apre con un sorriso.

In corridoio, sorridenti, ci sono i suoi genitori, vestiti in modo elegante e pieni di energia.

«Be', Daniel, ti sei dimenticato? Eravamo d'accordo di fare colazione insieme.»

Daniel si passa una mano tra i capelli già arruffati. «Scusate, sono piuttosto stanco.»

«Bene», dice suo padre. «Abbiamo una sorpresa che ti sveglierà.» Come se lo avessero concordato, i suoi genitori si scostano facendo un passo di lato.

In piedi dietro di loro c'è una faccia familiare.

È Laura Beth.

107.

«Ehi, Puri, che sorpresa vederti qui.» Julia abbraccia la cugina. «Gli zii stanno bene?»

«Sì, bene. Scusa se ti faccio visita al lavoro, Julia. So che sei molto impegnata con i matador.» La voce di Puri è intrisa di impazienza. «Ma non ho nessun altro posto dove andare.»

«Puri, cosa succede? Stai male?»

«Molto male.»

«Entra. Possiamo parlare nel camerino.»

Julia guida Puri attraverso il laboratorio.

Puri ha trascorso interminabili notti pensando ai bei matador. Sa che i suoi pensieri richiedono una confessione. La dovizia visiva di colori, tessuti e abiti davanti a lei è ciò che ha sognato di vedere indossare, e togliere, a quegli uomini coraggiosi. Ma le recenti distrazioni hanno messo da parte il suo interesse per i matador.

Entrano in una stanzetta rivestita di pannelli in legno e specchi. Julia indica una panchina su cui sedersi.

«Dimmi perché sei qui, Puri.»

Puri guarda la cugina più grande. «Perché tu sai tutto dei segreti.»

Gli occhi di Julia guizzano. Le sue dita serrano la gonna. «A cosa ti riferisci?»

Puri fa un respiro profondo. «Julia, quando si dovrebbe tenere un segreto e cosa dovrebbe essere tenuto segreto? Se vedo qualcosa che mi impensierisce, che non sembra corretto, ho il diritto di metterlo in discussione? Dovrei dire qualcosa?»

Julia guarda sua cugina, riflettendo. «Be', abbiamo tutti il diritto di mettere in discussione le cose dentro di noi, Puri.

Ma alcune cose sono complesse, sfumate. Stanno in bilico tra verità e menzogna. Potrebbero apparire come un fatto quando in realtà non abbiamo tutte le informazioni. Quindi, in quel momento, non siamo in grado di giudicare. Parlare di cose che non capiamo potrebbe solo complicare la situazione.»

«In tal caso, cosa devo fare?» chiede Puri.

«Si tratta del tuo servizio sociale all'orfanotrofio?»

«Sì, e in clinica.»

«Riguarda i bambini?» sussurra Julia.

Puri annuisce. «E l'adozione in generale.»

«Puri, devi dare il meglio di te a quei bambini. Da chiunque siano stati generati, qualunque siano le circostanze per cui sono arrivati all'Inclusa, sono innocenti. Proteggili e dimostra loro che sono preziosi. Se riesci, aiutali a trovare una casa amorevole e stabile.» La voce di Julia s'incrina per la commozione. «Per favore, Puri, fallo. Le madri pregano che ci sia qualcuno come te. Qualcuno che ci tenga abbastanza per abbracciare i loro figli, amarli, pensare al loro futuro.»

Julia le prende la mano.

«So che è difficile, Puri, ma se puoi cerca di immaginarti al posto di quei bambini. Cosa si meritano?»

Una donna entra nel camerino. «Julia, Luis chiede di te.»

«Mi dispiace tanto, Puri. Devo tornare al lavoro.» Julia le dà un bacio e l'accompagna fuori dal camerino.

Cerca di immaginarti al posto di quei bambini.

Julia parlava in generale degli orfani dell'Inclusa o, si chiede Puri, le stava comunicando un messaggio più diretto? Che cosa sa lei?

108.

Daniel fissa il piatto. Laura Beth e sua madre hanno parlato senza sosta. Sua madre fa così quando è a disagio. Suo padre non ha pronunciato una sola parola. Fa così quando è a disagio.

Suo padre si è dato un gran da fare per presentare a Laura Beth tutti quelli che incontrava nella hall. Si riferiva a lei come «la fidanzata di mio figlio di Dallas». Daniel si sente male. Il suo amore è da qualche parte in hotel e potrebbe arrivare in qualsiasi momento.

Laura Beth cerca di coinvolgerlo in una conversazione. «Tua madre mi ha fatto vedere la foto con Franco. In prima pagina sul giornale. Congratulazioni.»

Daniel annuisce. «Grazie.»

«Forse puoi mostrare a Laura Beth un po' di Madrid oggi», suggerisce sua madre.

«No, *ma'am.* Ho due servizi fotografici.»

«Puoi portarla con te.»

«Il primo è in un macello e il secondo in un cimitero», replica Daniel. «Non credo che si divertirebbe.»

«Insomma, Laura Beth ha fatto un lungo viaggio. Sarebbe terribilmente maleducato non passare del tempo con lei», dice suo padre.

Una nuvola di tensione incombe sul tavolo. Daniel ha voglia di tirare un pugno a qualcosa.

«In realtà, sono io che sono stata scortese», dice Laura Beth. «In parte è il motivo per cui sono qui.» Daniel le lancia uno sguardo implorante, ma lei continua comunque. «Signora Matheson, non sono sicura che Daniel glielo abbia detto, ma ho rotto con lui.»

Il silenzio è immediato, finché Laura Beth non riprende a parlare.

«Sentivo che le differenze tra le nostre famiglie erano troppo difficili da colmare. Sono stata male per come ho gestito questa storia. Mi è mancato Daniel, quindi ho deciso di venire a Madrid.»

«Sei venuta fin qui per dirmelo?» chiede Daniel.

«Be', no. C'è questo nuovo stilista, Oscar de la Renta, che vive qui. Ha disegnato l'abito da debuttante per la figlia dell'ambasciatore e sta creando i nostri abiti per il ballo dei Ford. È venuta alla mamma l'idea. È qui anche lei. Nessun altro avrà un abito dalla Spagna.»

Ovvio. Non è venuta in Spagna per lui. È venuta per un vestito. «Grazie, Laura Beth», dice Daniel annuendo. «È stato gentile da parte tua venire. Sto vedendo un'altra persona.»

«Stai vedendo un'altra?» chiede suo padre.

«Cosa intendi con "differenze tra le nostre famiglie"?» chiede sua madre.

«Be', etnia... cultura», risponde Laura Beth.

«Capisco», dice la madre di Daniel. Gli stringe la mano sotto il tavolo e sussurra in spagnolo: «Non ti merita».

Laura Beth sospira e si rivolge al padre di Daniel. «Mi dispiace, signor Matheson. Le avevo detto che non era una buona idea. Sono sicura che mio padre le rimborserà il costo dell'aereo.» Passa il tovagliolo a Daniel. «Hai del rossetto sull'orecchio.»

109.

Sono in coda per il sangue.

Il sole luminoso di giugno splende su una fila di donne che attendono pazientemente al *matadero.* I ventagli si aprono con uno schiocco e sventolano, in risposta alla calura di Madrid e all'odore della carne tagliata che arriva dal macello.

Le donne hanno con sé barattoli e lattine vuoti, vesciche per il sangue. Daniel è sdraiato per terra e scatta fotografie alle loro scarpe consumate dipinte con terra asciutta e i chilometri percorsi in una vita.

Una donna lo guarda accigliata finché un'altra non indica il suo badge della stampa. *Periodista,* la informa. Vedendo il badge approvato dal governo, la smorfia della donna si dissolve. Sul retro del macello, i giovani matador si allenano con i loro promotori. Daniel scatta una foto.

«*Sí,* è lì che El Huérfano alla fine si allenerà», annuncia Rafa.

Daniel scatta foto di ganci di carne vuoti che penzolano dal soffitto, di Rafa che frega e pulisce con la canna dell'acqua il sangue dal pavimento e appende il grembiule a fine giornata.

«Devi tornare per scattare le foto in allenamento. Ma per ora andiamo al cimitero.»

Rafa ferma con la mano un camion rantolante. Lui e Daniel si uniscono a una decina di uomini nel cassone del veicolo. I loro volti sono macchiati di fuliggine, logorati dal lavoro e affamati. Tre uomini si dividono una brocca di vino. Nessuno parla. Il violento sobbalzare sulla strada piena di buche fa sbattere i denti a Daniel e gli provoca un dolore al coccige. L'uomo accanto a lui dorme profondamente.

Ogni volta che il camion si ferma, lui si inginocchia per fotografare gli uomini. A Daniel è stato concesso l'ingresso a un mondo al di fuori del suo. È dentro la foto.

E gli piace tantissimo.

E poi, a un incrocio, vede lo scatto che stava aspettando.

Un gruppo di soldati della Guardia Civil fermi all'angolo. I Corvi.

Uomini di vernice con anime di vernice.

La luce colpisce i loro volti e i cappelli alati proiettano ombre minacciose e livide su un muro vicino. Gli uomini nel camion abbassano lo sguardo in grembo. Daniel guarda attraverso l'obiettivo. È lo scatto cruciale.

Gli torna in mente la lezione di Ben. *Devi usare l'astuzia.* Daniel punta la macchina fotografica ma distoglie il viso dall'obiettivo, come se stesse guardando altrove. Preme l'otturatore. Si affretta ad accovacciarsi di nuovo sul camion, trattenendo il respiro. Il veicolo avanza.

Rafa scuote la testa. «*Estás loco,* texano.»

Daniel si sente inondare da un senso di trionfo. Non è pazzo: è felice.

Dopo diversi minuti di marcia, Rafa picchia sulla cabina del camion, che si ferma. Saltano giù e Daniel segue Rafa in una tranquilla strada laterale che costeggia il cimitero.

«Hai abbastanza pellicola?» chiede Rafa.

«Un sacco.»

Entrano da un cancelletto di servizio. Sul muro perimetrale si trova un capanno di lamiera ondulata, delle dimensioni di un garage per una sola auto. È ammaccato, arrugginito e sbilenco.

«Benvenuto, *amigo,* nella casa di El Huérfano», dice Rafa, spalancando le braccia. «Entra.»

Fuga è sdraiato in un angolo del capanno, e dorme su un pagliericcio. Accanto ai piedi infilati nei sandali ci sono due piccole bare di legno. Daniel si accovaccia e fotografa Fuga mentre dorme.

Rafa fa un fischio che risveglia Fuga.

«*Hola*», dice Daniel.

Fuga non risponde al saluto.

Daniel apre la porta per avere più luce. «Sono qui per fare delle foto, okay?»

«*Sí.* Fuga crede che ci sia una notizia qui.»

«Che tipo di notizia?»

«Inquietante», dice Rafa. «Queste piccole bare. Ne riceviamo un paio ogni mese. Le portano gli ospedali o le cliniche ostetriche. Certo, è una cosa molto triste.»

Daniel guarda le bare, ognuna delle dimensioni di un portapane. Una ha disegnata a mano una croce azzurra sul coperchio, l'altra una croce rosa.

«Scatta una foto», ordina Fuga.

«A queste?» chiede Daniel.

Fuga si inginocchia davanti alla bara. Prende da terra una piccola leva da pneumatico.

«Aspetta, non vorrai aprirla, vero?» Daniel gira di scatto la testa verso Rafa.

«*Tranquilo,* texano», consiglia Rafa.

«Probabilmente è illegale», dice Daniel.

Fuga fa leva sul coperchio.

«Fermo!»

Fuga prende una manciata di mussola dalla bara. Alza la cassa vuota.

«Aspetta», dice Daniel, tirando un sospiro di sollievo e confusione. «È vuota?»

«*Sí*», risponde Rafa.

«Ti stanno chiedendo di seppellire bare vuote?» domanda Daniel.

Fuga si sposta sulla bara con la croce rosa. «*¿Bebita?*» chiede a Daniel.

"Sì, per una bambina", pensa Daniel. Mette a fuoco il suo obiettivo.

Fuga strappa via il coperchio dalla bara di compensato. Daniel scatta una foto.

Rafa fa un balzo indietro, inorridito. Si gira, fili di vomito gli escono dalla bocca.

La piccola bara della bambina non contiene un cadavere.

Contiene una mano adulta amputata, nera e mangiata dalla cancrena.

110.

Fuga è in piedi fuori dal capanno e fuma il mozzicone di sigaretta sporco che ha trovato in giro. Rafa si siede per terra, la testa tra le mani. *«¿Por qué? ¿Por qué?»*

«Da quanto tempo va avanti?» chiede Daniel.

Fuga scrolla le spalle.

«Se seppelliscono bare vuote, dove sono i bambini? Ci sono funerali?»

Fuga scuote la testa. «Le cliniche consegnano e pagano.»

«Ti pagano per seppellire bare vuote? Non ha senso.»

«*Exactamente.* Ecco perché ti abbiamo chiesto di venire», dice Rafa. «È complicato per noi. Dobbiamo fare il nostro lavoro. Per mangiare. Io faccio due lavori e comunque ho sempre fame. Come sai, finalmente abbiamo la possibilità di una vita migliore. El Huérfano combatterà di nuovo domenica. Farà progressi, ne sono sicuro. Ma questa è una cosa che gli pesa. Ho promesso di proteggere il mio amico e questa è una distrazione. Le distrazioni sono pericolose per i toreri, quindi chiedo il tuo aiuto, texano. Noi non possiamo parlarne.» Fa una pausa, guardando Daniel. «Ma tu sì. Porta le tue fotografie in America. Mostrale alle persone. Chiedi la loro opinione. Cosa sta succedendo ai bambini della Spagna?» Rafa prende fiato. «Ci aiuterai?»

Daniel guarda il badge della stampa appeso alla sua macchina fotografica. Dovrebbe parlare con Ben? Forse potrebbe discuterne con Miguel. La suora con il neonato morto, il commento di Nick sui bambini che non sono orfani, le foto delle bare... raccontano una storia?

Fuga se ne sta in disparte. Ha sostituito la sigaretta con un lungo filo di erba secca. Si alza in piedi, esercitandosi nei suoi passi come se fosse di fronte a un toro.

«Rafa, posso parlare con Fuga da solo?» chiede Daniel.

Rafa annuisce e si allontana. I due giovani sono faccia a faccia, uguali in altezza e coraggio.

«Ho la sensazione di non piacerti», dice Daniel.

«Conosco quelli come te.»

«Allora perché mi hai invitato qui a fare foto?»

«Non sono stato io. È stato Rafa. Le piccole bare mi fanno arrabbiare. Lui dice che è una fonte di distrazione.»

«Capisco.»

Fuga fa una risata disgustata. La sua voce diventa un sibilo. «Tu capisci? No, non capisci. Non sei mai stato abbandonato, rovinato dalle mani degli adulti, considerato spazzatura, così affamato che hai mangiato erba, così povero che devi rubare. Dimmi, hai mai avuto fame, texano?»

Daniel riflette sulle sue parole. «Scusa. Hai ragione. Quello che avrei dovuto dire è che *voglio* capire.»

«Perché, così puoi stampare sulle tue riviste immagini tristi della povera Spagna?»

«No», dice Daniel. «Così posso mostrare gli effetti della guerra e di una dittatura.»

«Ti senti potente perché hai soldi. I tuoi soldi acquistano il nostro vino e il nostro sole, ma non il diritto alla nostra storia.»

Daniel incassa le sue parole. Se c'è una storia qui, a chi appartiene? Guarda l'uomo in piedi di fronte a lui. Il viso e il corpo di Fuga sono tesi, induriti da anni di resistenza e sopportazione. Corre dal nulla. La sua verità è il suo potere.

«Tutto qui?» chiede Daniel. «No. Credo che tu abbia qualcos'altro da dirmi.»

Fuga penetra a fondo negli occhi di Daniel, afferrando il colletto della sua anima. Le sue parole sono impregnate di minaccia. «*No le hagas daño.*»

Non farle del male.

Daniel regge il suo sguardo, in segno di promessa, riluttante persino a sbattere le palpebre. «Non gliene farò.»

Le occhiate continuano finché Fuga conclude con un cenno soddisfatto.

Daniel tende la mano a Fuga. Se la stringono.

Rafa arriva di corsa. «*¡Fantástico!* Vedete, non è così difficile. Possiamo essere tutti amici. Ma ora dobbiamo seppellire queste bare. Stasera El Huérfano si allena.»

111.

«Texano! Sono molto felice di vederti. Stavo proprio per chiudere.»

«*Hola*, Miguel. Speravo di poterti lasciare alcuni rullini.»

«*Sí. Sí.* E speravo di congratularmi con te per questo.» Miguel infila una mano sotto il bancone e recupera un giornale. Indica i crediti fotografici e fa un gran sorriso. «Prima pagina! *¡Felicidades!* Con questa vincerai di sicuro il tuo concorso.»

«Non ne sono così certo. È un po' complicato a causa dell'uomo nella foto.»

«L'uomo con il *Generalísimo* Franco?»

«*Sí.* È mio padre.»

Miguel annuisce, assimilando la situazione.

«La commissione giudicante potrebbe trovarlo strano. *¿Nepotismo, no?* Ma ho alcune foto su questi rullini che potrebbero essere molto forti. Ti ho portato anche i miei negativi. Voglio che stampi dei duplicati di ogni foto che ho scattato.»

«Ogni foto?»

«*Sí.*»

Miguel indica il badge della stampa. «Un badge ufficiale probabilmente ti farà ottenere foto molto interessanti.» Allunga una mano per esaminare le credenziali.

«*Claro,* ma devo restituirlo. Una volta sviluppati gli scatti, mi aiuteresti a selezionarne alcuni per il concorso?»

«Ne sarei onorato. E, dimmi, come stanno Rafa e il suo matador?»

«Benissimo. El Huérfano ha un combattimento questa domenica ad Arganda del Rey.»

«*Qué bien*. E Ana? Come sta lei?»

Daniel guarda Miguel, incapace di contenere il suo sorriso. «Stiamo andando molto bene.»

«Ah, capisco», dice Miguel. «Questo mi rende davvero felice.»

«Anche me», dice Daniel.

Daniel esce dalla metro, pensando alla prima volta che vi è andato con Ana. Ora si sente a proprio agio a Madrid. Forse può noleggiare di nuovo un'auto e fare una sorpresa ad Ana portandola a Valencia. Così potrà comunicarle il suo piano di studiare a Madrid.

Trova la hall dell'hotel fremente del solito trambusto. Carlitos passa accanto a Daniel, portando una valigia grande come lui.

«*Hola*, Buttons. Hai visto Ana?»

«Mi aspetti», sussurra il ragazzo.

Daniel lo attende vicino agli ascensori. Carlitos torna di corsa e lo afferra per la manica. Lo trascina alla scala del seminterrato, nascosta nella parete. Scendono due gradini e Carlitos si ferma.

«Va tutto bene?» chiede Daniel.

Carlitos scuote la testa, gli occhi pieni di paura. «*Señor*, Ana è stata licenziata.»

112.

Licenziata.

«Nessuno sa perché», sussurra Buttons.

Daniel preme freneticamente il pulsante dell'ascensore, sperando che Ana sia nella sua stanza.

Lorenza tiene un vassoio di sigarette davanti al signor Van Dorn e a Paco Lobo. Accanto a loro c'è Laura Beth. Come se fossero d'accordo, si voltano tutti verso di lui. Le pareti del cervello di Daniel iniziano a piegarsi, come i bordi di una candela che si scioglie. Opta per le scale e le fa due gradini alla volta fino al settimo piano. Corre lungo il corridoio e armeggia con la serratura e la porta.

«Ana?»

La sua suite è vuota.

Non far del male alla nostra Ana, hanno detto le donne di Vallecas.

Amo il mio lavoro, non potrei sopportare di perderlo, ha detto Ana.

E la minaccia di Fuga. *Non farle del male.*

Daniel cammina avanti e indietro per la stanza. Qualcuno deve aver visto Ana nella sua stanza la sera prima. Ben non lo direbbe, vero? Ana ha menzionato la loro cena a qualcuno?

Lui può aiutarla. Può risolvere questo guaio. Andrà dal direttore dell'hotel e gli dirà che è colpa sua. Chiederà scusa. Chiederà a suo padre di aiutare. Riscuoterà tutti i favori.

Favori.

Shep Van Dorn gli deve un favore. Lo ha detto, in ospedale, la mattina dopo che lui aveva difeso Nick nella zuffa. L'Hilton è un hotel americano. Ha visto la foto del signor

Van Dorn con Conrad Hilton in persona. Una richiesta speciale da parte dell'ambasciata degli Stati Uniti sarebbe certamente favorevole. Daniel esce di corsa dalla sua stanza, sperando di fermare Van Dorn nella hall prima che se ne vada.

«Ciao, Dan», lo saluta Van Dorn. «Ho appena conosciuto la tua amica, Laura Beth. Che giovane donna posata, e anche piuttosto attraente», dice.

«Sì, signore. Potrei parlarle in privato per un momento?»

Van Dorn è sempre impaziente. «Certo. Sediamoci a questo tavolo nell'angolo. Stai bene? Sei senza fiato.»

Shep Van Dorn piega il suo corpo snello su una sedia. La sua camicia elegante è bianca e perfettamente stirata, la giacca del vestito spazzolata. Con il caldo di Madrid, Van Dorn probabilmente tiene vestiti di riserva in ufficio per un cambio pomeridiano.

Lorenza si ferma al loro tavolo. «Sigari, sigarette, *señor*?»

«Solo dei fiammiferi, piccola», risponde Van Dorn. Sorride a Lorenza. «E manda il cameriere con uno scotch e soda.»

Estende l'offerta di un drink a Daniel, ma lui rifiuta. Van Dorn si appoggia allo schienale, intrecciando le dita. I suoi gemelli dorati lampeggiano da sotto le maniche. Daniel nota il linguaggio del corpo di Shep. Nonchalance plissettata di potenza.

«Allora, Dan, cosa posso fare per te?»

Daniel fa un respiro. «In ospedale mi ha detto che se mai avessi avuto bisogno di qualcosa sarei potuto venire da lei.»

Van Dorn sorride. «Sì, è vero.»

«Be', una mia amica che lavora qui in hotel... è stata licenziata per colpa mia. Devo farla riassumere.»

«Capisco», dice Van Dorn. «Stiamo parlando di Ana?»

«Oh.» Daniel esita prima di rispondere. «Sì, signore. So che ha lavorato per la sua famiglia. Ha detto che siete stati molto buoni con lei.»

Van Dorn fa una risatina. «Davvero ha detto così?»

Daniel si blocca avvertendo del sarcasmo, confuso. «Sì, e dal momento che lei la conosce e conosce il suo carattere, ho pensato che potesse garantire per lei.»

Shep Van Dorn si sporge in avanti verso Daniel, con un'espressione compiaciuta. «Be', vedi, Dan, non è proprio possibile. Mi dispiace dover essere io a dirtelo, ma Ana è una truffatrice e una ladra. È un'imbrogliona.»

Le parole colpiscono Daniel come un pugno.

Van Dorn annuisce e fa un sospiro. «Sì. È un vero peccato. Ha rubato un braccialetto d'oro a casa nostra. Quando l'ho scoperto, era troppo tardi. Lo ha fuso per farne denti per lei e per suo fratello. Furba, eh? Con tutto il turismo che arriva in Spagna, alcuni di questi mendicanti sono diventati truffatori di talento. Non puoi nemmeno regalargli niente. Lo rivendono.»

Daniel ricorda la conversazione a Vallecas, sul rivendere i regali che lui aveva portato. Ana lo ha forse ingannato per tutto questo tempo? No, non è vero.

«Volevo avvisare le autorità, ma sfortunatamente Nick ha preso parte ad alcuni intrallazzi con Ana e non volevo attirare l'attenzione su di lui. Sono una specie di coppia. Quindi l'abbiamo trasferita qui all'Hilton, sperando che avrebbe cambiato abitudini sotto l'occhio vigile di un supervisore. Ma pare proprio che sia tornata ai suoi vecchi trucchetti. È una professionista.»

Daniel fissa Van Dorn, incapace di parlare.

«Lo so, è terribile. Una cosina così bella. Che spreco.»

Lorenza appare al fianco di Van Dorn. «Il cameriere arriva con il suo scotch, *señor.* Voleva aprire una bottiglia nuova.»

«Tu non vuoi aprire la mia bottiglia, topolina?» dice Van Dorn con un sorriso.

Lorenza increspa le labbra, fissando Van Dorn. Si arrotola una ciocca di capelli e getta la testa indietro in una risata.

In un attimo, l'obiettivo di Daniel cambia. La sua attenzione si affina.

Van Dorn osserva Lorenza allontanarsi, poi riprende a parlare. «Ci sono molti pesci nel mare, Dan. Detto tra noi, va bene provare una nuova pozza di tanto in tanto, ma è più intelligente pescare nel tuo laghetto, se capisci cosa intendo», dice. «Laura Beth è una ragazza fantastica.»

Un pugno. Basterebbe quello. E lo farebbe sentire bene. Aggressione? No. Un regalo al corpo diplomatico.

Daniel si alza per andarsene, combattendo l'impulso disperato di serrare i pugni. «Grazie per l'informazione, signor Van Dorn. L'apprezzo molto.»

«Oh, abbiamo già finito?» Shep Van Dorn lo fissa con un sorriso.

Daniel sorride a sua volta. «Oh sì, signore. Abbiamo finito.»

113.

Daniel si dirige verso l'ascensore.

«Texano!» grida Carlitos. «Ho i suoi francobolli.»

Carlitos gli fa un cenno discreto con la testa, facendogli scivolare in mano un foglio.

Tom Collins. Domattina alle 10. Sorolla.

«È ancora qui?»

«L'hanno scortata fuori dall'hotel dopo che mi ha dato il messaggio.»

«Grazie, Buttons.» Infila la mano in tasca per prendere la mancia.

«No, no.» Carlitos scuote la testa. «Questo favore è per Ana. Non capisco com'è potuto succederle.» Il ragazzino è sull'orlo delle lacrime. «Texano, posso chiederle una cosa? La bella ragazza del Texas... è davvero la sua ragazza?»

«No, Buttons.»

«*Ay*, infatti non mi sembrava.» Carlitos fa un sorriso soddisfatto.

Daniel sa che Carlitos vede molte cose nell'hotel. «Buttons, detto tra noi, cosa pensi del signor Van Dorn laggiù?»

Carlitos si sporge verso Daniel. «*Ay*, texano, non so nulla. Ma una volta le mie zie mi hanno raccontato la storia di Don Juan, un uomo camuffato che era in grado di manipolare il linguaggio e sedurre le donne. Sa la nostra epidemia di influenza spagnola, molti decenni fa? Inizialmente era ritenuta innocua, ma si è rivelata mortale. Alcuni ancora la chiamano *Don Juan*. Quindi, vede, non so nulla del signor Don

Juan laggiù, tranne che non ha mai dato una mancia. Il personale preferisce suo figlio, che è più generoso.»
E, questa volta, Carlitos accetta la mancia da Daniel.

Daniel torna nella sua stanza. Dovrebbe chiamare Nick? Si avvicina al telefono.
No. Chiamerà Ben.

114.

Per mantenere il suo amico allerta e sveglio per l'allenamento, Rafa racconta i dettagli storici.

«Francisco Romero di Ronda», dice Rafa. «Pensa a lui domenica, quando combatti. È l'uomo che dicono abbia inventato la *muleta* rossa. Ricorda, per molti anni la corrida è stata utilizzata per addestrare i cavalieri. Solo i nobili a cavallo affrontavano i tori.»

Fuga non dice niente. Continua a camminare come in trance.

«Naturalmente il rosso è solo una questione di tradizione. I tori sono daltonici e...»

Fuga gli fa cenno di tacere. Stanno immobili come statue sulla strada sterrata buia, con l'orecchio teso.

Rafa muove le mani a imitare una camminata. Fuga annuisce.

Cavalli.

Si nascondono sul ciglio della strada, riparandosi sotto una fila di cespugli stentati. «Oggi siamo in anticipo», sussurra Rafa. «Forse gli allevatori sono ancora nei campi?»

Rafa spera che siano gli allevatori. L'alternativa è molto peggio. I Corvi.

Il rumore non è insolito. Devono aspettare che gli altri se ne vadano o spostarsi su un altro lato del pascolo. Rafa è sdraiato sulla schiena e fissa il chiarore luminoso della luna. Lancia un'occhiata all'amico, a occhi chiusi, le braccia incrociate dietro la testa. Ma la fronte di Fuga è corrugata. È turbato.

Hanno trascorso così tante notti dormendo sulla terra spagnola che si sentono parte di essa. Ma, lentamente, le cose stanno cambiando. Se domenica Fuga si esibirà bene, gli verrà concesso un altro combattimento. Gli sarà permesso di allenarsi al macello. Un promotore con un grosso sigaro li accompagnerà da una città all'altra, dove Fuga combatterà contro i giovani tori nelle *novilladas.* Dormiranno in una bella macchina invece che per terra. E una volta che Fuga farà la sua *alternativa* – la sua cerimonia di laurea da novizio – diventerà un vero e proprio matador. A quel punto dormiranno negli hotel.

La quiete della notte finalmente scende. Fuga si alza e inizia a stirarsi. Fuga affronta tori adulti nei campi da oltre un anno. È diventato El Huérfano non di recente, bensì la prima volta che ha strisciato sotto il recinto di filo spinato.

C'è qualcosa di speciale in Fuga. Una sensazione. Una consapevolezza. Combatte nel buio, con la lampada della luna come sua unica guida. Facendo parte della *cuadrilla,* Rafa sarà al fianco del suo *amigo,* lo aiuterà, imparerà da lui. Sarà una bella vita, meglio che andare all'università. Ernesto Hemingway, un autore i cui libri sono stati banditi dal *Generalísimo* Franco, una volta scrisse: «Non c'è nessuno che viva la propria vita sino in fondo, a parte i toreri». Rafa è d'accordo con Don Ernesto.

Fuga si avvia da solo attraverso la strada verso il recinto del pascolo. Invece della coperta intrisa di ruggine, ha con sé la *muleta* rossa del costume di Julia. Rafa segue pazientemente il suo amico, sapendo che Fuga non lo lascerà mai indietro. Non attraverserà il margine del pascolo senza una preghiera.

Rafa si inginocchia davanti al filo spinato con il suo amico. «Nel nome del Padre, e del Figlio e dello Spirito Santo, amen», recita Rafa. Si fa il segno della croce.

Strisciano sotto il recinto.

115.

La notte è densa dell'odore dell'erba. I tori pascolano silenziosamente in branco, a cinquanta metri di distanza. Fuga si trova vicino alla mandria, creando un saldo legame. Non schernisce né deride l'animale per farlo avvicinare. Il toro lascia di sua iniziativa la mandria e si dirige verso Fuga. Sono a due metri di distanza. Il toro adulto è grande, la testa e le corna a livello delle spalle di Fuga. Rafa si allontana silenziosamente dal suo amico, in modo da essere abbastanza vicino per aiutarlo ma abbastanza lontano per non distrarlo.

La *muleta* pende dalla mano sinistra estesa di Fuga, in un elegante drappeggio. Il suo piede sinistro scivola in un passo allungato sotto la cappa, spostando il peso sul fianco destro. Rafa si alza, senza fiato, osservando emergere la forma di El Huérfano, in attesa del leggero movimento della cappa. Passa un momento. La cappa non si muove. El Huérfano rimane in una posizione magnifica, ma immobile.

Perché non fa roteare la cappa? Perché resta fermo come una statua? L'immobilità continua. Rafa non osa parlare, né interrompere lo scambio tra Fuga e il toro. Questa è la presenza. Il momento di completa immobilità sembra divino. Trascendente.

Bang.

Il suono.

No.

No.

No.

Il proiettile penetra Fuga attraverso la schiena. La forza del colpo spinge il suo petto in avanti, unendo le scapole. Lui fa un solo passo e cade in ginocchio, arrendendosi ai piedi del toro. Bolle di sangue scorrono sul retro della sottile camicia di batista di Fuga. L'animale torna verso il branco.

Rafa si precipita dal suo amico. Scivola sull'erba, prendendo Fuga in grembo. Sta ancora respirando. Il suo corpo trema. Rafa sente la vita e il sangue del suo migliore amico impregnargli i pantaloni.

«*Amigo*», ansima Rafa. «Sono qui.»

Gli occhi di Fuga sono aperti ma vacui. La sua mano si tende, cercando Rafa. I loro palmi si chiudono.

«*Sí*», dice Rafa, cullando il suo amico più caro, incapace di trattenere le lacrime che spuntano.

«Rafa. *Hermano.*»

«*Sí.* Fratelli. Sono qui, fratello. Sono sempre qui.»

«*Hermano*», balbetta Fuga. «*El fin.*»

«No.» Le lacrime rigano il viso di Rafa. «Starai bene. Ti prego. Non è la fine.»

Il corpo di Fuga rabbrividisce. Le sue dita lentamente allentano la presa sulla mano di Rafa. «*Sí. El fin.*» Le labbra di Fuga tremano mentre emettono il loro sussurro finale. «Rafa, non... avere paura.»

Il corpo di Fuga libera la tensione della forza vitale.

«*¡Amigo!*» geme Rafa. «No. Ti prego. *¡Hermano!*»

Rafa singhiozza, stringendo e dondolando così forte il corpo dell'amico che non sente nulla, nient'altro che il caldo sangue di Fuga che gli si raccoglie in grembo.

Sopraffatto dallo shock e dall'angoscia, Rafa non sente la canna del fucile... anche se gli tocca la nuca.

116.

Un cambiamento climatico porta un temporaneo sollievo da quelle temperature infernali. Puri siede sull'erba con i bambini più grandi, godendosi il sole del mattino. Presto verranno aggiunti tre palloni da calcio all'attrezzatura ricreativa dell'Inclusa. Il loro arrivo imminente ha causato un brivido di eccitazione.

«Diventerò un *futbolista*!» annuncia uno dei bambini.

Il piccolo abbandonato che Daniel ha trovato per strada si unisce alla conversazione. «Mio zio sa far rimbalzare un pallone da calcio sulla testa.»

«Bene, tuo zio sembra avere molto talento», dice Puri.

«Sì. Mi manca», dice il bambino, strappando l'erba vicino alle sue scarpe.

«*Ay*, io non sento la mancanza di casa mia», dice il bambino che vuole diventare un calciatore. «Non c'era mai abbastanza da mangiare. Qui ho da mangiare e un bel letto tutto per me. E presto avrò un pallone da calcio! A casa dovevo dividere il letto con i miei quattro fratelli. Avevo sempre i loro piedi sporchi sulla faccia.»

«*Bleah!*» Una bambina fa una smorfia.

«Neanch'io sento la mancanza di casa», dice José.

Puri guarda l'orfano. José è il bambino che ha perso il dente, quello che, secondo la madre, poteva farsi strada nel mondo da solo.

«C'erano otto bambini a casa nostra», dice José. «Mia madre era sempre stanca e arrabbiata. Gridava molto.» Abbassa la voce per imitare la madre. «*Voi marmocchi insopportabili mi manderete in manicomio!*»

Gli altri bambini ridono e si uniscono a lui nell'imitare gli adulti.

Una bambina salta in piedi. «Oh, oh, che ne dite di questo!» Punta un dito e lancia uno strillo acuto. «*Tu ingrata. Non sai quanto sei fortunata? Non hai un padre di cartone.*»

I bambini puntano le dita verso di lei. Si sbellicano dalle risate e rotolano nell'erba.

«Non mi ricordo i miei genitori», dice un bambino. «Che cos'è un padre di cartone?» chiede.

«È un padre che è stato ucciso in guerra», spiega la bambina. «La sua foto di cartone è appesa al muro ma non si può parlare di lui perché è un rosso.»

Puri abbassa lo sguardo in grembo. C'è la possibilità che anche lei avesse un padre di cartone? Il bambino che non ricorda i suoi genitori ha cicatrici circolari sulle gambe. Suor Hortensia dice che quando è arrivato dal *torno* da neonato aveva bruciature di sigaretta su tutti gli stinchi. Anche Puri ha delle strane cicatrici. «Eri un po' goffa da piccola», le dice sua madre.

È vero o è solo un altro segreto?

«Diventerò un *futbolista*!» ripete il bambino che ama il calcio. «Padre López dice che una volta un orfano giocava per il Real Madrid. Lo farò anch'io», dice, puntandosi il pollice sul petto.

I bambini urlano di gioia, parlano dei numeri di maglia e dei sedili allo stadio, dimenticandosi completamente la conversazione sui genitori e sui padri di cartone. Come dice suor Hortensia, sono ben nutriti, vestiti, istruiti e sicuri. Sono felici. Puri sa che non tutti gli orfanotrofi sono meravigliosi come l'Inclusa. Alcuni bambini parlano di altre istituzioni che sembrano terribili.

«Vogliamo dare ai bambini le migliori opportunità di prosperare, di essere cresciuti da coloro che dedicheranno risorse e garantiranno i valori cattolici», ha detto suor Hortensia. «Questi bambini rappresentano la migliore possibilità di proteggere il nostro futuro e tutto ciò per cui abbiamo lavorato così duramente.»

Proteggere il futuro. È una cosa a cui Puri non ha pensato. Il *Generalísimo* Franco, l'Auxilio Social, l'Inclusa, i medici, le suore e i sacerdoti: stanno semplicemente proteggendo il futuro? Con tutto quello che hanno fatto per rendere la Spagna il paese meraviglioso che lei ama, come potrebbe mai dubitarne?

Ma una parte silenziosa di lei lo fa.

La Spagna si protegge dai nemici malvagi, dai comportamenti licenziosi e dal peccato.

Mentire è un peccato. E Puri sa che il medico della clinica stava mentendo. Ma fare domande è un insulto al suo leader e al suo paese. È brutto e irriverente. Le viene un nodo in gola. A volte lei commette peccati. Cerca le verità per evitare la propria? Gli occhi le si gonfiano di lacrime.

La bambina le accarezza i capelli. «*Señorita,* perché piangi?» le chiede.

Puri scuote la testa e si sforza di sorridere.

Estamos más guapas con la boca cerrada.

È vero. Siamo davvero più belle con la bocca chiusa.

117.

Daniel siede nel giardino del museo vicino alla fontana dei sussurri.

Ana voleva nasconderlo. Nick voleva nasconderlo. I commenti in macchina tra suo padre e il signor Van Dorn non erano casuali. Dicendo che Daniel era un gentiluomo, suo padre insinuava che il signor Van Dorn non lo fosse.

E aveva ragione.

Nonostante le diverse circostanze, Daniel sa che lui e Ana sono più simili che diversi.

Ha chiamato Ben, che si è dichiarato d'accordo, borbottando e facendo ramanzine al telefono.

«No, non ho preso io le tue foto e, oh sì, notizia bomba: Shep Van Dorn è un verme. È risaputo. Ecco perché sua moglie non è mai a Madrid e il povero Nicky è così incasinato. Nick venne da me quando stava cercando di aiutare Ana. Sì, i denti d'oro provengono da un braccialetto, ma Ana non l'ha rubato. La famiglia glielo regalò per Natale. Shep flirtò con lei, insistette perché lo chiamasse per nome, le disse che l'avrebbe presa con sé all'ambasciata come segretaria o qualcosa del genere. Ana era troppo dolce per capire che si aspettava qualcosa in cambio.»

«Non può cavarsela così», ha detto Daniel.

«Oh, se la caverà per questo e per molto altro ancora. Dai, Dan. Politici e uomini d'affari ottengono ciò che vogliono. Quando Van Dorn non ci riuscì, be', diventò cattivo, cercò di intimidirla. Potrei raccontarti tante storie, sia divertenti sia terrificanti, su questi uomini di stanza all'estero. Prego che le storie finiscano negli archivi di Washington DC. C'era un ragazzo che arrivò in un villaggio...»

«Non voglio ascoltare storie. Dobbiamo fare qualcosa.»

Daniel ha sentito Ben dare un colpo alla scrivania. «Mi piace la tua energia, Matheson! Cos'hai intenzione di fare?»

«Scriverò all'ambasciatore.» Daniel ha fatto una pausa. «E scriverò al dipartimento di Stato per fargli sapere chi hanno messo a rappresentare il nostro paese.»

Daniel ha sentito Ben soffiare fuori un doppio polmone di fumo e accendere un'altra sigaretta. «Certo, puoi farlo. Il tuo senso della giustizia è corroborante. Ma ascolta, cowboy, se fossi in te – e credimi, vorrei esserlo – non perderei questo tempo. Hai diciannove anni a Madrid e sei innamorato, santo cielo. Non sprecare fiato con una testa di cazzo come Van Dorn. Questa è la tua ora d'oro. Noleggia la Buick e portala in Costa Brava. Abbassa i finestrini e goditi il sole sul viso. Camminate insieme sulla spiaggia. Fate foto. Rimanete alzati fino a tardi e dormite la mattina. Svegliatevi con la sabbia tra i capelli, la sabbia nelle mutande. Non tornare finché non finisci i soldi. Questo è il tuo momento, Dan. Afferralo e corri. Fai le cose che vedi nei film. Sono le cose che nessuno riesce a fare. Tu, invece, puoi, Matheson. Non voglio che tu mi chiami tra dieci anni lamentandoti che avresti dovuto fare questo e avresti dovuto fare quello. Come dice il proverbio, è più tardi di quanto pensi.»

Daniel ha fissato i numeri sul telefono di fronte a lui. «Hai fatto tutte queste cose?»

«Accidenti, no. Perché pensi che ti stia dicendo di farle? Così non finisci come me, solo al cinema alle quattro del pomeriggio, a fumare mucchi di sigarette e a guardare le coppiette che passeggiano sulla spiaggia della Costa Brava.»

Daniel ha sorriso.

«Ascolta, Matheson, tu mi piaci. Sei un diavolo di fotografo e tiri pugni come Joe Louis. Non ho idea di cos'altro fai. Ma qualunque cosa sia, ora è il momento di farlo.»

118.

«*Hola.*»

Ana appare vicino alla panchina. Indossa l'abito sbiadito che aveva al ballo.

Daniel ha provato il discorso tantissime volte. Scriverà delle lettere. Faranno un viaggio, come ha suggerito Ben. Passeggeranno sulla spiaggia. Ma ora che è di fronte a lui, bella e sconfitta, riesce a dire solo: «Ana, mi dispiace molto».

Si siede vicino a lui, ma la naturalezza della loro notte insieme è svanita. «Non è colpa tua.»

«Sì, invece, certo. Sono stato io a convincerti a venire nella mia stanza.»

«Non è per questo che mi hanno licenziato.»

«No?»

«No. Hanno trovato il libro di Sorolla con la tua dedica a Tom Collins. Mi hanno accusato di essere una ladra.»

«Ana, non sei una ladra. È solo un malinteso. Parlerò con il tuo direttore.»

«No. Non possono sapere di noi.»

«Abbiamo cenato insieme. Tutto qui.»

«Non è tutto.» Ana lo guarda. «Le foto, il ballo», abbassa la voce, «i baci. Ho infranto tante regole stando con te. È stato sciocco.»

«Pensavo lo volessi.»

La voce di Ana si fa sussurrante. «Certo che lo volevo. Voglio molte cose che non posso avere. Per te questa è una vacanza, ma per me è la vita reale. Sono la figlia di repubblicani. Capisci cosa significa in questo paese? Questa non è l'America. So che è difficile per te capire perché sei più simile a loro.»

Daniel si ritrae per lo shock. «Aspetta, stai dicendo che sono un fascista?»

«Sto dicendo che non sei prigioniero della povertà e del silenzio. Non potresti mai capire com'è per me.»

«Voglio imparare. Mi puoi aiutare. Ho un piano. Frequenterò l'università a Madrid. Andremo a Valencia.»

«Tu potresti avere molti piani. Ma non capisci? Io ho perso l'unica possibilità che avevo.»

«Non è vero.»

Ana lo guarda. I suoi occhi si riempiono di lacrime, che le scendono lungo le guance.

Quel pianto gli stringe il cuore. «Non piangere», sussurra Daniel. «Possiamo stare insieme.»

«No, non possiamo.» Un fiotto di lacrime riga il viso di Ana. «Devo andare.»

Daniel si alza con lei. «Non andartene. Cerchiamo un posto tranquillo per parlare.»

«No!» esclama lei piangendo. «Julia ha bisogno di me. Lali è agitata e Rafa non è tornato a casa ieri sera.»

«Ana, per favore», sussurra Daniel. Le prende delicatamente la mano. «Almeno lascia che ti riaccompagni a Vallecas.»

Ana guarda le loro mani giunte, con gli occhi gonfi di lacrime. «Ti sto implorando», dice. «Ti prego, smettila. Stai rendendo tutto più difficile e mi stai facendo male.»

Daniel le lascia andare la mano.

«Grazie.» Ana gli tocca la guancia. Le sue parole sono pronunciate tra i singhiozzi. «Sei meraviglioso. Davvero.» Lo guarda, le labbra tremanti. «Ma non puoi amarmi. Non mi capisci. Addio.»

Ana lo bacia e corre via dal giardino.

119.

Sono in coda per il sangue.

Uno dopo l'altro, i Corvi marciano verso la cella della prigione affollata. Interrogano Rafa. Continuano a porre le stesse domande. Ancora.

«Qual era il nome completo del tuo amico?»

«Non lo so.»

«Quanti anni ha?»

«Non lo so.»

Non gli credono. Sollevano una foto di Fuga. Dove l'hanno presa?

«Come fa un uomo che piange una perdita dal profondo dell'anima a non sapere il nome del suo *amigo*? Sei un bugiardo.»

Rafa allunga la mano attraverso le sbarre della cella per prendere la foto. La strappano via. «*Él quería ser torero*», dice Rafa. Voleva diventare un torero. Tutto qui. Continua a ripeterlo.

«E tu?» chiedono.

Rafa abbassa la testa. «Io promisi di proteggerlo,» dovrebbe dire. Ma non lo farà. I Corvi non meritano questa soddisfazione.

Quando i Corvi si allontanano, un prigioniero accanto a lui sussurra: «Non dirgli niente. Di' che vieni dall'Andalusia, che te ne andrai da Madrid e non tornerai più.»

Nella cella della prigione c'è anche un uomo di Vallecas. Si avvicina. «Ha ragione, Rafa. Non dirgli niente. Non sei mai stato arrestato. Non ti conoscono come conoscono noi. Vai in fondo alla cella, dove non ti possono vedere. Ti terranno qui per qualche settimana. Quando uscirai, prendi la strada che va verso sud da Madrid. Ti seguiranno per un pezzo. Tu continua a camminare. Alla fine, padre Fernández verrà a cercarti. Lo fa sempre. Ti riporterà a Vallecas. Funziona così.»

Rafa non gli dà retta. Afferra le sbarre della cella, cercando di strapparle mentre urla: «Dov'è? Vi prego, lasciatemi seppellire il suo corpo!».

L'uomo di Vallecas gli mette una mano sulla schiena per confortarlo.

Rafa non sopporta l'idea che Fuga venga gettato in una fossa comune, il suo corpo inerte cosparso dalla terra della sua stessa pala.

«Chi è la tua famiglia?» chiedono i Corvi.

La domanda si insinua in Rafa. La sua famiglia. Se scoprono chi è lui, Julia, Antonio e Ana potrebbero essere tutti puniti? I loro anni di anonimato a Madrid, conquistato a fatica, saranno rovinati?

«Conoscete la mia famiglia,» vuole rispondere. «Quando ero piccolo, vi ho visto uccidere mio padre. I miei genitori erano insegnanti rispettati. Avete arrestato nostra madre perché aveva cucito bandiere.»

E non dimenticare i bambini.

Rafa solleva di scatto la testa. La voce è di Fuga. È chiara e vicina.

Questo mi ricorda il periodo che abbiamo passato nella cella di punizione nella casa dei ragazzi. Ti ricordi?

Rafa si guarda alle spalle. Guarda fuori dalle sbarre.

Non là fuori, amigo. *Qui dentro.*

120.

Puri corre da un mobiletto all'altro, aprendo e chiudendo i cassetti.

Dov'è il 1940, l'anno della sua nascita? I suoi genitori si sono conosciuti e sposati a Madrid. Se l'avessero adottata, lo avrebbero fatto all'Inclusa. Le batte forte il cuore. Ha il collo gelido di sudore. Da quanto tempo è nel seminterrato? La suora avrà notato che le chiavi non sono più sulla sua scrivania?

Prende un fascicolo. Anno: 1940.

I numeri assegnati agli orfani non significano nulla per lei. Deve cercare i nomi dei suoi genitori.

Ci vuole troppo tempo. Chiude con un colpo il cassetto.

Si dirige verso la fila successiva di armadietti. *Più veloce, Puri. Più veloce!* Gira l'angolo e va a sbattere contro il muro. Mentre cade sul pavimento di cemento, le chiavi di ferro le scappano di mano e finiscono a terra.

Puri alza lo sguardo. Non è un muro. Sono vesti bianche e inamidate.

Di suor Hortensia.

Fissa Puri. In silenzio.

«Sorella...» Puri fa per rialzarsi a fatica.

«No, resta lì. È da un po' che ti ascolto frugare negli armadietti. Sapevo che stavi tramando qualcosa. Non aggravare i tuoi orribili peccati con delle bugie. Cosa stai cercando, Purificación? Dimmelo.»

Lo schiaffo della condiscendenza e le parole «orribili peccati» scatenano una rabbia familiare in Puri. «Sto cercando... risposte», dice in tono piatto.

Suor Hortensia apre le braccia. «Ah... e cosa vorresti sapere?» La suora incombe su di lei, le sopracciglia inarcate, in attesa. La sua espressione si ammorbidisce di colpo. Fa un sospiro profondo e abbassa le braccia. «Dimmelo, bambina.»

Puri nota il ritrarsi della sua smorfia, la sua aria preoccupata. Prende la decisione. «Sono stata adottata, sorella? E, se è così, i miei genitori hanno dovuto pagare una ridicola somma di denaro per me?»

La bocca di suor Hortensia si tende in un sorriso tirato mentre lei annuisce lentamente. «Ridicola. Capisco. Stai cercando la tua storia, Purificación? Perché non l'hai detto subito? Bene, cominciamo. C'era una volta un paio di sporchi rossi che crearono una bambina degenerata. Ai rossi importava più di sé stessi che della bambina, quindi l'abbandonarono. La bambina ebbe la benedizione di essere adottata da una coppia meravigliosa e amorevole. Ma nonostante molti anni di sforzi, e anche le migliori intenzioni della ragazza, è rimasta marcia dentro. Vedi, come i suoi genitori rossi, le importava più di sé stessa che degli altri... al punto di rubare le chiavi di un archivio privato, introdursi di nascosto, violare le leggi sulla riservatezza e commettere crimini contro la nazione spagnola. Oh, cara, come può finire la storia? Forse dovrei chiamare la polizia e lasciare che decidano loro.»

«No. La prego», grida Puri.

«*Sí.*» Suor Hortensia annuisce. «La polizia o la Guardia Civil sapranno meglio come gestire questa faccenda.» La sua voce si fa più profonda e parla a denti stretti. «Dammi le chiavi.»

Puri prende le chiavi e si getta ai piedi di suor Hortensia.

121.

Non mi capisci. Stai rendendo tutto più difficile e mi stai facendo male. Come ha potuto dirgli quelle cose? Daniel è turbato e al tempo stesso arrabbiato.

Rientra in hotel e Carlitos si precipita al suo fianco. «Tornerà? Si può fare qualcosa?»

Daniel scuote la testa. «Non credo, Buttons.»

Carlitos stringe i pugni. «Lorenza dice che Ana è nei guai perché ha rubato qualcosa. Ma so che non può essere vero.»

«Non credere a Lorenza.»

«*Ay*, certo che no! Lorenza e l'uomo dell'ambasciata stanno creando guai insieme.»

Daniel si ferma e si volta a guardare Carlitos. «Quale uomo dell'ambasciata?»

Carlitos esita.

«Dai, Buttons. Ho bisogno del tuo aiuto. Quale uomo dell'ambasciata?»

Carlitos si sporge verso Daniel e indica la hall dove è seduto Nick. «Quello di cui abbiamo parlato, suo padre. Don Juan. Ma, *señor*, non preoccuparti. Sono solo pettegolezzi e dicerie del seminterrato.»

«Cos'altro hai sentito nel seminterrato?»

Carlitos si guarda rapidamente intorno. Fa un respiro. «Dicono che Lorenza lusinga Don Juan, così lui le darà dollari americani e informazioni. Lei vuole l'attenzione di tutti gli uomini. Lorenza ha frequentato Rafa, ma solo perché Fuga l'ha respinta. Rafa ha rotto con Lorenza e adesso lei è arrabbiata. Dicono che Lorenza sia gelosa di Ana e scriva biglietti segreti per spaventarla. La dolce Ana non ha idea che sia Lorenza.»

Carlitos scuote la testa in modo tragico.

«Quanta stupidità. Ma io so qualcosa di Lorenza che nessuno sa.» Annuisce, facendo cenno a Daniel di avvicinarsi. «Il padre di Lorenza», sussurra, «indossa un mantello. È della Guardia Civil. Naturalmente Rafa non lo sa. Scommetterei un secchio di *pesetas* che non lo sa neanche Ana.»

Daniel fissa il fattorino, cercando di elaborare le informazioni: Lorenza ha scritto dei biglietti ad Ana? Rafa usciva con Lorenza?

Il padre di Lorenza è un Corvo. Gli tornano alla mente le parole di Ben: «Stai alla larga da quelle labbra di fuoco. Non sai con chi le faccia parlare».

«Grazie, Buttons. Il tuo aiuto vale più di un secchio di *pesetas.*» Prende una banconota di grosso taglio dal portafoglio e la dà a Carlitos.

I tentativi del ragazzino di sembrare maturo svaniscono e si mette a saltellare per l'eccitazione. Punta le dita contro Daniel, come pistole. «Tex-has. *Bang! Bang!*»

Daniel attraversa la hall fino a Nick, la cui faccia porta ancora i segni dell'incidente del vicolo.

«*Hola,* cowboy», dice Nick. «Giornate difficili, eh?»

Daniel si siede di fronte a lui. «Ho parlato con tuo padre. Dopo la rissa ha detto che mi doveva un favore. Quindi gli ho chiesto di far riassumere Ana.»

Verità e rimpianti si leggono in faccia a Nick. «Oh, Dan, io...»

«Non preoccuparti. Ho capito da solo. Ben mi ha ragguagliato sul resto.»

«È solo che... io e Ana... abbiamo fatto una promessa.» Nick si guarda intorno prima di parlare. «È molto complicato. L'ambasciata, mia madre, è imbarazzante per entrambi.»

«Capisco.»

«No, non credo», dice Nick. Il suo tono si addolcisce. «Vedo i tuoi genitori insieme. Tuo padre è un uomo affidabile, un uomo d'onore. Mio padre? Shep è un dissoluto. Non posso nemmeno portare una ragazza a casa. È terribile e umiliante. È un gioco per lui. E a volte le persone ne rimangono ferite. Io. Mia madre. Ana. Le hai parlato?»

«Poco fa.»
«E?»
Daniel scuote la testa, sforzandosi di trattenere le proprie emozioni. «Nick, parlale tu per me. Ti prego. Non posso lasciare che le cose finiscano così.»
«Certo. Posso provarci», dice Nick in tono serio. «Voglio aiutarti. Cosa vuoi che le dica?»
«Dille di incontrarmi per cena. Una vera cena. Dille di venire da Lhardy domani sera alle nove. Lo farai? Ho solo bisogno di stare qualche ora con lei, per chiarire le cose.»
«Va bene, lo farò.»
Daniel fissa Nick. Può fidarsi di lui? «Nick, promettimi che porterai Ana lì.»
«Lo farò. Ti devo questo e altro.»
Nick Van Dorn è davvero in debito con lui. Ma ha appena detto a Daniel che non capisce. Nick, Fuga, Ana. Tutti dicono che lui non capisce. Invece lui è sicuro di sì. Cosa gli sfugge?
«Di' un po'... Dan», balbetta Nick. «C'è una cosa di cui vorrei parlarti.»
Laura Beth appare nella hall. Cammina verso di loro con un vestito verde smeraldo e guanti bianchi. «Ehilà. Daniel, ho chiesto a Nick di farmi visitare Madrid.»
Nick guarda Daniel e alza le spalle imbarazzato.

122.

«Che cosa vuoi dire con "stiamo partendo"?»

«L'accordo è concluso, Dan. È stato più veloce di quanto pensassi. Franco voleva definire le cose prima della sua battuta di pesca. Ora siamo impazienti di tornare a casa. Abbiamo prenotato un volo per dopodomani.»

«Be', mi dispiace. Io devo restare. Solo per qualche settimana ancora. Era questo il piano.»

Sua madre si siede vicino a lui sul divano. «Il piano è leggermente cambiato. Avremo bisogno di te a casa, tesoro.»

«Non ti senti bene?»

«Al contrario. Sto benissimo.»

«Avremo bisogno di te, be', perché ci sono delle novità», dice suo padre. «Molto eccitanti.»

Sua madre gli prende delicatamente le mani tra le sue. «Daniel, amore mio», il suo viso si riempie di luce, «è davvero una novità eccitante. Tuo padre mi ha detto che sapevi dei nostri contatti con l'orfanotrofio, ma ora è confermato. Abbiamo adottato una bambina.»

123.

Ana piange al tavolo. Lali piange nella sua cassetta.

«Padre», ansima Julia, fissando il prete. «Rafa. Fuga. La prego, mi dica che non è vero.»

«Mi dispiace, figliola.» Il prete esce dalla loro baracca, un omino gravato dal dovere.

Julia diventa pallida come la carta. Si appoggia al tavolo per non cadere. Piccoli fremiti le attraversano le membra finché tutto il suo corpo comincia a tremare.

«Julia», singhiozza Ana. «Mi dispiace tanto.»

«Non piangere. Sono qui», sussurra sua sorella, lo sguardo perso nel nulla. «Padre Fernández dice che rilasceranno Rafa tra qualche settimana.»

Nonostante le suppliche di Julia, Ana e Rafa l'hanno delusa. Non è giusto chiedere alla loro sorella maggiore di sacrificare così tanto. Ad Ana tornano in mente delle parole che le tormentano il cuore:

Adesso abbiamo cinque bocche da sfamare a tavola. Nessuno può perdere il lavoro.

Il mondo all'hotel è una fiaba. Quello non è il nostro mondo.

Julia l'aveva avvisata. Più volte. Ma, nonostante gli avvertimenti, Ana ha iniziato a sognare con la parte più profonda del proprio cuore. Un giovane onesto e degno di fiducia l'ha trattata con gentilezza e rispetto. Alla fine lei si è sentita al sicuro. Si è concessa di amarlo. Ma è stata egoista. Ha messo le proprie speranze e i propri sogni davanti alla sua famiglia e ora soffriranno tutti per causa sua.

Ana si asciuga le lacrime e solleva la nipote dalla cassetta arancione, baciandole la testa e consolando il suo pianto.

Deve aiutare sua sorella. Deve distrarsi dal dolore lancinante di aver perso il lavoro, di aver perso Daniel.

La gravità della situazione spinge Julia su una sedia.

«Chiederò a Luis se puoi aiutare nel negozio o pulire la sua casa», mormora Julia. «Padre Fernández ha detto che gli uomini stanno facendo una colletta per Rafa. Dovremo usare i soldi che ho risparmiato per l'appartamento.» Julia parla all'aria, facendo piani ad alta voce.

«Julia», dice Ana.

«Sì, useremo i soldi dell'appartamento.»

«Julia», ripete Ana. Ma sua sorella la ignora.

«Zia Teresa. Sì, zia Teresa ci aiuterà.»

«Julia!»

Lo sguardo di sua sorella finalmente vaga verso di lei.

«Lali», dice Ana, toccando le guance arrossate della bambina. «Lali ha la febbre.»

124.

Rafa è appoggiato al sudicio muro di pietra in fondo alla cella. I topi rosicchiano e raspano le suole delle sue scarpe. Vuole confessarsi, essere da solo in presenza del suo caro e fidato sacerdote. Padre Fernández lo capisce. Lo ascolta sempre. È sempre interessato, sempre giusto.

Rafa chiude gli occhi. Scosta le tende del confessionale immaginario e si siede sulla panca di legno liscia. Comincia la sua confessione silenziosa.

«Ave Maria purissima», dice Rafa.

«Concepita senza peccato», risponde il sacerdote.

«Padre, lei mi hai sostenuto e guidato da quando sono arrivato a Vallecas. Ora mi trovo a un bivio della mia coscienza.»

«Cosa ti preoccupa, figliolo?» chiede padre Fernández in tono gentile.

«Il concetto di sacrificio. Vede, pensavo che il sacrificio consistesse nel fare qualcosa controvoglia. Ma ora lo metto in dubbio. Mio padre e mia madre hanno sacrificato le loro vite in difesa dell'istruzione. Lo hanno fatto di loro spontanea volontà. Probabilmente ha sentito parlare del mio amico Fuga, El Huérfano. È stato promosso in paradiso perché ha compiuto un grandissimo sacrificio. E, padre, lui sapeva esattamente cosa stava facendo.

«Fuga aveva... un sesto senso. Percepiva le bugie sui bambini e le minacce ad Ana. Anche in quell'ultimo istante, era consapevole. Io sono rimasto lì nel campo ad aspettare che El Huérfano roteasse la cappa, ma non lo ha fatto. Ero confuso. Non avevo idea di cosa stesse succedendo. Invece Fuga lo sapeva. Sapeva che dietro di noi c'era un uomo. Sapeva che quell'uomo aveva un fucile. Ma non si è voltato.

«All'inizio non riuscivo a sopportarlo. Vede, quello non era Fuga, padre. Lui non avrebbe voltato le spalle a niente e a nessuno, né alla paura, né alla morte. Quindi mi chiedevo, perché non ha affrontato il suo avversario?

«Sono rimasto seduto in questa cella tra i topi, padre, a interrogarmi. Mi rendo conto che sembra folle ma, quando zittisco la mia mente, riesco a sentire Fuga. Mi porta pensieri nel buio. Ed ecco cosa ho scoperto.

«Fuga sapeva che se si fosse girato e fosse fuggito avrebbero sparato più colpi. Sapeva che avrebbero potuto colpire gli animali o me. Così ha combattuto, in una posa maestosa, l'ultima battaglia della sua vita, e sa una cosa?» La voce di Rafa trema di emozione. «Non aveva paura. E così le confesso, caro padre, di sentirmi confuso. Fuga non c'è più. Colpito da un proiettile. Dovrei sentirmi in colpa e pieno di paura. Ma, in qualche modo, mi sento più che mai legato al mio amico e più che mai orgoglioso di lui. Fuga non ha mai accettato compromessi. Non si è mai scusato per chi o cosa era. Il suo passato difficile non era per lui un peso bensì un'ispirazione.

«I miei sentimenti e questa comunicazione con Fuga mi lasciano tranquillo, ma mi fanno anche dubitare dell'equilibrio della mia mente. Eppure sono certo che Fuga è stato promosso in cielo. Lo sento. È un angelo in un *traje de luces* celeste. E sa cosa sta facendo? Si prende cura dei bambini. Tutti i bambini poveri, i bambini dimenticati, i bambini rubati.

«El Huérfano si prende cura dei suoi.»

125.

Daniel è sdraiato sul letto dell'hotel e fissa il soffitto. Un leggero bussare alla porta. Si alza di scatto, sperando che possa essere Ana.

Carlitos entra nella stanza e chiude la porta.

Tutta la spavalderia e la malizia sono svanite dal suo volto. Non è più un tuttofare o un fattorino. Il suo labbro inferiore freme e gli tremano le mani.

«Che cosa succede, Buttons? Cosa c'è che non va?»

Carlitos nasconde la faccia nell'incavo del gomito. Scoppia a piangere.

Daniel si inginocchia. «Ehi, va tutto bene.»

«Non va bene», grida Carlitos. «Fuga... El Huérfano... gli hanno sparato nei pascoli. Hanno messo Rafa in prigione.»

«Chi te l'ha detto?»

«Lorenza.» Carlitos tira su con il naso. «El Huérfano è morto.»

«Che cosa? Ana lo sa?» gli chiede Daniel.

«Lorenza ha detto di sì.» Carlitos annuisce. «*Ay*, io odio Lorenza. Probabilmente è tutta colpa sua.» Pesta il piede e trema per le lacrime.

Daniel cerca di far calmare Carlitos meglio che può, provando a dominare le proprie emozioni e l'impulso di correre a Vallecas.

Squilla il telefono. È Nick.

«È vero?» chiede Daniel.

«Purtroppo sì. Un uomo di Vallecas era in prigione con Rafa e ha sentito la storia. Hanno sparato a Fuga alla schiena.»

Daniel tiene l'orecchio incollato alla cornetta, sbalordito. «Dov'è Rafa? Dobbiamo andare a Vallecas.»

«Dan, non stai ragionando con lucidità. Fuga e Rafa sono considerati criminali. Rafa non vuole che le autorità sappiano chi è né che vive a Madrid, per non mettere in pericolo la sua famiglia. Una volta rilasciato, probabilmente scomparirà per un po'. E Fuga, lui era considerato un vagabondo. Probabilmente hanno scaricato il suo corpo in una fossa comune da qualche parte, con i protestanti.»

Daniel ricorda la sua ultima conversazione con Fuga. La promessa che ha fatto. La loro stretta di mano. «Nick, sei sicuro che abbiano sparato a Fuga perché stava violando la proprietà privata del pascolo?»

«Certo, perché altrimenti avrebbero sparato al ragazzo?»

Daniel pensa alle bare vuote nel cimitero. Pensa alla Guardia Civil.

Lorenza. *Probabilmente è tutta colpa sua.*

Carlitos ha ragione? Lorenza potrebbe aver dato informazioni a suo padre?

La paura si insinua in lui dai buchi sulla parete dove erano appese le sue foto mancanti.

126.

Lo scontro con suor Hortensia continua a vibrare dentro Puri. Ha lo stomaco serrato, il terrore le martella le tempie. Le minacce. Cosa dovrebbe fare?

«Cosa c'è che non va, Puri?»

«È tardi e sono molto stanca. Voglio andare a letto.»

«È un'emergenza», la rimprovera sua madre, stringendosi la grossa borsa al petto. «Julia non chiederebbe aiuto se non fosse una situazione grave.»

Puri scende dal taxi al buio e segue la madre attraverso la strada piena di buche che porta al quartiere di Vallecas. Passano davanti a una donna avvolta in uno scialle, seduta fuori da una baracca, che rivolge loro uno sguardo pungente.

«Sai dove stai andando?» sussurra Puri.

Sua madre annuisce.

«Sei già stata qui?»

Sua madre non risponde. Altri segreti.

Puri non è mai stata a casa di Ana. Di solito si incontrano in un bar.

Le porte delle baracche sono aperte per permettere al calore dell'estate di disperdersi. Puri osserva le case fatiscenti addossate l'una all'altra, e le persone all'interno. Il fosso della fogna si scava il passaggio al lato della strada. Vivono davvero lì? Come hanno potuto permetterlo i suoi genitori? Perché non li hanno portati a vivere a casa loro? Sarebbero stati stretti, ma sicuramente meglio di così.

Puri segue la madre, che si precipita dentro una porta aperta.

«Zia Teresa», dice Julia con un sospiro. «Grazie per essere venuta.»

«Sta meglio?»

«No. Sembra che stia peggiorando», risponde Julia.

Puri è sulla soglia della baracca ed esita a entrare. Ana si avvicina e le dà un bacio sulle guance. «*Hola*, Puri.»

Il bel viso di Ana è distrutto. «Non ti senti bene neanche tu?» le chiede Puri.

Ana fa un sorriso dolce e scuote la testa. «Siamo un po' giù di morale.»

«Dov'è il marito di Julia? Dov'è Rafa?» chiede Puri.

«Antonio è al lavoro. Rafa... è anche lui al lavoro», risponde Ana.

«Non ho ghiaccio né alcol», dice Julia.

Puri scatta in azione. «Non devi usare nessuno dei due con un neonato. L'alcol può penetrare nel circolo sanguigno e portare ad avvelenamento. Se ha la febbre alta, dobbiamo portarla in ospedale.»

«No!» La risposta arriva da Ana e Julia, all'unisono.

«Niente ospedale», supplica Julia. «Ti prego, zia Teresa.»

«Capisco, cara», risponde.

Sono impazzite tutte? Ovvio che dovrebbero portare la bambina in ospedale. La febbre segnala un'infezione. Se non curata, la bambina potrebbe avere un attacco o delle convulsioni. Mentre sua madre fruga nella borsa che ha portato, Puri si precipita a guardare la bambina.

«Toglile le fasce e la coperta», ordina a Julia. «Trattengono il calore.»

Puri tiene in braccio Lali mentre Julia leva la coperta. Lali piange per il fastidio e la febbre. Una volta tolta la coperta, Puri la immerge in un secchio d'acqua lì vicino e inizia a spugnare la bambina. Abbassa lo sguardo su Lali. Il suo cuore si ferma. Un brivido sale sulla sua pelle.

Gli occhi di Puri guizzano verso Julia. «Che cosa... cos'è questo?» le chiede.

«Cosa intendi?» replica Julia. «È la mia bambina. Lei ha la febbre. Aiutami!»

Puri fissa la bambina. Chiude gli occhi.

¡Virgen Santa! Cosa ho fatto?

127.

Daniel è seduto a tavola e fissa la fiamma tremolante della candela. Passa un dito sulla scritta blu in corsivo, sul bordo del piatto. *Lhardy*.

Nick ha detto di aver riferito ad Ana della cena. Sarà vero? Oppure ha bevuto troppo e se n'è dimenticato?

Sua madre ha fatto acquisti di vestitini per bambini, suo padre ha preparato i documenti per l'immigrazione. Lui ha trascorso la giornata da solo.

Daniel ha camminato per tutto il cimitero. È rimasto nel capanno di lamiera vuoto pensando a Rafa, a Fuga e al baratro tra la loro vita e la sua. Ha fotografato la leggera depressione nel letto di paglia che di solito conteneva Fuga. Ha raccolto quelli che sembravano essere gli unici beni di Fuga: un ritaglio da una rivista su un toro Miura e un piccolo ciondolo d'oro con un'immagine di smalto incrinato della Beata Vergine Maria. Carlitos li porterà ad Ana.

Ha ritirato i suoi ultimi rullini di pellicola da Miguel e ha pranzato con Ben per restituirgli il badge per la stampa.

«Queste sono alcune foto che io e Miguel abbiamo scelto per il concorso. Miguel ha ristampato le foto mancanti.»

Ben ha esaminato la fila di immagini:

Il generale Franco con il padre di Daniel – Bambini scalzi a Vallecas – Donne in coda per il sangue – Fuga nel suo costume da torero – Bambini che fanno il saluto romano alla foto di Franco – Bicchieri di champagne sul tavolo da pranzo di Van Dorn – La suora con il neonato morto – Le piccole bare vuote – Le sagome minacciose della Guardia Civil.

Ben fremeva per l'eccitazione. «Santo cielo. Questi scatti sono decisamente provocatori, Matheson. "Provocatori", questa è la parola giusta.» Ben ha buttato fuori un serpente di fumo. «Quella foto alla Guardia Civil... santi numi.»

«Grazie. Ho bisogno di un titolo per presentare il saggio. Stavo pensando... "Guerra dopo la guerra."»

«SÌ!» ha gridato Ben. «Svelto, scrivilo!»

Ha agitato la sigaretta con entusiasmo, decorando la cravatta con scaglie di coriandoli accesi.

«Ma come finale», ha continuato Ben, «aggiungi l'autoritratto insanguinato che hai scattato nello specchio dell'ascensore, dopo la zuffa di Nick. Quella foto mostra un rito di passaggio.»

«Lo pensi davvero?»

«Ne sono sicuro. Le tue foto hanno la grinta di Capa e la sete di Dorothea Lange. E vedere un giovane fotografo insanguinato? Questo racconta una storia in sé.»

Daniel ha annuito, in silenzio. Ha sfogliato il mucchio di foto per recuperare la stampa di cui parla Ben. L'ha lanciata sul tavolo senza guardarla.

Ben ha osservato Daniel e il suo entusiasmo si è smorzato. «Non è colpa tua, Dan. Entrare nel pascolo di un allevatore è altamente illegale. La colpa è di Lorenza. Si è sentita rifiutata ed è diventata vendicativa. Ha rubato le foto dalla tua stanza. È stata Lorenza, non le tue foto, a condurli a Rafa e al suo amico.»

«Come fai a saperlo con certezza?»

«Non lo so, infatti. Ma quello che so è che sei un vero talento. Vincerai questo fantastico concorso fotografico, andrai alla scuola di giornalismo e tornerai a prendere la tua ragazza.»

«Adoro il tuo ottimismo.»

«È innegabile. Il mondo è pieno di Lorenze: persone gelose e disoneste. Ma voi due?» Ben ha preso il mucchio di foto, ne ha estratte due e le ha messe l'una di fianco all'altra. Erano la timida foto di Daniel a La Violeta e la foto di Ana che solleva coltello e forchetta, con un'espressione dolce. «Guarda voi due. Questa è la verità.»

Daniel fissa la sedia vuota di fronte a sé. I camerieri gli riempiono il bicchiere d'acqua. Rivede nella sua testa la cena del servizio in camera con Ana. Sono seduti per terra, parlano, ridono, sono così a proprio agio insieme. Riesce a sentire le sue dita tra i capelli, che gli sfiorano la nuca.

No. Non è finita.

Passa un'ora. Due. Tre. Il ristorante si svuota e cala il silenzio. Daniel è seduto da solo in mezzo a una stanza di tavoli vuoti. La candela non è altro che uno sfarfallio di stoppino in una minuscola pozza di cera. E all'improvviso compare una figura che si avvicina al tavolo.

Rifiutando le offerte dei camerieri, Nick si siede.

Rimangono in silenzio, l'uno di fronte all'altro.

«Le hai parlato?» chiede Daniel alla fine.

«Di persona. Sono andato a Vallecas.»

Il sussurro del silenzio è assordante. L'espressione addolorata sul viso di Nick è sincera.

«Sua nipote è malata. Rafa è in prigione. Le ho detto che non sta ragionando con lucidità e...»

«Dimmi solo cos'ha detto lei.»

Nick prende fiato. «Dan, dice che se ti importa davvero di lei... non la cercherai più.»

Daniel rimane immobile, assimilando quella frase dolorosa mentre cerca di combattere l'angoscia che gli sale rapidamente in gola. Ripensa a Fuga. *Non farle del male.* Ha giurato che non gliene avrebbe fatto. Se davvero gli importa di lei, non la cercherà più. È quello che ha chiesto lei.

«Mi dispiace. Forse...»

Daniel alza una mano per fermare Nick, riuscendo a malapena a sussurrare: «Ho capito».

128.

L'aereo decolla. Daniel guarda fuori dal finestrino. Sotto di lui si stende un paesaggio di un marrone dorato. Vede il centro di Madrid, il cimitero, l'hotel, Vallecas e la strada per Talavera de la Reina. Guarda la Spagna che diventa sempre più piccola. Guarda finché Ana svanisce sotto strati di nuvole.

Carlitos avrà già scoperto la scatola? L'ha lasciata alla reception. Una lettera da consegnare all'ambasciatore. Una lettera da spedire a Washington. Cinque dollari d'argento e la fibbia della cintura.

Tex-has. Bang. Bang.

I suoi occhi si chiudono, per difendere la sua virilità dalle lacrime in arrivo. È arrabbiato, svuotato e incredibilmente triste.

Si sveglia con i rumori del pasto che viene servito. Non ha appetito.

«Oh, bene, sei sveglio», dice sua madre. «Tieni tua sorella, per favore, mentre vado in bagno.» Gli passa la bambina.

Sua sorella.

Sono venuti a Madrid per concludere un contratto petrolifero. Lui torna con il cuore spezzato e i suoi genitori con un altro figlio. Lo avevano pianificato fin dall'inizio? Hanno adottato la bambina all'Inclusa? Daniel la guarda.

Lei gli sorride, il viso illuminato di gioia e meraviglia. Lei calma il suo dolore.

«Sei felice», dice. «Le orecchie ti si sono finalmente aperte?»

Lei scalcia con i piedini e una calza si sfila. Daniel gli prende il piede in mano. Il dito più piccolo della bambina è quasi inesistente. «Hai a malapena un quinto dito», sussurra. «Il tuo piede sembra un quadrifoglio.»

La bambina sorride e una fossetta appare sulla sua guancia sinistra. I loro sguardi s'incontrano. Si fissano l'un l'altra.

«Grazie, caro», dice sua madre quando torna.

«La tengo in braccio per un po'. È così felice. Mi piace», dice Daniel.

«Be', meno male. Adesso è tua sorella.»

«Hai visto il suo piede?»

«Non c'è niente che non va nel suo piede. Ha solo le dita piccole. Non farti sentire da tuo padre. Ha già brontolato per il costo dell'adozione. Lei è perfetta.» Sua madre bacia i capelli vaporosi della bambina. «Non sei una bambina dolcissima, Cristina? Non è tutto semplicemente perfetto?»

Daniel spera che sua madre continui a pensarlo quando torna a Dallas. Dovrà affrontare tante domande. L'adozione di una bambina in un paese straniero la renderà ancora più diversa in società. E anche Daniel ha delle domande da fare. Quanto costa adottare un bambino? Da dove provengono realmente le bare vuote? Chi sono i genitori biologici della bambina? Quando lei crescerà, si chiederà di loro? E...

Avrà nostalgia della Spagna come ha già lui adesso?

129.

Rafa cammina da solo lungo la strada a due corsie che si allontana serpeggiando da Madrid. Come previsto, i Corvi lo seguono per qualche chilometro finché non sono convinti che stia davvero partendo. Dopo che se ne sono andati, Rafa rallenta il passo.

«Non preoccuparti. Qualcuno di Vallecas verrà a prenderti. Lo fanno sempre», gli ha sussurrato l'uomo in prigione.

Prosegue lungo la strada. Il giorno diventa pomeriggio e si piega nella sera. Ripensa a Fuga, il suo compagno di viaggio per oltre dieci anni. Si vede camminare con lui per le strade da Barcellona, dormire sotto gli ulivi e rimpallarsi i ricordi. Sente il suo *amigo*. Vicino.

Dovevano essere tre settimane. Tre mesi di prigione lo hanno lasciato molto più pallido e magro. Ma in qualche modo è più forte. Più lucido. *Sí*, la vita è lotta. Ma si impegnerà totalmente nella lotta per trovarvi un significato, piuttosto che cercare di metterla a tacere. La paura è un fantasma tremendo, ma è l'unica cosa che Franco e i Corvi non potranno mai sottrargli: la sua libertà di combattere la paura. Questa consapevolezza lo riempie di fiducia. Sul pavimento della cella ha inciso un proverbio per i futuri detenuti:

Proprio quando il bruco pensava che il mondo fosse finito, si trasformò in farfalla.

Mentre il cielo perde la sua luce e le gambe iniziano a fargli male, un'auto si ferma sul ciglio della strada.

Il volto sorridente di padre Fernández lo saluta dal finestrino aperto del passeggero. Rafa non riconosce l'autista né la macchina, ma non importa. Padre Fernández è venuto a prenderlo. Sta tornando a Vallecas. Sta tornando a casa.

Rafa sale sul sedile posteriore in vinile. È bollente, e trattiene il calore della giornata. «Come sta la mia famiglia?» chiede.

«Alcuni cambiamenti, ma stanno bene», risponde il sacerdote. «Ad Antonio è stato offerto un lavoro notturno presso la fabbrica di camion Pegaso. Più soldi e molto meglio della raccolta dei rifiuti. Anche Ana ha un nuovo lavoro. Lali è stata abbastanza male per un po', ma adesso sembra essersi ripresa. Ti aggiorneremo presto su tutto.» Passa a Rafa un fagotto di panno. Dentro ci sono un'arancia, olive e un tozzo di pane nero.

Un giornale è posato sul sedile accanto a Rafa. Una foto del *Generalísimo* Franco lo fissa in silenzio. Rafa guarda la foto e sorride. Si appoggia allo schienale caldo e chiude gli occhi.

Tu non mi conosci, Generalísimo, ma io conosco te.

Sono Rafael Torres Moreno e oggi non ho paura.

A 68 anni, il generale Franco non mostra segni di logoramento né di volersi ritirare. Non accenna a delegare il proprio potere in misura significativa a nessuno, finché mantiene la salute fisica e mentale. Si prevede quindi che continuerà a governare per il prossimo futuro come ha fatto in passato.

Contingency Paper – 1961: Succession Problem in Post-Franco Spain
Biblioteca e museo del presidente John F. Kennedy
1° novembre 1961

20 gennaio 1961

Signor presidente [Kennedy],
A nome di vari gruppi democratici spagnoli, le inviamo questa lettera in data odierna, che simboleggia una fine e un inizio, perché comprendiamo che quando oggi lei presterà giuramento come presidente degli Stati Uniti d'America assumerà, insieme all'onere di preservare, proteggere e difendere la Costituzione del suo paese, anche quello di garantire la sopravvivenza e il trionfo della libertà in tutto il mondo e di mantenere e rafforzare l'unità del mondo occidentale.

Infine, signor Presidente, noi democratici spagnoli speriamo che, con le sue capacità e il suo aiuto, potremo ottenere molto presto per la Spagna ciò che il grande Abramo Lincoln ha desiderato e ottenuto per il suo paese: «...che questa nazione, sotto Dio, avrà una rinascita di libertà, e che il governo del popolo, da parte del popolo e per il popolo non perirà dalla terra».

Le rivolgiamo sinceramente di nuovo i nostri migliori auguri per un'amministrazione di successo.

Molto rispettosamente suoi,

[Firme personali che rappresentano]
la Sinistra democratica cristiana, il Partito socialista dei lavoratori spagnoli e il Sindacato generale del lavoro, Azione democratica, Azione democratica repubblicana dalla lettera declassificata al presidente John F. Kennedy (consegnata all'ambasciata degli Stati Uniti a Madrid il 20 gennaio 1961)
Biblioteca e museo del presidente John F. Kennedy

«Noi negli Stati Uniti siamo grati alla Spagna e alla cultura spagnola, che hanno contribuito moltissimo alla vita americana», ha detto Nixon in brevi commenti interrotti dal fragore degli aerei di linea che facevano manovra all'aeroporto Barajas di Madrid.

«Soprattutto negli ultimi dieci anni», ha continuato, «abbiamo visto una sempre crescente cooperazione tra gli Stati Uniti e la Spagna.»

Ha promesso di continuare a collaborare con il leader spagnolo, il Generalissimo Francisco Franco, e il governo spagnolo per la pace e per il miglioramento economico delle due nazioni.

HERB SCOTT
da *1,5 Million Cheer Nixon in Madrid*, «Stars and Stripes»,
3 ottobre 1970

Gli spagnoli di ogni estrazione sociale vedevano gli americani come dei privilegiati: negozi speciali in cui potevano fare acquisti, beni che non erano disponibili per gli spagnoli, carburante a buon mercato, ogni genere di cose, in modo che potessero guidare i loro macchinoni succhia-benzina lungo le stradine spagnole. Era tutto molto irritante per lo spagnolo medio. Gli spagnoli stavano decisamente spingendo affinché il ministero degli Esteri chiudesse la base aerea di Torrejón e limitasse severamente i diritti extraterritoriali dei militari americani. Ma, come ho detto, sono stati ignorati dall'esercito. Franco si è accordato con i militari, tanto che l'abbiamo avuta vinta su quasi ogni questione.

CURTIS C. CUTTER, funzionario politico statunitense
a Madrid (1970-1972)

Brano di un'intervista, febbraio 1992
Foreign Affairs Oral History Collection
Association for Diplomatic Studies and Training
Arlington, Virginia
www.adst.org

SECONDA PARTE

1975
Dallas, Texas

1976
Madrid, Spagna

130.

Nato a Valencia nel 1863, Sorolla rimase orfano a due anni. Incontrò la futura moglie e musa di una vita, Clotilde, quando era solo un adolescente. Insieme, a Madrid, loro...

Si avvicina il direttore del museo, che distrae Daniel dalla targa sulla parete. «Grazie per essere venuto, Dan. La mia famiglia apprezza il tuo sostegno.»

«Il piacere è tutto mio.»

«Come sta tua sorella?»

«Bene. Quasi diciottenne», risponde. «Difficile da credere.»

Daniel si trova in mezzo a un ricevimento di beneficenza nella galleria spagnola del Meadows Museum. «Una collezione di arte spagnola notevole da avere qui a Dallas», commenta.

«Sì.» Il direttore annuisce. «So che tua madre era spagnola. Non hai passato del tempo in Spagna?»

Daniel fissa il dipinto sulla parete. «Sì», risponde piano. «Come la famiglia Meadows, avevamo contratti petroliferi a Madrid. Mia sorella è nata lì.»

Il direttore del museo nota l'attrazione che Daniel prova per il dipinto. «Sei un appassionato di Sorolla?»

Daniel vede la faccia luminosa di Ana brillare di eccitazione per il libro di Sorolla che lui le ha comprato. La vede camminare nel giardino fiorito del museo verso la fontana.

«Dan?»

«Scusa. Sì, un appassionato di Sorolla», risponde.

«Vorrei un Tom Collins, per favore.»

Daniel si gira verso la voce. Al bancone c'è una donna dai capelli grigi. Tocca la collana di perle con un gesto affettato, salutando un'amica. «Santo cielo, sei dimagrita più di Patty Hearst. Bevi un drink.»

«Scusami», dice Daniel al direttore del museo.

Attraversa la galleria, scambiando veloci convenevoli con quelli che lo riconoscono.

«Grande anno per la tua azienda», dice un uomo in dolcevita con grosse basette. «Tuo padre deve essere orgoglioso di averti a bordo.»

«Grazie», dice Daniel annuendo.

«Ma sempre uno scapolo impenitente», aggiunge la moglie dell'uomo, con disapprovazione. «Ho sentito che Laura Beth ha divorziato. Non uscivate insieme alle superiori?»

«Che memoria. Mi scusi, signora.»

Esce dal museo più in fretta che può. Un tuono rimbomba in lontananza mentre lui corre verso il suo furgone. Le nuvole minacciose popolano gli incubi dell'infanzia, come personaggi cattivi che calano dal cielo. Prende la macchina fotografica dal veicolo e osserva le formazioni fumose e ribollenti. Non ispirato, non preme l'otturatore.

Le gocce cadono sul suo parabrezza mentre si dirige verso Preston Hollow. Accende la radio, sperando di trovare le previsioni del tempo e augurandosi che i cavalli siano nella stalla. Invece di un bollettino meteorologico, la stazione offre una promozione per gli occhiali da sole Foster Grant. La spegne.

Diciotto anni. Sono passati diciotto anni e vedere un quadro di Sorolla o sentire le parole «Tom Collins» lo fanno precipitare ancora in una spirale di ricordi.

Patetico.

Il temporale aumenta d'intensità dopo mezzanotte, minaccia di trasformarsi in un tornado. Daniel trascorre la notte nella scuderia con i cavalli, cercando di calmare gli animali e stare aggiornato sul tempo. Alle tre di notte dalla radio arriva la sigla delle ultime notizie. Gira la manopola del volume, per ascoltare il bollettino del temporale.

«La CBS News annuncia che il *Generalísimo* Francisco Franco, dittatore della Spagna, è morto a Madrid. Nono-stante la sua squadra di trentadue medici, la fine è stata una lotta per Franco. Il dittatore andò al potere trentasei anni fa durante la guerra civile spagnola, con il sostegno di Hitler e Mussolini. Franco ha governato il suo paese con una mano di ferro. Di recente, la Spagna ha goduto di una relativa stabilità, soprattutto dopo le riforme introdotte nel 1959. I leader dei paesi europei sono stati cauti nelle loro reazioni alla morte del dittatore ed esprimono speranza per la nascita di una moderna democrazia in Spagna. Nessuna nazione occidentale invierà un capo di stato al funerale, a parte Monaco. Le bandiere sono a mezz'asta in tutta la Spagna e il corpo del generale è esposto in una camera ardente nel Palazzo di El Pardo. Franco sarà sepolto la prossima settimana nella Valle dei Caduti. Il lutto ufficiale durerà trenta giorni.»

Uno stremato e affranto Carlos Arias Navarro, il primo ministro spagnolo, parlando alla nazione alle dieci, ha detto con voce rotta: «Spagnoli. Franco è morto. L'uomo eccezionale che davanti a Dio e alla storia si è assunto l'immensa responsabilità del servizio più impegnativo e pieno di sacrifici alla Spagna ha dedicato la propria vita, giorno dopo giorno, ora dopo ora, nel compimento di una missione straordinaria».
Poi, con le lacrime agli occhi, ha letto il messaggio che il generale Franco avrebbe scritto qualche giorno dopo essersi ammalato, il 14 ottobre. Il generale ha parlato del suo amore per la Spagna e ha implorato i connazionali «di continuare in pace e unità» e di «estendere lo stesso affetto e la stessa lealtà che mi avete dato al futuro re di Spagna, Don Juan Carlos de Borbón».
«Non dimenticate che i nemici della Spagna e della civiltà cristiana stanno all'erta», ha aggiunto.
In un altro punto ha dichiarato: «Chiedo perdono a tutti, così come perdono con tutto il cuore coloro che si sono dichiarati miei nemici. Credo e spero di non avere avuto altri nemici se non quelli che lo erano della Spagna, la Spagna che amerò fino all'ultimo momento e che ho promesso di servire fino al mio ultimo respiro di vita, che è vicino».
Molti spagnoli hanno condiviso il dolore del primo ministro, provando un sincero affetto, o almeno rispetto, per l'unico leader che la maggior parte del paese abbia mai conosciuto. È stato dichiarato lutto ufficiale, sotto forma di fasce nere al braccio dei poliziotti, e oggi molti uomini indossavano cravatte nere. Quando il carro funebre con la bara di legno luci-

dissimo ha attraversato il cancello del palazzo, un gruppetto di persone ha applaudito e donne anziane piangevano. Altri erano contenti di veder terminare quello che consideravano un periodo carico d'odio della storia spagnola ed erano impazienti di andare avanti con il compito di forgiare un regime più liberale.

da *Franco Urged Spain in a Final Message to Maintain Unity*
«The New York Times»
21 novembre 1975

....

Con tristezza ho appreso della morte del Generalissimo Francisco Franco, che ha guidato il suo paese per quasi quattro decenni attraverso un'epoca significativa della storia spagnola. Per la sua scomparsa, esprimo la più profonda simpatia alla moglie e alla famiglia in nome del governo e del popolo degli Stati Uniti.
Auguriamo al popolo spagnolo e al governo di Spagna un buon periodo a venire. Gli Stati Uniti, da parte loro, continueranno a perseguire la politica di amicizia e cooperazione che ha costituito la pietra miliare delle eccellenti relazioni esistenti tra i nostri due paesi.

GERALD FORD, 38° presidente degli Stati Uniti (1974-1977)

Dichiarazione alla morte del Generalissimo
Francisco Franco di Spagna
20 novembre 1975
National Archives, Collection GRF-0248
White House Press Releases (Ford Administration)
1974-1977

131.

Daniel fa scivolare fuori la scatola di metallo dall'armadio. La apre una volta ogni qualche anno. Sarà un bene o un male che gli oggetti che definiscono la sua vita possano essere racchiusi in una scatoletta?

L'annuncio funebre di sua madre. Riporta che lei faceva parte del circolo del giardinaggio e sosteneva la sinfonia. Non accenna alla sua terribile battaglia contro il cancro.

Il certificato del Magnum Photography Prize.

La lettera di accettazione e il diploma della Missouri School of Journalism.

Una copia della raccomandazione di Ben al «National Geographic».

Le credenziali del dipartimento di stato come fotografo delle agenzie di informazione.

Il biglietto commemorativo del funerale di Ben.

E scavando più a fondo nella scatola...

La foto di giornale con Ana e Nick alla sfilata di moda dell'ambasciata.

I negativi fotografici della Spagna e le didascalie scritte a mano da Ana.

In fondo c'è una mazzetta di buste. Diciassette, tenute insieme da un vecchio elastico. La diciottesima arriverà il mese prossimo. Sono tutte di Nick Van Dorn. Ogni dicembre, senza eccezione, arriva una busta da Nick. Ciascuna contiene una foto con un breve messaggio sul retro, ma mai un indirizzo del mittente.

Ne apre una. Nick sdraiato in un letto d'ospedale, con il braccio in trazione.

1959. Sciare a St. Moritz. Brutta frattura. Non sono ridicolo?

Ne apre un'altra. È una foto di nozze in Polinesia, ma il viso della donna è cancellato.

1965. Bombardamento a tappeto in spiaggia. Matrimonio e annullamento in tre settimane.

Apre la busta più recente. È timbrata lo scorso dicembre. Quasi un anno fa. Da Madrid.

1974. Guarda dove sono. Lavoro in ambasciata. Torna a Madrid!

Daniel guarda la foto. Nick è invecchiato male. Non è sicuro che lo riconoscerebbe per strada. Ma la donna nella foto non è invecchiata. È bellissima.

È Ana.

Quando Daniel ha ricevuto la lettera, ha trascorso settimane a fissare la foto. Ovvio che dev'essere sposata. Ovvio che Nick non ne abbia parlato. Ovvio che lui sarebbe un idiota a volare in Spagna per scoprirlo.

Di cosa parlerebbero, poi? Di come, dopo un decennio come fotoreporter, lui abbia ceduto alle richieste di suo padre e sia entrato nell'azienda di famiglia per dare stabilità a sua sorella? Di come lui e suo padre abbiano faticato per crescere una ragazza adolescente in un'epoca di cambiamenti radicali e amore libero? Di come abbia annaspato tra pigiama party di allieve della Hockaday, concerti di David Cassidy, assorbenti da comprare e un temuto ballo delle debuttanti? O forse potrebbero discutere del nuovo matrimonio di suo padre. No. Niente di tutto ciò è interessante.

Guarda la foto. Per diciotto anni ha amato in segreto una ragazza con cui ha trascorso un mese in Spagna. Una volta era un amore ardente e fiammeggiante.

Lui e Ben ne discussero una notte durante un incarico in Australia.

«Sei deluso, lo capisco, ma non cercare di incolpare qualcuno.»

Daniel di certo non dava la colpa ad Ana. Non incolpava sé stesso. Incolpava Franco.

«La colpa è una scappatoia, Dan, e tu sei meglio di così. È più facile incolpare qualcuno o qualcosa piuttosto che lavorarci su. Devi lavorarci su», disse Ben.

«Di cosa stai parlando? Ho lavorato come un dannato per anni.»

«Il chilometraggio non fa l'uomo. Hai lavorato come un dannato e sei stato incazzato, ma stai evitando di lavorarci su. Qui.» Ben si toccò il petto. «Non pensi che io sia deluso? I miei genitori sono morti in un incidente d'auto quando avevo nove anni. Questo fatto mi ha incasinato. Mi sono aggrappato ai libri e alle parole perché, a differenza delle persone, non mi avrebbero mai abbandonato. Sono così pessimo nelle relazioni che nessuna donna mi ha mai amato abbastanza da sposarmi... accidenti, nemmeno da uscire con me. Ma non vado in giro a incolpare nessuno. Ci lavoro su.»

«Come, esattamente?»

«Standoci male. Grattando via la ruggine dal mio cuore. Rimanendo seduto attorno a questo fuoco da campo nel bush dimenticato da Dio, congelandomi il sedere e meditando sui misteri della vita con il mio amico cowboy triste, creando ricordi che mi faranno ridere.»

Fece ridere anche Daniel. «Non riesco a credere che tu stia davvero dormendo in una tenda.»

«Nemmeno la mia ernia al disco. Ma volevo vedere le stelle da questa parte della terra. Pensavo che se mi fossi messo qui fuori avrei risolto qualcosa. Ci sto lavorando su.»

Molti anni dopo, ripensa ancora alle parole di Ben. A cosa portavano rabbia e colpa? Lo inquinavano e basta. Non gli davano forza. Non gli davano pace.

Non gli davano Ana.

Quasi tutti i personaggi più importanti dell'alta società di Dallas probabilmente assumeranno il Party Service di Draper per gestire un evento. Ciò significa ovviamente fornire gli inviti stampati e indirizzarli ai destinatari (si può sempre distinguere una busta Draper: le righe scritte a mano sono allineate a destra), spedire gli inviti e tenere traccia delle conferme. Draper potrebbe anche consultarsi con la padrona di casa su chi invitare alla festa... Se necessario, potrebbe persino combinare qualche incontro. Draper ha una lista di giovani uomini e giovani donne papabili che vogliono partecipare agli eventi sociali autunnali e li abbinerà alle date sulla sua lista, notificando a un giovane il suo appuntamento per una determinata serata.

Party Power: Why Society Loves Ann Draper
«D Magazine», ottobre 1976

132.

Daniel parcheggia fuori dalla proprietà. Spinge lo Stereo-8 degli Eagles nel mangiacassette e fissa il parabrezza. Arriverà in sordina in ritardo e se ne andrà presto senza farsi notare. Il gran galà, curato da un'organizzatrice professionale di eventi, è una festa di compleanno per la nuova moglie di suo padre. Sissy è da sempre un personaggio in vista dell'alta società di Dallas. È premurosa, paziente e molto gentile. Ma non assomiglia per niente a sua madre.

Prima del secondo matrimonio, la casa era rimasta fortemente legata all'essenza di sua madre. Lo spirito di María Alonso Moya Matheson camminava a piedi nudi nelle ampie sale. Canticchiava le sue melodie preferite e si aggirava nelle vicinanze durante le cene a tarda sera a base di paella. Daniel la sentiva. Ma negli ultimi mesi il cibo, la musica e l'arte spagnoli sono lentamente scomparsi dalla casa della sua infanzia. Gli orari dei pasti sono stati modificati. Non è colpa sua, ma la presenza di Sissy sembra amplificare l'assenza di sua madre. Fa male.

Oggi anche la Spagna ha un'assenza: il suo dittatore che ha governato per trentasei anni. Quale sarà la reazione di Ana? Come si sentirà il paese? Se Ben fosse vivo, sarebbero al telefono. Daniel mette la mano sul volante e chiude gli occhi, ascoltando la canzone, lasciando che gli faccia male. Ci lavorerà su.

Bussano sul vetro. Un cameriere dall'aspetto curato gli fa un cenno. Lui tira giù il finestrino.

«Buonasera, signor Matheson. Sua sorella ha pensato che potesse essere qui. Ha detto che suo padre chiederà di lei.»

«Grazie, Buck. Prendi pure il furgone. Io andrò a piedi.»

Daniel si avvia lungo la strada. Si passa una mano tra i capelli e attraversa gli alti cancelli fiancheggiati da colonne della proprietà di famiglia. Una fila di macchine costose costeggia il lungo sentiero che porta alla fontana e al vialetto circolare di fronte alla loro tenuta di Preston Hollow. Gli alberi lungo il viale brillano di lucine dorate.

La festa è nel vivo. I camerieri in smoking girano con champagne e antipasti mentre un cantante jazz sussurra da un balconcino interno con balaustra. Sua sorella è con un gruppo di compagne di classe della Hockaday. Quando vede Daniel, corre verso di lui.

«*¡Hola!*» Gli getta le braccia al collo. «Non vale nasconderti sul tuo furgone, a meno che tu non mi porti con te», gli dice piano in spagnolo.

«*Hola.*» Daniel ride. «Grazie per avermi mandato Buck con il preavviso dei due minuti.»

«*De nada.*» Gli tira una manica. «Oh mio Dio, sei in vena di ribellioni? La maggior parte degli uomini è in giacca e cravatta e tu indossi blazer e stivali. La signora Draper non sarà contenta. Stai sabotando i suoi sforzi di combinarti un matrimonio.»

Daniel alza gli occhi al cielo.

Sua sorella fa un passo indietro per mostrargli il suo vestito. «La nuova moglie l'ha comprato per me. È carino, non credi?»

«Molto carino, ma non chiamarla così. Si chiama Sissy. E, ricorda, niente spagnolo. Non è corretto. Lei non capisce.»

Cristina sospira. «La mamma odierebbe il fatto che i domestici parlino inglese adesso. È strano.»

È strano, ma lui non commenta.

«E... non andare di sopra. Sissy ha rifatto l'arredamento. Adesso è tutto di un chintz affascinante. A papà non piace ma non dirà niente. Lo scorso fine settimana l'ho trovato con la faccia lunga, che frugava in soffitta. Sostiene che mancano delle cose. Hai rubato della roba della mamma?»

«Non l'ho rubata, l'ho messa in salvo.» Daniel sorride.

Cristina lo prende sottobraccio. «Oh, Danny, ti prego, lasciami venire a vivere con te. Le mie amiche ti amano tutte.»

«Shh», dice lui. «Stanno arrivando. Ricorda, niente spagnolo.»

Il padre di Daniel e sua moglie si fanno largo tra la folla verso di loro.

«Buon compleanno, Sissy», dice Daniel.

«Grazie, Daniel, tesoro. E grazie per i bellissimi fiori!»

«Ben fatto, Dan. Mi fai sfigurare», scherza suo padre.

Li raggiunge la signora Draper, sovrana della festa. «Buonasera, Daniel.» Osserva il suo abbigliamento e accenna un sorriso. «Così bello e... originale. Strano, so che sei nato qui, ma a volte sembri più spagnolo di tua sorella.»

«Grazie, signora», risponde lui, rivolgendo un sorriso a Cristina.

Ann Draper prende Sissy per un gomito e la spinge verso un ospite appena arrivato.

«*¡Ay, por favor! No me vengas con tonterías*», sussurra Cristina. «Non sei più spagnolo di me.»

«Non è una gara», dice il padre ridendo. «Tutto bene in ufficio oggi, Dan?»

«Sì. La Delta Drilling ha mandato i conteggi.» Daniel accetta un bicchiere da un cameriere e cerca di sembrare disinvolto. «Di', papà, hai sentito? È morto il generale Franco.»

«L'ho sentito al notiziario. La Spagna dev'essere piuttosto sotto shock.»

«Cosa pensi che direbbe la mamma?» chiede Cristina.

Daniel si è chiesto la stessa cosa.

Il loro padre fa una pausa, godendosi il ricordo di sua moglie. «Sinceramente, penso che María ne sarebbe molto rattristata.»

«Davvero? La mamma era una fascista?» chiede Cristina.

«No», si affretta a rispondere il padre. «Tua madre era romanticamente all'antica per quel che riguardava la Spagna. Ciò non significa che fosse una fascista. Non credo che capiresti. È difficile.» Sospira e si allontana per raggiungere Sissy.

Cristina abbassa lo sguardo.

Daniel le cinge le spalle con un braccio. «Come se essere stata adottata in un paese straniero e perdere la madre non fosse difficile», dice.

Sua sorella annuisce, riconoscente. «Esattamente. Solo perché non sono mai stata in Spagna non significa che non posso capire. Non dimenticartelo. Me l'hai promesso, Daniel.»

«Lo so.»

«È meglio che iniziamo a organizzare adesso. Avrò diciotto anni prima che tu te ne accorga. Avventura a Madrid!» Cristina lo abbraccia e torna con passo ondeggiante dalle sue amiche.

Ovvio che Cristina voglia visitare la sua città natale, è naturale. Il rifiuto irremovibile di sua madre di portarla in Spagna lo aveva lasciato sempre perplesso. Forse era anche a causa della sua salute precaria. Si sentiva sempre in dovere di nascondere la malattia.

Jorge, l'anziano maggiordomo di suo padre, si avvicina. Ha superato da un pezzo l'età pensionabile ma si rifiuta di prendere in considerazione di ritirarsi.

«*Hola,* Jorge.»

«*Buenas tardes, señor.* Questa mattina molto presto ha ricevuto una telefonata. Era una chiamata internazionale e il collegamento era piuttosto scarso. O forse chi telefonava era ubriaco. Continuava a ripetere: "Dillo a Danny, *Franco ha muerto*".»

«Ha detto come si chiamava?»

«Certo. Era Dick. O Nick. O forse Rick. *Lo siento,* non mi ricordo.»

Jorge lavora da decenni per la sua famiglia. Lasciò la Spagna poco prima della guerra civile. Daniel si chiede cosa ne pensi della notizia.

«Jorge, *Franco ha muerto. ¿Qué piensas?*»

Jorge fa un sorriso lento e soddisfatto. «Ogni opportunità ci attende, *señor.*»

133.

«Tua sorella corre un miglio al minuto. Non riuscirei mai a starle dietro. Sei sicuro che non ti dispiace?» gli chiede suo padre.

«Affatto. Faremo un po' i turisti. Mi darà la possibilità di usare la mia macchina fotografica.»

«Anche Sissy vuole fare una vacanza. Ma ovviamente non è il caso di andare in Spagna. Penso che la porterò via per un weekend.» Il padre di Daniel lo osserva. «È passato molto tempo dal nostro viaggio a Madrid. Pensi che ti tornerà tutto in mente?»

«Forse», risponde Daniel. Ma non è sincero: non lo ha mai dimenticato.

«Buon viaggio, figliolo. Telefona se hai bisogno di qualcosa. Hai abbastanza traveller's cheque?»

«Un sacco. Ce la caveremo, papà. Per la rivista ho viaggia to solo con uno zaino.»

«Lo so. Ma Cristina non è una da zaino in spalla.»

Suo padre è insolitamente premuroso. C'è una muta tristezza nei suoi occhi. «Spero che non sia troppo emozionante per lei.»

"Spero che non sia troppo emozionante per *te*", pensa Daniel.

Suo padre fa un sospiro scoraggiato. «So che non volevi lasciare il "National Geographic", Dan. Ma averti qui negli ultimi anni, be'... non avrei potuto farcela da solo.» Con lo sguardo cerca la figlia. «E penso che abbiamo fatto un ottimo lavoro.»

Cristina è vicino al gate della TWA in shorts rossi e grandi occhiali da sole. Sta parlando in spagnolo con gli agenti del gate. Cristina ha la forza della madre ma una cordialità e un senso dell'umorismo tutti suoi. Arriva su di giri verso di loro. «Papà, non fare quella faccia seria. Sono solo due settimane. Tornerò prima che tu te ne accorga. Ho appena saputo che il nostro hotel, l'InterContinental, in passato si chiamava Castellana Hilton. Non è dove siete stati voi? L'agente ha detto che era uno spettacolo all'epoca. Ve lo ricordate bene?»

«Certo.» Gli occhi del padre si velano. «Tua madre lo adorava. Amava tutto della Spagna. Era la sua vera casa.»

A Daniel vengono le lacrime agli occhi.

«Santo cielo. Voi due siete peggio di una coppia di debuttanti. Basta così o inizierò a piangere e faremo un lago. Alla mamma non piacerebbe.»

Lei ha ragione.

Suo padre abbraccia forte Cristina come se potesse volare via. Senza guardare negli occhi Daniel, gli dà una stretta di mano e una pacca sulla spalla mentre salgono sull'aereo.

«Adesso ti siedi tu vicino al finestrino», dice Cristina. «Ci scambieremo prima di atterrare.»

Daniel accetta e prende posto.

Diciotto anni. Sarebbe potuto tornare in Spagna. Ma non l'ha fatto. Avrebbe potuto accettare incarichi a Madrid dalla rivista. Ma non l'ha fatto. Invece è rimasto a miglia di distanza, sia nella geografia sia nelle relazioni. La fotografia lo ha tenuto in viaggio, rendendogli facile restare da solo. È passato da un incarico all'altro, da un continente all'altro. Ha sviluppato pellicole in mare, si è rotto una gamba saltando da un elicottero e ha lavorato durante due epidemie di febbre dengue. I texani lo definivano intrepido, temerario, misterioso. Quando tornava a casa a Preston Hollow, la gente sussurrava.

Povero Daniel. Senza moglie. Ha perso sua madre a causa del cancro. Cosa avrà visto in Vietnam? Sarà stato piantato da una fidanzata lungo la strada? Così un buon partito, soprattutto da quando si è tagliato i capelli lunghi. Il comitato della casseruola venne all'arrembaggio.

«Mia figlia Fern ha cucinato questo Stroganoff per te. Neanche lei è sposata.»

«Ti ricordi di Alice? Si è abbastanza ripresa dai suoi episodi.»

«Chiamami qualche volta. Potremmo bere qualcosa insieme», disse Laura Beth.

«La dolce ragazza di Madrid», commentò sua madre sottovoce un Natale. «Probabilmente non avrebbe funzionato. Il divario era troppo ampio. I ricordi sono famelici, tesoro. Non devi nutrirli. Non sopporto il pensiero che un'avventura adolescenziale potrebbe lasciarti solo per il resto della tua vita.»

Ben non la definì mai un'avventura. Lui capiva. Organizzava incroci con gli incarichi di Daniel ogni volta che poteva, per lasciarsi andare ai ricordi. «La nostra estate a Madrid, Dan. Quell'estate a Madrid! Preparati al "te l'avevo detto".»

La lettera di Nick gli ha dato speranza. L'interesse di Cristina gli ha dato coraggio. Nick era euforico quando ha appreso della loro visita.

Daniel fa un sospiro, cercando di allentare la tensione che ha vissuto nel suo petto per diciotto anni. Guarda fuori dal finestrino ovale dell'aereo.

Dietro le vetrate del terminal suo padre aspetta. È in piedi e fissa il jet con lo Stetson stretto tra le mani. Daniel socchiude gli occhi per affinare la vista.

Nonostante le molte differenze, lui e suo padre hanno una cosa in comune.

Amano la loro famiglia.

Daniel si allaccia la cintura di sicurezza. Lo sta facendo davvero. Sta tornando a Madrid.

134.

«Eccolo! Da questa parte, cowboy.»

Nick Van Dorn si trova nella sala arrivi dell'aeroporto con una giovane donna. È più vecchio ed è segnato in faccia dalla vita, ma ha gli stessi occhi guizzanti e la stessa esuberanza maliziosa. Dà una pacca a Daniel e lo stringe in un abbraccio.

«Non è giusto. Non sei nemmeno invecchiato!» dice Nick. «Mi aspettavo di vederti pallido e navigato come le persone che fotografi. O forse il mio ego sperava che il Marlboro Man si sarebbe ossidato un po'.» Ride. «Lei è la mia segretaria, Ruth.»

«Piacere di conoscerla, signora», dice Daniel con un cenno.

«Texas. Questo ragazzo sa dire solo "sì signora", "no signore"», spiega Nick a Ruth. «Allora, dov'è la sorellina? Si è già stufata di te?»

Daniel indica Cristina, che si sta avvicinando. «Eccola.»

Tutta l'animazione di Nick si smorza. «Non è la tua sorellina», sussurra.

«Sì, lei è Cristina. Ehi, vacci piano con le occhiate. Ha diciotto anni, ma appena compiuti.»

«No, non intendevo...»

«So esattamente cosa intendevi.» Daniel ride. «Non sei cambiato affatto, Nick.»

«*Buenas tardes, señor* Van Dorn! Sono così felice di conoscerla finalmente!» dice Cristina. La sua mano tesa rimane sospesa, mentre Nick si limita a fissarla. «Oh, mi perdoni, siamo in Spagna!» aggiunge lei. «Ci baciamo sulle guance, ovviamente.» Si volta per salutare Ruth. «*Buenas tardes*, sono Cristina Matheson. La sorella di Daniel.»

«È un vero piacere conoscerla, *señorita* Matheson», dice Ruth. «Lavoro per il signor Van Dorn. A nome dell'ambasciata, benvenuta a Madrid.» Prende un enorme mazzo di fiori dalla sedia.

«*¡Qué bonito! Gracias!*» dice Cristina.

Mentre le donne parlano dei fiori, Nick corruga la fronte, confuso.

«Che cosa c'è?» chiede Daniel.

«Niente.» Nick guarda Cristina, poi Daniel. «Credo di essere... solo sorpreso che sia passato così tanto tempo e siamo tutti adulti.»

Daniel osserva il paesaggio mentre Nick li accompagna in hotel. Le cose sono cambiate. Le donne indossano pantaloni e top senza maniche per strada. Ci sono macchine di ogni colore. Riviste straniere compaiono nelle edicole agli angoli.

«Combatti sempre?» chiede Nick.

«Combatti?» ripete Cristina dal sedile posteriore.

«Intende la boxe», risponde Daniel.

«Non lo sapevi, Cristina? Tuo fratello è un attaccabrighe. Ha un effetto più forte di qualsiasi drink», dice Nick ridendo. «Non dirmi che non hai mai tirato un pugno in missione, Dan. Dovevi proteggere la tua attrezzatura fotografica, giusto?»

«Be', forse un paio di volte. E tu, Nick? Combatti sempre?» Daniel ride.

«Certo. La vita è una lotta. A proposito, sono sicuro che hai letto di Shep e dello scandalo della campagna di New York. Che strano. Ma chissà come quell'uomo cade sempre in piedi.»

Daniel ripensa alle lettere su Shep Van Dorn che ha scritto all'ambasciata e al dipartimento di stato. Non ne è venuto fuori niente. Nick ha ragione. Uomini come Shep sembrano cadere sempre in piedi. Avrebbe dovuto stenderlo con un pugno quando ne aveva avuto l'occasione.

«I miei genitori hanno finalmente divorziato», dice Nick. «La mamma sta uscendo con un allenatore di canottaggio del college. Una brava persona. Ben ci ha detto di tua madre. Mi dispiace molto. Avrei dovuto inviare un messaggio. Ma scommetto che tuo padre è felice di riaverti a Dallas. Per quanto ci siamo sforzati di evitarlo, siamo finiti entrambi a fare la stessa professione dei nostri padri. Non è assurdo, Dan?»

«Sì», risponde Daniel, guardando fuori dal finestrino. «Assurdo.»

135.

L'arrivo in hotel assume una dimensione surreale e onirica. Il vialetto con lo spiazzo a mezzaluna, la hall con il pavimento di marmo a scacchiera e i gradini che portano al mezzanino circolare. È esattamente lo stesso, eppure diverso. Un vecchio film ossessiona la testa e il cuore di Daniel. Si aspetta che Carlitos salti fuori da un momento all'altro o che Lorenza gli passi accanto vendendo sigari e sigarette. Guarda l'angolo della hall dove Ben e Paco Lobo rimanevano seduti per ore. Prova a deglutire nonostante il nodo in gola.

Ruth si occupa del check-in mentre un facchino prende i bagagli. «C'è ancora qualcuno del vecchio staff?» chiede Daniel.

«Ne dubito. Forse un paio di persone.» Nick sospira. «La vita è un fiume, Dan. Si muove e scorre. Allora, c'è qualcosa in particolare che vorrebbe fare Cristina?»

Daniel segue lo sguardo di Nick su sua sorella, che sta chiacchierando con il facchino che maneggia le sue torri di bagagli. «Be', pensa a noi quando avevamo diciott'anni. Sono sicuro che Cristina vuole vedere il più possibile.»

«E tu?» Nick lo studia in viso. «Il più possibile?»

Daniel esamina la hall. L'apertura verso la scala e i sotterranei è ancora lì. La cena con Ana nella mensa del personale gli passa davanti agli occhi come un lampo. Anche gli ascensori stretti sono sempre gli stessi. Il riflesso di Ana negli specchi lampeggia nella sua mente.

«So che non lo chiederai, quindi lo farò io», dice Nick. «Ho ripreso i contatti con Ana da quando sono tornato a Madrid. Vuoi vederla?»

La domanda ha una risposta semplicissima, eppure Daniel rimane raggelato. Ripensa alle parole di sua madre, che nutrire i ricordi è pericoloso.

«Fammi riformulare la frase», dice Nick. «Ho ripreso i contatti con Ana da quando sono tornato a Madrid. Siamo amici. Lei è single. Tu sei single?»

Daniel annuisce.

«Okay, allora. Le parlerò.»

«Aspetta, quando?»

«Probabilmente oggi.»

«Oggi? È prestissimo», dice Daniel.

«Non ti preoccupare, ti darò un sacco di preavviso. Devo parlarle comunque.»

«Come sta lei?» chiede Daniel. «Come sta la sua famiglia?»

Cristina arriva di corsa, sventolando una chiave. «Siamo nella suite 760!»

Daniel guarda Nick. Lui alza le spalle. «Me lo ha ricordato un uccellino.»

«Alloggiavamo al settimo piano quando eravamo qui», spiega a sua sorella.

«Ruth dice che Ava Gardner era al settimo piano e che organizzava feste scatenate. Sono così eccitata, mi sembra di scoppiare!» dice Cristina, abbracciando Daniel.

Eccitata. Si sente così anche lui? No. Gli sembra di provare più il vecchio fantasma spettrale della Spagna.

La paura.

136.

Cristina disfa i bagagli e chiacchiera senza sosta. «La tua borsa è piccolissima. Hai portato altre scarpe oltre agli stivali, vero?»

Daniel assicura a sua sorella che ha portato dei vestiti e non la metterà in imbarazzo. Ha anche la sua macchina fotografica e per la prima volta da anni sente un incredibile desiderio di usarla.

La disposizione della suite è esattamente la stessa. Solo gli arredi sono diversi. Nella camera ci sono due letti separati. Oltre alla radio, ora nella suite ci sono un televisore e un moderno telefono a disco. Lo stemma del Castellana Hilton è sparito, sostituito dal logo dell'InterContinental.

Diciotto anni fa si trovava proprio in questa stanza, ad attaccare foto alla parete. Guarda il pavimento di fronte al divano, dove lui e Ana rimasero seduti per ore dopo la cena in camera. Vede il punto in cui Ana lo attirò per il bacio da cui lui non è più riuscito a staccarsi. Ripensa al coltello e alla forchetta che lei aveva portato di nascosto nella stanza. Gli viene da ridere.

«Cosa c'è di così divertente?» chiede Cristina.

«La quantità di bagagli che hai portato», risponde lui.

Daniel si siede sulla terrazza. Il calore di Madrid lo avvolge tra le sue braccia, riaccendendo l'impazienza dalla cenere. È eccitato, spaventato e nervoso. Non si è mai sentito così, nemmeno durante un pericoloso incarico fotografico. Nick sembra esattamente lo stesso, solo un po' più maturo. Il suo carattere imprevedibile sarà rimasto uguale? Si presenterà brillo alla porta della stanza d'albergo, con Ana al seguito? Spera di no. Dovrebbe farsi la doccia e radersi per ogni evenienza?

Cristina lo raggiunge sul balcone. Si siede, solleva i lunghi capelli scuri e li lascia ricadere sullo schienale. Chiude gli occhi. «È molto strano», dice. «Ho trascorso solo pochi mesi della mia vita qui, ma mentre venivamo in hotel dall'aeroporto ho provato una specie di attrazione magnetica verso la città. Mi sono sentita... emozionata. Credi che stia vivendo una crisi di identità adottiva di mezza età?»

Daniel guarda sua sorella. Non assomiglia a lui né ai loro genitori, ma a Dallas non sembra poi così diversa. «Be', penso che tu sia lontana dalla mezza età, Cris. Ma una crisi d'identità, certo. Radici ed eredità sono potenti. Sono contento che tu senta un legame con questo posto.»

«È più di un legame. Non riesco a descriverlo. Forse sono solo entusiasta di essere qui. O di essere lontana dal Texas. O forse mi sto creando emozioni per colmare il vuoto della mamma.»

A volte sua sorella dimostra una maturità sorprendente per la sua età. A volte è come se stesse osservando e commentando la sua vita dall'alto, invece che viverci in mezzo come una ragazza di diciott'anni. Daniel solleva la macchina fotografica e le scatta una foto.

Nick chiama e insiste per portarli a cena sul tardi e a fare un breve tour a piedi. Non dice nulla di Ana. Daniel si sente troppo imbarazzato per chiedere. Tornano in hotel a mezzanotte passata. Sono sfiniti ma Madrid sta appena iniziando a risvegliarsi. Nick e Ruth suggeriscono una gita per Cristina il giorno seguente.

«Io e Ruth ti porteremo al museo del Prado e a prendere un tè al Ritz.»

«E Daniel?»

«Ho organizzato un impegno per Dan domani pomeriggio», dice Nick. «Ci raggiungerà per cena.» Nick guarda Daniel, con un'espressione completamente sincera. «Tom Collins ti incontrerà al giardino Sorolla domani alle tre.»

137.

Daniel arriva un'ora prima, dicendo a sé stesso che vuole fotografare i giardini e la fontana. Si dice anche che non è nervoso, non suda e non è speranzoso. Possono succedere molte cose in diciotto anni. Lei probabilmente è una persona completamente diversa. Forse anche lui è una persona completamente diversa. È normale, no? Ana gli aveva detto che lui non riusciva a capirla. Come potrebbe farlo adesso, dopo due decenni?

I visitatori passeggiano e si soffermano tra i lussureggianti giardini profumati del museo. Il gocciolio della fontana è familiare, le figure sussurrano ancora, ma il cortile è stato leggermente modificato. La panchina su cui si erano seduti non c'è più. Sono state aggiunte nuove panchine. Per un attimo si preoccupa, non sapendo bene dove dovrebbero incontrarsi. La sensazione gli ricorda uno di quei sogni angoscianti, ma da cui sei in grado di svegliarti. Non devono più nascondersi, rammenta a sé stesso. Possono essere amici apertamente. Sì, saranno amici.

Sceglie una panchina che gli permetta di rimanere leggermente nascosto, pur vedendo l'entrata. In questo modo scorgerà Ana prima che lo veda lei.

L'ora si avvicina. Prova un senso di nausea.

Gli tornano in mente le parole di sua madre, a metterlo in guardia. *Il divario era troppo ampio, tesoro. Non sopporto il pensiero che un'avventura adolescenziale potrebbe lasciarti solo per il resto della tua vita.*

Appoggia la macchina fotografica su una sporgenza e si asciuga i palmi delle mani sui jeans. È una follia. Dovrebbe andarsene.

Non vuole.

Si saluteranno, parleranno imbarazzati per qualche minuto, poi chiuderanno correttamente una porta rimasta aperta fin troppo tempo.

Ana. La sente prima ancora di vederla.

Daniel si alza, puntando lo sguardo sull'arco coperto di edera e fiori. Lei attraversa l'ingresso, raggiante. I suoi capelli scuri oscillano e si sollevano a onde mentre lei si volta a guardare verso la loro fontana. La gonna del suo vestito a fiori le ondeggia attorno alle gambe, danzando sopra i tacchi alti. E poi, come al rallentatore, Ana si gira verso di lui.

Rimangono immobili, sospesi nei diciotto anni che li separano. Il momento dura una frazione di secondo. Un istante. La faccia di Ana si illumina di un sorriso enorme. Lei fa un passo verso di lui. Poi un altro. I suoi passi diventano di colpo più lunghi, più veloci. Sta correndo. Daniel sente il cuore in gola quando Ana gli si getta tra le braccia. Le affonda la faccia tra i capelli. Lei gli butta le braccia al collo. Lo sta baciando. Lei sta piangendo. La sente fare respiri profondi contro il suo petto. La stringe più forte, avvolgendole i fianchi stretti con le braccia.

Lei lo guarda, e il suo viso è inondato di gioia e lacrime.

«*Hola*, Daniel.»

Le prende delicatamente il viso tra le mani.

«*Hola*, Ana.»

138.

«C'è troppa gente qui. Andiamo al Retiro», sussurra Ana, intrecciando le dita tra le sue.

Scendono le scale della metropolitana. La banchina è piena di passeggeri.

Le donne guardano Daniel e Ana sa perché. È più bello che mai. Stessa corporatura magra con jeans e stivali, ma una versione più matura e seducente del suo spigoloso sé adolescente. Alcuni uomini si ammorbidiscono e si distendono con gli anni. La mascella e gli zigomi di Daniel sono più definiti. Le spalle e le braccia più larghe. I suoi capelli disobbedienti sono ora di moda.

La sorprende a fissarlo e ride. «Approvi?»

«Decisamente», sussurra Ana. «Svelto, prendiamo questo treno prima che riparta.» Tira Daniel per mano in mezzo a una folla di persone che sale a bordo di un vagone. Le porte si chiudono, pressando i passeggeri.

Invece di afferrare il corrimano di metallo, Ana si aggrappa a Daniel. L'aria all'interno del vagone è pesante e afosa. Un rivolo di sudore scende dall'attaccatura dei capelli di Daniel fino all'orecchio. Sono così vicini che un foglio di carta non potrebbe scivolare tra di loro.

«Fa troppo caldo per te?» sussurra Ana.

Si china su di lei. Ana sente il soffio del suo respiro sull'orecchio. «No. È perfetto.»

Ana lo guarda con un sorriso euforico. «Sono felice che tu abbia portato la macchina fotografica. Sono stata una fedele lettrice del "National Geographic", sai?»

«Veramente?»

«*Sí.* I bibliotecari devono aver pensato che fossi ossessionata dai viaggi o una specie di detective. In una delle tue foto di Buenos Aires c'era un tuo debole riflesso nel bicchiere.»

«L'hai notato?»

«Non solo l'ho notato, ho chiesto ai bibliotecari una lente d'ingrandimento. Sono rimasta seduta lì con la lente d'ingrandimento a cercare di tirarti fuori da quella foto.» Fa scorrere la mano lungo la cucitura della camicia di Daniel. «Ho studiato la fotografia per decifrare i tuoi pensieri. All'inizio, i tuoi scatti erano aggressivi, sfidando così tanto la vita da spaventarmi. Le foto aeree.»

«Seduto sul pattino di un elicottero. Stupido. I primi tempi ho sfidato ogni limite e ho sempre puntato al massimo. Mi sembrava di avere qualcosa da dimostrare, immagino.»

«Se nelle tue foto c'era la linea dell'orizzonte, ho imparato che significava speranza e possibilità. Una foto tranquilla significava che eri seduto a riflettere, in attesa che arrivasse il momento.»

«Un po' come se stessi aspettando questo momento?»

Ana gli fa scorrere un dito lungo il naso e le labbra, fino al mento. «Non ci posso credere. Sei davvero qui. Non ho dormito. Ero troppo agitata.»

«Neanch'io. Al museo ero così nervoso che avevo la nausea.»

«Come ti senti ora?» gli chiede.

Daniel le prende la mano e la preme contro il suo petto. Ana sgrana gli occhi.

«Esattamente. Se il mio cuore batte più forte o più veloce, siamo nei guai», dice Daniel ridendo.

139.

Daniel osserva i passi aggraziati e il sorriso luminoso di Ana. La seguirebbe fino al parco del Retiro o attraverso una giuntura nello spazio. Gli sembra di averlo già fatto. E, improvvisamente, tutto sembra avere un senso.

Quando arrivano al parco, si intendono già facilmente come una volta. Si tengono per mano come se non si fossero mai separati.

«Dato che Nick e Ruth sono al Prado con tua sorella, ho pensato che sarebbe stato comodo. È molto vicino.»

«Sì, voglio che tu conosca Cristina.»

Le labbra di Ana formano un piccolo sorriso. «Troviamo un posto tranquillo per parlare. È un pomeriggio così bello.»

Il sole splende in mezzo a un cielo azzurro e limpido. Ana lo guida nella sezione El Parterre del parco e sceglie una panchina sotto dei cipressi scolpiti.

«Scusa. Non riesco a smettere di guardarti.» Ana ride, posandogli la mano su una guancia. «Sì, sei più vecchio, ma sembri lo stesso.» Intreccia le dita dietro al suo collo. «Porti i capelli un po' più lunghi.»

La mano sul suo collo è silenziosa ma toccante. «Anche tu sembri la stessa. Meglio.»

«Niente più dente d'oro. Quello è stato un giorno felice», dice Ana.

«Ne hai avuto molti, di giorni felici?»

«Alcuni. Mi ritengo fortunata per quelli che ho. Dopo che te ne sei andato, ho trovato un lavoro. Ricordi Paco Lobo?»

«L'uomo riservato che viveva in hotel e aveva adottato un villaggio?»

«Che vive in hotel», lo corregge Ana.

«Ancora?»

«Sì. Paco aveva bisogno di un assistente bilingue per un team di progetto. Mi ha assunto e mi ha fatto frequentare la business school.»

«È fantastico! Quell'uomo era un mistero per me. Non sono riuscito a capire se fosse in pensione o quali affari avesse in ballo.»

«Ben non te lo ha detto?» La voce di Ana diventa un sussurro. «Paco dava la caccia ai nazisti.»

«Cosa?»

«Dopo la guerra, alcuni nazisti ottennero nuove identità in Spagna. Paco venne qui per rintracciarli e riferire le loro ubicazioni. Riferiva a Ben e Ben riferiva a qualcuno a New York. A proposito di Ben, mi ha rattristato molto la notizia della sua scomparsa.»

L'accenno a Ben fa riemergere l'emozione. «Sì. È stata così inaspettata, che mi ha proprio messo in ginocchio. Ci siamo avvicinati nel corso degli anni ed è stato un ottimo mentore. Mi veniva persino a trovare durante gli incarichi all'estero. L'avevo visto giusto il mese prima.»

Ana annuisce. «Mi sono sempre chiesta se fosse stato Ben a convincere Paco ad assumermi.»

Rimangono seduti in silenzio nel ricordo di Ben. Ana fa scivolare dolcemente il dito su una grande cicatrice rossa sull'avambraccio di Daniel. «È nuova.»

«Non recente, ma nuova dall'ultima volta che ci siamo visti. Non m'importa ammettere che quella ferita mi ha fatto male. Un taglio dritto fino all'osso. Ventidue punti e due infezioni.»

Ana gli alza il braccio e lo bacia. Poi gli prende entrambe le mani. «Daniel, tua madre. Mi dispiace molto.»

Lui annuisce, l'elettricità di Ana ancora sul suo braccio. «Grazie. La morte della mamma non è stata una sorpresa, come quella di Ben. Sono riuscito a passare del tempo con lei. Era malata da diversi anni, dentro e fuori dagli ospedali, cercando sempre di nasconderlo. Cristina aveva solo dodici anni quando è morta la mamma. Mio padre era completamente perso. Sono rimasto a casa dopo il funerale per dargli una mano. Mi ha implorato di tornare a vivere a Dallas per aiutarlo con mia sorella.»

«Avevi voglia di tornare?» chiede Ana.

«Inizialmente no. Ma sapevo che era quello che mia mamma avrebbe voluto. Così ho lasciato la rivista, sono diventato il secondo padre di una ragazza adolescente e ora lavoro con mio padre nel petrolio. Sembra assurdo, anche solo sentirmelo dire.»

Lei gli tiene sia le mani sia il cuore, piena di compassione.

«Ma, Ana, e tu?»

«Chiedimi qualunque cosa. Penso che abbiamo aspettato abbastanza a lungo. E, nel caso tu fossi curioso di saperlo, no, non sono mai uscita con Nick.» Ride. «Ammettilo, te lo stavi chiedendo.»

«Be', forse.» Daniel sorride. Gli fa piacere che lei lo conosca così bene. «Vivi ancora a Vallecas?»

«No, vivo in città adesso. Ma abito ancora con la famiglia di Julia. Tu stai con tuo padre nella tenuta?»

Daniel scuote la testa. «Vivo per conto mio nelle vicinanze.» La guarda negli occhi, così aperto e ansioso di parlare. «Rafa?» le chiede.

Ana fa un sospiro, sorridendo. «Rafa lavora per l'arena di Las Ventas. Adora il suo lavoro. Ha sposato la sorella di un torero e hanno tre bellissimi figli. Vive ancora a Vallecas. È cambiata un po', ma Rafa non se ne sarebbe mai andato. Ha aiutato a costruire una nuova chiesa lì.»

«E tua cugina? Come si chiamava?»

Ana fa una risatina imbarazzata. «Puri. Sì, Purificación sta bene.» Si sistema e gli prende di nuovo le mani. Un uccello cinguetta sull'albero sopra di loro. «Siamo stati separati per così tanto tempo. Molto è cambiato in Spagna. Dagli anni Quaranta, ogni decennio è stato diverso. Ora che Franco è morto, non so se qualcuno fuori dalla Spagna potrà mai capire com'era. È molto complicato.» Lo guarda negli occhi. «Daniel, sono stata molto sciocca. Ti ho respinto. Ho detto che non avresti mai potuto capirmi, ma sono passati anni e penso che tu sia l'unica persona con cui posso davvero sentirmi me stessa. Hai visto la mia vita. Hai visto la mia paura. Tu mi capisci. Ho immaginato e sognato di poter parlare con te. Chiederti scusa e sistemare le cose.»

«Credimi», dice Daniel, scostandole una ciocca di capelli dagli occhi. «In questo momento tutto sembra davvero giusto.»

Lei scuote la testa. «Non esattamente. C'è una cosa che non sai.»

Certamente si può sostenere che, a causa della nostra stretta associazione con Franco, dei vari tipi di sostegno economico e finanziario che avevamo fornito alla Spagna in cambio delle basi, avevamo prolungato il periodo franchista. Sarebbe potuto morire di una morte più naturale, nella mente di molte persone in Spagna, se non fossimo stati lì a sostenere quella struttura. Ma avevi l'intero spettro di opinioni sul ruolo degli Stati Uniti.

CURTIS C. CUTTER, funzionario politico statunitense
a Madrid (1970-1972)

Brano di un'intervista, febbraio 1992
Foreign Affairs Oral History Collection
Association for Diplomatic Studies and Training
Arlington, Virginia
www.adst.org

140.

Ana si torce le mani. «Sono così nervosa.»

«Non essere nervosa. Dimmelo e basta.»

Ana prende fiato, per raccogliere le forze, e inizia a sussurrare. «È successo molti anni fa e forse non te ne ricorderai nemmeno. Ma Rafa mi ha detto che hai fatto delle foto al cimitero.»

Daniel annuisce, ricordando le sue foto. Quella della suora con il neonato morto fu la sua proposta vincente per il concorso del Magnum Prize. Aveva cercato di condividere la storia delle piccole bare vuote con le agenzie di stampa negli Stati Uniti, ma nessuno sembrava interessato.

«Fuga convinse Rafa che i figli dei repubblicani spagnoli venivano rubati dalle cliniche ostetriche in tutta la Spagna. Sospettavano che i bambini fossero venduti a famiglie fasciste.»

Ana si guarda alle spalle, assicurandosi che non ci sia nessuno vicino.

«Ma quello che non sapevano è che era coinvolta anche mia sorella, Julia.»

«Non capisco.»

«Julia era incinta», inizia a raccontare Ana.

«Cosa intendi? Ho fatto io stesso delle foto alla sua bambina», dice Daniel.

«Hai fatto delle foto a una delle sue bambine», sussurra Ana, cercando di trattenere l'emozione. «Julia aveva due gemelle. Il parto è stato prematuro. Entrambe le bambine erano piccole, ma una era più forte dell'altra. I medici dissero a Julia e ad Antonio che una delle bambine era morta. Entrambi nutrivano profondi sospetti, ma erano troppo spaventati per parlarne. Le suore e i medici erano stati così categorici e, dato che i nostri genitori erano considerati rossi, Julia aveva paura di dire qualsiasi cosa.»

«Stai dicendo che hanno rubato la figlia di Julia?»

Ana annuisce.

«Accidenti», mormora Daniel, stringendo Ana tra le sue braccia. «E adesso come sta la figlia di Julia?»

«Lali sta bene. Da piccola aveva una terribile fobia di essere separata da Julia. Crescere a Vallecas è stata una bella sfida. Ho una sua foto recente... ma non sono sicura che dovrei mostrartela.»

«Mi piacerebbe vederla.»

Ana apre la bocca per dire qualcosa, ma poi scuote la testa. Si avvicina a Daniel e lo bacia. «Mi sei mancato tantissimo, non riuscirai mai a immaginare come mi sono sentita.»

«Credimi, ci riesco.»

«Non voglio rovinare tutto.» Una lacrima le scende sul viso. «Ma non ci possono essere segreti tra di noi.»

«Ana, perché piangi? Non rovinerai tutto.»

«Promesso?»

«Te lo prometto», la rassicura Daniel.

Lei annuisce, ricacciando indietro le lacrime, e infila una mano nella borsa. Porge una fotografia a Daniel. «Questa è Lali.»

Daniel guarda la foto. Non è Lali. È sua sorella, Cristina.

141.

Daniel fissa la foto. «Non capisco. Questa è mia sorella.»

«No, quella è Lali. Tua sorella è la gemella di Lali.»

Daniel si appoggia alla panchina, cercando di assimilare ciò che Ana gli sta dicendo. Cristina è una gemella. Cristina è la figlia di Julia. I suoi genitori hanno adottato la figlia di Julia e Antonio? È innamorato della zia di sua sorella?

«Daniel?»

«Scusa.» Fa una pausa. «Questa notizia mi ha preso completamente alla sprovvista. Ovvio, sapevo che era stata adottata e immaginavo che un giorno avrebbe potuto chiedersi chi fossero i suoi genitori biologici.»

«No, non puoi dirglielo. Ti prego, non ancora. È complicato. Sapevo dei sospetti di Julia da anni... che lei pensava che la gemella di Lali fosse viva... ma Rafa non lo sa.»

Lui fissa la foto.

«Daniel, per favore, rifletti attentamente. Nessuno sa come sarà la transizione in Spagna, se le cose cambieranno o rimarranno come prima. Julia e Antonio hanno sofferto molto negli ultimi diciotto anni. Cristina è la loro figlia. Hanno avuto altri due figli, quindi Cristina è una gemella ma ha anche altri due fratelli. Pensa alla difficoltà di spiegare a Lali e ai suoi fratelli che esiste una sorella gemella in America. I come e i perché. Ti prego, promettimi che non dirai nulla. Non ancora. È Julia che deve decidere cosa fare.»

Daniel annuisce e restituisce la foto ad Ana, sforzandosi di dare un senso a tutto. Com'è successo? «Se per te va bene, vorrei parlare con mio padre, per vedere quello che sa.»

«*Sí*, capisco.»

Una parte di Daniel vorrebbe che lei non gli avesse detto niente, non ancora, che fossero potuti svanire nel loro incontro per godersi insieme una giornata incantevole. Ma un'altra parte di lui è felice di condividere questo legame con lei. Ha cercato in tutti i modi di tenere a bada le proprie aspettative, ma nel momento in cui ha visto Ana nel cortile della Sorolla, il suo cuore è esploso.

Ana si morde il labbro. «La tua mente sta galoppando. Sei arrabbiato?» gli chiede.

«No, non sono arrabbiato. Sono solo scioccato. E poi, egoisticamente, sono preoccupato che questo potrebbe essere l'unico motivo per cui hai voluto vedermi.»

Ana gli prende il viso tra le mani. «No. Come ho detto, ti ho desiderato per anni. Ho saputo la verità solo ieri. Nick mi ha telefonato dopo aver visto Cristina all'aeroporto. Era scosso e ha detto di aver visto un fantasma. Era sicuro che tu avessi capito che qualcosa non andava, che si era comportato in modo strano.»

«Il comportamento di Nick è sempre stato strano.»

«Solo perché abbiamo cercato di tacere. Il silenzio rovina tutto. Posso accettare che ci sia silenzio intorno a noi, ma non tra di noi. Non più, Daniel. Quindi ho dovuto dirtelo subito. Ma ti assicuro che non è per questo che volevo vederti. Volevo vederti», gli si avvicina, «perché voglio stare con te e spero che tu provi lo stesso per me.»

Vuole stare con lui. Ana gli accarezza la schiena. Il suo tocco è rilassante ed eccitante. Mette a fuoco le cose. Daniel ripensa a Fuga e alla loro stretta di mano nel cimitero.

Se gli avessero detto che avrebbe potuto avere Ana ma sarebbe stato complicato, non gli sarebbe importato. I giorni e le notti senza fine in missione, cercandola nel cielo. E ora è proprio accanto a lui. Gli ha appoggiato la testa sulla spalla. Continua ad accarezzargli la schiena. Che importa se è complicato. La vita è complicata. Lui ha perso la mamma, ha perso la carriera, ha perso Ben e per diciotto anni ha perso la donna che amava. Ma stare con lei adesso gli ha fatto ritrovare tutto. Sente Ben che accende un fiammifero.

Questo è il tuo momento, Dan. Afferralo e corri. Fai le cose che vedi nei film. Sono le cose che nessuno riesce a fare. Ma tu puoi farcela, Matheson. Non voglio che tu mi chiami tra dieci anni lamentandoti che avresti dovuto fare questo e avresti dovuto fare quello. Come dice il proverbio, è più tardi di quanto pensi.

Si gira per guardare Ana. La bacia. La bacia di nuovo, tenendola stretta e facendo ricorso a ogni suo grammo di forza per non comportarsi in modo sconveniente in pubblico.

«Vuoi conoscerla?» le sussurra infine. «È una donna bella e forte.» Sorride. «Come te.»

142.

Ana e Daniel aspettano fuori dal Prado.

«Proviamo a rimanere disinvolti. Nick le ha detto che avrei incontrato Tom Collins.»

«L'uomo con molto ghiaccio», dice Ana ridendo.

«Sono contento che ridi. Io ho lo stomaco chiuso. Forse non dovremmo tenerci per mano. Cristina rimarrà confusa.» Le loro mani si separano con riluttanza. Ana si allontana leggermente.

«Eccola», esclama Ana, con voce incrinata. «*Dios mío,* è bellissima!»

Cristina appare sulle scale del Prado con Nick e Ruth. Indossa un vestito verde a prendisole e sandali in cuoio con la zeppa. Nick scorge Daniel tra la folla e lo saluta con la mano.

Cristina si dirige dritto verso suo fratello. Presa dall'entusiasmo, inizia a chiacchierare in spagnolo. «Oh, Danny, è il museo più incredibile che io abbia mai visitato! *Gli amanti di Teruel,* l'hai mai visto? Ho comprato una cartolina per mostrartelo, nel caso.»

«Hai visto i quadri di Bosch? Sono sempre stati i miei preferiti.»

«*El Bosco,* sì.» Cristina annuisce, seria. «Molto confuso. Molto te.»

Nick saluta Ana e l'attira verso gli altri. «Cristina, questa è la nostra amica Ana. Ana, questa è la sorella di Daniel.»

Senza esitazione, Cristina saluta Ana con entusiasmo, baciandola sulle guance.

«Conosci la storia dietro *Gli amanti di Teruel*?» chiede Ana. «È tragicamente romantica.»

Cristina prende Ana sottobraccio. «Devi raccontarmi tutto!»

«Diego e Isabel erano perdutamente innamorati, ma il padre di lei non approvava l'unione. Diego promise che entro cinque anni sarebbe diventato qualcuno e sarebbe tornato per chiedere la mano di Isabel.»

«Cinque anni!» sussulta Cristina. «È molto tempo.»

«Cinque anni? Non è niente», replica Daniel ridendo.

Mentre Ana racconta la leggenda degli innamorati, Nick prende da parte Daniel. «Stai bene?» gli chiede.

«Stordito. Mi gira la testa.»

Nick lo studia. «Ma si spera che in parte lo stordimento sia positivo, no? Perché hai visto Ana?»

«Scusa, sì. È indescrivibile. Il più bel giorno della mia vita. Ma adesso... questa storia?»

«Forse hai notato il mio shock all'aeroporto. Ana ti ha mostrato la foto, vero? Mi ha fatto giurare di mantenere il segreto. Devi vedere Lali. Non ci sono dubbi. Cos'hai intenzione di fare?»

«Devo chiamare mio padre.»

«Ti riportiamo in hotel. Sgombra la testa. Chiama tuo padre e ci incontriamo per cena più tardi.»

«Anche Ana?»

Nick ride. «Dan, svegliati. Ana ha passato diciotto anni a sognare te. Scommetto che ha fatto domanda per avere il passaporto il giorno in cui è morto Franco. Non riuscirò a staccarla da te finché sarai qui.»

Daniel guarda Ana e sua sorella. Mentre Cristina chiacchiera, gli occhi di Ana scivolano verso i suoi. Lei sorride. Il suo sorriso lo inonda di un senso di speranza che tira tutte le fila del tempo perduto.

143.

Cristina è a letto in albergo, con gli occhi chiusi. «Ti stai comportando in modo strano», dice.

«No, non è vero.»

«Invece sì. Lo sento dalla tua voce.»

«È il jet lag.»

«Bugiardo.»

Daniel non ha mai mentito a sua sorella. Lei lo capisce persino meglio di quanto facesse sua madre. Riesce davvero a sentire le emozioni nella sua voce. Ciò significa che gliele legge anche in faccia. Deve dirle qualcosa. Daniel resta in silenzio per diversi minuti, sperando che lei si addormenti.

«Ricordi Ana, la donna che hai conosciuto oggi?» chiede a bassa voce. Forse si è appisolata.

Cristina scatta a sedere sul letto. «Sì! *Gli amanti di Teruel.* Dimmi tutto subito.»

L'atteggiamento drammatico di sua sorella lo fa ridere. «Be', vedi... Ana mi piace da moltissimo tempo. È una persona meravigliosa.»

Cristina alza gli occhi al cielo. «Oh, per favore, Danny. Anche il nostro postino ci piace da molto tempo. *Lui* è una persona meravigliosa. Dimmi la verità.»

Gli torna in mente la scena di Ana che corre tra le sue braccia nel cortile del Sorolla.

«Aspetta, stai forse arrossendo? Guardati! Daniel Matheson, che è successo?»

I suoi sentimenti lo sopraffanno. È così agitato che sta morendo dalla voglia di dirglielo. «Cris, sono ancora da solo perché...» Butta fuori d'un fiato le parole: «Sono stato totalmente, completamente innamorato di Ana».

«Per quanto tempo?»

«Per diciotto anni. Dall'ultima volta che sono stato a Madrid. Lavorava qui in hotel.»

Cristina si lancia dal letto al fianco di suo fratello. «Cosa? Il papà lo sa? È per questo che sei diventato un lupo solitario così triste? Hai girato il mondo per cercare di dimenticare il tuo unico vero amore? Oh mio Dio, è favoloso!»

«Sono contento che tu la pensi così.»

«Certo che la penso così!» Gli occhi di Cristina si riempiono di lacrime. «Per molto tempo mi sono sentita così in colpa. La gente a Dallas insinua che hai sacrificato la tua felicità personale per prenderti cura di me.»

«Non è vero.»

«Bene, ora lo so! Non era per colpa mia. La tua solitudine dipendeva da te. Ti struggevi in modo patetico per una donna a migliaia di chilometri di distanza!»

Daniel sorride. «Be', forse non in modo patetico.»

«L'hai già baciata? Lo sa che hai gettato al vento la fotografia per il petrolio? Quando verrà a Dallas? Aspetta, ti trasferirai a Madrid? Posso venire con te?»

Lui ride. «Adesso riposati. Vedrai Ana stasera a cena. Scendo un attimo nell'ufficio per i clienti dell'hotel.»

Cristina si getta sul letto, spalancando le braccia. «Ufficio? Chi riesce a pensare agli affari? Mio fratello è innamorato! È la versione a lieto fine degli amanti di Teruel!»

144.

Daniel si immagina il padre, solo nel suo studio. L'enorme scrivania in mogano si trova davanti a una parete di librerie. Le foto di sua madre che prima erano nel suo studio ora sono in quello di Daniel. Sulla scrivania, tra il telefono multilinea ComKey di suo padre e un decanter in cristallo di whisky, c'è una foto di Sissy in una cornice d'argento.

«Ovvio che abbiamo pagato. L'adozione non è gratuita. Ma era tutto completamente legale e lecito», gli assicura suo padre. «Sono certo che i nostri avvocati hanno ancora i documenti. Hai visto la ragazza? A volte le persone si somigliano molto, ma ciò non significa che siano imparentate.»

«Ho visto una foto recente. Pensavo fosse Cristina. Sono identiche. Nick ha visto Cristina ed è quasi svenuto. Ricordi il nome della persona con cui hai trattato all'Inclusa?»

«Era diciotto anni fa, Dan. Non ricordo. Di certo tua madre se lo ricorderebbe.»

«Papà, pensi che la mamma lo sapesse?»

Suo padre tace. «Difficile dirlo. Ti ripeto, tutto fu elaborato in modo legale attraverso l'ambasciata. Mi ricordo che...» Fa una pausa. «Tua madre si domandò dei genitori biologici e della familiarità. La suora ci disse che Cristina era *sin datos.* Ricordo che dovetti chiedere a tua madre cosa significasse. Ci dissero che era stata semplicemente lasciata all'orfanotrofio senza alcun biglietto. Non avevano informazioni sulla bambina e ci dissero che la sua data di nascita era una stima. Menzionarono che anche altre coppie cattoliche americane della base militare avevano adottato dei bambini. Non so se sia vero, ma è quello che ci dissero.»

«Be', stavi facendo affari diretti con Franco, papà. Sono sicuro che hai avuto privilegi.»

«Dai, Dan. Sii onesto. Sono stato in Spagna solo poche volte in vita mia.»

«Bene, ora Franco è morto. Se è tutto vero e i bambini sono stati portati via alle famiglie, questa storia diventerà pubblica. Ogni colpa deve essere riconosciuta e sistemata.»

Suo padre fa un grosso sospiro. «Non ne sono così sicuro, Dan. Dipende dalla strada che prenderà la nazione spagnola. Un appaltatore ha detto di aver sentito che la Spagna si sta dirigendo verso la democrazia e che si è parlato di amnistia.»

«Amnistia? Vuoi dire che i crimini del passato verranno semplicemente cancellati? Sicuramente non funzionerà.»

«È difficile tornare indietro e perseguire tre decenni di vecchi reati. Gli spagnoli hanno sopportato tanto. Può darsi che vogliano andare avanti e liberarsi da tutte le catene della dittatura.» Suo padre si schiarisce la voce. «Dan, questa tua amica... la sua famiglia vuole qualcosa da noi? Stanno facendo rivendicazioni o accuse di qualsiasi tipo?»

«Papà, no. Vogliono solo stabilire la verità tra di noi. Non stanno nemmeno suggerendo di dirlo a Cristina.»

«È saggio. Potrebbe aprire un vaso di Pandora prematuramente.» Suo padre tace. Daniel sente lo schiocco del tappo di cristallo del decanter e il liquido che viene versato in un bicchiere. «Figliolo, sei stato un tutore devoto. Tu cosa ne pensi?»

Suo padre è un uomo orgoglioso. Chiedere l'opinione di Daniel indica un enorme rispetto.

«Se possiamo confermarlo, voglio dirglielo. Cristina sa di essere stata adottata. È una persona adulta e un giorno vorrà rintracciare i suoi genitori biologici. È anche compassionevole e forte. Ci ha aiutato quando abbiamo perso la mamma, più di quanto noi abbiamo aiutato lei.»

«Questo è certamente vero. Ma non dobbiamo prendere decisioni affrettate. Dobbiamo farlo nel modo giusto, per tutte le persone coinvolte. E dovremmo rimanere discreti. Tua mamma vorrebbe così. Conosco uno scienziato del

Texas Medical Center di Houston. L'ultima volta che abbiamo giocato a golf ci ha parlato di un esame chiamato "test di paternità". Lasciami parlare con lui. Se i genitori a Madrid sono d'accordo, possiamo fare i test, ma deve essere fatto qui in Texas. Non voglio che Cristina sappia nulla finché non otteniamo risultati confermati.»

«Sì, probabilmente è saggio avere prima una conferma.»

«Spiegalo alla tua amica e magari puoi parlare con sua sorella. Avrò un incontro privato con gli avvocati.»

«La tua amica.» È così che suo padre si riferisce ad Ana. Non ha idea di cosa lui provi o abbia provato per così tanti anni.

«Be', non me l'aspettavo proprio. Cristina sospetta qualcosa?»

«Niente affatto. Si sta divertendo molto.»

«Ottimo. Bene, questa è una chiamata internazionale, quindi ti lascio andare. Come puoi immaginare, ho molto da fare.»

«Abbiamo molto da fare entrambi», dice Daniel.

145.

«Ruth, vieni a sederti vicino a me. Daniel, tu mettiti accanto ad Ana», dice Cristina, giocando a Cupido. Durante la cena osserva la nuova coppia con un sorriso complice.

«Non ha idea che stiamo parlando di lei», commenta Daniel.

«È adorabile. E penso che il suggerimento di tuo padre sia saggio», dice Ana. «Non so come si possa condurre un test in Texas con Antonio qui, ma forse Nick potrebbe aiutarci? Credo che Julia si sentirebbe più a suo agio a fare i test all'estero. Le darà un po' di tempo. È terrorizzata dal fatto che qualcuno della famiglia o un amico possa vedere Cristina a Madrid. Teme che penseranno che lei abbia rinunciato a sua figlia. O, peggio, ha paura di poter essere punita in qualche modo.»

«Non è lei che dovrebbe essere punita. Madrid è una grande città, ma non voglio che si preoccupi. Potremmo fare qualche giro turistico in altre città. Ma lei e Antonio acconsentiranno a incontrarmi?»

«Sì. E ovviamente vorranno vedere Cristina in qualche modo. Nick aveva un'idea e ha detto che avrebbe organizzato qualcosa. Julia e Antonio saranno presenti, ma Cristina non saprà nulla.»

Daniel annuisce, cercando di riflettere sulla questione, senza destare sospetti tra i commensali. «È tutto così assurdo.»

«Lo so. Non sembra reale. Ma indovina un po'», sussurra Ana.

«Che cosa?»

Si avvicina a lui. «Siamo in un ristorante insieme.» I suoi occhi brillano di eccitazione.

Daniel guarda gli occhi scuri e i capelli morbidi di Ana, le sue labbra carnose e le mani delicate. Ogni sua caratteristica è una foto a sé stante. La luce dall'alto accentua la curva morbida del suo collo. Indossa un abito marrone attillato che lo distrae.

Lei ha ragione. Sono finalmente in un ristorante insieme. Vorrebbe che fossero soli questa sera. Ha voglia di ordinare il servizio in camera e sedersi sul pavimento, con Lola Flores che canta alla radio. Vuole rimanere sveglio tutta la notte, per raccontarsi tutto. Ha voglia di baciarla.

Ana gli prende la mano sotto il tavolo. «Lo so», sussurra. «Anch'io.»

146.

Daniel aspetta nella hall dell'hotel. Ordina un caffè, sperando di riprendersi per il pomeriggio. Probabilmente assomiglia a Ben, spettinato e disfatto dalle dita schioccanti di Madrid. Per due notti è rimasto sveglio con Ana nella hall molto dopo che Cristina aveva detto di essere stanca per il jet lag ed era andata in stanza.

Ieri sera Ana lo ha convinto che dovevano andare di nascosto nel seminterrato.

«Non ci vedrà nessuno. Possiamo sederci nella mensa al nostro tavolo d'angolo. Staremo tranquilli.»

Si sono seduti al loro tavolo d'angolo, hanno parlato al loro tavolo d'angolo, si sono tenuti la mano al loro tavolo d'angolo finché le scintille tra loro non sono state così intense che Daniel si è preso Ana in grembo. Un'impiegata agitata li ha scoperti e ha chiamato un supervisore.

Il solo pensiero lo fa sorridere.

Daniel si alza quando Ana entra nella hall con Julia e Antonio. La forma del viso di Julia, i suoi occhi, sono gli stessi della bambina che si nascondeva nel suo furgone, gli stessi della giovane donna che gli offriva il posto vicino al finestrino sull'aereo.

«*Bienvenido, caballero*», dice Antonio.

I loro saluti sono sinceri e calorosi, ma la faccia di Julia porta il peso incessante dei segreti. I suoi occhi scattano come un otturatore per tutta la hall.

«Non ero sicura che dovessimo venire», dice Julia.

«Ho scelto un tavolo appartato», spiega Daniel.

«*Gracias*», risponde Antonio, sedendosi. «Ho insistito che dovessimo venire. Quello che ci ha detto Ana è quello che i nostri cuori ci suggeriscono da anni.»

Daniel prende una fotografia dal portafoglio. Con il batticuore, la passa a Julia.

«*¡Ay, Dios mío!*» Le mani di Julia tremano. Lei scoppia a piangere.

«*Virgen Santa*», sussurra Antonio. «Il matador di Rafa ha sempre avuto ragione.» Fissano l'immagine, annuendo. «L'avete chiamata Cristina.»

«Sì. Cristina María Alonso Moya Matheson.»

«*Muy guapa*», dice Julia con un sospiro.

«Mio padre ha detto che il fascicolo di Cristina all'Inclusa sosteneva che lei era *sin datos*», spiega Daniel. «L'Inclusa disse ai miei genitori che il compleanno di Cristina era stimato intorno al 22 marzo, ma Ana mi dice che il compleanno di Lali è il 20 febbraio.»

«Le gemelle erano premature. Erano piccolissime», dice Ana. «Io e Daniel ci chiediamo se abbiano intenzionalmente cambiato la data di nascita. Forse all'Inclusa volevano che la gente pensasse di adottare un bambino più vicino a un neonato?»

«E forse volevano mettere la distanza fisica tra le gemelle», dice Daniel.

Julia si strofina le mani in grembo. «*Señor* Matheson...»

«Per favore, preferirei che mi chiamaste Daniel.»

«Daniel», inizia Julia. «Per favore, sappi che non vi accusiamo di nulla. Sono passati tanti anni. Eri solo un ragazzo. Ma tua sorella e mia figlia sembrano identiche. Ho stretto le bambine tra le braccia poco dopo la nascita. Le ho baciate entrambe, come fa una neo mamma, dalla testa... alla punta dei piedi», sottolinea. «Capisci quello che sto dicendo?»

Lui annuisce. «Ovviamente.» Si ferma di colpo e sbarra gli occhi. «Aspetta. Ho capito.»

«*¿Sí?*» chiede Julia. Le sue mani si stringono con un'impazienza speranzosa.

«*Sí*, il suo dito più piccolo.»

«Quale piede?» chiede Antonio.

«Il sinistro. Lo chiamo il piccolo quadrifoglio», dice Daniel.

Antonio batte le mani sulle ginocchia. Ana cinge Julia con un braccio attorno.

«È giusto?» chiede Daniel.

«*Sí*», dice Antonio. «Anni fa, quando Rafa e Fuga credevano che stesse accadendo qualcosa, pensavano che questa storia potesse coinvolgere centinaia di bambini.»

«Una volta che in Spagna ci sarà stata la transizione, forse le adozioni saranno riconosciute in qualche modo», afferma Daniel.

Julia sorride. «Sei un ottimista. Per ora la riconosceremo tra di noi. Per favore, procediamo con attenzione», dice Julia.

«Credo che la pensi così anche mio padre. Ma c'è una complicazione. Non sono sicuro che voi lo sappiate, ma quando ho conosciuto Ana diciotto anni fa...» Daniel le prende la mano.

«*Amigo*», dice Antonio ridendo. «Fidati di me, lo sappiamo. Lo sappiamo eccome!»

«Lo sanno», concorda Ana. «Hanno sopportato il mio pianto per anni.»

«*Ay*, come si lamentava. "Daniel, il suo Daniel", come *Gli amanti di Teruel*!» dice Julia con un gesto della mano. Tace e fa un sorriso genuino. «Ma sono davvero molto felice per mia sorella.»

«Quindi, vedete, non voglio tenere separate le nostre famiglie», afferma Daniel.

«Apprezziamo la tua pazienza. Io e Julia ne discuteremo sicuramente», dice Antonio annuendo.

«Nick dice che oggi pomeriggio c'è un ricevimento nella Sala Toledo dell'hotel», interviene Ana. «A quanto pare ci saranno molte persone, così potrete vederla e non sembrerà una cosa forzata.» Si gira verso Julia. «Cristina è meravigliosa e parla un ottimo spagnolo. Ma devi prepararti. È abbastanza americana.»

«Non mi interessa cosa sia», sussurra Julia. «È mia figlia.»

Fu un periodo affascinante in cui essere lì, perché guardare un paese che è stato per quasi quarant'anni sotto una dittatura trasformarsi gradualmente in una democrazia di grande successo è, da un punto di vista professionale, un'esperienza affascinante da vivere.

WELLS STABLER, ambasciatore degli Stati Uniti
in Spagna (1975-1978)

Brano di un'intervista, febbraio 1991
Foreign Affairs Oral History Collection
Association for Diplomatic Studies and Training
Arlington, Virginia
www.adst.org

147.

«Non credo di aver mai visto questa parte dell'hotel», dice Daniel.

«Come la *Placita*, la Sala Toledo è conservata dal palazzo originale», spiega Ana.

«Mi stavi facendo fare un tour completo anni fa, ma ci siamo distratti con altre cose.»

«Spero accada di nuovo presto.» Lei sorride.

«*Hola*, amico!» grida Nick dal corridoio. «Vieni con me.» Spinge Daniel lungo il corridoio fino alla Sala Toledo e apre la porta.

«*¡Bienvenido!*» esclama un gruppetto di persone.

Daniel si guarda intorno. Chi stanno accogliendo? Aspetta... lui? Quell'accoglienza è per lui?

Una chitarra spagnola inizia a suonare. Cristina corre da lui tutta eccitata. «Ti prego, non essere arrabbiato. So che detesti essere al centro dell'attenzione, ma quando Nick ha suggerito un piccolo raduno di bentornato, ho pensato che fosse un'idea divertente!»

Al centro della sontuosa sala blu c'è una tavola rotonda con cibi e bevande. Nick saluta i colleghi diplomatici dell'ambasciata. Daniel è imbarazzato, lui odia le feste, ma sa perché Nick ha organizzato questa. Vicino alla porta ci sono Julia e Antonio.

«Ho una piccola sorpresa per te», dice Nick, trascinandolo per la stanza. Esposta con cura sulla parete c'è una selezione delle sue foto del 1957. L'hotel. Le strade esotiche di Madrid. La cena dai Van Dorn. Rafa. Fuga. Vallecas. Nick. Ana. In piedi con orgoglio accanto alle fotografie c'è un uomo anziano con folte sopracciglia grigie.

«Miguel?» chiede Daniel. «Miguel, sei tu?»

L'uomo apre le braccia e i due fotografi si riuniscono in un abbraccio.

«Miguel, è così bello vederti! Ti ho pensato spesso. Non ci posso credere, hai conservato i duplicati delle mie foto, dopo tutti questi anni?»

«*Sí.* Una promessa è una promessa. Ho anche queste foto.» Miguel prende dal tavolo una copia del «National Geographic». «Ti abbiamo seguito negli anni, texano. Ana correva al negozio e faceva domande sulle tue foto. Insieme abbiamo analizzato ogni dettaglio e fatto segni su una cartina per seguirti. *Caramba,* ci siamo preoccupati.» Miguel mette le mani sulle spalle di Daniel. La sua voce si abbassa per l'emozione. «Che viaggi hai fatto. Sono molto orgoglioso di te, *amigo.* Anche Capa lo sarebbe.»

A Daniel non importa che tutti vedano che ha gli occhi gonfi di lacrime. Come Ben, l'uomo che ha davanti credeva in lui, a differenza degli altri. Dà a Miguel un altro abbraccio e nel frattempo vede Julia e Antonio che parlano con Cristina. La conversazione appare leggera e felice. Cristina, sempre affettuosa, allunga la mano e accarezza Julia prima di andarsene e avvicinarsi alle foto. La gioia di Julia è evidente, anche da lontano. Ana sorride e gli stringe il braccio.

Nick racconta a un addetto stampa aneddoti sulle foto. «Guarda il mio viso ammaccato!» dice. «Ho subito due interventi al naso dopo quel pestaggio. Ma avresti dovuto vedere cos'ha fatto Danny agli altri. Ha scattato quella foto dal sedile anteriore di un taxi sulla strada per l'ospedale.»

Daniel guarda il suo autoritratto, ripreso dopo lo scontro, nell'ascensore a specchi. Ricambia il suo sguardo un ragazzino di diciotto anni, alto, insanguinato e per niente dispiaciuto, pronto a lottare contro il vento.

Miguel gli mette una mano sulla schiena. «*Ay,* sempre lo stesso», dice piano.

Cristina si avvicina al gruppo. «Chi è l'uomo che fuma in così tante foto?» chiede. «È Ben? Il tuo Ben?»

L'uomo che fuma. Daniel guarda una foto di Ben, da solo sulla pista da ballo. Si muove a un ritmo tutto suo, la vita si riversa dentro e fuori di lui. Ha vissuto duramente e giocato più duramente. Ci ha lavorato su.

«Sì, è Ben. L'hai incontrato una volta quando eri piccola. È quello che mi ha fatto entrare nella rivista. Avevano bisogno di un fotografo bilingue per alcuni progetti in Sud America.»

Cristina indica la foto di Fuga. «E chi è il torero?»

Fuga è seduto sul sedile posteriore della macchina prima della *capea.* Orde di bambini sorridenti di Vallecas premono contro il finestrino. La mano di Fuga tocca il vetro, restituendo il loro amore e il loro rispetto.

«Oh, gente, quel ragazzo era mitico», dice Nick. «Mangiava il fuoco per colazione. Così arrabbiato e cattivo.»

«No», ribatte Daniel. «Niente affatto. Era molto più di questo. Era speciale.» Allunga la mano e tocca la foto di Fuga, ricordando la preoccupazione del matador per Ana e la sua convinzione che rubassero i bambini.

«Vieni.» Ana conduce dolcemente Daniel verso un angolo. Paco Lobo, anziano e ingobbito, siede con il bastone appoggiato al tavolo. La sua giacca, che un tempo si adattava perfettamente, ora pende floscia sul suo fisico più minuto. «Eccolo, Paco.»

La mano dell'uomo trema mentre si solleva per sistemare gli occhiali. Scruta Daniel attraverso cataratte incredibilmente spesse che gli annebbiano gli occhi. «Bentornato a casa, Matheson. Di certo l'hai fatta aspettare abbastanza a lungo.»

«Sono un uomo stupido o cosa?» dice Daniel.

«Molto stupido, penso. Ma Ben non era d'accordo. Mi ha sempre detto: "Non lasciarle sposare nessuno, Paco. Lui tornerà". Ben è stato il tuo più grande ammiratore, sai?»

«E io il suo.»

«Certo, chi altri ti lascerebbe rubare i badge per la stampa?» dice Paco Lobo.

Daniel sente un colpetto sulla spalla. Si gira e vede Cristina che tiene per mano un giovane in giacca e cravatta.

«Daniel, lui è Jaime», dice Cristina.

«*Hola,* Jaime», dice lentamente Daniel, guardando Ana in cerca di risposte.

Il giovane è educato, a modo e chiaramente nervoso. Si aggrappa saldamente alla mano di Cristina.

«Dove vi siete conosciuti voi due?» chiede Ana.

«Jaime lavora in hotel per l'estate. Ha portato le mie montagne di bagagli in stanza il primo giorno e abbiamo fatto amicizia. Gli ho raccontato tutto sul Texas. Inizierà l'università qui in autunno. Jaime vorrebbe portarmi a cena stasera e a visitare la città questa settimana, ma ovviamente gli ho detto che avremmo avuto bisogno del tuo permesso.»

Daniel guarda sua sorella. Quando è successo e cosa le è venuto in mente? Il loro padre non sarebbe d'accordo.

Sente la mano di Ana nella sua.

«Oh, immagino che... okay. In realtà, stavo pensando di portare Ana a Valencia per il fine settimana. Forse vi piacerebbe unirvi a noi.»

«Veramente?» esclama Jaime.

«Cioè, se i tuoi genitori approvano.»

«Te l'ho detto», dice Cristina. «È il fratello migliore che ci sia.»

«Buona cena. Torna a mezzanotte, per favore», dice Daniel.

«Mezzanotte?» ripete Jaime, confuso.

«*Mi amor*, questa è Madrid», sussurra Ana.

Daniel concede di tornare più tardi e sua sorella esce con Jaime. «Siamo stati ingannati?» chiede ad Ana. «Queste ultime sere, pensi che lei fosse davvero di sopra in camera, vittima del jet lag?»

«Potrebbe essere stata di sopra, ma non era sola né vittima del jet lag», dice Ana sorridendo. «A proposito, siamo finalmente soli questa sera.» Alza lo sguardo su Daniel, accarezzandogli il braccio.

Improvvisamente Daniel è impaziente di lasciare la festa. Si china e le sussurra all'orecchio: «Servizio in camera o Lhardy?».

«Servizio in camera. Porterò coltello e forchetta.»

148.

«Non ti preoccupare», gli ha assicurato Ana la mattina dopo. «Non daranno alcuna informazione a Cristina. Credimi, si attaccheranno al *sin datos.* Ma forse tu scoprirai qualcosa.»

Daniel accompagna Cristina attraverso le porte dell'Inclusa. Le racconta di quando trovò il bambino per strada e lo portò in ufficio.

«È straziante. Sono stata anch'io lasciata per strada così, come Oliver Twist?»

«Eri in ottima forma quando la mamma e il papà ti hanno adottato. Non stavi vagando per la strada.»

Cristina guarda l'imponente edificio. «È così... austero. Non riesco a immaginare che nostra madre sia venuta qui», dice. «Ma grazie a Dio l'ha fatto.»

L'interno dell'Inclusa è tranquillo, più solenne di quanto Daniel ricordi. I loro passi riecheggiano sulle piastrelle grigie consunte fino all'ufficio di accoglienza.

Dopo qualche istante entra una suora. «Buongiorno. Posso aiutarvi?»

«Siamo qui per vedere suor Purificación, per favore.»

«Vi sta aspettando?»

«Non credo. Per favore, le dica che un vecchio amico vorrebbe salutarla.»

La suora li guarda, soppesandoli. «Sedetevi in biblioteca. È la seconda porta a destra.»

Cristina fa scivolare la mano in quella di Daniel mentre camminano lungo il corridoio. Il silenzio dell'Inclusa induce a sussurrare. «Eccola. La mia primissima casa.»

«Stai bene?»

Lei annuisce.

Si siedono a un tavolo nella biblioteca spoglia e solitaria. Il miniabito arancione e giallo di Cristina è un urlo di colore tra i libri scialbi aggrappati a decenni di silenzio. Dopo parecchio tempo appare sulla soglia una suora. Non entra, ma si ferma e sbircia nella stanza. È di media altezza, robusta e bruttina in faccia. Ha le labbra serrate, come se vi tenesse in mezzo un bottone.

Daniel si alza. «Suor Purificación, che piacere vederla.»

«Salve.» La parola è pronunciata così piano che a malapena si sente. La suora fa un passo avanti con cautela, scrutandoli.

«Sono passati molti anni, sorella. Sono Daniel Matheson del Texas. Ci siamo conosciuti un'estate molto tempo fa, quando ero in visita a Madrid. Soggiornavo al Castellana Hilton. Sono un amico di sua cugina Ana.»

Puri guarda Daniel e un nervo vicino alla sua bocca si contrae. I suoi occhi si spostano su Cristina. La fissa senza battere ciglio.

«Si ricorda di me, per caso?» le chiede.

Puri distoglie lo sguardo e lo rivolge a Daniel, senza guardarlo negli occhi. «Mi dispiace. Non mi sembra.» Le dita di entrambe le mani si allargano come una stella marina, poi si richiudono a pugno.

«Per favore, si sieda. Questa è mia sorella Cristina.»

Puri si accomoda con cautela al tavolo, come se la sedia potesse esplodere. Daniel guarda Cristina e annuisce.

«Buona giornata, sorella. È un piacere conoscerla. La ringrazio per il tempo che ci dedica. Sto facendo un viaggio della memoria, sa. Be', in realtà non ho ricordi, solo quello che mi è stato raccontato dai nostri genitori. Sono arrivata all'Inclusa verso la primavera del 1957. Ero *sin datos.* I miei genitori sono venuti in Spagna dal Texas e mia madre desiderava disperatamente un altro figlio e... be', sono troppi dettagli. I miei genitori sono venuti qui all'Inclusa e lei li ha convinti a adottare me.»

Gli occhi di Puri si spalancano. «No, no, non l'ho fatto.»

«Oh, mi scusi. La mamma diceva sempre che una ragazza le aveva parlato molto bene di me. Li aveva convinti che ero degna e adatta per la loro famiglia. Pensavo che forse era lei? Se è così, è stata determinante per la mia fortuna.»

«Perdonami se io.... non ricordo l'episodio», dice Puri. I suoi occhi si spostano momentaneamente su Daniel e poi di nuovo su Cristina. «Dimmi. Sei felice, bambina?»

«Sì, sorella.»

«Sei cresciuta parlando spagnolo in Texas?»

«Sì, la mamma veniva dalla Galizia e ha insistito che parlassimo spagnolo.»

«E sei stata cresciuta nella chiesa cattolica?»

«Sì, sorella.»

«E come stanno i tuoi genitori?»

«La mamma è morta sei anni fa.»

«Oh, cara ragazza.» La faccia di Puri si contrae per l'angoscia.

«Mio fratello e mio padre hanno fatto un ottimo lavoro, comunque.»

«Tuo padre lavora ancora nel petrolio?» chiede lei.

«Oh, si ricorda di nostro padre?» chiede Daniel.

Puri fa una pausa, poi scuote rapidamente la testa. «All'epoca c'erano molti petrolieri a Madrid.»

«Sì, nostro padre ha ancora molto successo nel petrolio», dice Cristina. «Daniel lavora con lui... be', è stato un grande fotografo ma ha lasciato l'attività quando è morta la mamma. È tornato a casa per aiutarmi a crescere.»

Puri annuisce attentamente. «Mi dispiace molto per la vostra perdita.»

«Grazie. Mi sono diplomata a maggio con il massimo dei voti, sorella, e sono stata accettata alla Vanderbilt University. Ho partecipato al mio ballo delle debuttanti l'anno scorso.»

La faccia di Puri si illumina. «Santo cielo, che meraviglia. Che bambina fortunata sei. Una ragazza così adorabile con una famiglia premurosa e di successo. Il tuo futuro sembra pieno di opportunità.»

Daniel osserva Puri. È sincera ma solenne. Distaccata. La ricorda vagamente come una ragazza frivola, che faceva molte domande. Ma qualcosa ha rubato la luce ai suoi occhi. Puri deve aver preso da suo padre. È cugina di Ana, ma non le assomiglia. Puri deve vedere la somiglianza tra Cristina e Lali. Finge di non accorgersene? È per questo che sembra così innervosita dalla loro conversazione? Naturalmente sa che lui si è riunito con Ana.

«Se i miei genitori biologici venissero mai a informarsi su di me, ne rimarrebbe traccia?» chiede Cristina.

La sua domanda addolora Daniel. Deve dire la verità a sua sorella.

Puri scuote la testa. «Come hai detto, eri *sin datos.* Sei arrivata senza nome, senza informazioni. Probabilmente ti è stato assegnato un numero. Dopo l'adozione, è stato creato un certificato di nascita. In Spagna, i genitori adottivi sono elencati come genitori biologici.»

Cristina annuisce, accondiscendente. «Sarebbe possibile fare un giro dell'Inclusa? Mi piacerebbe vedere dove dormivo e giocavo.»

«Non c'è molto da vedere. La nostra Inclusa è molto più silenziosa in questi giorni. Non abbiamo più molti bambini. Se tu fossi stata qui per un breve periodo da neonata, saresti stata nella nursery», dice Puri. «Ma se vuoi posso chiedere a qualcuno di accompagnarti.» Chiama una giovane aiutante perché assista Cristina.

«Ti aspetterò qui», dice Daniel a sua sorella.

Puri si alza per andarsene.

«Suor Purificación. La prego, può restare un momento?»

149.

Puri si risiede, fissando Daniel. È rilassato. Tranquillo e sicuro di sé. Così bello. E così inconsapevole.

«È un piacere rivederla», dice lui.

Puri accenna un sorriso.

«Mi chiedo, sorella... Ci sono molte famiglie adottive che non provengono dalla Spagna?»

«Mi spiace, non lo so.» Puri si stringe nelle spalle. Appoggia con cura le mani giunte sul tavolo. «*Señor* Matheson, che bella vita ha sua sorella. È evidente che non le manca nulla e ha davanti a sé ogni opportunità. Mi dà una gioia indescrivibile vedere quanto profondamente abbia tratto beneficio dall'adozione. Non è sempre così.»

Daniel la guarda e i nervi di Puri iniziano a formicolare. Perché la fissa così? Potrebbe sapere qualcosa? Si sente costretta a riempire il silenzio.

«Ha accennato di essere già stato qui. Ricorda la nostra ex direttrice, suor Hortensia? La sorella è andata con Dio, ma era lei la responsabile della maggior parte delle adozioni.»

«Sì, la ricordo vagamente», dice Daniel.

«Avrà sistemato lei sua sorella. Ne ha sistemati così tanti. Molti sono tornati a cercarla», si schiarisce la voce, «e immagino che ne verranno molti altri.»

Daniel non dice nulla, limitandosi ad annuire. Il silenzio continua a scandire il tempo tra loro.

L'espressione sul viso di lui. Disagio. «Non sta bene, *señor* Matheson?»

«Mi perdoni, sorella. Sto benissimo, sono solo un po' deluso che lei non si ricordi di me. Sono venuto qui con molte domande. Ho ancora ben presente il giorno in cui parlammo davanti all'hotel. Mi disse che non ero bravo a tenere i segreti e che mi piaceva sua cugina Ana. Aveva ragione. Mi piaceva davvero Ana. E aveva ragione anche su questo: non sono bravo a tenere i segreti. Non mi piacciono.»

"Ma lui non ha una vera intimità con i segreti", pensa Puri. "I suoi geni sono fedeli al suo nome."

«Sorella, potrebbe essere stata a conoscenza di chi erano i veri genitori di Cristina?»

La faccia di Puri si riempie di tristezza. Non sa ancora chi siano i suoi genitori naturali. «Lei parla di conoscenza, *señor* Matheson. All'epoca a cui si riferisce lei, ero un'adolescente, un'adolescente spaventata, oltretutto. Probabilmente la mia "conoscenza" era piuttosto limitata. Attraverso le mie vicissitudini, ho imparato che la conoscenza è qualcosa che evolve. Ciò che pensiamo di sapere può essere piuttosto lontano dalla verità. Se continuiamo a cercare e a porre domande, un giorno potremmo trovare la nostra strada per arrivare a delle risposte. Ma a volte le risposte portano solo ad altre domande.»

Daniel riflette sulle sue parole. «A proposito di domande, e se un giorno dovessi riunirmi con Ana... per sempre?»

Puri fa un gran sorriso. Il suo viso è completamente trasformato da una gioia sincera. «Oh, sarebbe meraviglioso! Ana è una bellissima persona. Merita ogni felicità.»

«Sono d'accordo. Ovviamente non ho modo di sapere come andranno le cose. Ma sono fiducioso.» Daniel si stringe nelle spalle e sorride. «Sto solo cercando di immaginare la fusione delle nostre famiglie: Julia, Antonio, Rafa, mio padre» – fa una pausa – «la figlia di Julia, Lali, insieme a mia sorella Cristina. Mi è stato detto che hanno la stessa età.» Le rivolge uno sguardo interrogativo. «Forse avranno cose in comune e diventeranno amiche?»

Daniel sta parlando ipoteticamente o sa davvero qualcosa? Sta insinuando dei sospetti, riemergendo a prendere aria in una pausa tra le onde. Puri sa esattamente come ci si sente e sta male per lui. Daniel desidera cercare e sollevare le pietre, ma ha anche paura di ciò che potrebbe trovarci sotto. La paura. Tiene Puri muta e sola da molti anni.

«Amiche», ripete piano Puri. «Sì, forse potrebbero diventare amiche. Forse un giorno potremmo essere tutti amici.»

Daniel fa una pausa. «Mi scusi se glielo dico, suor Purificación, ma il suo cammino verso i voti religiosi mi ha sorpreso. Ma sono felice che lei abbia trovato appagamento», dice poi.

Puri avverte dentro di sé una fitta familiare. Daniel parla di appagamento. Probabilmente lui lo conosce bene. Pone le sue domande con un rigore autorevole. Non viene mai punito, minacciato o deriso per aver cercato spiegazioni. Puri risente le parole minacciose di suor Hortensia.

Dio ti sta chiamando attraverso queste domande, Purificación. Invece di condividere ad alta voce i tuoi dubbi peccaminosi, ti dedicherai alla contemplazione e alla preghiera. Dovrai farlo.

Puri si alza per andarsene. Sì, lo vede tutto intorno a lui. Il bello e gentile Daniel Matheson sa cos'è l'appagamento, quindi dà per scontato che lo sappia anche lei.

«Non è appagamento», dice Puri, avviandosi verso la porta. «È una vocazione, dal latino *vocare*, "chiamare". È una chiamata: amare e servire. Tutti noi scegliamo di vivere le nostre vocazioni in modi diversi. Suo padre ha una vocazione per il petrolio. Sua sorella ha menzionato la sua vocazione per la fotografia. La nostra ex direttrice, suor Hortensia, aveva una vocazione per gli orfani e ha sistemato così tanti di noi.»

Le sopracciglia di Daniel si sollevano per la sorpresa.

«Sì. Ogni scelta di vita comporta sacrificio. Forse l'ha scoperto? Ho scelto di entrare in questo ordine per cercare Dio, non spiegazioni. Quindi, vede, *señor* Matheson, dopo molti anni di domande e preghiere, ho finalmente sentito una mia vocazione. E la mia vocazione è stata il silenzio.»

«Ma una frase che lei ha detto», interviene Daniel, «mi ha fatto riflettere. Lei ha detto che la conoscenza è qualcosa che evolve, e che ciò che pensiamo di sapere può essere piuttosto lontano dalla verità.»

«Sì.»

«Ma se arrivassimo *davvero* alla certezza? Secondo lei, sorella, quando scopriamo la verità», la fissa, «cosa dovremmo fare?»

Una nota di speranza risuona nel cuore di Puri.
Lui sa.
Puri torna al tavolo.
«Se scopre la verità, deve dirla ad alta voce e aiutare gli altri a fare lo stesso, *señor* Matheson. La verità rompe le catene del silenzio.»
Puri si mette una mano tremante sul petto. La sua voce si abbassa a un sussurro.
«Ci rende tutti liberi.»

Migliaia di bambini sono stati sottratti ai loro genitori durante la dittatura di Franco in Spagna, ma la storia è stata taciuta per decenni. Ora il primo caso di bambini rubati è andato in tribunale. Il processo dovrebbe durare mesi. Come riporta Lucía Benavides dalla Spagna, è una parte oscura della storia spagnola che sta finalmente ottenendo un maggiore riconoscimento.

Tra il 1939 e la fine degli anni Ottanta, si presume che oltre 300.000 bambini siano stati rubati alle loro madri alla nascita e venduti in adozione.

LUCÍA BENAVIDES

da *First Stolen-Baby Case from Franco Dictatorship Goes to Court in Spain*
NPR
14 agosto 2018

Gli spagnoli dopo la morte di Franco e durante la transizione verso la democrazia sono entrati in quello che è stato a lungo chiamato qui un patto del silenzio, che la nuova legge mira chiaramente ad annullare. Come ha affermato lo storico Hugh Trevor-Roper quarant'anni fa, su un diverso regime, «un singolo despota personale può prolungare le idee obsolete oltre il loro termine naturale, ma il cambiamento delle generazioni alla fine deve spazzarle via».

MICHAEL KIMMELMAN

da *In Spain, a Monumental Silence*
«The New York Times»
13 gennaio 2008

L'orizzonte ci regalerà le stelle è un'opera di narrativa storica.

La guerra civile spagnola e la successiva dittatura ultratrentennale di Francisco Franco sono, naturalmente, molto vere. Se questo romanzo vi ha appassionato, vi prego di fare ricerche sulla storia della Spagna, sulla guerra civile spagnola e sulla dittatura.

Sono in debito con molti scrittori, storici, studiosi, diplomatici, artisti, fotografi e giornalisti eccezionali che hanno fatto la cronaca sia della dittatura sia della guerra civile. Se il romanzo storico stimola il vostro interesse, vi esorto a ricercare i fatti, i saggi, le autobiografie e le testimonianze personali disponibili. Sono le spalle su cui poggia la narrativa storica.

Ho esplorato la Spagna per la prima volta mentre facevo un tour promozionale per il mio romanzo di debutto. Mi sono innamorata non solo del paese, ma anche della sua gente. Da Bilbao a Barcellona, passando da Madrid a Valencia, Tarragona e oltre, ho incontrato lettori di diversi contesti familiari, che hanno mostrato profonda empatia per la storia nascosta. Mi hanno accolto a braccia aperte e hanno condiviso con me riflessioni su conflitti, umana sofferenza e resilienza. Ho scoperto che la Spagna è un'aula per lo spirito umano.

Nel 2011 Tamra Tuller e Michael Green di Philomel mi hanno inviato un articolo di Raphael Minder dal «New York Times» intitolato *Spain Confronts Decades of Pain over Lost Babies*, «La Spagna affronta decenni di dolore per i bambini perduti». Ho iniziato a fare ricerche sulla guerra civile spagnola e sul periodo del dopoguerra, dal 1936 alla morte di

Franco nel 1975, fino alla transizione alla democrazia. Ho studiato il diritto di nascita, le molte definizioni di «fortuna» e le linee che dividono. Ho intrapreso viaggi di ricerca in Spagna, incontrando testimoni che hanno dato voce alla storia e alle sofferenze del paese. Durante i miei viaggi ho sentito ritornelli comuni:

È molto difficile spiegare.

È ricco di sfumature e complesso per un estraneo.

Non puoi proprio capire.

Come il personaggio di Daniel, io volevo capire. Volevo ricambiare l'affetto, la comprensione e la compassione che il popolo spagnolo aveva mostrato nei confronti miei e della storia nei miei libri. Mentre la mia ricerca procedeva, mi sono resa conto che i ritornelli erano esatti. Non solo è difficile capire per un estraneo, ma spesso mi sono ritrovata a chiedermi: «Che diritto abbiamo sulla storia che non è la nostra?».

I miei progetti precedenti contenevano fili della mia storia familiare personale, quindi sono stata in grado di scrivere quelle storie dall'interno all'esterno. Quando ho iniziato le mie ricerche per quello che è diventato *Le fontane del silenzio*, mi sono resa conto che, se avessi voluto scrivere sulla Spagna, avrei dovuto scrivere dall'esterno all'interno.

Così ho studiato le intersezioni del dopoguerra tra gli Stati Uniti e la Spagna, esaminando le difficoltà di due nazioni molto diverse che cercano di interagire e cooperare mentre perseguono anche obiettivi individuali.

Come possono colmare la lacuna nella comprensione?

Ho quindi focalizzato ancora di più l'attenzione: giovani promettenti di diversa estrazione, impazienti di collaborare, esprimere amore e perseguire la verità, ma limitati da cultura e circostanze.

Come possono colmare la lacuna nella comprensione?

Durante il mio studio e le mie ricerche, è emersa la fragile tensione tra storia e memoria. Alcuni avevano un bisogno disperato di ricordare e altri un bisogno disperato di dimenticare. Ero ossessionata dalle descrizioni della guerra... e anche della guerra dopo la guerra. Fame, isolamento, paura e la socializzazione del silenzio. La sofferenza ha vinto in Spagna, toccando tutte le parti e spezzando molti cuori.

La storia rivela che, in mezzo alla guerra, il prezzo più alto è spesso pagato dai più giovani. Bambini e adolescenti indifesi diventano vittime innocenti di terribili violenze e pressioni ideologiche. Alcuni in Spagna erano orfani o separati dalle loro famiglie. Altri, come Rafa e Fuga, furono mandati in «case» dell'assistenza sociale, dove furono nutriti con una dieta costante di torture. Durante il dopoguerra e la dittatura in Spagna, i giovani furono abbandonati tra le rovine a orientarsi in un'eredità di angoscia e responsabilità per eventi dei quali non avevano alcuna responsabilità. Nella storia ho scelto di rappresentare la narrazione dal punto di vista dei giovani adulti: adolescenti innocenti che, invece di perseguire speranze e sogni, sono diventati fontane di silenzio.

Dopo la morte di Franco, nel 1975, la Spagna iniziò il compito titanico di transizione verso la democrazia. Nella speranza di avviare un'evoluzione pacifica, nel 1977 fu approvata una legge di amnistia che liberò i prigionieri politici e permise a quelli in esilio di tornare in Spagna. La legge garantiva anche l'impunità a coloro che potevano aver commesso crimini, o ne erano stati complici, durante la guerra e la dittatura. Quella legge spianò la strada al *Pacto del olvido* in Spagna, il Patto dell'oblio.

Alcuni storici hanno descritto il Patto dell'oblio come necessario per una transizione regolare e pacifica. Altri mettono in dubbio gli effetti a lungo termine del silenzio sulla memoria storica, sulla costruzione dell'identità e sulla dignità umana. Gli studiosi si chiedono se l'assenza di una narrativa storica comune crei dolorosi ostacoli alla giustizia e alla fiducia.

Gli studi stimano che oltre trecentomila bambini in Spagna potrebbero essere stati sottratti ai genitori naturali e trasferiti o venduti a famiglie ritenute «meno degenerate». Le adozioni e i furti iniziarono nel 1939 e durarono fino agli anni Ottanta. Durante e dopo la guerra civile, alcuni bambini furono presi come punizione per coloro che si opponevano a Franco. Nel dopoguerra i furti erano visti come un modo per «riabilitare» i bambini che avevano genitori o nonni con il «gene rosso». In anni successivi, si disse che i bambini rubati facessero parte di continui traffici che coinvolgevano i medici e la chiesa.

Oggi esistono molti meravigliosi gruppi in Spagna che si impegnano senza sosta per i bambini rubati. Le Nazioni Unite hanno sollecitato indagini sui diritti umani. Alcuni hanno suggerito la creazione di uno speciale database del DNA (come in Argentina per i bambini rubati) per perseguire la verità e la riunificazione. Sebbene sia un'operazione incredibilmente complessa, sono fiduciosa che i progressi siano possibili. Sono anche fiduciosa che i lettori possano far parte di questi progressi, in particolare i giovani lettori.

Sono considerata un'autrice «crossover», perché i miei libri sono letti in tutto il mondo sia da adolescenti sia da adulti. Saranno i giovani lettori a portare nel futuro le nostre storie che sbiadiscono, le sfide a loro associate e il dialogo necessario. Ho piena fiducia che le giovani generazioni – generazioni empatiche – medicheranno delicatamente le ferite e lavoreranno insieme per rafforzarsi e guarire.

Ogni nazione ha cicatrici e storie nascoste. Quando le storie di conflitti storici vengono lette e discusse, abbiamo l'opportunità di unirci nello studio e nella memoria. In questo modo, i libri ci uniscono in una comunità globale di lettura, ma anche in una comunità umana globale che cerca di imparare dal passato.

Porgo la mia sincera gratitudine al popolo spagnolo e alle regioni all'interno dei suoi confini. Grazie per avermi permesso di studiare la vostra storia. La mia speranza è che questo romanzo possa ispirare altri a condurre le proprie ricerche nel tentativo di imparare, crescere e costruire ponti che resisteranno alla prova del tempo e della memoria storica. Quando ciò accadrà, la storia non si frapporrà più tra noi come un ostacolo, ma scorrerà attraverso di noi.

Ruta Sepetys

Il processo di ricerca per questo romanzo è stato uno sforzo globale e collaborativo che è durato otto anni. Detto questo, tutti gli errori qui presenti sono miei.

Il mio editore spagnolo, Maeva, mi ha messo in contatto con persone, luoghi ed esperienze per dare vita a questa storia. Laura Russo ha fatto semplicemente l'impossibile. Sarò per sempre grata a Maite Cuadros, Mathilde Sommeregger, Eva Cuadros, Rocio de Isasa, Sara Fernandez, Montse Vintró e all'intero team di Maeva e SGEL.

La traduttrice e sceneggiatrice Marta Armengol Royo di Barcellona è spesso la mia interprete per gli eventi in Spagna. Marta è stata consulente e partner di questo progetto, ha letto diverse bozze, ha guidato con passione i miei sforzi e le mie ricerche e ha corretto con delicatezza il mio terribile spagnolo. Il mio amico di lunga data Claus Pedersen è un insegnante di storia e spagnolo in Danimarca. Claus ha lavorato con me per anni, mi ha aiutato a trovare materiale di ricerca, mi ha consigliato su molti argomenti e ha fornito l'indispensabile incoraggiamento. La dottoressa Almudena Cros è una professoressa di storia a Madrid e mi ha aiutato a pianificare e completare le mie ricerche. Almudena mi ha accompagnato per molti lunghi giorni in Spagna e per anni dopo, esplorando la storia e le innumerevoli emozioni che porta con sé. Jon Galdos ha dedicato molto tempo e pazienza a farmi da guida per Bilbao, Guernica, Getaria, Hendaye, Irún, San Sebastián e la splendida campagna basca.

La professoressa Soledad Luque Delgado presiede l'organizzazione «Todos los niños robados son también mis niños», che lei ha istituito per mobilitare e informare le persone sulla scomparsa di bambini durante la dittatura di Franco e nei successivi anni di transizione. Soledad crede che il suo fratello gemello sia stato rubato e ha passato molti anni a parlare di questo argomento e a sostenere instancabilmente gli altri. Soledad ha trascorso del tempo con me a Madrid ed è stata di grande aiuto nelle mie ricerche.

Ángel Casero, presidente dell'organizzazione «Adelante Niños Robados», mi ha incontrato e mi ha spiegato la storia dietro i furti di bambini e le adozioni, come pure la condizione delle donne in quel periodo. Il fratellino di Ángel è scomparso da una struttura ospedaliera negli anni Sessanta e ai fratelli maggiori è stato mostrato il cadavere congelato di un bambino, presumibilmente il loro fratello defunto.

Soledad e Ángel mi hanno invitato a partecipare a un panel di presentazione e a un incontro a Madrid dedicato ai bambini rubati. La sala soffocante era pienissima di partecipanti. Le storie condivise erano strazianti – come la ricerca della vera identità – e orribili: la bara riesumata di un bambino non ne conteneva i resti, ma le ossa di un braccio adulto. Sono grata a tutti i partecipanti che hanno condiviso le loro storie personali, le foto e le speranze per il futuro. Siete sempre nei miei pensieri.

Durante le mie ricerche ho scoperto il fumetto pluripremiato *Paracuellos: Children of the Defeated in Franco's Fascist Spain*, un *graphic memoir* di Carlos Giménez. Le storie strazianti intrise di umorismo rappresentate nell'opera mi hanno fatto una profonda impressione e hanno ispirato i personaggi e il viaggio di Rafa e Fuga.

Padre Fernando Cerracedo, sacerdote a Vallecas da oltre quarant'anni, ha generosamente condiviso sia il cuore sia i dettagli storici del quartiere, che mi hanno aiutato a portare la bellezza di Vallecas nella storia e nei suoi protagonisti.

Il dottor José Ignacio de Arana è stato medico presso l'Inclusa di Madrid per oltre quarant'anni. Ha spiegato la struttura e il funzionamento quotidiano dell'Inclusa, sottolineando l'amore e la dedizione che la maggior parte dei medici e del personale nutriva per i bambini dell'orfanotrofio.

Mariluz Antolín ed Elena Nieto mi hanno accolto per soggiorni prolungati all'InterContinental di Madrid, in passato il Castellana Hilton. Mariluz ha condiviso materiale d'archivio, fornito spazi per incontri di ricerca e mi ha permesso di esplorare ogni angolo dell'hotel durante il mio soggiorno per creare il mondo di Ana e Daniel rappresentato nel romanzo.

Antonio López Fuentes, maestro sarto di Fermín a Madrid, ha risposto alle mie infinite domande e mi ha permesso di trascorrere del tempo nel negozio con il suo team per esplorare la creazione e le tradizioni che circondano un *traje de luces*.

Eduardo Fernández e suo padre, Antonio Fernández, hanno generosamente condiviso con me la storia e i ricordi della loro famiglia. Antonio sopravvisse all'Asilo Durán, una «casa» per ragazzi a Barcellona, e diventò cameriere al Castellana Hilton.

Efraín Royo Lascorz ha raccontato pazientemente dettagli e ricordi del lavoro al macello, contribuendo a dare contenuto e dimensione al personaggio di Rafa.

Un ringraziamento speciale a Adelaida Caro della Biblioteca Nazionale di Spagna, che mi ha accolto e assistito nelle ricerche.

Javier Pagola e lo staff di Lhardy hanno reso magica ogni visita di ricerca.

Sono molto grata al curatore Luis Alberto Pérez Velarde e a Blanca Pons-Sorolla Ruiz de la Prada del museo Sorolla per il loro continuo aiuto, la generosità e la pazienza nelle mie frequenti visite.

J. Edgar Williams era funzionario consolare presso l'ambasciata degli Stati Uniti a Madrid tra il 1956 e il 1960 e collaborò con l'ambasciatore statunitense John Lodge. Il signor Williams ha risposto alle mie numerose domande sulle relazioni internazionali e ha condiviso i suoi ricordi della Spagna di quel periodo.

Il signor Pierce Allman, ex giornalista e residente da una vita nel quartiere Highland Park di Dallas, ha condiviso informazioni che mi hanno aiutato a costruire e a comprendere il personaggio di Daniel Matheson.

La scrittrice e giornalista Karen Blumenthal mi ha indirizzato e messo in contatto con molte risorse e mi ha fatto fare un giro per Preston Hollow per aiutarmi a concepire la casa di Daniel.

Mentre scrivevo e facevo ricerche, sono tornata costantemente a trarre ispirazione dalle preziose opere di Robert Capa, Gerda Taro, Paul Preston, Helen Graham, Adam Hochschild, Neil M. Rosendorf, Ángela Cenarro, Larry Collins e Dominique Lapierre.

Ringrazio anche per la loro generosa assistenza e ispirazione: Anadir, The Association for Diplomatic Studies and Training, American Foreign Service Association, The Association for the Recovery of Historical Memory, Mary Ann Campbell, il quartiere di Vallecas, Niki Coffman, Corral de la Moreria, «D Magazine», The Dwight D. Eisenhower Presidential Library, Hilda Farfante, The Foreign Service Journal Archives, The Gerald R. Ford Presidential Library, Hargrett Rare Book & Manuscript Library at the University of Georgia, The Hockaday School, The Hospitality Industry Archives at the Conrad N. Hilton College of Hotel & Restaurant Management alla University of Houston, International Center of Photography, Juan de Isasa, The John F. Kennedy Presidential Library, La Venencia, La Violeta, Lucía Lijtmaer, Low Media, Magnum Photos, Andrew Maraniss, Gerard Solé Martinez, il Meadows Museum at SMU, The National Archives in Washington, D.C., «National Geographic», Dr. Ann Neely, «The New York Times», la famiglia Ordóñez, Manuel Benítez Pérez, il museo del Prado, Restaurante Botín, The Rockefeller Foundation Bellagio Center, Sim Smiley, S.O.S. de Bebés Robados, St. Mark's School of Texas, Steve Norris-Tari, Carol Stoltz, Taberna de Antonio Sánchez, the Harry S. Truman Presidential Library Archives, Dr. Mark E. Young, Patty Young.

BIBLIOGRAFIA

L'orizzonte ci regalerà le stelle è stato costruito con mattoni dai seguenti libri, saggi accademici, articoli, film e risorse.

L. Abend, *Spain's Stolen-Babies Scandal: Empty Graves and a Silent Nun*, in «Time» (13 aprile 2012).

V. Alba, *Transition in Spain: From Franco to Democracy*, New Brunswick 1978.

A. Alcoba López, *Aquel Madrid que se nos fue... 1957-1967*, Madrid 1997.

The American Women's Club of Madrid, *Dances and Cooking Specialties of Spain*, Madrid s.d.

J.L. Anderson, *Lorca's Bones: Can Spain Finally Confront Its Civil War Past?*, in «The New Yorker» (6 luglio 2009).

«El año que tú naciste», 1953-60.

F.R. Benson, *Writers in Arms: The Literary Impact of the Spanish Civil War*, New York-London 1968.

M. Besas - P. Besas, *Hidden Madrid*, Madrid 2007.

P. Blanshard, *Freedom and Catholic Power in Spain and Portugal: An American Interpretation*, Boston 1962.

F. Borkenau, *The Spanish Cockpit: An Eye-Witness Account of the Political and Social Conflicts of the Spanish Civil War*, Ann Arbor 1963.

T. Buck, *Facing up to Franco: Spain 40 Years On*, in «Financial Times» (8 maggio 2015).

B. Burrough, *The Big Rich: The Rise and Fall of the Greatest Texas Oil Fortunes*, New York 2009.

R. Capa, *Leggermente fuori fuoco*, a cura di V. De Rossi, Roma-Milano 2019.

«Castellana Magazine. Castellana Hilton Hotel Monthly», 1957-59.

M. del Castillo, *Child of Our Time*, New York 1958.

Á. Cenarro, *Memories of Repression and Resistance: Narratives of Children Institutionalized by Auxilio Social in Postwar Spain*, in «History and memory», XX (2008), pp. 39-59.

D. Chacón, *La voz dormida*, Madrid 2016.

L. Collins - D. Lapierre, *Alle cinque della sera*, Milano 1969.

B. Conrad, *The Death of Manolete*, Boston 2007.

P. Delgado, *Colores del toreo*, Barcelona 2013.

P. Donovan, *Spain in Your Pocket*, Madrid 1965.

M.J. Esteso Poves, *Niños robados*, Madrid 2011.

P. Fidalgo, *A Young Mother in Franco's Prisons: Señora Pilar Fidalgo's Story*, New York 1939.

C. Giménez, *Paracuellos: Children of the Defeated in Franco's Fascist Spain*, San Diego 2016.

Give Me Back My Child!, documentario diretto da M. Armengou e R. Belis, TV3.

M. Gómez Borrás - L. Molina Zamora, *Nosotros, los niños de los años 50*, Madrid 2011.

F. González de Tena, *Nos encargamos de todo: Robo y tráfico de niños en España*, Madrid 2014.

H. Graham, *The Spanish Civil War: A Very Short Introduction*, Oxford 2005.

— (a cura di), *Interrogating Francoism: History and Dictatorship in Twentieth-Century Spain*, London 2016.

E. Hemingway, *Un'estate pericolosa*, Milano 2011.

—, *Morte nel pomeriggio*, Milano 2011.

—, *Per chi suona la campana*, Milano 2016.

C. Hilton, *Be My Guest*, New York 1991.

A. Hochschild, *Spain in Our Hearts: Americans in the Spanish Civil War, 1936-1939*, Boston 2016.

—, *The Untold Story of the Texaco Oil Tycoon Who Loved Fascism*, in «The Nation» (21 settembre 2016).

H. Hurt III, *Texas Rich: The Hunt Dynasty from the Early Oil Days Through the Silver Crash*, New York 1981.

K. Josephon, *Stolen Babies in Spain: Human Rights Abuses and Post-Transitional Justice*

C.R. Kraeplin (a cura di), *Of Hearts and Mind: The Hockaday Experience, 1913-1988*, Houston 1988.

M. Kurlansky, *The Basque History of the World: The Story of a Nation*, London 2001.

C. Laforet, *Nada*, Barcelona 2004.

A. Lawrence, *From Bullfights to Bikinis: Tourism and Spain's Transition to Modernity Under the Franco Regime*, Middletown 2008.

«LIFE» Goes to a Fancy Madrid Hotel Opening, U.S. Guests Launch Hilton's Latest, in «LIFE» (3 agosto 1953).

Los niños perdido del Franquismo, documentario diretto da M. Armengou e R. Belis, TV3.

J. Marco, *Francoist Crimes: Denial and Invisibility, 1936-2017*, in «Journal of Contemporary History», LII (2017), pp. 157-163.

J. Matos Aguilar, *La inclusa que yo viví: 1945–1990*, Madrid 2016.

The Mexican Suitcase, documentario diretto da T. Ziff

J.A. Michener, *Iberia*, London 1968.

R. Minder, *Spain Confronts Decades of Pain Over Lost Babies*, in «The New York Times» (6 luglio 2011).

C. Mir y Curcó, *The Francoist Repression in the Catalan Countries*, in «Catalan Historical Review», I (2008), pp. 133-147.

P. Morland, *The Society of Timid Souls: or, How To Be Brave*, London 2013.

New Guide to the Prado Gallery, Madrid 1957.

El niño y los pediatras en la Guerra Civil Española, in «Cuadernos de Historia de la Pediatría Española», X (2015), pp. 1-39.

The Oral History Reader: Spain 1931-1995, Foreign Affairs Oral History Collection, Association for Diplomatic Studies and Training, Arlington s.d. (www.adst.org).

C. Osorio, *Lavapiés y el rastro*, Madrid 2014.

L. Otero, *La Sección Femenina*, Madrid 1999.

M. Pasalodos Salgado, *Haute Couture, High Fashion in the 50s*, Barcelona 1991.

D. Payne, *Big D: Triumphs and Troubles of an American Supercity in the 20th Century*, Dallas 2000.

A. Plenn, *Wind in the Olive Trees: Spain from the Inside*, New York 1946.

S. Poggioli, *Families of Spain's 'Stolen Babies' Seek Answers - And Reunions*, in *Morning Edition*, NPR (14 dicembre 2012).

J. Presley, *A Saga of Wealth: The Rise of the Texas Oilmen*, New York 1978.

—, *Never in Doubt: A History of the Delta Drilling Company*, Houston 1981.

P. Preston, *Franco*, Milano 1997.

—, *The Spanish Holocaust: Inquisition and Extermination in Twentieth-Century Spain*, London 2012.

O. Puche Riart - L.F. Mazadiego Martínez - J.E. Ortiz Menéndez, *Petroleum in the Spanish Iberian Peninsula*, in «Cuadernos del Museo Geominero», XIII (2011), pp. 227-238.

L. Pugh, *La Sección Femenina: Women's Role in Francoist Spain*, Mujeresycaridad.umwblogs.org (2012).

L. Renshaw, *Exhuming Loss: Memory, Materiality and Mass Graves of the Spanish Civil War*, London 2016.

M.A. Rockland, *An American Diplomat in Franco Spain*, East Brunswick 2012

M. Rodoreda, *La piazza del diamante*, Roma 2008.

S. Rodríguez Leal, *Vallecas: Fotos Antiguas*, Madrid 2016.

N.M. Rosendorf, *Franco Sells Spain to America: Hollywood, Tourism and Public Relations as Postwar Spanish Soft Power*, London 2014.

—, *Spain's First "Re-Branding Effort" in the Postwar Franco Era*, in *US Public Diplomacy and Democratization in Spain*, Berlin 2015, pp. 155-189.

R.R. Rubottom - J.C. Murphy, *Spain and the United States: Since World War II*, New York 1984.

El silencio de otros, documentario di A. Carracedo e R. Bahar.

W.R. Simon, *St. Mark's School of Texas: The First 100 Years*, San Francisco 2006.

E. Smith, *Spanish Village. A Photo Essay*, in «LIFE» (9 aprile 1951).

Spain's Stolen Babies, documentario This World-BBC, 18 ottobre 2011.

A Spanish Rose for Beatrice. Madrid Applauds U.S. Ambassador's Popular Daughter on Her Debut, in «LIFE» (9 luglio 1956).
Stolen Babies Scandal Haunts Spain, documentario di A. Shubert, CNN (26 aprile 2012).
J.R. Taraborrelli, *The Hiltons: The True Story of an American Dynasty*, New York 2014.
H. Tracy, *Silk Hats and No Breakfast: Notes on a Spanish Journey*, London 1962.
—, *Spanish Leaves*, London 1964.
G. Tremlett, *Ghosts of Spain: Travels Through Spain and Its Silent Past*, London 2007.
—, *Spain's "Stolen Babies" Attempt to Blow Lid Off Scandal*, in «The Guardian» (5 gennaio 2012).
M.Á. Urech Ribera, *Madrid a pie de calle: fotografías de Manuel Urech*, Madrid 2012.

RINGRAZIAMENTI

Sono stupita dagli scrittori che creano e riescono ad avere successo da soli. Io non sono una di loro.

Il mio incredibile agente, Steven Malk, guida i miei passi. Non potevo sognare un mentore e un amico migliore. Kacie Wheeler gestisce le mie giornate e lo fa con incredibile amore e cura. È l'epitome della grazia.

Liza Kaplan, la mia geniale e instancabile editor, ha dedicato anni a questo romanzo e al viaggio associato. Sono il talento, la creatività e l'ispirazione di Liza a farmi andare avanti. Sono molto grata a Michael Green, che ha creduto in me fin dall'inizio. Grazie di cuore a Ken Wright, Jill Santopolo, Talia Benamy, Shanta Newlin, Kim Ryan, Jen Loja, Felicia Frazier, Emily Romero, Erin Berger, Carmela Iaria, Trevor Ingerson, Theresa Evangelista, Ellice Lee, e alla mia famiglia di Philomel per dare voce alla storia e una casa al mio racconto.

Niente di tutto questo sarebbe possibile senza le belle persone di Philomel, Penguin Young Readers Group, tutti i rappresentanti di Penguin, Penguin Subsidiary Rights, Writers House, UTA, Penguin Audio, Penguin Random House Speakers Bureau e SCBWI. Sincera gratitudine ai miei meravigliosi editori, sub-agenti e traduttori stranieri per avere condiviso le mie parole con il mondo.

Le mani e il cuore di Court Stevens hanno toccato ogni pagina di questo romanzo. Insieme abbiamo camminato per centinaia di chilometri (letteralmente) discutendo di racconti, storia e memoria.

Il mio gruppo di scrittura legge tutto prima: Sharon Cameron, Amy Eytchison, Howard Shirley e Angelika Stegmann. Grazie per oltre un decennio di dedizione e amicizia. Non potrei e non vorrei mai farlo senza di voi.

Pam Aanenson, Ruta Allen, Genetta Adair, i Bayson, Mike Cortese, i ragazzi Faber, Brian Geffen, Beth Kephart, la comunità lituana, Hannah Mann, Marius Markevicius, Andrea Morrison, i Myer, Niels Bye Nielsen, i Peale, Claus Pedersen, i Reid, Jason Richman, i Rocket, Emmett Russell, JW Scott, Yvonne Seivertson, la famiglia Sepetys, gli Smith, il team Schefsky, Mary Tucker e Steve Vai, tutti hanno contribuito al risultato della mia scrittura.

La più profonda gratitudine ai miei più grandi sostenitori: gli insegnanti, i bibliotecari e i librai. E soprattutto: ai lettori. Sono grata a ognuno di voi.

La mamma e il papà mi hanno insegnato a sognare in grande e ad amare ancora più in grande.

John e Kristina sono i miei eroi e i migliori amici che una sorella minore potrebbe mai desiderare.

E Michael, il cui amore mi dà il coraggio e le ali. Lui è tutto per me.

Adelante	Avanti (come invito a entrare)
¿Ah, sí?	Ah sì?
¡Ahí no!	Lì no!
Alternativa	Cerimonia di passaggio da torero amatoriale a matador, con cui si acquisisce il diritto a uccidere un toro
Americano	Americano
Amigo	Amico
Auxilio Social	Ente spagnolo di aiuto sociale durante la dittatura di Franco
Ave María Purísima	La Vergine Maria
¡Ay, no! ¡Ay, no!	Oh no, oh no
¡Ay, por favor! No me vengas con tonterías	Oh, per favore. Non dire stupidaggini.
Basta	Basta
El bebé	Il neonato
Bien hecho	Ben fatto / Bel lavoro
Bienvenido	Benvenuto
El Bosco	Il pittore olandese Hieronymus Bosch
Botones	Buttons / fattorino
Braceros	Braccianti
Bueno	Bene
Buenos días	Buongiorno
Buenas noches	Buonanotte
Buenas tardes	Buonasera / Buon pomeriggio
Caballero	Signore / Gentiluomo
Cálmate	Calmati / Tranquillo
Capea	Corrida per dilettanti
Caramba	Caspita / Uau

Caray	Accidenti / Uau
Cariño	Tesoro
El Caudillo	Condottiero (riferito a Franco)
Cava	Spumante
Chabolas	Baracche
Chaquetilla	Bolero indossato dai toreri
Chico	Ragazzo
Churros	Frittella spolverizzata di zucchero
Claro	Chiaro, capito / Naturalmente
Cocido a la madrileña	Stufato di ceci, carne e verdure
Corrida	Corrida
Cuadrilla	La squadra del matador
¡Cúcú!	Cucù
Culón	Culone
De nada	Di niente / Figurati
¡Dios mío!	Oh, mio Dio!
Entonces	Allora
España	Spagna
¡Espere!	Aspetta!
Estamos más guapas con la boca cerrada	Siamo più belle con la bocca chiusa
¿Estás ahí?	Sei qui?
¿Estás bien?	Stai bene? / Tutto okay?
Estás loco	Sei pazzo
Exactamente	Esattamente
Excelentes	Eccellente
Fabulosa	Favoloso
La Falange	Movimento fascista istituito in Spagna nel 1933
¡Qué fantástico!	Fantastico!
Felicidades	Congratulazioni
El fin	La fine
Flamenco	Un genere di musica e danza spagnole dell'Andalusia
Franco ha muerto	Franco è morto
Futbolista	Calciatore
Generalísimo	Generalissimo (riferito a Francisco Franco)
González Byass	Un noto produttore di sherry spagnolo

Goya	Francisco Goya, pittore e incisore spagnolo
Gracias	Grazie
Los grises	I grigi, termine slang per indicare i poliziotti con l'uniforme grigia
Hermano	Fratello
Hola	Ciao
Huérfano	Orfano
Inclusa	Orfanotrofio
Jerez	Sherry
Federico García Lorca	Poeta, drammaturgo e regista teatrale spagnolo
Lo siento	Mi dispiace
Madre	Madre
Maletilla	Giovane apprendista torero, novizio
Manzanilla	Camomilla; anche un tipo di sherry
Maravilloso	Meraviglioso
Matadero	Macello
Matador	Durante una corrida, il torero che uccide il toro
Mentirosos	Bugiardi
Mi amor	Amore mio
Ay, mi madre	Oh, madre mia / Oh, santo cielo
Miedo	Paura
El momento	Il momento
Morcilla	Salsiccia di sanguinaccio
Mucho gusto	Piacere di conoscerla
Muleta	Nella parte finale della corrida, un bastone con un drappo rosso che si usa per aizzare il toro
Muy bonito	Molto bello
Muy guapa	Molto carina
Nenaza	Femminuccia
Nepotismo	Nepotismo
Niño	Bambino
No era mi intención asustarte	Non volevo spaventarti
No le hagas daño	Non farle del male

Novilladas	Corrida con giovani toreri che non hanno ancora raggiunto il rango di matador
No, soy yo el que lo lamenta	No, è a me che dispiace
Novillero	Giovane torero
Oh, qué chiquitita	Oh, che piccolina
Olé	Esclamazione di approvazione del torero durante la corrida
Padre	Padre
Papá	Papà
Paso doble	Marcia militare musicale spagnola
Pequeñines	Piccolini
Perdón	Scusami
Periodista	Giornalista
Permiso marital	Una serie di leggi che vietavano a una moglie di avere un lavoro, di possedere beni e di viaggiare lontano da casa senza l'approvazione del marito e, nella maggior parte dei casi, il suo permesso coniugale scritto
Pesetas	Unità monetaria, valuta in Spagna fino al 2002
Placita	Piazzetta, piazza
Por favor	Per favore
¿Por qué?	Perché?
Portales	Entrata di un palazzo
Qué bien	Bene, fantastico
Qué bonito	Che bello
Qué duro	Che difficile
¿Qué haces aquí?	Che cosa ci fai, qui?
¿Qué hay, amigo?	Che cos'hai, amico?
¿Qué pasa?	Che cosa succede?
¿Qué piensas?	A cosa pensi?
Él quería ser torero	Voleva diventare un torero
Querida	Mia cara
Rioja	Vino spagnolo, regione della Spagna
Rojilla	Termine dispregiativo per una donna che si allinea alla sinistra politica

Sección Femenina	Sezione femminile della Falange, movimento politico spagnolo
Señor	Signore
Señora	Signora
Sensacional	Straordinario
Sentido	Termine della corrida che descrive il momento in cui il toro capisce che è l'uomo lo sfidante, non la cappa
El sereno	Vigilante notturno
Sí	Sì
Siesta	Pausa di riposo nel pomeriggio, quando il caldo è più intenso
Sin datos	Senza generalità
Sí, tú	Sì, tu
Sorolla	Joaquín Sorolla, pittore spagnolo
Suerte	Fortuna / Buona fortuna
Tandas	Termine della corrida che descrive una serie di passaggi con il toro
Tesoro	Tesoro
Texano	Texano
Tío Pepe	Una marca di sherry spagnolo prodotto da González Byass
El torero	Torero
El torno	La ruota (degli orfani)
Toro	Toro
Tortilla de patata	Omelette di patate (e spesso cipolle)
Traje de luces	Costume da torero
Tranquilo	Tranquillo / Calmati
Uy	Ops
El Valle de Los Caídos	La Valle dei caduti
Virgen Santa	Santa Vergine
¡Viva España!	Viva la Spagna!
Voy a ser torero	Farò il torero
¿Y qué?	E allora?
Ya lo veo	Vedo
Yo	Io
Yo hablo español	Parlo spagnolo

Il generale Francisco Franco (1892-1975).

La Valle de Los Caídos ospita la sepoltura di oltre 30.000 uomini che combatterono durante la guerra civile spagnola. Il monumento continua a suscitare accese controversie nella Spagna di oggi.

Crediti fotografici
Creative Commons via Wikipedia.
Creative Commons via Wikipedia (Jorge Díaz Bes).

Finito di stampare nel mese di luglio 2020
da Grafica Veneta s.p.a., Trebaseleghe (PD)

Questo libro è stampato col sole

Azienda carbon-free